LES MAGNOLIAS DE MYRTLE LANE

Cat Shook

LES MAGNOLIAS DE MYRTLE LANE

Traduit de l'anglais (États-Unis)
par Nathalie Peronny

LES ESCALES

Titre original : *If We're Being Honest*

Édition française publiée par :
© Éditions Les Escales, un département d'Édi8, 2024
92, avenue de France
75013 Paris – France
Courriel : contact@lesescales.fr

ISBN : 978-2-36569-748-4
Dépôt légal : juin 2024
Imprimé en France

Couverture : Hokus Pokus Créations
Mise en pages : Nord Compo

Pour ma sœur, Mary Martin,
et mon frère, Patrick

FAMILLE WILLIAMS

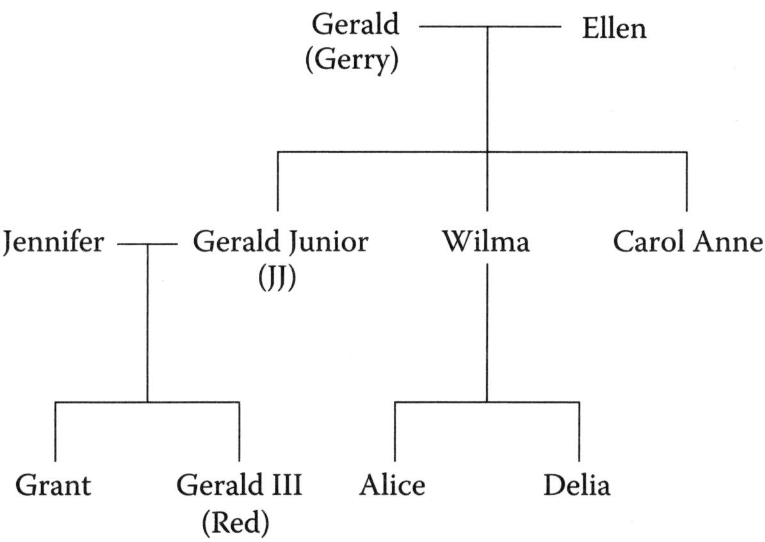

Prologue

Sans faire exprès, les cousins s'étaient rangés par ordre d'âge : d'abord Alice, suivie de Grant, Delia et enfin Red. Ils se tenaient devant la maison qu'ils avaient connue toute leur vie, devenue aussi grouillante d'agitation qu'une fourmilière avec tous ces gens agglutinés pour discuter dedans ou dehors malgré la chaleur poisseuse du mois de juin en Géorgie. Ils virent arriver d'autres convives, tous en noir, avec leurs plats en sauce et leurs moules à quiche recouverts de papier aluminium. Ils osaient à peine imaginer les quantités de nourriture déjà entreposées à l'intérieur. Ils ne s'étaient toujours pas décidés à entrer.

Ils étaient tous adultes, du moins en nombre d'années. La plupart du temps, leur groupe d'échanges par messagerie semblait être le seul trait d'union qui existait encore entre eux. Mais des liens plus profonds les unissaient : ceux du sang et du souvenir, telle une ficelle invisible qui les rattachait les uns aux autres.

Chapitre 1

L'enterrement de Gerry Williams fut un beau merdier.

Avant le jour J, déjà, choisir la personne qui ferait son éloge funèbre avait été un sac de nœuds. Gerry, 82 ans, était le doyen de l'une des plus vieilles familles d'Eulalia. Sa veuve, Ellen, avec qui il avait célébré ses soixante ans de mariage au mois de novembre, comptait beaucoup sur Wilma, leur cadette et l'aînée de leurs deux filles, mais cette dernière détestait être le centre de l'attention, sans compter qu'elle ne voulait pas donner l'impression qu'elle se considérait comme étant la plus proche de son père (ce qui n'était pas nécessairement vrai) ou la plus intelligente de la fratrie (ce qu'elle était, sans contestation possible). Son frère aîné, Gerald, surnommé Gerry Junior mais incorrectement appelé JJ par tous ceux qui le connaissaient (et même qui ne le connaissaient pas, comme les auditeurs de son émission sportive, *Keep It Up*, diffusée tous les après-midi sur The Jam 97.7), sentait bien qu'il *devrait* le faire, mais il avait trop peur de se laisser submerger par l'émotion en public. JJ se considérait désormais comme « l'homme de la famille », ce qui exaspérait tout le monde – sauf sa mère – au sein du clan Williams. Quant à la troisième de la fratrie, Carol Anne, son nom avait d'emblée été rayé de la liste pour un tas de raisons trop longues à énumérer, mais parmi lesquelles et non des moindres : le fait qu'elle soit régulièrement sous l'influence de stupéfiants et/ou de l'alcool, qu'elle ait été mariée quatre fois (officiellement, trois fois pour ses parents) et que cela faisait un peu tache comparé à l'exemplarité maritale du défunt, et enfin qu'elle était incapable de prendre la parole sans la ramener sur sa carrière d'actrice, pourtant inexistante au demeurant.

Ce qui ne laissait plus que les petits-enfants. Delia, la benjamine de Wilma, âgée de 27 ans, était disqualifiée en raison de sa vie sentimentale – ou plutôt, l'absence de celle-ci. Son mec venait de la larguer au bout de quatre ans et c'était à peu près le seul sujet qui l'obsédait depuis. Or personne, y compris elle-même, ne tenait à ce que l'éloge funèbre de Gerry se transforme en plaidoirie pour déterminer si son ex, Connor, l'avait trompée ou pas (il y avait un faisceau d'indices, mais pas de preuves). Wilma avait élevé ses deux filles, Delia et Alice, à Atlanta, et toutes deux s'étaient installées à New York après leurs études. Mais contrairement à sa sœur aînée, Delia vouait un mépris profond à Eulalia et tout le monde préférait éviter de l'entendre pérorer sur le sexisme du panneau « BIENVENUE » placé à l'entrée de la ville (une belle blonde souriante sortant une tarte du four, un tablier autour de la taille) ou la laideur du terrain de jeu accolé au fast-food de poulet Chick-fil-A, listé parmi les « attractions touristiques » locales sur le panneau d'affichage en centre-ville.

Alice, l'aînée des petits-enfants de Gerry, apparaissait comme la meilleure option : son statut d'écrivaine ayant publié un livre lui valait d'être considérée comme le cerveau de la famille. Elle adorait son grand-père, et elle aurait été parfaite dans ce rôle, sauf qu'elle était allergique aux discours sur le paradis, étant ouvertement athée, ce qui empêchait d'ailleurs sa grand-mère de fermer l'œil la nuit.

Gerald III, le fils cadet de JJ, baptisé Red en raison de ses cheveux carotte, faisait figure de candidat idéal. Il travaillait pour une pastorale des Jeunes à Nashville : il était donc rompu à l'exercice de la prise de parole en public et, surtout, capable de parler religion sans faire d'ironie. Mais la pression était trop forte, et sa peur chronique de décevoir les autres le rendait inéligible.

Carol Anne n'ayant pas eu d'enfants, cela ne laissait à priori plus que Grant, le fils aîné de JJ. C'était le seul qui avait envie de le faire, mais c'était aussi le pire choix possible. Il était certes serviable, charmant et très attaché à la figure de son grand-père, mais il prenait souvent ses décisions dans la seule optique d'attirer de nouvelles conquêtes féminines ou de nouveaux clients (les deux se mélangeant parfois, puisqu'il était coach sportif), et certains craignaient que les obsèques de Gerry n'échappent pas à la règle. Grant alla jusqu'à plaider sa cause auprès de ses parents, JJ et Jennifer, mariés depuis trente ans, arguant que sa prise de parole aux obsèques serait sans doute très attendue puisqu'il vivait actuellement son quart d'heure de gloire grâce à la dernière saison de *The Bachelorette*. L'épisode de son élimination venait juste d'être diffusé et Grant avait senti l'élan de sympathie de la nation entière : la preuve, cent vingt mille followers supplémentaires venaient de rejoindre son compte Instagram.

(La seule personne attristée par son élimination avait été sa tante Carol Anne. Si Grant était resté en lice parmi les quatre derniers concurrents, la production lui aurait consacré, à lui et à sa famille, un petit reportage diffusé dans l'épisode spécial sur le rendez-vous dans sa ville natale. Prévoyante, Carol Anne avait même réservé son billet d'avion depuis Los Angeles dès qu'elle avait compris qu'elle avait une chance de passer à la télé, se voyant déjà tenir un long monologue larmoyant à son neveu devant les caméras pour lui expliquer que Lindsay, la « planificatrice vestimentaire » de 23 ans, était sans aucun doute la femme de sa vie. Le téléphone de son agent serait inondé d'appels une fois que l'Amérique serait subjuguée par son charisme sur le petit écran.)

En fin de compte, Fred Clark fut désigné pour prononcer l'éloge funèbre. C'était le plus vieil ami de Gerry, son associé en affaires, et il faisait pour ainsi dire partie de la famille. Quand JJ l'avait appelé pour lui demander s'il accepterait de parler pendant la cérémonie, Fred avait gardé le silence une bonne minute. JJ était sur le point de répéter sa proposition quand Fred lui avait répondu d'une voix tremblante qu'il serait honoré de parler aux obsèques de Gerry. Ellen avait été très touchée qu'il accepte. Si rien n'était comparable au chagrin qu'elle ressentait depuis le premier soir en soixante ans de mariage où elle était allée se coucher sans Gerry, elle savait que perdre son meilleur ami n'était pas une sinécure. Linda, l'épouse de Fred, avait été la plus proche amie d'Ellen (par association mais aussi par affinité sincère). Elle avait succombé dix ans plus tôt à un cancer du sein, et sa mort l'avait profondément affectée.

Les membres de la famille étaient assis au premier rang de la First Baptist Church d'Eulalia, là où tous les petits-enfants Williams avaient été baptisés, même Alice et Delia, alors que leur mère ne se considérait pas vraiment comme chrétienne et encore moins comme une personne religieuse tout court (mais qui, contrairement à Alice, n'en faisait pas tout un plat). Wilma avait été frappée à l'époque, et le fut encore ce jour-là, par l'odeur de l'eau bénite, qui paraissait à la fois fraîche et croupie.

Le pasteur Tom avait arrosé la tête de tous les petits Williams, et c'était lui aussi qui présidait aux réjouissances du jour. Quand vint le moment de prononcer l'éloge funèbre, Fred marcha d'un pas vacillant jusqu'à l'estrade et se racla bruyamment la gorge avant de commencer. Tout le clan Williams – et surtout Ellen, qui le croisait encore de temps en temps – fut surpris de découvrir son apparence débraillée, avec sa cravate de travers et ses cheveux blancs hirsutes, comme un petit enfant qu'on aurait tiré de sa sieste. Malgré le chagrin immense provoqué par la perte de son meilleur ami, et en dépit du fait qu'il avait le même âge que Gerry (c'est dire s'il était vieux), Fred était considéré comme un miracle ambulant à Eulalia : il se tenait encore droit et faisait son tour de vélo tous les jours. Contrairement à Gerry, c'était aussi un homme très timide. Ellen et Wilma mirent donc son pas titubant, sa voix éraillée et sa mise débraillée sur le compte du trac. JJ et Carol Anne, eux, étaient trop accaparés par leur chagrin pour s'apercevoir de quoi que ce soit.

Fidèle à sa nature, Jennifer, l'épouse de JJ, flaira aussitôt un truc louche. Et elle avait raison : dès que Fred ouvrit la bouche, tout le clan Williams comprit qu'il était saoul comme une barrique, encore plus que Grant après la fête de remise des diplômes du lycée, une décennie plus tôt, quand Alice et Red avaient dû jeter des seaux d'eau sur les buissons devant chez lui pour nettoyer les éclaboussures de vomi. Les soupçons de l'assemblée se confirmèrent quand Fred sortit une flasque de sa poche pour s'en enfiler une rasade avant de s'essuyer la bouche d'un revers de main et de se rapprocher si près du micro qu'il semblait vouloir lui rouler une pelle.

— Je m'appelle Fred, dit-il.

Sa voix explosa si fort dans les haut-parleurs que tous les membres de la famille sursautèrent comme si une étincelle venait de leur crépiter au visage, momentanément tirés de la torpeur du deuil.

— Je remercie les Williams de m'avoir invité à parler aujourd'hui, poursuivit-il.

Il les désigna du menton, avant de tourner son regard vers le plafond avec un gros soupir. Ellen n'avait jamais vu Fred boire de sa vie. D'après Gerry, il avait eu un père porté sur la bouteille (le genre ivrogne violent, et non buveur festif, comme le père d'Ellen) et s'était juré de ne jamais toucher une goutte d'alcool.

— Les Williams forment une très belle famille. Ellen est la femme la plus généreuse que je connaisse. C'est aussi une personne discrète, comme moi. On se comprend, voyez ? (Il pointa son doigt vers elle, comme s'il échangeait des anecdotes au pub avec un vieux copain de régiment.) Gerry et Ellen ont eu de beaux enfants. Beaux et formidables. JJ était le roi du terrain de football, et Wilma était si douce... une véritable artiste.

Cette dernière tressaillit. Elle était toujours gênée qu'on la complimente sur ses photos même quand ça n'avait rien de gênant.

— Quant à Carol Anne, eh bien... elle est toujours restée fidèle à elle-même. Une star ! En quelque sorte, hein.

L'intéressée acquiesça en souriant, convaincue qu'il s'agissait d'un compliment.

— Et ses petits-enfants, ses merveilleux petits-enfants, continua Fred, les yeux mi-clos. Alice. Grant. Delia et Red. Gerry les aimait tellement. Oh oui, alors...

Si les quatre cousins avaient beaucoup pleuré depuis le décès de leur grand-père il y a cinq jours, ils avaient tous les yeux secs à ce moment précis : ils étaient bien trop perturbés par l'état d'ébriété flagrant de Fred. Red sentit avec horreur monter un fou rire nerveux, mais fut sauvé juste à temps par une bouffée d'angoisse si puissante qu'elle l'aurait sans doute mis à genoux s'il n'était pas déjà assis.

— Gerry...

La voix de Fred s'éteignit. Il s'affaissa contre le pupitre d'un geste si maladroit qu'Alice faillit monter sur l'estrade pour le remettre d'aplomb. Il laissa retomber sa tête et prit appui sur son poing, rappelant curieusement à Delia la posture du pigeon de ses cours de hot yoga dans l'East Village. Quelle fierté quand Connor, son ex, avait commencé à venir au studio avec elle... Quelle satisfaction de faire partie de ces couples qui bavardaient avant la séance, de surprendre parfois les regards obliques des autres femmes (et même de certains hommes) sur son corps tandis qu'il enchaînait les postures... Delia se souvint tout à coup qu'elle était à l'église, aux obsèques de son grand-père, en train d'assister au massacre de son oraison funèbre.

Fred redressa vivement la tête, comme un personnage de dessin animé réveillé par une alarme.

— Gerry et moi, ça remonte à un paquet d'années. Ça oui. Au lycée d'Eulalia ! C'était le bonhomme le plus gentil de la terre, nom de Dieu... désolé, m'sieur le pasteur. Un sourire radieux comme le soleil. Tout le monde le connaissait. On a monté notre entreprise de travaux ensemble et croyez-moi, y avait pas meilleur associé. Il adorait la musique et il ne pouvait jamais se retenir de danser. Il aimait les bonnes blagues.

Fred parlait toujours d'une voix pâteuse, mais Ellen eut l'impression qu'il était en train de se ressaisir et songea avec espoir que le pire était peut-être derrière eux.

C'est alors qu'il se mit à crier, le visage ruisselant de larmes :

— Vous croyez que c'était mon meilleur ami ! Eh bien, non, ce n'était pas mon meilleur ami, pas JUSTE mon meilleur ami... C'était *mon* Gerry. Mon Gerry à moi... et on s'aimait !

Parmi les neuf membres du clan Williams assis au premier rang, neuf cœurs s'arrêtèrent de battre pendant un instant de terreur. Tous se demandèrent s'ils avaient bien entendu ou si Fred était tellement ivre qu'il ne savait plus ce qu'il disait. Carol Anne se pencha vers son sac pour récupérer sa vapoteuse à cannabis avant de se rappeler où elle était ; contrairement aux autres, sa curiosité l'emportait largement sur l'effroi.

— C'est vrai, ajouta Fred avec un geste maladroit pour essuyer ses joues ridées.

Puis ses pleurs se transformèrent. En l'espace d'une poignée de secondes interminables, ils devinrent d'abord gloussement, puis éclat de rire tonitruant. Plus un muscle ne bougeait parmi les membres de l'assistance. Les gens semblaient pétrifiés, comme si leur âme venait aussi de quitter leur corps.

— On n'était pas seulement amis... C'est la vérité ! s'esclaffa-t-il. Et aucun de vous ne le savait. Personne ne se doutait de rien !

Il fit alors l'erreur de s'adresser directement à Ellen :

— Linda savait. Et toi aussi, j'en suis sûre, même si tu préférais fermer les yeux. Linda était au courant. Elle a dû te le dire, hein, si ça se trouve !

Un sentiment de nausée envahit Red et JJ en même temps, à croire que leurs estomacs s'étaient synchronisés à leur insu.

À ce stade, le pasteur Tom avait suffisamment eu le temps de reprendre ses esprits pour piger qu'il fallait agir, et agir vite – au diable le décorum (expression qu'il n'aurait sans doute jamais employée lui-même... pas au sens figuré, en tout cas). D'un pas vif, il se dirigea vers la petite estrade et passa son bras autour de la taille de Fred.

— Ah, je parie que vous êtes le dernier à vouloir entendre ça, pas vrai ?

Les mots sortirent de la bouche de Fred comme des geysers d'essence inflammable tandis qu'il s'accrochait au cou du pasteur. Ce dernier tira le micro vers lui, tout en soutenant le poids de Fred, et se mit à raconter comment il avait connu Gerry alors qu'il venait lui-même d'être nommé dans cette paroisse, la gentillesse avec laquelle Gerry l'avait accueilli, mais il avait du mal à se faire entendre par-dessus les lamentations de Fred, qui se penchait devant le micro toutes les vingt secondes environ pour crier « AMANTS ! » entre deux sanglots.

Devant l'apathie du clan Williams, Jennifer, qui en avait assez vu et entendu, comprit que c'était à elle de sauver la situation. Elle rejeta ses cheveux blonds derrière ses épaules avant de se lever pour foncer droit vers l'estrade, se glissa sous l'épaule de Fred et entreprit de l'exfiltrer vers le bas des marches, au moment où le pasteur Tom se lançait sans grande conviction dans un monologue embrouillé pour raconter la fois où Gerry avait fabriqué la mangeoire de la crèche de l'église.

Tous les membres de la famille étaient encore trop sonnés pour comprendre ce qui venait de se produire, mais Alice ne put s'empêcher d'avoir un peu de peine en voyant Fred effleurer le cercueil de Gerry de sa main fripée tandis que Jennifer le traînait dans l'allée pour aller le rasseoir. Elle était trop sensible pour rester indifférente à la tragédie du vieil homme en dépit des montagnes russes émotionnelles qu'elle venait elle-même de vivre.

Red se sentait cloué à son banc par des centaines de flèches, la tête vide et brûlante. La curiosité l'emporta et il tourna la tête pour voir la réaction de son père et de son frère, malgré le flip que cela lui inspirait. Les grands yeux marron de Grant étaient écarquillés de stupeur, une mimique d'effroi qui n'était pas atypique chez lui, tandis que ceux de JJ, réduits à deux fentes, oscillaient entre son épouse, restée au chevet de Fred, et le pasteur, qui continuait à meubler. Red s'en voulut aussitôt d'avoir tourné la tête, un peu comme s'il venait d'écarter un rideau pour voir ses parents en pleine action gênante.

Contre toute attente, la cérémonie se déroula jusqu'au bout, même si personne n'aurait pu en raconter les détails. Les Williams se levèrent à la façon de somnambules pour remonter l'allée centrale avec le pasteur Tom, derrière les employés des pompes funèbres qui vacillaient un peu sous le poids du cercueil, et se retrouvèrent dehors, sous la lumière agressive du soleil. Ils assistèrent à l'inhumation de Gerry derrière leurs lunettes teintées. Ils prièrent au-dessus de sa tombe, incapables de penser à autre chose qu'au fait qu'il avait peut-être couché avec leur pseudo-oncle.

Lorsqu'ils regagnèrent la maison d'Ellen et Gerry (ou celle d'Ellen tout court, désormais), ils ne trouvèrent nulle part où se garer. La moindre allée de garage, le moindre centimètre de trottoir aux alentours étaient occupés par des voitures. La pelouse était envahie de gens initialement venus pour célébrer la vie de Gerry Williams, le citoyen préféré de la ville. À présent, tels les alcooliques d'un groupe de parole, ils étaient venus se repaître du plus gros scandale qu'Eulalia eût jamais connu.

Séparés dans leurs voitures, les Williams gardaient le silence, frappés par une sorte de torpeur commune et bien incapables de savoir ce qu'ils allaient faire à présent.

***

Les quatre cousins finirent par se retrouver autour d'un bol de *pimento cheese* dans la cuisine de leur grand-mère. À mesure que les invités arrivaient, ils s'empressaient d'aller trouver la veuve et ses enfants, officiellement pour leur présenter leurs condoléances, mais surtout pour voir la tête des proches de Gerry Williams après le choc de son coming out posthume et faire le plein d'anecdotes à raconter plus tard. Tous les voisins de Myrtle Lane, voire tous les habitants d'Eulalia, semblaient s'être donné rendez-vous. Delia avait foncé sans se poser de questions vers la cuisine, suivie de sa sœur et de leurs deux cousins.

Alice semblait hésiter entre les deux crackers enduits de *pimento cheese* qu'elle tenait dans chaque main, et finit par opter pour celui de gauche.

— Alors, c'était sympa, hein ? dit-elle.

Grant plongea un cracker dans le bol et l'en ressortit noyé sous une telle couche de sauce que c'était un miracle qu'il ne se brise pas en morceaux.

— Difficile de faire un enterrement plus crapuleux, je te l'accorde.

— Vous n'avez pas l'impression que tout le monde nous regarde ? marmonna Red en jetant des coups d'œil nerveux autour de lui.

Alice posa sa main sur son épaule, ce qui eut pour effet de le rasséréner un peu. Ils avaient toujours eu une complicité particulière, étant les deux seuls membres de la famille à avoir hérité des cheveux roux de leur grand-père.

— Pourquoi le discours a-t-il été confié à *Fred* ? persifla Delia, comme si le plus choquant n'était pas la révélation du jour, mais le fait qu'elle ait été révélée.

— Aucun de nous n'en était digne, apparemment, maugréa Grant avec un mouvement de tête réflexe censé chasser de ses yeux les mèches de devant qu'il n'avait plus.

Peine perdue : ses cheveux tartinés de gel restèrent au même endroit.

— Ce n'est pas faute d'avoir plaidé ma cause, ajouta-t-il. Et croyez-moi, j'aurais assuré !

Red continuait à promener nerveusement son regard autour de lui, passant des boiseries de la cuisine au salon, lorsqu'il eut l'impression qu'on venait de lui administrer un choc électrique par défibrillateur. Un mec le regardait. Il se tenait assis à l'une des tables pliantes installées pour accueillir les invités, en train de siroter un thé glacé avec Tina, la reine des pipelettes du quartier. Red sentit sa nuque s'enflammer. L'inconnu le regardait droit dans les yeux, par-dessus ses lunettes, et Red s'empressa de se tourner vers ses cousins.

— Je ne sais pas si le plus alarmant est de savoir *comment* on l'a appris, dit Alice à sa sœur.

Delia écarquilla soudain les yeux, comme pour lui adresser un signal, mais Alice la dévisagea sans comprendre. L'instant d'après, elle sentit quelqu'un lui tapoter l'épaule.

Elle se retourna, et se retrouva nez à nez avec Peter Bell. Qui avait l'air de ne plus savoir où se mettre.

— Salut, Alice.

Elle aurait voulu lui répondre, elle savait que c'était la chose à faire dans ce genre de circonstances, mais sa gorge était si sèche qu'elle eut l'impression que ses amygdales allaient prendre feu si elle s'avisait de prononcer un mot.

— Je suis navré pour...

Mais Peter n'eut pas le temps de finir sa phrase : Delia le bouscula en poussant un cri suraigu à la vue de Rebecca, sa sœur. Peter et Rebecca Bell avaient eux aussi grandi sur Myrtle Lane, dans une maison en briques non loin de chez Gerry et Ellen. Peter avait le même âge qu'Alice, Rebecca le même que Delia, ce qui avait permis aux deux sœurs d'avoir quelqu'un avec qui passer chaque été de leur enfance et de leur adolescence lorsqu'elles fuyaient la chaleur d'Atlanta pour celle d'Eulalia. Grant et Red, qui étaient nés ici, avaient grandi juste en face de chez leurs grands-parents et connaissaient les Bell, eux aussi. Alice recula d'un pas et poussa Red vers Peter, comme s'ils avaient eu hâte de se retrouver. Ils se donnèrent l'accolade avec la maladresse de deux jeunes gens âgés de 7 ans d'écart et n'ayant pas grand-chose à se dire.

Red s'écarta pour laisser de nouveau le champ libre à Alice et Peter. Qui se regardèrent sans un mot.

Consciente du malaise, Delia prit sur elle d'intervenir :

— On s'est séparés, Connor et moi, annonça-t-elle.

D'une voix un peu trop forte, si bien que plusieurs personnes se retournèrent.

Grant et Red prirent un air gêné. Delia passa ses doigts dans sa frange (une décision capillaire fâcheuse consécutive à sa rupture) et l'écarta de ses yeux. Rebecca passa gentiment un bras autour de ses épaules.

— Mon frère est au courant, je lui avais déjà dit.

— Navré de cette nouvelle, Delia, ajouta Peter.

— Ah oui, bredouilla Delia en s'efforçant de ne pas fondre en larmes, c'est parce que je me souvenais que tu l'avais rencontré à Noël, alors je voulais t'épargner l'embarras de me demander de ses nouvelles et m'épargner l'embarras de te répondre qu'on n'était plus ensemble.

Peter jeta un regard désespéré à Alice, qui était trop occupée à regarder les meubles, le plafond ou ses chaussures – bref, tout sauf lui.

— Merci à toi, Delia, dit-il simplement.

Elle acquiesça et se dandina d'un pied sur l'autre, puis glissa un coup d'œil à sa sœur et la trouva soudain un peu pâle. Alice se mit à s'éventer avec sa main, comme si soudain elle ne supportait plus la chaleur.

— Eh, dites ! s'exclama Delia en passant à son tour un bras autour de Rebecca. Vous vous rendez compte que l'une de nous va se marier dans une semaine ?

— Tout va bien, Alice ? demanda Red.

— Oui, oui, dit-elle, une goutte de sueur en travers du front. Vivement le grand jour, Rebecca ! Excusez-moi, il faut que je...

Sans finir sa phrase, elle partit précipitamment vers le couloir aux murs tapissés de photos de famille pour gagner les toilettes du rez-de-chaussée en priant pour qu'il n'y ait personne à l'intérieur. Dieu merci, elles étaient vides. Alice faillit pleurer de soulagement en claquant la porte derrière elle, faisant trembler la photo d'elle à 10 ans encadrée au-dessus du lavabo. Sa température corporelle venait déjà de baisser d'un cran. Elle s'adossa un instant contre le mur, paupières closes. Lorsqu'elle rouvrit les yeux, elle tomba sur son reflet dans le miroir, examina son ventre et ses hanches. Elle s'observa de profil et soupira.

Pendant ce temps, près du bol de *pimento cheese*, Red sentait ses névroses revenir au galop. Sans la rassurante main d'Alice sur son épaule, il avait de nouveau l'affreuse impression que tout le monde les regardait. D'ailleurs, il n'avait jamais vu Alice se comporter aussi bizarrement, qui plus est avec Peter. C'était comme si elle avait laissé des ondes de malaise dans son sillage et que Red venait de se retrouver coincé au milieu. Sa respiration devenait saccadée, signe que la crise d'angoisse l'attendait au tournant. Il se racla la gorge et marmonna quelques mots, espérant que le résultat sonnait à peu près comme « Je reviens tout de suite ». Puis il partit dans le couloir, tête baissée, en slalomant entre les convives qui menaçaient à chaque mètre de lui tomber dessus pour engager la conversation, et entra se réfugier dans l'ancienne chambre à coucher de Carol Anne, désormais reconvertie en chambre d'amis.

Comme dans le reste de la maison, c'était le règne de la fanfreluche, avec jeté en dentelle sur le lit à colonnes et taies d'oreillers en crochet. Red aperçut la bible contractuelle posée sur la table de chevet, au milieu des photos de famille. Il alla s'asseoir sur le lit, la tête entre les mains, et fit son exercice de respiration, comme il avait appris à le faire dans ces moments-là, qui se produisaient moins souvent que du temps de sa jeunesse mais encore trop souvent à son goût. Tournant son regard sur le côté, il posa sa main pleine de taches de son sur la bible.

Ce n'était pas un vénérable exemplaire familial. Il était à peu près certain de ne l'avoir jamais vu. Mais le seul fait de poser sa main sur la couverture en cuir lisse (détail confirmant qu'il s'agissait d'un objet décoratif et inusité), de presser et de sentir la résistance des pages, l'apaisa un peu. Il sentit qu'il respirait mieux et reprenait le contrôle de son corps. Il n'avait pas de verset particulier en tête, et il ne s'était même pas mis à prier – il aurait été incapable de formuler trois phrases. Mais le simple contact de ce livre avait suffi à le calmer.

De l'autre côté du couloir, prête à réaffronter le monde, Alice ouvrit la porte des toilettes et, pour la deuxième fois en l'espace de cinq minutes, sursauta en se retrouvant face à Peter Bell.

— Oups, désolé ! dit-il, visiblement désarçonné par sa réaction.

— Non, ne t'inquiète pas.

Elle s'efforçait de coller son abdomen à sa colonne vertébrale et n'était pas peu fière de pouvoir encore parler.

— Comment va... le Texas ? demanda-t-elle.

— Il va bien. Écoute, je voulais juste prendre de tes nouvelles. Je sais à quel point Gerry... surtout après le discours de Fred... Je suis sans doute la dernière personne à laquelle tu aies envie de parler, mais je m'inquiétais pour toi. Voilà.

Peter semblait aussi mal à l'aise que ce fameux matin, l'été de leurs 13 ans, où il l'avait revue dans le jardin d'Ellen et Gerry après qu'ils avaient eu échangé leur premier baiser la veille.

— Je n'ai pas envie de te parler, Peter.

Hors de question qu'elle le laisse s'imaginer autre chose, bien que son attitude, la dernière fois qu'ils s'étaient vus, ait plutôt suggéré le contraire.

Il hocha la tête, comme pour dire qu'il comprenait, et la regarda dans les yeux avec une telle intensité qu'Alice en frissonna des pieds à la tête.

— Écoute, je...

— Mais voilà Alice, avec ses beaux cheveux roux !

La tension se rompit d'un coup. Ils se retournèrent en même temps au son de la voix de Tina, autre habituée de Myrtle Lane, plus âgée que Gerry et commère officielle du quartier. Elle avait tant de fard bleu sur ses paupières qu'Alice se demanda si elle ne devait pas s'en racheter une boîte neuve après chaque utilisation.

— Oh, et Peter... Jamais je ne m'habituerai à ta taille ! Quel beau couple vous feriez encore, tous les deux !

Peter faillit s'étouffer et Alice eut un sourire crispé en espérant ne pas avoir l'air de quelqu'un venant de lâcher un pet – ce qui était le cas.

Peter aurait fait un beau couple à lui tout seul, pour être honnête. Alice jeta un coup d'œil discret à ses sourcils (elle les avait toujours adorés, oui), si joliment fournis et symétriques, levés en accents circonflexes mortifiés au-dessus de ses grands yeux bruns. Il avait toujours une bosse sur le nez, souvenir de la fois où il s'était mangé une porte après sa première cuite au lycée. Alice se demanda s'il portait encore des lunettes ou s'il s'était mis aux lentilles de contact. Il était rasé de près, un effort rare chez lui, à en juger par les photos qu'il postait sur les réseaux sociaux. Il devait aimer paraître plus vieux que son âge, sachant que la puberté l'avait rejoint sur le tard et qu'en sa qualité de premier jeune Noir du quartier, il s'était entendu qualifié de « mignon » ou d'« adorable petit garçon » pendant des années par toutes les dames blanches de Myrtle Lane. Elles n'y avaient sans doute pas mis de mauvaise intention, mais Alice trouvait ça affreux, avec le recul.

— Ton grand-père était si fier de toi, poursuivit Tina en s'arrimant à l'épaule d'Alice comme à une rambarde de sécurité un jour de grand vent. Une authentique *écrivaine,* installée à New York...

— Ça remonte à des années, vous savez. Et personne n'a lu mon livre, de toute manière.

— Si, moi, rétorqua Peter. Je l'ai beaucoup aimé.

Alice sentit ses joues s'assortir à la couleur de ses cheveux. S'il y avait une chose dont elle détestait parler, c'était de son roman.

— Quel drôle d'enterrement, soupira Tina sans transition. Ma pauvre chérie, tu dois être... sous le choc ?

Tout compte fait, il y avait peut-être pire sujet de discussion que son livre. Alice se retrouva incapable de répondre. Elle n'avait juste rien à dire, rien à partager avec cette femme venue exprès glaner des potins sur la vie sexuelle cachée de son grand-père.

— Alice, bredouilla Peter, si tu me montrais ce truc dont tu me parlais tout à l'heure, tu sais, près de... euh... la salade de poulet ? Ce truc que tu m'avais promis de montrer ?

— Oui, oui. (Elle se tourna vers Tina.) Les hommes, je vous jure !

La vieille femme s'esclaffa, comme s'il y avait quoi que ce soit à comprendre. Les deux jeunes gens s'éloignèrent, et Alice brûla soudain d'envie de prendre la main de Peter dans la sienne. Mais elle s'abstint.

Lassées de s'empiffrer de crackers, Rebecca et Delia étaient sorties sur la véranda, dans la touffeur de l'été géorgien, pour aller s'installer sur la balancelle, comme elles l'avaient fait tant de fois au cours de leur jeunesse. D'abord pour y jouer avec leurs Polly Pocket, puis pour espionner les amours estivales de Peter et Alice, débattre des meilleures marques de tampons et se raconter leurs premiers baisers. Elles se suivaient de manière active sur les réseaux sociaux, prenaient chacune le temps de lire et de s'intéresser à ce que l'autre postait, et ces échanges leur inspiraient des sentiments sincères si bien qu'elles n'avaient pas besoin de truffer leurs commentaires de petits cœurs virtuels. Elles pouvaient passer de longs moments sans se voir et à chacune de leurs retrouvailles, c'était comme si elles s'étaient quittées la veille.

— Alors, tu as envie qu'on en parle ?

Delia soupira.

— Je ne sais pas si j'en ai envie, mais j'ai l'impression de ne faire que ça quand même.

— Pas faux.

— Je pense qu'il a été infidèle, déclara Delia de but en blanc.

Rebecca marqua une pause.

— Excuse-moi de te demander ça, mais on parle de Gerry, ou de Connor ?

— Oups, fit Delia en grimaçant. Connor.

— D'accord. (Rebecca poursuivit d'une voix lente, soucieuse de bien choisir ses mots.) Bien sûr, je pourrais te demander ce qui te fait dire ça. On pourrait jouer aux détectives et examiner les preuves. Mais je me demande si ça changerait quelque chose, au fond.

Delia souffla sa satanée frange hors de ses yeux.

— Bien sûr que oui ! rétorqua-t-elle d'un air indigné.

Rebecca lui serra tendrement l'épaule. Il y avait un temps pour la franchise, et un temps pour la consolation. Delia posa sa main sur celle de Rebecca et tenta de retenir ses larmes.

— Je reviens, dit-elle en se levant.

Rebecca n'insista pas.

Delia tourna à l'angle de la façade pour s'appuyer contre le mur, histoire d'échapper aux invités qui discutaient sur la pelouse. Elle refusait d'aller dans le jardin de derrière, où ses grands-parents avaient passé tant de temps, et par conséquent bien trop chargé de souvenirs. Les briques de la maison étaient presque bouillantes à l'arrière de sa tête, mais la chaleur faisait tourner son cerveau au ralenti et ce n'était pas une sensation désagréable.

Elle était de nouveau tenaillée par l'envie d'appeler Connor. Elle savait pourtant que ce n'était pas une bonne idée. Plus d'une fois, après une soirée trop arrosée, une journée pourrie au boulot ou une anecdote marrante, elle avait failli prendre son téléphone avant de se ressaisir juste à temps. Les rares fois où elle lui avait envoyé un SMS, il lui avait répondu de façon si laconique que sa fierté en avait pris un méchant coup.

Mais aujourd'hui, c'était différent. Elle venait d'enterrer son grand-père adoré et de découvrir qu'il lui avait peut-être menti toute sa vie. Comme Connor, sans doute. Et elle avait honte de vouloir réentendre le son sa voix. Elle souffla sur sa frange, sortit son téléphone et fit défiler sa liste de contacts préférés. Connor n'y figurait pas, pour la bonne raison qu'elle l'en avait effacé, geste de bravoure dont elle s'était félicitée en s'offrant une jupe très chère dont elle n'avait pas besoin. Pas question de craquer maintenant alors qu'elle avait pris cette mesure préventive : elle appuya sur le bouton latéral de son téléphone et éteignit son écran.

Le truc, c'est qu'elle savait que si elle appelait Connor, il la rappellerait ou lui répondrait dès que possible. Certes, ils n'étaient plus amoureux comme avant (du moins, lui n'était plus amoureux d'elle), mais ils s'aimaient encore, n'est-ce pas ? Ils avaient passé quatre ans ensemble. Vécu ensemble. Bien sûr qu'il tenait encore à elle. Si elle lui laissait un message larmoyant sur son répondeur, il la contacterait aussi sec pour prendre de ses nouvelles. Dans le monde réel. Et ça, Delia n'était pas sûre de pouvoir l'encaisser.

Heureusement, il lui restait les souvenirs virtuels. Elle ralluma son téléphone et parcourut les photos qu'elle avait sauvegardées, celles qu'elle avait parcourues, les larmes aux yeux, dans l'avion depuis le départ de l'aéroport de LaGuardia jusqu'à Atlanta, puis durant les quatre heures de route jusqu'à Eulalia. Gerry souriant à côté du cheval sur lequel elle trônait fièrement à l'âge de 7 ans. Ou encore, l'été de ses 4 ans dans la piscine, flotteurs aux bras et chapeau sur la tête, nageant vers son grand-père qui lui tendait les bras. Embrassée par lui à la cérémonie de remise des diplômes au lycée, son certificat de fin d'études à la main. Un repas à la Waffle House, Gerry et Alice assis d'un côté, elle de l'autre, l'été juste avant qu'Alice n'entre en terminale.

Delia décida de les poster sur sa story Instagram, consciente qu'elle allait maintenant vérifier sans arrêt qui les consultait. Elle espérait non seulement voir apparaître le nom de Connor, mais surtout le voir apparaître vers le sommet de la liste (on lui avait expliqué que les contacts affichés en haut de la liste étaient ceux qui consultaient souvent votre page Instagram). Oui, comme elle espérait qu'il l'espionne en ligne !

Delia regarda vers le ciel, cette infinité bleue au-dessus de sa tête, tellement plus vaste qu'à New York. Elle n'était pas du tout versée dans les bondieuseries, ce qu'elle considérait d'ailleurs comme un atout intellectuel. Mais à ce moment précis, elle prit conscience que son grand-père ne se trouvait plus nulle part sur cette terre et que pour la plupart des gens réunis dans la maison derrière elle, il était désormais... quoi, là-haut ? Dans ce ciel de film hollywoodien ? Delia se sentit soudain observée. Elle n'y croyait pas vraiment, bien sûr (elle vivait à Manhattan, voyons, se faisait livrer des sushis au moins une fois par semaine et distribuait des doigts d'honneur quand on l'emmerdait sur le quai du métro), mais elle ne put s'empêcher de penser que Gerry voyait tout ce qu'elle faisait. Et elle ne voulait pas qu'il la voie se triturer les méninges pour savoir si elle devait oui ou non rappeler son ex, le jour même de ses obsèques, même si le train de cette journée avait déjà plus que déraillé.

Pendant ce temps, à l'intérieur, Rebecca promenait un regard myope sur la masse floue des vêtements noirs et des assiettes de nourriture. Puis elle remonta ses lunettes, qui n'arrêtaient pas de glisser sur son nez luisant de sueur.

— Eh, mais qui voilà : Miss Rebecca ! fit une voix derrière elle.

Elle se retourna et découvrit Grant. Ils avaient beau être tous les deux adultes, elle ne put s'empêcher d'avoir des papillons dans le ventre à l'idée qu'un mec cool et plus âgé du lycée lui adresse la parole. Pathétique.

— Les candidats de *The Bachelorette* font des rimes, maintenant ?

— Très drôle, fit Grant en fléchissant malgré lui ses muscles sous son costume. Sois sympa, OK ? Je te rappelle que je suis en deuil.

Elle lui pressa l'épaule avec commisération. Elle ne put s'empêcher de remarquer au passage qu'il avait le haut du bras très musclé, et Grant ne put s'empêcher de remarquer qu'elle l'avait remarqué.

— La fac de médecine te va à ravir, dit-il en la détaillant d'un œil admiratif de la tête aux pieds.

Cela lui demanda plus d'efforts que du temps de leur adolescence : au fil des ans, elle l'avait peu à peu dépassé d'une bonne tête alors qu'elle avait un an de moins que lui. Elle affecta une mine exaspérée tout en rejetant ses cheveux derrière son épaule. Il avait toujours préféré sa chevelure au naturel, longue et bouclée, comme aujourd'hui.

— Ne m'oblige pas à te gifler le jour des obsèques de ton grand-père.

— Ouh, et toi, ne me dis pas des trucs salaces *le jour* des obsèques de mon grand-père !

— Je rêve, soupira Rebecca.

D'un seul coup, Grant avait cessé d'être le mec cool et plus âgé du lycée pour redevenir le voisin lourd qu'elle avait connu toute sa vie, celui qui lui volait ses bonbons chaque année à Halloween et avait passé toute l'année 2005 à sonner à sa porte avant de partir en courant.

— Tu n'as pas honte ? Je me marie dans une semaine.

Grant fit semblant de se perforer la poitrine avec un couteau.

— Le jour le plus triste de toute ma vie, il faut en plus que tu me brises le cœur…

Elle sourit d'un air narquois et but une gorgée de son thé glacé, laissant une traînée de gloss sur son verre.

— Ton Machin-Chose sait que ton premier baiser est invité au mariage ?

— Tu sais très bien qu'il s'appelle Justin.

— Justin est-il toujours un pauvre type ?

Rebecca soupira et changea de sujet.

— Écoute, tâche d'être cool avec Delia cette semaine, OK ?

— Moi ? Mais je suis toujours cool !

— Sérieusement. Elle vit un moment difficile. Même si je dois t'avouer que je n'ai jamais senti ce mec… Passons. Et toi, ça va ?

— Oui, oui. C'était peut-être la Bachelorette, mais elle ne t'arrivait pas à la cheville, tu sais.

À l'autre bout de la pièce, Jennifer vit son fils aîné en pleine conversation avec Rebecca, et se demanda où était son fiancé, avant de repérer Alice, l'air bouleversé aux côtés de sa mère qui essayait de la consoler, et de cette commère de Tina, qui papillonnait d'un groupe à l'autre, son visage fripé fendu d'un large sourire, tout émoustillée par le scandale du jour. Jennifer aperçut aussi Ellen, l'air hagard, avec deux de ses amies du club de bridge. Elle vit également l'une des tables pliantes trembler quand quelqu'un posa son verre de thé glacé pour prendre une cuiller à service et la plonger dans un plat au contenu non identifié, et songea qu'il faudrait y remédier. En tant qu'(ancienne) entraîneuse de cheerleaders, médaillée et réputée pour son esprit compétitif, Jennifer avait le chic pour analyser les situations chaotiques, décortiquer chaque mouvement et identifier les problèmes, le tout en un éclair.

Elle se rembrunit en apercevant JJ, son mari, plongé en pleine conversation avec Stephanie, la productrice associée de son émission de radio. Stephanie était jeune et travaillait avec lui depuis deux ans ; c'était son premier job, décroché à la sortie de la fac, et elle n'avait pas reçu la moindre promotion depuis son embauche alors que JJ ne cessait de vanter son intelligence. Jennifer la trouvait (à juste titre) plutôt terne et dénuée de style pour une jeune femme de son âge, mais seulement (détail agaçant) parce qu'elle ne faisait aucun effort. Elle avait un potentiel indéniable – le teint lisse, le nez droit et la poitrine généreuse – mais une chevelure d'un blond fadasse, des vêtements mal coupés et démodés. Jennifer songea avec irritation que cette absence d'artifice renforçait peut-être son charme.

JJ l'écoutait d'un air pénétré et Jennifer se demanda ce qu'ils pouvaient bien se raconter : anecdotes de boulot, histoires de père décédé ? Elle pensa à toutes ces heures que

JJ passait à discuter avec Stephanie (ou « Stephie » comme il l'appelait), bien plus qu'il n'en passait à discuter avec sa propre femme. Pensait-il à son assistante quand il rentrait du travail chez lui, dans leur maison juste en face ? JJ travaillait beaucoup ces derniers temps, et il revenait de la salle de sport, son sac à l'épaule, alors que Jennifer finissait de dîner seule. Était-ce Stephie qui le retenait tard le soir ?

Jennifer coinça ses mèches blondes et lisses derrière ses oreilles et alla redisposer les plats sur la table pliante avant qu'elle s'écroule, satisfaite d'avoir au moins pu empêcher *une* catastrophe en cette funeste journée.

Chapitre 2

Les gens finirent par s'en aller. Même Tina, qui avait franchi la porte d'un pas titubant après avoir demandé à tous les invités – ceux qui pleuraient à chaudes larmes aussi – s'ils avaient eu des soupçons au sujet de Fred et Gerry. La famille Williams avait l'habitude de se réunir dans la salle de séjour lumineuse qui jouxtait la cuisine mais, ce jour-là, ils optèrent pour le salon, réservé aux grandes occasions. Il faut dire que cette journée n'avait rien d'ordinaire.

Des verres vides et des assiettes en carton jonchaient les tables d'appoint entre les plats de ragoût froids. Une odeur de fromage s'était incrustée jusque dans les tapis. Mais Alice ne pouvait s'empêcher de repenser à tous les Noël qu'elle avait passés dans cette pièce avec ses grands-parents, sa mère et sa sœur. Le faux sapin, que Gerry descendait du grenier pour l'asperger de spray senteur épines de pin, trônait chaque année dans le coin près de la fenêtre, et son oncle JJ et sa tante Jennifer arrivaient d'en face avec ses cousins, les bras chargés de cadeaux. Petite, Alice trouvait curieux que le Père Noël n'emballe pas les cadeaux pour elle et sa sœur, alors qu'il le faisait pour ceux de Grant et Red. Mais ça n'avait pas duré longtemps : Alice avait fait partie des enfants qui découvrent le pot aux roses assez vite. Pour elle, il avait suffi d'un message vocal laissé par son père sur le répondeur de Wilma : « Les filles croient toujours au Père Noël ? » demandait-il. (Alice lui avait toujours trouvé une voix ensoleillée, sans doute l'effet de la Californie.) « Tu me diras. Je t'envoie un chèque en blanc, comme d'hab' ? » Elle avait continué à faire semblant pendant des années, sans rien dire à sa mère ni à ses grands-parents, car elle voyait bien à quel point cette mascarade faisait plaisir aux adultes – même à sa tante Carol Anne, lorsqu'elle daignait se joindre à eux pour les fêtes.

La dernière à rejoindre tout le monde au salon fut Jennifer, qui sortait des toilettes et lissa sa robe noire sur son ventre plat avant d'aller s'asseoir sur l'accoudoir du canapé à côté de Wilma et non à côté de son mari. Red et Wilma furent les seuls à s'en apercevoir.

JJ avait pris place à côté de Grant sur l'un des deux canapés crème. Père et fils étaient assis dans la même position, les bras et les jambes écartés, à croire qu'ils faisaient un concours à qui s'étalerait le plus. Red était resté par terre sur le tapis rose pour ne pas déranger Miss Sparkles, le shih tzu d'Ellen, qui s'était endormi sur sa jambe. Il la caressait tout doucement, ses doigts enfoncés dans ses poils blancs et moelleux. Miss Sparkles souffrait de dépression aiguë depuis le décès de Gerry. Ce dernier n'avait pourtant pas accueilli son arrivée d'un œil très favorable, répétant à Ellen que quitte à prendre un chien, autant en avoir « un vrai ». Mais un jour qu'il rentrait du travail, peu de temps avant sa retraite, il avait trouvé Miss Sparkles en train de japper au milieu du salon, en une parfaite illustration du cauchemar qu'il s'était imaginé avec un chien de cette taille. Depuis, ils avaient été inséparables.

Wilma, Jennifer et Alice leur faisaient face sur le second canapé. Ils étaient tous deux si profonds qu'on était presque gêné de s'asseoir dedans et de s'y retrouver quasi couché comme sur une chaise longue. La seule solution, pour éviter de se laisser aspirer par les coussins, était de se tenir au bord, très droit ou penché en avant. Alice s'était complètement avachie en arrière, les mains sur son ventre. Wilma, qui était terrassée de fatigue, en avait fait autant, mais ne cessait de jeter des coups d'œil à Ellen. Elle avait toujours eu tendance à s'inquiéter pour sa mère, et cette journée n'avait rien fait pour apaiser ses craintes. Jennifer était la seule à se tenir droite, le dos raide comme celui d'une danseuse. Delia avait choisi l'un des vieux fauteuils, ainsi que sa grand-mère, qui savait déjà que quelqu'un devrait l'aider à s'en extraire compte tenu de son degré d'épuisement et du moelleux des coussins.

Carol Anne était assise en tailleur par terre, le dos bien droit, en une posture que JJ assimilait vaguement à un truc de yoga (en réalité, elle savait que c'était la position la plus flatteuse pour sa silhouette). Elle tressait distraitement ses cheveux raides qui lui arrivaient presque à la taille. Sa dernière conquête, Robert, était assis à côté d'elle, parce qu'il aimait tout faire comme elle, même s'il semblait particulièrement peu à l'aise avec ses jambes immenses repliées à un angle improbable. Tout le monde savait qu'il avait dix ans de moins que Carol Anne, et Alice faillit se faire un nœud au cerveau en voulant calculer sa faible différence d'âge avec son nouvel oncle. Elle préféra renoncer avant d'obtenir le résultat, consciente qu'il valait sans doute mieux ne pas le connaître.

Carol Anne, Wilma et Jennifer avaient beau juger ridicules les prétentions de JJ au titre d'« homme de la famille », tout le monde semblait attendre qu'il prenne la parole en premier. Ce qu'il finit par faire après s'être éclairci la voix.

— Bien, bien.

Conscient qu'il devait absolument rétablir son image de chef de clan après que tout le monde l'avait vu pleurer à chaudes larmes devant le cercueil, plus tôt dans la journée, il croisa les bras par-dessus son début de bedaine.

— Quel tissu de conneries, déclara-t-il.

— Papa, marmonna Red en coulant un regard vers sa grand-mère, qui ne supportait pas la grossièreté.

JJ avait toujours interdit aux garçons à jurer devant elle. Red n'aurait jamais osé le faire, cela dit.

— C'est la vérité ! insista JJ. (Il bouillonnait de rage, et la lumière du plafonnier se reflétait bizarrement sur son crâne presque rasé.) Cette histoire est ridicule. Voir cette journée, cette cérémonie, gâchées par... des mensonges ! Quelle honte, nom de Dieu ! On doit se serrer les coudes et faire front commun. C'est ce que papa aurait voulu. Vous le savez bien.

— Hum... hasarda Delia en jouant machinalement avec son bracelet Cartier, un cadeau de Connor dont elle avait du mal à se défaire, peut-on encore prétendre savoir quoi que ce soit à propos de Grandpa Gere ?

Un silence stupéfait s'abattit dans la pièce. Ces mots étaient sortis sur un ton plus brutal qu'elle l'aurait souhaité, et Delia regretta aussitôt de les avoir prononcés, surtout devant Ellen, qui regardait fixement le même coin de tapis depuis qu'elle s'était affalée dans son fauteuil. Avait-elle tenté une blague maladroite, ou était-elle vraiment en colère contre son grand-père ? Trop tard, de toute manière : la petite phrase avait été lâchée.

— Han, Delia ! s'exclama Grant.

— On vient à peine d'enterrer ton grand-père, jeune fille, la recadra JJ.

— Allons, JJ, dit Wilma à son frère, ce n'est pas la peine de le prendre sur ce ton.

— On pourrait organiser une séance, suggéra Carol Anne. Pour savoir ce que Gerry avait sur le cœur. J'en ai fait une quand je jouais dans *Now and Then.*

— Tu as joué dans *Now and Then,* toi ? demanda Alice, consciente que sa tante mentait.

— Oui, avec une petite troupe de théâtre locale.

— Carol Anne, fit JJ d'un ton sec, ce n'est pas le moment de nous ressortir tes conneries vaudoues.

Il avait toujours une conscience aiguë de leurs presque dix ans d'écart et de leur différence abyssale de personnalité lorsqu'il se retrouvait en présence de sa plus jeune sœur.

— Fred n'est-il pas invité au mariage de Rebecca, la semaine prochaine ? dit Grant.

L'atmosphère parut soudain très lourde dans la pièce. Tout le monde se figea.

— Désolé d'avoir cassé l'ambiance, ajouta Grant en se renfonçant dans les coussins du canapé comme pour mieux disparaître. C'était juste... pour le signaler.

— J'en toucherai deux mots à Charlie Bell histoire de m'assurer qu'il sera rayé de la liste, répondit JJ. Même si je doute qu'il osera se montrer en public avant un bon moment. La radio voulait m'accorder une semaine de congé mais si je m'absente aussi longtemps de l'antenne, les gens vont s'imaginer que j'ai quelque chose à cacher. Je vais y retourner.

— Tu m'étonnes, marmonna Jennifer.

Personne ne l'entendit.

— Hum, JJ ? demanda Carol Anne à son frère d'un air espiègle, comme si elle s'adressait à un petit enfant. Où est le problème ? C'était le meilleur ami de papa. Et son amant. Ça n'a rien de négatif.

JJ leva les yeux vers le plafond, comme pour réclamer une aide divine. Mais il ne s'adressait à Dieu que lorsqu'il était à l'église, ou pour réciter le bénédicité à la table de ses parents, et toujours plus pour la forme qu'autre chose.

— Si, Carol Anne, c'est négatif, bordel ! C'est putain de négatif...

— Papa... le sermonna Red – un peu moins fort, cette fois.

— ... parce que Fred a perdu la boule et menti devant une église entière !

— JJ ! lâcha Jennifer de sa voix autoritaire d'entraîneuse sportive qui fit sursauter tout le monde.

Ses traits étaient calmes et dénués d'expression, ce qui la rendait encore plus flippante. JJ dévisagea sa femme, les yeux ronds. Il semblait à la fois en colère et effrayé. Si la situation n'était pas aussi tendue, Alice et Delia auraient sans doute trouvé ça très drôle.

— Une seule personne décidera de l'attitude commune à adopter vis-à-vis de Fred, déclara Jennifer. Et cette personne est Ellen.

JJ avait souvent peur de sa femme, et il était d'accord avec elle sur ce point, mais il n'aimait pas qu'elle lui parle sur ce ton. Surtout devant témoins. Il s'apprêtait à lui répondre mais Jennifer lui décocha un regard noir, le sourcil gauche levé en un arc si parfait et si terrifiant qu'il préféra se taire.

Tous les regards convergèrent peu à peu vers Ellen, qui n'avait toujours pas bougé depuis tout à l'heure. Elle ferma les yeux et se renfonça dans son fauteuil.

— J'ai besoin d'un verre, déclara-t-elle.

Cette fois, tout le monde (sauf Robert, qui venait juste de faire sa connaissance) eut l'air ébahi. Elle aurait aussi bien pu réclamer une lobotomie, une fusée spatiale ou un sex-toy.

Aucun de ses petits-enfants ne l'avait vue boire une goutte d'alcool. Jamais. Ils avaient posé la question à leurs parents : JJ était prêt à jurer qu'il avait vu sa mère boire une margarita durant un séjour familial en Floride, mais ce souvenir était contesté par Wilma, laquelle prétendait en revanche qu'Ellen avait siroté une flûte de champagne à l'occasion de son mariage, bien que personne ne se souvienne l'avoir vue boire au mariage de JJ ni aux trois des mariages de Carol Anne auxquels elle avait assisté. Pour les petits-enfants d'Ellen, leur grand-mère considérait l'alcool comme un péché.

Mais après une journée pareille, un péché de plus ou de moins… quelle différence ?

— Je prendrai un whisky, lança Ellen à la cantonade.

Alice, Red, Grant et Delia se levèrent d'un coup et faillirent se rentrer dedans pour avoir l'honneur de servir un verre à leur grand-mère.

***

La nuit était tombée, mais l'air était toujours aussi étouffant sous le ciel étoilé. Les cousins squattaient la remorque du 4×4 de JJ, un vrai tank dont l'absurdité avait déjà été soulignée à maintes reprises par Delia. Elle ne comprenait pas pourquoi son oncle avait besoin d'un monstre consommant autant d'essence pour se rendre juste au travail et passer par la supérette ou, qu'en savait-elle, par le magasin de spiritueux. Mais au moins, cela leur faisait une cabane mobile à partager tous ensemble : Alice assise en tailleur, les trois autres avachis avec les jambes posées à plat, en appui contre les parois latérales de la remorque, ils levaient la tête de temps à autre pour admirer les étoiles.

Ils étaient garés dans un champ réputé pour servir d'habitude – et presque exclusivement – de spot de cuite aux lycéens. Ils avaient tous les quatre passé d'innombrables soirées arrosées ici, quoique pas tout à fait aux mêmes périodes compte tenu de leurs différences d'âge, excepté Delia et Grant, qui n'avaient qu'un an d'écart. Même JJ, Wilma et Carol Anne, en leur temps, étaient venus faire la fête ici : tout le monde garait sa voiture en rang et laissait ses phares allumés pour éclairer la nuit, avant de sortir les mini-fûts de bière et les glacières remplies de bouteilles piquées à leurs parents. Grant se souvenait d'une soirée particulièrement mémorable, une génération plus tard, avec trois bocaux d'alcool frelaté.

Rebecca et Peter avaient proposé de venir les chercher et de les raccompagner, histoire qu'ils puissent picoler tout leur saoul. Grant tenait la bouteille de Jose Cuervo qu'il avait trouvée sous son lit, chez Ellen. Il était à peine visible dans la pénombre.

— À Grandpa Gere, déclara-t-il en avalant une gorgée avant de passer la tequila à Delia.

— Le meilleur des grands-pères, ajouta-t-elle. (Elle but au goulot et tendit la bouteille à Red par-dessus les jambes d'Alice.) Enfin… à ce qu'on croyait.

— Eh, là ! protesta Grant. Pas de ça ici, ma petite dame. Tu dois trinquer, comme tout le monde !

— Euh, bredouilla Alice, c'est-à-dire que… je suis privée d'alcool en ce moment… et aussi pour les mois à venir.

Gros silence. Grant la regarda sans comprendre, et Red se sentit soudain très nerveux.

— Je suis enceinte, soupira Alice.

Un sourire détendit aussitôt les traits crispés de Red.

— Mais c'est génial ! s'exclama-t-il.

Sa joie était sincère. Red avait toujours adoré les bébés, et il espérait que celui d'Alice aurait lui aussi les cheveux roux de leur grand-père.

Grant, lui, se mit à hocher la tête sans s'arrêter, comme s'il écoutait une chanson au *beat* irrésistible.

— Cool, dit-il en tapotant l'épaule de sa cousine.

— Sérieux, vous n'aviez rien remarqué ?

Alice s'autorisa enfin le geste qu'elle s'était interdit toute la journée et posa sa main sur son ventre.

— J'avoue que ça m'a traversé l'esprit, dit Grant d'un air pensif. Mais j'ai déjà commis l'erreur de féliciter une femme pour sa grossesse alors qu'elle n'était pas enceinte et on ne m'y reprendra pas…

Delia prit un air écœuré en imaginant la gaffe de son cousin, et Alice frémit en se remémorant la fois où elle avait cédé sa place à une femme dans le métro parce qu'elle la croyait enceinte : l'inconnue lui avait demandé pourquoi, des poignards dans les yeux, et Alice avait bafouillé, sans plus savoir où se mettre.

— Désolé de poser cette question, mais... il y a un papa, dans tout ça ? demanda Grant. Ou es-tu juste allée faire tes emplettes dans une boutique de sperme à la mode ?

Il assortit sa question de regards appuyés en direction de son frère, et de la bouteille entre ses mains, comme pour lui signifier que le scoop d'Alice n'était pas une raison pour s'endormir sur la bouteille.

— Et c'est prévu pour quand ? demanda Red, sans doute pour faire oublier la question de son frère.

Il porta la bouteille à ses narines et la renifla d'un air soupçonneux

— Décembre.

— Donc tu en es déjà au deuxième trimestre.

Grant jeta un coup d'œil interloqué à son frère.

— Ben quoi ? Toutes mes collègues au boulot ont des enfants.

Alice plongea son regard dans les étoiles, concentrée sur les questions de timing et de date comme chaque fois qu'elle essayait de calculer ces trucs-là. Les maths n'avaient jamais été son fort. Elle refit défiler les mois à l'envers pour être sûre qu'elle obtenait bien mars.

— À ta santé, alors, déclara Red en levant la bouteille.

Il se força à avaler une lampée de tequila en déglutissant par à-coups pour moins sentir la brûlure de l'alcool dans sa gorge.

Puis il repassa la bouteille à Grant, qui but une rasade avant de se tourner à nouveau vers Alice.

— C'est dur de ne pas pouvoir boire ?

— Oh oui, soupira-t-elle.

— Minute. Si tu restes sobre, est-ce que Rebecca et Peter doivent toujours venir nous chercher ?

Delia regarda ses genoux, et Alice hésita.

— Je... ne suis pas encore prête à l'annoncer à tout le monde.

— Hmm, commenta son cousin d'un ton suspicieux. À tout le monde, ou... à ton amour de jeunesse ?

— Grant ! fit Red d'un air exaspéré.

— Il n'a pas tout à fait tort, avoua Alice.

— Et comment ta mère a-t-elle pris la nouvelle ?

Cette question, comme tant d'autres, rendait Red nerveux, même s'il savait que sa tante Wilma était moins conservatrice sur certains points que son père. À bien y réfléchir, c'était à se demander comment des êtres aussi différents que JJ et ses deux sœurs pouvaient partager le même ADN. Il avait du mal à croire qu'ils aient pu grandir au sein de la même fratrie et développer des visions de la vie aussi différentes.

Alice avait annoncé la nouvelle à sa mère quatre semaines plus tôt, après avoir finalement décidé d'assumer cette grossesse et de garder le bébé. Elle l'avait appelée depuis son appartement de Prospect Heights, à Brooklyn, en regardant par sa fenêtre la petite cour de derrière à laquelle seul le gardien de l'immeuble avait le droit d'accéder. C'était la première belle journée de l'année, et il était assis dans l'herbe, en train de regarder son iPad. Alice se demanda si les gamins lisaient encore des livres, de nos jours. Comment élever un enfant à l'ère du tout technologique et de l'information illimitée ?

Alice avait tout dit à sa mère dès que celle-ci avait décroché. Pourquoi avait-elle autant eu le trac ? Wilma n'était pas du genre à juger. Et s'il existait un beau modèle de femme ayant élevé ses enfants sans l'aide de personne, c'était bien elle. Non pas qu'elle aurait reproché à sa fille de souhaiter avorter, si cela avait été le cas. Alice lui avait tout raconté en vitesse accélérée : son premier réflexe d'appeler la clinique, le cheminement de ses pensées, sa certitude de vouloir des enfants un jour, sa crainte de ne peut-être pas voir une telle occasion se représenter et, pour finir, l'annulation du rendez-vous à la clinique.

À l'autre bout du fil, Wilma avait gardé le silence. Alice avait fini par se taire, le cœur battant à tout rompre dans sa poitrine.

— Maman ?

— Oh, ma chérie, c'est fantastique !

Sa voix s'était brisée, et Alice avait compris que sa mère venait de fondre en larmes – événement rarissime. Ses pleurs s'étaient transformés en sanglots saccadés, entre lesquels elle avait réussi à glisser :

— Je... suis... tellement... contente !

Alice sourit à Red.

— Elle l'a très bien pris. Elle est hyper ravie, même.

— Tant mieux. Et donc, tu... tu te lances dans cette aventure toute seule ? demanda Grant en mimant un gros ventre avec ses mains.

— Grant ! s'indigna Delia.

— Ben quoi ?

— Alice est tout à fait capable de gérer la situation. Ce n'est pas un *crime* d'être célibataire, figure-toi !

— C'est bon, Delia, lâche-nous avec ta rupture traumatisante, OK ? Toi au moins, tu ne t'es pas fait larguer à la télé.

— Ne me dis pas que ça t'a brisé le cœur...

— En tout cas, j'avais l'air canon ! s'exclama Grant en voulant claquer un *high-five* auquel personne ne répondit. De toute façon, ce truc m'a apporté cent vingt mille followers sur Insta. C'est forcément un accélérateur pour ma carrière.

Grant était coach dans une salle de sport près d'Atlanta et son carnet de rendez-vous était plein depuis que la saison de *The Bachelorette* était diffusée.

— Wouah, Grant, c'est impressionnant ! s'extasia Alice.

— Pas vraiment, commenta Delia. Pas pour un finaliste, en tout cas.

— Le top 5 ne fait pas de moi un finaliste, rétorqua Grant. Merci de me le rappeler, cousine.

Il but une gorgée rageuse de sa bouteille de tequila, qui avait refait un tour avant de revenir jusqu'à lui. Mais il n'aurait pu faire croire à personne que son élimination lui avait fait de la peine. Et oui, il avait adoré passer ses journées au bord de la piscine en flirtant avec Lindsay, qui était vraiment une chouette fille et qui, à en juger par ses posts récents sur les réseaux sociaux, participait à des podcasts de fans et à des festivals musicaux en très petite tenue, après avoir découvert que l'homme qu'elle avait choisi dans le dernier épisode de l'émission n'avait pas déjà une, mais deux petites amies qui l'attendaient bien au chaud chez lui.

Grant n'avait pas pleuré après son élimination, un point très important pour lui depuis le début de l'émission. Il avait prévu de s'autoriser peut-être une larme s'il accédait à la finale – et encore, seulement s'il sentait que la compétition était si serrée qu'il avait besoin de sortir le grand jeu pour séduire Lindsay. Mais la vérité, c'est qu'il avait la larme facile. Quand JJ l'avait appelé pour lui annoncer le décès de Gerry, il avait tellement pleuré que le lendemain, ses collègues à la salle de sport avaient cru à une réaction allergique en voyant ses yeux gonflés.

Au moment de quitter la villa, il avait embrassé les autres candidats et glissé (juste assez fort pour qu'on l'entende) : « J'espère qu'elle te choisira, mec », à l'oreille de Jason. Ils avaient bien accroché pendant le tournage. Jason s'était bel et bien retrouvé en finale, avec de fortes chances de devenir le nouveau Bachelor, et Grant était content que sa petite phrase n'ait pas été coupée au montage. Qui sait, on le rappellerait peut-être pour participer à *Bachelor in Paradise* ou à n'importe quel autre spin-off inventé par la production pour surfer sur la popularité du programme !

— C'est vrai que tu avais l'air canon, confirma Delia. J'ai au moins cinq copines qui m'ont demandé ton numéro. T'inquiète, je leur ai bien précisé que tu n'étais qu'un sale con.

— Montre-moi leurs photos. Quand tu auras rectifié tes propos, je te dirai à qui tu as le droit de filer mon numéro. Mais blague à part, dommage que je n'aie pas été prévenu à temps de ta rupture avec Connor. J'aurais pu le défoncer à la télé, Del.

— C'est vrai, quel dommage ! Et ça ne m'aurait pas du tout fait passer pour une folle assoiffée de revanche.

— On devait aller à un match des Preds, dit Red tout à coup.

— Quoi ?

— Grandpa Gere. Il m'avait promis de m'emmener voir un match des Preds. L'équipe de hockey. À Nashville.

— Quand ça ?

— On n'avait pas encore fixé de date. Il avait juste dit ça comme ça, parce que je n'étais jamais allé à un match de hockey. Et maintenant… c'est trop tard.

Il avala sa plus grosse gorgée de tequila depuis le début de la soirée.

— En parlant de *date*, lui demanda Alice, tu vois quelqu'un à Nashville en ce moment ?

Heureusement qu'il faisait noir comme dans un four. Red sentit ses joues devenir de la même couleur que ses cheveux. Il faillit avaler sa gorgée de tequila de travers et se mit à tousser, en recrachant une bonne partie.

Les trois autres éclatèrent de rire.

— Waouh, dit Alice, ça doit *vraiment* être quelqu'un !

— Elle est canon ? demanda Grant.

— T'es amoureux ? renchérit Delia

— Non, non ! bredouilla Red.

Il était mortifié en se remémorant sa toute première tentative récente sur une appli de rencontre. Il avait eu de très bons échos sur YCHO (« *You Come Here Often*[1] ? ») et avait pas mal échangé par messages avec son premier « match ».

1. « Tu viens ici souvent ? » (Toutes les notes sont de la traductrice.)

Mais quand il s'était présenté au bar et avait reconnu son visage de loin, il avait flippé et fait demi-tour sans jamais en parler à personne.

— Tant mieux, répondit Delia en soufflant sur sa frange. Parce que l'amour foutra ta vie en l'air, tu verras.

— Je m'inquiète pour Gram, dit Alice en passant directement la tequila à sa sœur.

— Moi aussi, dit Red.

Alice toucha son ventre. Pour être honnête, elle s'inquiétait plus de la réaction d'Ellen à sa grossesse que de sa difficulté à faire son deuil. Auquel s'ajoutait maintenant le choc de la grande nouvelle.

— Ils semblaient tellement faits l'un pour l'autre, pas vrai ? dit Delia. Gram et Grandpa Gere, moi et Connor... c'est à se demander si le véritable amour existe.

— Ce sont deux histoires très différentes, marmonna Grant.

— C'est vrai, concéda Delia. Pauvre Gram. Je continue à penser que Connor m'a trompée, mais se faire humilier comme ça en public ? C'est rude.

— Je ne sais pas, Deel. Pas sûre que « tromper » soit le mot juste ici, fit remarquer Alice.

— Il y a eu la fois où il a passé la nuit chez notre pote Cody...

— Non, dit Alice avec douceur, je voulais parler de Grandpa Gere.

— Mais c'est pareil, non ?

— Qui nous dit que cette histoire est vraie, d'abord ? s'irrita Grant. Fred était complètement bourré.

— Ça paraît un peu gros d'inventer un truc pareil, même bourré, objecta Red du bout des lèvres.

— Et moi qui craignais que Connor ne m'ait trompé avec une autre fille, gémit Delia. Super ! Maintenant, les possibilités sont infinies !

— Tu comptes vraiment... (Grant fut obligé de s'interrompre parce que Red, qui venait de reprendre une gorgée de tequila, fut soudain pris d'une nouvelle quinte de toux. Bon prince, il lui tendit une bouteille d'eau affreusement tiède.) Tu comptes vraiment, disais-je, toujours tout ramener à toi et à ta rupture ?

— Grant ! s'écrièrent Alice et Red d'une même voix.

— Ben quoi ?

Delia lui arracha la Cuervo des mains et but une longue, très longue gorgée.

— Peut-être bien, finit-elle par répondre. Va falloir t'y faire, pauvre mec.

Le trajet retour se déroula en silence. Les deux sœurs étaient montées avec Rebecca et roulaient derrière Peter, qui avait pris le volant du 4×4 de JJ, sur la route de terre battue ramenant vers Main Street. Tous (excepté Alice) étaient plongés dans leurs pensées embrumées d'alcool, à ressasser leurs souvenirs et à se poser des questions sans réponses sur Fred. Red, qui n'avait pas l'habitude de boire autant, dut demander à Peter de s'arrêter en urgence pour lui permettre de vomir sur le bas-côté. En remontant s'asseoir, il se sentit humilié mais soulagé d'avoir au moins eu le temps d'ouvrir la portière pour descendre. Peter lui assura que ça ne faisait rien et Grant lui asséna une grande tape dans le dos avant de lui ébouriffer les cheveux. Ce geste de tendresse fraternelle les mit autant mal à l'aise l'un que l'autre, et ils se détournèrent chacun vers leur vitre. Red ouvrit la sienne et pencha la tête dehors en espérant que l'air de la nuit allait le soigner.

***

Carol Anne admirait son reflet dans le miroir en rentrant le ventre au maximum, le regard intense et ses longs cheveux blonds rassemblés d'un côté. Assise sur le rebord de la baignoire, Wilma observait leur mère se brosser les dents.

— Tu vas me regarder comme ça encore longtemps ? lui dit Ellen en crachant dans le lavabo.

Wilma baissa aussitôt les yeux et frotta son pied contre le carrelage de la salle de bains. Ellen et Gerry l'avaient fait refaire il y a cinq ans. Comble du luxe, une télé murale était fixée au-dessus de la baignoire : Gerry avait insisté, croyant faire plaisir à son épouse, qui lui avait pourtant répété qu'elle n'en voyait pas l'intérêt. De fait, elle ne l'avait jamais utilisée. Elle ne savait même pas où se trouvait la télécommande, et l'écran était trop haut pour qu'elle puisse l'atteindre. Rien que de penser à cette attention si futile de la part de son père, Wilma avait les larmes aux yeux.

Ellen rangea sa brosse à dents et se lava les mains. Wilma était sidérée de constater que le deuxième verre d'alcool qu'elle l'avait vue boire de sa vie ne semblait lui avoir fait aucun effet.

— J'avais juste envie de te tenir compagnie, se justifia-t-elle.

Ellen passa au fil dentaire et ne dit rien.

Wilma continua à l'observer. Elle n'avait conscience de la beauté de sa mère que depuis quelques années, à mesure que les premiers effets du vieillissement se manifestaient sur son propre visage. Elle plissait le nez et le front devant son miroir tous les matins, consciente que c'était pourtant la chose à ne pas faire, en constatant avec dépit la progression de ses rides. Ellen en avait aussi, mais elles étaient très estompées ; ses traits s'étaient joliment adoucis avec l'âge, sans trop s'affaisser. Le bleu de ses yeux étincelait, et sa peau était de la fraîcheur d'une pâte à pain. Wilma se demanda si elle ne devrait pas acheter la même crème hydratante.

Ellen avait justement ouvert son pot de Pond's pour s'en appliquer lentement sur le visage et s'en tapoter les joues. Elle semblait tout faire au ralenti, ces jours-ci. Elle jeta un coup d'œil à ses filles et vit dans le regard de Wilma cette inquiétude qui semblait l'habiter depuis le jour de sa naissance. Ellen était fière qu'on ait toujours complimenté sa fille pour son empathie. Enfant, elle mettait un point d'honneur à partager ses bonbons et donnait la main aux plus petits quand ils avaient du mal à marcher. Adolescente, elle avait tenu à s'investir dans toutes sortes de causes, jusqu'à en faire une obsession. Une fois devenue mère, elle avait pour ainsi dire obligé ses filles à se lier d'amitié avec les gamins défavorisés de leurs classes, ceux dont elle savait les familles perturbées par des problèmes d'alcool, d'argent ou de mésentente entre les parents.

Ellen n'aurait jamais osé le dire, mais elle avait été soulagée quand Wilma et Trey s'étaient séparés. Si la nature généreuse de sa fille était un motif de fierté, elle avait toujours nourri la crainte que Wilma se fasse avoir par des personnes malintentionnées. Et la voir combler d'attentions un homme aussi stupide, égocentrique et faussement hâlé que Trey en avait été la parfaite illustration.

Ces dernières années, Wilma avait plus souvent effectué les quatre heures de route entre Atlanta et Eulalia pour rendre visite à ses parents. Et il ne lui avait pas échappé qu'Ellen devenait lente dans ses gestes et ses déplacements, qu'elle mettait plus de temps à aller d'une pièce à l'autre ou vider le lave-vaisselle. Wilma avait senti son cœur se serrer à Noël quand sa mère avait servi au dessert un roulé à la cannelle acheté tout fait, expliquant d'un air gêné qu'elle avait raté le sien en confondant le sucre et le sel. Wilma savait faire la différence entre l'expression attentive de sa mère lorsqu'elle vous écoutait parler, et son sourire neutre quand elle n'entendait pas ce que vous lui disiez mais n'osait pas vous demander de le répéter.

En temps normal, Ellen détestait se sentir observée. Mais ce soir, ce n'était pas déplaisant de se sentir couvée par le regard protecteur de sa fille. Parce que l'homme auquel elle avait l'habitude de se plaindre du trop-plein d'attentions de Wilma (celui qui lui répétait à l'envi « Ce n'est pas parce qu'on vieillit qu'on est déjà vieux ! » et lui tapotait la main en disant que c'était agréable, tout de même, d'avoir une fille adulte aux petits soins pour vous), cet homme-là n'était plus de ce monde. Et parce qu'il n'avait peut-être jamais été celui qu'il prétendait être. Mais elle n'avait pas envie de penser à cela maintenant.

Ellen se dirigea à pas lents vers sa chambre, suivie de près par ses filles. Elle s'assit sur le rebord du lit et commença à ouvrir les draps de son côté. Elle était fatiguée, épuisée même, par le chagrin, le choc mais aussi la colère, qu'elle voyait déjà attendre au coin tel un Père Noël de l'Armée du Salut à la sortie de la supérette avant les fêtes.

— Avec papa, on regardait parfois le soleil se lever sur la véranda, dit Carol Anne en venant s'asseoir sur le bord de son lit.

— Toi, debout avant l'aube ? s'étonna Wilma.

— Non, c'était quand je rentrais de nuit blanche.

Ellen se contenta de la regarder sans rien dire. C'était quelque chose qu'elle avait dû s'entraîner à faire, avec sa fille cadette. Ne pas détourner les yeux.

— J'ai envie de le faire demain matin, pour lui dire adieu. Donc, je ne vais pas me coucher. Bonne nuit, maman.

Elle se leva pour aller embrasser sa mère, humant au passage le parfum de sa crème hydratante.

— Je t'aime très fort, dit-elle. Papa t'aimait, lui aussi. Tu sais, le sexe est parfois la simple expression d'une...

— Bonne nuit, Annie, l'interrompit sa sœur.

Carol Anne hocha la tête et sortit. Wilma replia l'un de ses genoux contre elle en se mordant les lèvres. Elle ne savait pas quoi dire à cette femme qui l'avait élevée, qui venait de perdre son mari et de découvrir qu'il lui avait menti, sans doute pendant des décennies. Elle tirait nerveusement sur ses cheveux courts comme pour les rendre plus longs, ce que sa mère avait toujours souhaité.

— Maman ?

Ellen tourna la tête pour fixer un point sur le mur en essayant d'ignorer à quel point elle voyait flou à cause du whisky, même si personne ne semblait l'avoir remarqué.

— Je peux rester dormir avec toi cette nuit ?

Ellen ne réagit pas tout de suite.

— Bien sûr, si ça te fait plaisir. Mais pas par pitié. Je peux très bien dormir toute seule.

— Oui, ça me fait plaisir. (Elle se glissa sous les draps à la place de son père, sans même s'être changée, brossé les dents ou avoir ôté le mascara qu'elle ne portait presque jamais.) Merci.

***

Une heure plus tard, Wilma entrait en titubant dans la cuisine pour se servir un verre d'eau. Elle s'était réveillée, complètement désorientée, dans le lit de sa mère, encore vêtue de la robe noire qu'elle portait aux obsèques. Ses cheveux bruns et courts, parsemés de touches argentées depuis quelque temps maintenant, formaient des épis à des angles improbables, et elle avait des yeux de panda à cause du mascara qui avait coulé et séché autour de ses cils.

JJ, Jennifer, Carol Anne et Robert se tenaient assis autour de la table ronde de la cuisine, en bois sombre et un peu voilé, bien plus vieille qu'eux ne l'étaient. Son gros trépied central donnait l'impression de pouvoir placer autant de chaises qu'on le voulait tout autour. Carol Anne et Jennifer avaient chacune un verre de vin devant elles, JJ un scotch. Robert avait opté pour de l'eau. Il avait parfaitement l'âge légal de boire, mais son verre d'eau semblait le rajeunir encore plus et cela ne lui rendait pas service. Les autres paraissaient beaucoup plus vieux autour de lui, comme s'ils avaient pris dix ans dans l'aile depuis le début de cette journée. Même Jennifer accusait le coup avec ses cheveux ternes, ses traits tirés et ses poches sous les yeux, saisissant contraste avec sa bonne mine habituelle.

JJ désigna la chaise vide en face de lui. Wilma vint s'asseoir.

— On a fait une petite sieste, à ce que je vois ? dit Carol Anne à sa sœur.

Sans un mot, JJ se leva pour passer au salon et se diriger vers le meuble-bar servant surtout à épater la galerie. Il revint quelques instants plus tard avec un épais verre en cristal identique au sien et deux doigts de scotch à l'intérieur. Wilma approuva d'un hochement de tête.

— Merci, lui glissa-t-elle.

Ce choix de boisson aurait sans doute un effet plus relaxant que le verre d'eau qu'elle était venue se servir.

— Elle dort ? demanda JJ en se rasseyant.

— Oui. Sans doute l'effet abrutissant de l'alcool pour elle qui ne boit jamais.

— C'était le jour ou jamais pour s'y mettre, marmonna JJ.

Il n'y eut aucun commentaire. Le silence ne semblait même pas rendre quiconque mal à l'aise, excepté Robert.

— J'ai toujours trouvé bizarre que deux êtres puissent être aussi heureux en mariage et ne voir qu'un seul de leurs enfants mener une vie de couple normale, poursuivit JJ en fixant son verre.

Ses mots ne visaient personne en particulier. JJ parlait surtout pour parler, et non pour être écouté.

— Statistiquement parlant, rétorqua Wilma, il est tout aussi « normal » d'être divorcé que marié.

Elle n'était pas vexée le moins du monde par la remarque de son frère. La plupart des choses, y compris ce qu'il venait de dire, ne tournaient pas autour d'elle. Et elle le savait.

L'amour de JJ ne faisait aucun doute. Il avait adoré ses deux sœurs dès leur naissance, confortant ses parents dans l'idée qu'il était le plus merveilleux garçon au monde. Wilma avait été un nourrisson très calme, une petite fille intelligente, une enfant sensible et gentille ; quand elle était bébé, JJ aimait s'imaginer qu'elle était à lui. Elle pouvait le mettre mal à l'aise avec son look bohème et ses opinions progressistes, mais il lui vouait un amour qu'aucune autre femme ne lui avait jamais inspiré et la respectait encore plus que sa propre épouse. Dans une petite ville comme Eulalia, s'habiller tout en noir, observer le monde à travers l'objectif de son appareil photo, citer les sœurs Brontë et porter des badges de la Pride pouvait vous valoir au mieux des railleries, au pire des coups et des insultes. Mais Wilma n'avait rien eu à craindre de ce côté-là, car tout le monde savait que s'en prendre à la frangine de JJ Williams revenait à signer son propre arrêt de mort.

Il soutenait aussi Carol Anne, bien sûr. Personne n'aurait osé se moquer de sa passion obsessionnelle pour le club de théâtre ou de sa manie de porter des lunettes noires à l'intérieur, pour la simple raison qu'elle était l'autre sœur de JJ Williams. Mais la vérité, c'est qu'il y mettait moins de cœur. Personne n'avait remarqué la fierté dans son regard quand Wilma avait remporté le premier prix du Concours des Jeunes Photographes de Géorgie, et personne n'avait remarqué l'absence de cette étincelle de fierté quand Carol Anne avait joué dans *The Music Man*.

— Je ne m'imagine pas vouloir d'une vie normale, affirma Carol Anne en reprenant une gorgée de pinot gris.

— Personne ne pourrait l'imaginer venant de toi, répondit JJ.

Jennifer lui donna un coup de pied sous la table. L'entendre parler à sa sœur sur ce ton réveillait en elle quelque chose qu'elle parvenait généralement, mais pas toujours, à garder sous contrôle.

— Votre père avait l'air d'un type épatant, déclara Robert en les regardant à tour de rôle avec un hochement de tête solennel.

— C'est vrai, répondit JJ, et ne tiens pas compte des mensonges que tu as entendus aujourd'hui.

— Merci, Robert, ajouta Wilma. C'était un type épatant. Je pense qu'il aurait adoré faire ta connaissance.

JJ ne put s'empêcher de pouffer. Cette fois, ce fut Wilma qui lui asséna un coup de pied sous la table.

— Eh, Wilma... lança-t-il d'une voix pâteuse. (À eux seuls, ces deux petits mots firent comprendre à tout le monde, y compris Robert, qui le connaissait à peine, que JJ avait déjà trop bu.) Tu crois que papa aurait pu citer le prénom de tous les maris de Carol Anne, dans l'ordre, sans se planter ? Ou qu'il aurait été capable de les reconnaître pendant une séance d'identification ?

Un sourire fugace traversa l'expression de Wilma – non pas cruel, mais amusé. Il fallait reconnaître que l'idée était drôle. Elle s'empressa de reprendre un air sérieux.

— JJ, dit Jennifer d'un ton calme où pointait néanmoins une note de menace ?

Il se tourna vers elle, et elle vit combien il souffrait derrière le masque de l'alcool. Elle décida de se montrer magnanime et de lui laisser le droit d'être odieux durant cette soirée. Elle se souvenait encore des obsèques de son père : la journée avait été éprouvante alors qu'elle n'avait même pas été proche de lui de son vivant.

— Dites, dit Wilma d'un ton hésitant, vous croyez que... vous pensez qu'il pourrait y avoir un fond de vérité là-dedans ? Ou que Fred était juste ivre mort et sous l'effet du trac ?

Elle avait lancé sa question à la cantonade, mais elle s'adressait directement à sa belle-sœur, la seule autour de cette table dont elle respectait le jugement.

— Mais non, ma chérie, répondit Carol Anne. (Wilma comprenait très bien pourquoi certaines personnes ne pouvaient pas encadrer sa petite sœur.) Soyons sérieux !

— Impossible, renchérit JJ. Papa n'était pas… Non, absolument pas, asséna-t-il en remuant son verre pour entrechoquer les glaçons.

C'était plus fort que lui : il fallait qu'il donne son opinion alors que tout le monde la connaissait déjà. Il aimait que les choses aillent dans son sens. Comme quand il draguait Jennifer, il y a de cela trente ans, et qu'elle ne s'intéressait pas à lui, mais que son obstination et son refus de déposer les armes avaient fini par l'impressionner. Ce n'était pas une surprise pour elle de le voir se ranger dans le camp du déni et d'y planter son drapeau.

— Ne me dis pas que tu fais partie de ces hommes incapables de prononcer le mot « gay » ? dit Carol Anne à son frère.

— Bien sûr que non, grommela JJ d'une voix toujours aussi pâteuse.

Son ami Matthew Framon, qui avait été son ancien coéquipier de foot américain à la fac et son témoin de mariage, avait fait son coming out trois ans après la fin de leurs études. Matthew avait remporté le trophée Heisman[2], c'était un type loyal et drôle, et JJ avait compris qu'il se fichait pas mal de savoir avec qui il couchait.

— Mais papa n'était pas gay, poursuivit-il. Et Fred est gâteux. Je l'adore, c'est comme un second père pour moi… Euh, non, pas dans ce sens-là, nom de Dieu ! lança-t-il à Carol Anne, qui n'avait pourtant rien dit. Le pauvre, il a un peu déraillé depuis la mort de Linda. Et je ne crois pas un mot de… D'ailleurs, il n'a pas dit grand-chose, finalement.

2. Trophée décerné chaque année au meilleur joueur de football américain en équipe universitaire.

— À part le fait que papa et lui étaient amants, le tout en nous pointant du doigt, hilare, et en criant qu'on ne s'était doutés de rien ? rétorqua Carol Anne.

Elle noua ses cheveux en chignon et dévisagea son frère d'un air incrédule comme si elle n'en revenait pas d'avoir à lui rappeler tout cela. JJ regardait fixement son verre, espérant sans doute faire croire qu'il n'avait rien entendu.

— Si j'ai appris une chose sur le tournage de *This Time, Forever,* qui avait d'ailleurs été nominé aux...

— Je ne peux pas dire que je tombe des nues, déclara Jennifer à brûle-pourpoint.

Son intervention venait de les sauver d'une énième affabulation de Carol Anne sur son expérience de simple figurante dans un film qui s'était retrouvé par chance aux Oscars dans la sélection du meilleur film de l'année, il y a dix-sept ans. Pourtant, personne ne semblait lui en être reconnaissant. Au contraire. Tout le monde la dévisageait avec surprise, voire une lueur de rage alcoolisée chez JJ. Elle soutint le regard de son mari sans sourciller. Le fait de le contredire lui apportait une indéniable pointe de satisfaction.

— Tu avais... des soupçons ? demanda Wilma.

— Pas vraiment. Mais il y avait un truc, c'est certain. Je ne dis pas que je l'avais deviné, mais j'avoue juste que ce n'est pas un choc.

Carol Anne hocha la tête, comme si Jennifer parlait une langue qu'elle était la seule à comprendre.

— Ils ont toujours eu un lien si puissant, dit-elle.

— L'amitié est un lien puissant, répliqua JJ en se redressant sur sa chaise en osier, comme pour s'extraire de sa torpeur alcoolisée. Ça ne veut pas dire qu'il y avait... autre chose !

— Bien sûr que non, fit Wilma en tendant le bras pour lui tapoter la main.

— En même temps, poursuivit Jennifer histoire de montrer qu'elle n'avait pas dit cela juste pour contrarier son mari, je me souviens d'une fois où Fred avait raccompagné votre père à la maison après le boulot. Ils plaisantaient ensemble devant la maison. Je faisais la vaisselle, donc je les voyais dehors à travers la fenêtre, et j'ai failli m'interrompre pour les saluer. Mais quelque chose dans la manière dont Gerry avait claqué sa portière, dans leur façon de rire à tous les deux, m'avait fait hésiter. Grant commençait à avoir des copines et je m'habituais tout doucement à voir mes enfants grandir, à moins m'investir dans leur vie privée. Fred avait redémarré sa voiture et Gerry était resté là, à le regarder s'éloigner en souriant. Quelque chose m'avait retenue d'ouvrir la fenêtre pour lui dire bonjour alors que je le faisais toujours, d'habitude, quand j'étais dans la cuisine. J'avais le sentiment… d'être une intruse, aussi bizarre que ça puisse paraître.

Lorsqu'elle eut fini de parler, on aurait pu entendre une mouche voler. Wilma hocha lentement la tête.

— Donc, tu insinues que… tu l'as toujours su ? dit JJ laborieusement.

— Non, ça ne m'avait même pas traversé l'esprit. Mais quand Fred a commencé à… déraper, cette scène m'est revenue en mémoire et je me suis aperçue que je n'étais pas vraiment choquée par ce qu'il racontait. Du moins, pas autant que les gens autour de moi.

— Je ne suis pas *choqué*, s'indigna JJ d'une voix rauque. Mais ce n'est qu'un paquet de mensonges. Ils étaient amis ! Fred est très âgé et il avait bu comme un trou, nom de Dieu ! Tu as juste vu deux potes en train d'échanger une blague !

Jennifer ne se laissa pas impressionner. Elle regarda fixement son mari pendant qu'il noyait son regard au fond de son verre.

— Je crois, déclara Carol Anne, que nous aurions tous intérêt à voir cet épisode comme ce qu'il est : une leçon de vie. Les humains ne sont pas faits pour être fidèles au même partenaire toute leur vie. La sexualité est un *spectre*. Fred et papa s'adoraient, ce n'est pas un scoop. Et apparemment, cela s'exprimait parfois sur le plan sexuel... Quoi de plus normal ?

Robert lui tapota la main en signe de soutien, même s'il sentait à quel point ses propos étaient affreusement déplacés.

— La seule fois de ma vie où j'ai joué une scène de sexe... enfin, où j'ai répété une scène de sexe pour m'entraîner, au cas où, je me suis demandé si...

— Fred paraissait-il bizarre, ces derniers temps ? demanda Wilma à Jennifer. (Personne au sein de la famille, pas même la douce et gentille Wilma, n'avait de scrupules à couper la parole à Carol Anne. C'était souvent préférable pour tout le monde.) Je ne l'avais pas revu depuis Noël, et j'avais à peine échangé quelques mots avec lui.

— Je l'ai trouvé bizarre aujourd'hui, répondit JJ.

— Il avait l'air normal, répondit Jennifer.

Ils avaient parlé en même temps. Gênés, ils échangèrent un coup d'œil avant de regarder ailleurs.

Il y eut un court silence.

— Pour ma part, je vais essayer de ne plus trop y penser, dit Wilma. Il a eu une vie bien remplie et nous n'avons pas à tout savoir. Il restera toujours notre père, cet homme formidable qu'on a tous aimé. Le reste... ne nous appartient pas. Ça ne change pas les souvenirs qu'on garde de lui.

— Oh, pour l'amour du ciel ! s'écria JJ. Tromper, c'est tromper. C'est inacceptable quelles que soient les circonstances. Nous n'avons pas les mêmes valeurs, manifestement.

Wilma recula la tête, comme pour s'empêcher d'entendre ce qu'il venait de dire, avant de porter son verre à ses lèvres.

— Je croyais que c'était un paquet de mensonges ? dit Jennifer.

Cette fois, sa colère était telle qu'elle ne pouvait pas regarder son mari dans les yeux. Elle était trop gênée parce qu'il venait de dire, alors qu'il ne s'agissait même pas de sa famille.

— Bon, je retourne me coucher, annonça Wilma. Bonne nuit.

Elle alla jeter son reste de scotch dans l'évier pour se servir un verre d'eau et sortit de la cuisine.

***

Quelques heures plus tard, assise à cette même table, Alice mangeait du beurre de cacahouètes dans le noir quand la cuisine se retrouva soudain inondée de lumière. Elle se figea net, sa cuiller à mi-chemin entre le pot et sa bouche. Ellen avait l'air aussi surprise qu'elle. Toutes deux ouvrirent de grands yeux avant de pouffer de rire.

— Jésus Marie Joseph, s'exclama Ellen. Tu m'as fait une de ces peurs !

Elle se servit un verre d'eau et alla s'asseoir à côté de sa petite-fille.

— Désolée, lui dit Alice. Fais comme si je n'étais pas là. Je me faisais juste une overdose de beurre de cacahouètes toute seule dans le noir au milieu de la nuit. Tout va bien.

— Tu n'as pas assez mangé pendant le dîner, lui reprocha sa grand-mère.

Sa plus grande hantise était de savoir que quelqu'un avait faim sous son toit.

— Bien sûr que si, rétorqua Alice. Comment quelqu'un pourrait-il être sous-alimenté dans cette maison, en ce moment ? La bouffe déborde de partout !

Elle plongea son regard dans son pot de beurre de cacahouètes et éclata en sanglots malgré elle. Parce que malgré ses études d'histoire du féminisme, malgré la rubrique de conseils aux lecteurs qu'elle tenait pour un journal, malgré le fait qu'elle avait publié un roman dont l'héroïne avait une vie sexuelle bien remplie et que tous les lecteurs du *New York Times* étaient au courant, elle ne pouvait pas supporter l'idée de décevoir sa grand-mère en lui annonçant sa grossesse.

— C'est vrai, dit Ellen. Tant mieux, quand on pense à tout ce que Grant est capable d'engloutir. Sans parler de toi et ta sœur.

— Pas faux, concéda Alice en replongeant sa cuiller dans le pot. Comment vas-tu, Gram ? Quelle journée, hein. Je suis désolée que tu aies du mal à dormir.

— Je crois que je vais aussi bien que possible, compte tenu des circonstances. Et toi, demanda-t-elle à sa petite-fille en posant ses mains bien à plat sur la table, comment le vis-tu ?

Alice soupira, prête à répondre exactement comme venait de le faire sa grand-mère, mais exaspérée par ce type de platitude.

— Pareil. Mais c'est compliqué.

— Je comprends, opina Ellen.

— Tous les gens du quartier étaient là. Je n'avais pas vu certains d'entre eux depuis très, très longtemps…

— Oui, c'est bien que vous ayez tous pu revoir Peter et Rebecca.

— Mmm, fit Alice en s'empressant d'enfourner une nouvelle cuillerée de beurre de cacahouètes.

— Peter est devenu un bien beau jeune homme, tu ne trouves pas ?

— Mmm, répéta Alice en essayant de déloger un morceau de pâte collante coincé contre son palais.

Sa grand-mère attendit sans rien dire. Alice finit par reprendre la parole.

— Tu sais, je l'ai revu à New York il y a quelques mois. Il était venu pour un congrès médical.

— Ah ? Ravie de l'apprendre. C'est bien de garder le contact avec ses vieux amis.

À peine eut-elle prononcé ces mots qu'Ellen regarda fixement ses mains.

— Je ne sais pas trop quoi penser de ce que Fred a raconté aujourd'hui, dit Alice avec précaution en posant ses mains sur celles de sa grand-mère. Mais avant tout, je suis dévastée par sa mort. Et je me sens ridicule. J'ai 32 ans. À mon âge, on se remet du décès de ses grands-parents. Ne le prends pas mal, hein ! Mais la plupart de mes amis n'ont pas connu ce que j'ai connu avec lui. Ou avec toi.

— Nous avons eu beaucoup de chance, conclut Ellen.

— C'est vrai, répéta Alice en refermant son pot de beurre de cacahouètes. Une sacrée chance.

Chacune resta assise sans rien dire, les yeux dans le vide, en se demandant si elle y croyait vraiment.

Chapitre 3

Wilma entendit distinctement son genou craquer au moment de se hisser sur la banquette avant du F-150. Quel grotesque choix de véhicule pour son frère – un présentateur d'émission radio ! Mais le craquement de son genou la fit rire.

— T'as entendu ?

On aurait dit une enfant venant de lâcher un rot pendant qu'elle regardait la télé avec son frère.

— Je ne suis pas sourd, tu sais, répliqua JJ.

Wilma referma sa portière. La radio était branchée en bruit de fond sur 97.7 The Jam, la station pour laquelle travaillait JJ. Wilma était étonnée qu'il ne mette pas le son plus fort. Elle l'aurait cru du genre à écouter scrupuleusement tous les programmes, comme s'il dirigeait la station tout entière, et pas juste sa propre émission.

— Je vieillis. Je devrais peut-être m'inspirer de Jennifer et faire plus d'exercice. Ce ne sont pas les salles de sport qui manquent à Atlanta, ironisa Wilma.

Jennifer se trouvait en ce moment même à son cours de cardio ridiculement cher dans l'unique studio de gym d'Eulalia. JJ et elle venaient de découvrir qu'ils avaient de la tension artérielle, prétexte dont Jennifer s'était aussitôt emparée pour augmenter sa dose de sport hebdomadaire. Elle avait été moins convaincue, en revanche, par les applis de méditation que lui conseillait son médecin.

— Cette femme est une machine, marmonna JJ.

Le silence qui suivit fut un soulagement pour Wilma. Une question l'avait hantée pendant toute la matinée : JJ se souviendrait-il de sa petite phrase de la nuit dernière ? Pour la première fois, elle angoissait à l'idée de se retrouver seule avec son frère maintenant que leur père était mort. Elle savait que JJ traversait la pire épreuve de toute sa vie. C'était dur pour elle aussi, bien sûr, mais elle avait déjà connu la souffrance. Elle s'en voulut aussitôt de penser une chose pareille : elle avait toujours été agacée par la manière dont ses parents avaient toujours cherché à protéger JJ, soucieux de respecter ses sentiments, ses humeurs et ses caprices… Et voilà qu'à présent, elle tombait dans le même piège.

— Écoute, je m'excuse pour mes propos de cette nuit. À propos de l'infidélité.

— Oh, ne t'inquiète pas, minimisa aussitôt Wilma.

Il y eut un autre silence, un peu plus gênant celui-là.

— Crois-moi, je le buterais si je pouvais, ajouta JJ.

Wilma ne comprit pas s'il parlait de son ex-mari, de Fred ou de Gerry.

— Trey, précisa-t-il comme s'il lisait dans ses pensées. Tu n'as plus de nouvelles ?

— Plus depuis que les filles sont grandes.

Mais pensait-elle encore à lui ? Oh oui. Plus de deux décennies s'étaient écoulées depuis le divorce, mais Wilma n'avait pas vraiment refait sa vie depuis et n'avait donc personne pour occuper ses pensées. Elle s'était laissé convaincre d'essayer Match.com, sans jamais donner suite aux messages ou aux appels en visio qui auraient pu déboucher sur de vraies rencontres. Elle avait bien accepté de se rendre à quelques rendez-vous, mais tous s'étaient déroulés de la même manière : un type déprimé ou en colère (et le plus souvent au crâne dégarni) se plaignant de son ex pendant que Wilma l'écoutait déblatérer d'une oreille compatissante en touillant son café. Le seul qui avait semblé ne pas haïr son ex-femme était veuf – configuration plus originale, mais aussi plus triste. Wilma l'avait trouvé gentil, mais il ne l'avait jamais rappelée. Il avait dû avoir honte de pleurer devant elle.

Il n'y avait jamais de seconde fois. Alice et Delia prétendaient qu'Allen, son agent new-yorkais (celui qui vendait ses photos de temps en temps et avec qui elle buvait un café lorsqu'elle était de passage en ville pour voir ses filles), flirtait avec elle. Mais pour Wilma, il avait juste un tempérament sociable. Point sur lequel elle se trompait.

Bref, quand la solitude était trop forte, ce qui lui arrivait de plus en plus souvent depuis que ses filles avaient quitté le nid il y a dix ans, ses pensées se focalisaient sur une seule personne : Trey. L'homme dont elle était tombée amoureuse à l'occasion d'une lecture de poésie durant leur première année de fac. Trey « l'artiste », bien que nul n'ait jamais compris dans quel domaine exactement. Beau comme un acteur de cinéma et aussi dragueur, hélas. Trey, devenu l'agent des plus grandes stars à Hollywood, avec un badge de certification bleu sur son compte Twitter que Wilma consultait parfois quand elle avait un coup dans le nez.

— En tout cas, s'il osait se pointer ici, tu sais que ça irait mal pour son matricule.

Wilma s'en voulait d'adorer les démonstrations de virilité de son frère, mais ce n'était pas désagréable de se sentir protégée.

— Je sais.

Elle n'avait pas envie de s'étendre sur le sujet. Il y avait un fond de vérité dans les propos maladroits de JJ la nuit précédente, et elle ne se sentait vraiment pas la force d'en parler. Ni maintenant ni jamais, sans doute.

— J'espérais ne plus jamais devoir remettre les pieds ici, poursuivit-elle, même si elle savait qu'elle serait forcée d'y revenir un jour pour sa mère.

JJ grommela en signe d'approbation tout en se garant devant le salon funéraire Mortt & Sons. Dans la précipitation de l'organisation des obsèques, la question de la pierre tombale avait été un peu laissée de côté. Enterrer Gerry dans une sépulture vierge n'avait amusé personne, mais JJ et Wilma savaient ce qu'ils avaient à faire. Maintenant, il était temps d'honorer sa dernière demeure.

Ils entrèrent dans le vestibule de la petite maison où ils furent immédiatement accueillis par le souffle glacé de l'air conditionné. Wilma frissonna, à la fois de froid et de dégoût, en comprenant d'un seul coup pourquoi le climatiseur était poussé à fond. JJ longea le couloir jusqu'au fond, où se trouvait l'administration. Son expression ahurie ne fit que s'accentuer lorsqu'il trouva le bureau du directeur vide. Bill, le fils de Mortt, était leur interlocuteur depuis que le décès de Gerry avait été prononcé. JJ le connaissait depuis des années, en prime : il avait longtemps été arbitre au sein de l'ancien club de base-ball de Red et Grant.

Un homme à l'épaisse chevelure noire et au teint presque doré passa sa tête par la porte du bureau voisin. L'air un peu plus jeune que Wilma et JJ, il portait une chemise et un pantalon chino.

— Oh, bonjour ! Vous devez être les Williams ? Mon nom est Derek Saab. Comme la marque de voiture. Aucun lien, hélas, ajouta-t-il en souriant. J'étais absent la semaine dernière et Bill est malade aujourd'hui, mais vous êtes là pour la pierre tombale, c'est ça ? Eh bien, à votre service, messieurs dames !

JJ le toisa avec suspicion. Choisir la stèle funéraire de son père était une épreuve pour lui, et les situations de vulnérabilité avaient le don de le mettre sur la défensive. Sans compter qu'ayant grandi dans un mouchoir de poche comme Eulalia, il était toujours contrarié de devoir s'adresser à des gens qu'il ne connaissait pas.

— Soyez les bienvenus, ajouta Derek.

Wilma entra la première, et JJ la suivit en traînant des pieds comme un enfant récalcitrant. Au moment de s'asseoir, Wilma remarqua deux détails presque en même temps : la photo de deux fillettes posée sur le bureau et l'absence d'alliance à son annulaire.

— Mon nom est Derek, répéta-t-il. Enchanté. (Il se releva de son fauteuil pour leur serrer la main en les regardant droit dans les yeux.) J'étais en terminale à Eulalia High avec votre sœur, Carol Anne. J'étais responsable de l'éclairage au club de théâtre, alors elle a toujours été sympa avec moi.

Wilma ne put s'empêcher de pouffer. JJ leur lança à tous les deux un regard si noir que Derek se racla la gorge et s'empressa de poursuivre :

— Veuillez accepter mes plus sincères condoléances.

Ni JJ ni Wilma ne le remercièrent. JJ n'avait que faire des échanges de politesse pour le moment, et Wilma était trop sidérée pour dire quoi que ce soit : l'espace d'un instant, elle avait même oublié la raison de leur présence. Mais Derek ne se laissa pas démonter par leur silence.

— Je me souviens de la fois où on était très jeunes, au collège peut-être, et où Tracy Kitman avait organisé une boum chez elle. Certains parents étaient là pour nous surveiller, dont les vôtres. Votre père s'amusait comme un petit fou, voire davantage que la plupart d'entre nous. Il essayait de convaincre votre mère à danser et tout le monde trouvait ça très drôle. Inutile de dire qu'elle ne se laissait pas faire. Et elle braquait sa lampe de poche sur tous les couples qui dansaient trop près, ajouta-t-il avec un petit rire. Bref, c'était vraiment un chic type, votre père.

— Merci, dit Wilma.

Derek lui sourit. Il avait des pattes d'oie, signe qu'il avait passé beaucoup de temps au soleil. Wilma ne put s'empêcher de l'imaginer en débardeur sur la plage. Il plaqua sa main sur un gros classeur en cuir posé devant lui, et le claquement sec la fit sursauter.

— Oups, désolé ! dit-il, surpris lui aussi par ce bruit. Voici ce que je peux vous proposer. Il nous faudra décider de la forme, de la taille, de la police de caractères et du texte de l'épitaphe.

Il poussa le classeur dans leur direction et JJ l'ouvrit pour commencer à le feuilleter. Il finit par se rappeler qu'il n'était pas tout seul et le déplaça afin que Wilma puisse le consulter elle aussi.

— Les stèles rectangulaires sont très à la mode ces dernières années, fit remarquer Derek en désignant certaines photos. Contrairement aux formes arrondies, qu'on voit plutôt ressurgir… au moment d'Halloween.

— Vous vous croyez malin ? rétorqua JJ. Alors qu'on vient choisir une pierre tombale pour notre père ?

— Pas du tout, bafouilla Derek. (Son sourire s'évanouit, tel un magnet tombant de la porte d'un réfrigérateur.) Je ne voulais pas faire de l'humour. Juste… évoquer une image.

— Merci, lui dit Wilma avant de faire les gros yeux à son frère.

Le pauvre n'y était pour rien si cette corvée lui était tombée dessus.

— Depuis quand faites-vous ce métier ? lui demanda-t-elle, animée par une curiosité sincère.

JJ tournait les pages d'un air crispé, sans vraiment prendre la peine de lire les informations, pendant que l'employé des pompes funèbres engageait la discussion avec sa sœur.

— Ça fait déjà plusieurs années, répondit Derek. J'ai grandi ici, comme je le disais, puis j'ai vécu quelque temps à Macon, où je vendais des assurances. Voilà un peu plus de cinq ans que je suis revenu.

Il désigna la médaille montée sur un petit socle devant lui. « 5 ANS », pouvait-on lire. Wilma reconnut cet objet pour l'avoir vu dans un documentaire qu'elle avait tourné il y a deux ans. C'était une récompense des Alcooliques Anonymes.

— Félicitations, lui dit-elle. Et puis-je savoir ce qui vous a attiré dans... le milieu funéraire ?

Derek entendait souvent cette question.

— Je sais que c'est un choix de carrière atypique, dit-il en souriant. La plupart des gens s'imaginent plutôt une vieille dame flippante ou un type avec une fourche qui lui sort de la tête... ce genre de personnage. Mais quand je suis revenu m'installer à Eulalia pour me rapprocher de mes parents, j'avais besoin d'un boulot. On connaissait Bill et sa famille depuis toujours. Et vous savez quoi ?

Wilma se pencha vers son bureau et sentit ses joues s'empourprer. N'en faisait-elle pas un peu trop ? Avait-il remarqué qu'elle observait les petites taches dorées flottant dans ses yeux marron entre ses adorables pattes d'oie ?

— Non, quoi ? murmura-t-elle, trahissant davantage son trouble.

— J'adore ce que je fais, dit-il. C'est le métier le plus gratifiant que je connaisse. Et peut-être bien le plus gratifiant au monde. C'est très important de savoir accompagner les gens qui viennent de perdre un être cher.

Wilma baissa les yeux, consciente qu'elle appartenait désormais à cette catégorie : les personnes ayant perdu un proche, un roc dans leur existence.

— Qui plus est, ajouta-t-il sur un ton plus léger, j'ai la sécurité de l'emploi. Les gens ne vont pas s'arrêter de mourir du jour au lendemain, hein !

— Ça, il y a peu de chances, soupira Wilma.

— Bill m'a dit que vous viviez à Atlanta, c'est bien ça ?

— J'aime bien le rectangulaire, les interrompit JJ d'une voix un peu trop forte pour être normale.

En vérité, il n'avait pas de préférence particulière. Il voulait juste qu'ils se taisent. Leur conversation l'insupportait autant que les jappements de Miss Sparkles au passage du facteur.

Wilma se pencha vers le classeur et acquiesça.

— Tu as raison, c'est plus élégant.

— Parfait, fit Derek. Avez-vous une idée pour l'épitaphe ?

Ils y avaient réfléchi, en effet. Et ils avaient décidé de faire simple : « GERALD H. WILLIAMS, 1935-2019 : IL FUT UN PÈRE, UN GRAND-PÈRE ET UN MARI AIMANT. »

Le matin même, Delia avait suggéré à sa mère et sa sœur : « Il fut un père, un grand-père et un mari aimant bien qu'infidèle. » Alice lui avait donné une tape sur le bras, mais elle avait ri. Pas Wilma.

***

Alice s'éventait maladroitement avec la main tout en promenant la chienne le long de Myrtle Lane, vers ce que tout le monde dans la famille appelait « le panneau demi-tour de Miss Sparkles ». Très vite, elle comprit non seulement que ça ne servait à rien mais qu'elle se ridiculisait, comme une mauvaise imitation de Scarlett O'Hara (à laquelle elle n'avait *aucune* envie de ressembler). Elle s'était elle-même portée volontaire pour sortir la chienne ; celle-ci n'était visiblement pas d'humeur et se traînait avec une lenteur d'escargot en signe de protestation dans la touffeur humide, mais Alice voulait en profiter pour réfléchir aux derniers emails de ses lecteurs.

Même à New York, elle préférait travailler de chez elle le lundi, histoire d'être au calme pour parcourir les messages adressés à sa rubrique de conseils. Elle sortait ensuite faire un tour pour voir lesquels lui restaient en tête, quels témoignages lui donnaient envie de s'investir, et à qui elle se sentait en mesure d'apporter des conseils. Son appartement à Brooklyn était situé tout près de Prospect Park, et c'est souvent là qu'elle se rendait pour laisser ses pensées cheminer, même quand il neigeait – ce qui ne risquait pas d'arriver par cette chaleur.

Ce lundi, un message en particulier titillait sa conscience. Une lectrice signant sous le nom de « Suspicieuse » était certaine, allant jusqu'à détailler ses preuves, que son petit ami la trompait. La solution à ce problème était claire aux yeux d'Alice (une discussion franche avec le petit ami en question) et elle savait qu'elle pourrait pondre un texte bien ficelé en un rien de temps. Mais entre les ruminations permanentes de Delia et la crise familiale autour de Gerry, la seule pensée de se pencher une fois de plus sur des problèmes d'infidélité l'épuisait d'avance.

Il y avait un autre message à propos d'une situation délicate au travail – un supérieur hiérarchique voulant jouer les potes – dont elle pourrait peut-être faire quelque chose. Alice était soulagée qu'aucun des courriers de la semaine ne la touche de trop près pour l'inciter à répondre personnellement au lecteur, lui prodiguer ses conseils, lui envoyer ses bonnes ondes ou son soutien, ce que son grand cœur la poussait parfois à faire alors que cela n'apportait rien à sa rubrique. Elle essaya plutôt de se concentrer sur le problème du chef au comportement trop familier, et y parvint tellement bien qu'elle ne s'aperçut même pas qu'elle arrivait devant chez les Bell, que Peter était sorti tondre la pelouse et qu'il venait *d'éteindre* la tondeuse en la voyant.

En revanche, elle vit le shih tzu commencer à tirer sur sa laisse en direction du jeune homme, qui venait à leur rencontre. Elle remarqua que son tee-shirt du club de basket d'Eulalia était trempé de sueur, que les muscles de ses bras luisaient presque dans la chaleur. Il s'accroupit pour caresser Miss Sparkles, qui se mit à faire des bonds de joie, un filet de bave au coin des lèvres.

— Petite traînée, lui marmonna Alice.

— Salut ! dit Peter en levant les yeux vers elle.

Il grattait maintenant la chienne derrière l'oreille, et elle en remuait l'arrière-train de plaisir.

— Salut, répondit Alice. Oh là là, Miss Sparkles, un peu de tenue !

Peter s'esclaffa, et Alice se détendit. Elle avait toujours su le faire rire. Quand elle était plus jeune et qu'elle revenait à Eulalia pour les vacances, elle apportait toujours sa boîte de Mad Libs[3] et Peter se bidonnait pendant des heures. Une fois, l'été de leurs 10 ans, il avait même fait dans son pantalon – incident qu'il avait toujours nié depuis.

Il essuya la sueur à son front d'un revers de main.

— Comment vont les Williams ? voulut-il savoir. Est-ce qu'ils tiennent le coup ?

— Hmm, fit Alice comme si elle pesait sa réponse (alors qu'elle se demandait surtout si elle s'était bien mis du déodorant avant de quitter la maison). Je mentirais en te disant que c'est la fête, là-bas.

— Écoute, je sais que tu le savais déjà, malgré... ce qui s'est passé hier, mais Gerry était un homme exceptionnel. C'était vraiment...

Il ne finit pas sa phrase, et Alice fut mortifiée à l'idée qu'il fonde en larmes. Elle n'y survivrait sans doute pas.

— C'était vraiment un modèle pour moi, poursuivit Peter. Ce qui est terrible quand on perd quelqu'un, outre le chagrin qu'on ressent, c'est que tout ce qu'on dit de lui ressemble à un cliché larmoyant. J'ai l'impression qu'il n'existe pas de mots assez bien pour décrire Gerry.

Alice eut soudain la gorge nouée. Ces mots-là, venant de lui, c'était trop. Elle finit par concentrer son attention sur la chienne pour ne pas avoir à le regarder.

— Il t'aimait beaucoup, tu sais. Comme un membre de sa famille.

Peter se dandinait sur ses pieds et s'éclaircit la voix avant de répondre.

---

3. Jeu de société très populaire fondé sur le principe des cadavres exquis.

— Merci. J'aimerais te prendre dans mes bras, mais je suis en nage.

Malgré la chaleur, et malgré le fait qu'elle était elle-même dégoulinante de sueur, Alice songea qu'elle aurait adoré que Peter la serre contre elle. Puis elle revint à la réalité. Elle tourna les talons pour repartir dans l'autre sens, alors qu'elle n'avait même pas atteint le panneau stop du demi-tour – au grand soulagement de la chienne.

— À plus tard, lança-t-elle à Peter.

— Al, fais attention à…

Trop tard. Alice se retrouva par terre, sur le derrière. Miss Sparkles, qui n'avait rien, vint s'asseoir près d'elle en signe de solidarité (et d'épuisement). Alice porta aussitôt les mains à son ventre, et se félicita de ce réflexe maternel, avant de paniquer à l'idée d'avoir fait du mal au fœtus et de se sentir humiliée d'avoir chuté devant Peter. Il se précipitait déjà vers elle en tendant l'une de ses grandes mains pour l'aider à se relever, mais Alice s'empressa de se remettre debout toute seule.

Elle comprit alors ce qui venait de se passer. Les racines d'un magnolia perçaient la surface du trottoir et elle avait trébuché sans regarder où elle mettait les pieds.

— Ces foutus magnolias ! s'exclama-t-elle, dissimulant sous son rire forcé le fait qu'elle avait très mal au dos – et à son ego.

Peter parut sur le point de dire quelque chose, une ombre inquiète sur ses traits, mais Alice s'éloigna d'un pas vif en traînant la pauvre Miss Sparkles au bout de sa laisse.

***

— À ton avis, quelles sont les règles de la bienséance quand ton ex a un décès dans sa famille ?

Grant soupira et jeta un coup d'œil par la vitre, son poignet droit posé négligemment sur le haut du volant.

— Je ne suis pas hyper calé sur les questions d'étiquette, tu sais.

— Je ne parlais pas de toi *toi,* rétorqua Delia avant de se retourner en sursaut vers la banquette arrière quand la grosse bouteille de quatre litres de lait qu'ils venaient d'acheter roula et se cogna contre la portière. (Du lait entier, à la demande expresse d'Ellen, alors que celle-ci buvait son café noir et que Delia ne mettait que du lait écrémé dans le sien depuis le lycée.) Je voulais dire en général, poursuivit-elle. Quand on apprend que son ex vient de perdre un proche, la moindre des choses n'est-elle pas de lui passer un petit coup de fil ? Genre, c'est normal ? Attendu, même ? Un truc qui se fait entre personnes civilisées ?

— Sans doute, fit Grant en tendant la main pour augmenter le volume des enceintes.

Une chanson country passait à la radio :

Elle était sur le bord d'la route
Je roulais dans mon camion
Elle faisait du stop en bikini
Comment j'aurais pu dire non

Delia ouvrit des yeux horrifiés.

— Non mais c'est QUOI ce truc ? Qu'est-ce que...

Grant couvrit le son de sa voix en montant la musique au maximum, et le refrain retentit en faisant vibrer tout l'intérieur du 4 × 4.

Je l'ai regardée, elle m'a regardé, et on s'est embrassés
Comme dit le Bon Dieu, aimez-vous les uns les autres, alors c'est ce qu'on a fait
On s'est roulés dans le foin et puis on s'est passé la bague au doigt
On a même vieilli ensemble, toujours avec une bière au frais

Devant la mine consternée de sa sœur, Grant essaya de battre la mesure sur son volant, mais le rythme de la chanson était trop survolté. Delia ouvrit machinalement Instagram pour voir si Connor avait réagi à sa story sur Gerry, sans même trop savoir ce qu'elle espérait, avant de voir que seule Alice avait répondu en postant un mème. Elle vérifia la liste des personnes ayant consulté son post et découvrit – oui – le pseudo de Connor. Il avait donc vu, mais il n'avait rien dit. Delia souffla sur sa frange et se tourna vers son cousin, prête à massacrer quelqu'un.

La chanson venait de nouveau de passer au refrain. Grant se mit à chanter très fort en remplaçant tous les verbes par « faire crac-crac ».

— Arrête ça ! s'exclama-t-elle avec une grimace dégoûtée.

Grant en brailla de plus belle :

— *ON A FAIT CRAC-CRAC, ON A FAIT CRAC-CRAC, ET ON A MÊME FAIT CRAC-CRAC, TOUJOURS AVEC UNE CRAC-CRAC AU FRAIS !*

Il éclata de rire pendant que Delia tendait la main vers la commande pour baisser le son.

— Je rêve, dit-elle en le regardant d'un air atterré.

— Allez, quoi ! J'adore ce jeu. Je le fais chaque fois que j'ai un coup de déprime !

Delia le dévisagea, impassible.

— Alors tant pis pour toi, dit-il en remontant le volume juste à temps pour un énième refrain. *ET ON A FAIT CRAC-CRAC, ON A FAIT CRAC-CRAC...*

Il fit signe à sa cousine de chanter avec lui.

Elle obtempéra, sans conviction au début, se contentant d'articuler les mots en silence pour le faire taire et lui prouver qu'elle n'était pas aussi coincée qu'il l'affirmait.

— *Et on a fait crac-crac, et on a fait crac-crac...*, murmura-t-elle.

Horrifiée, elle se sentit à deux doigts d'éclater de rire. « Faire crac-crac » était une expression tellement ridicule.

Grant l'encouragea d'un hochement de tête, le regard émerveillé, comme avec une enfant faisant ses premiers pas. Et comme une enfant, portée par ses encouragements, Delia se mit à crier encore plus fort que lui :

— *TOUJOURS AVEC UNE CRAC-CRAC AU FRAIS !*

Le temps de se garer devant la maison, Grant était tellement hilare qu'il assénait de grandes claques sur le volant et Delia pleurait de rire en se tenant le ventre.

***

Red traînait des pieds le long de Myrtle Lane, les épaules voûtées et les mains enfoncées dans les poches de son short long. Ses parents lui avaient toujours reproché de se tenir comme ça. C'était d'ailleurs le seul problème de discipline qu'ils aient jamais eu avec lui. Il avait déjà descendu la moitié de la rue lorsqu'il se dit qu'il aurait dû emmener Miss Sparkles faire sa promenade et soulager Ellen de cette corvée.

Comme Alice avec sa rubrique de courrier des lecteurs, Red aimait aller marcher quand il avait un sermon à préparer. Or il était chargé d'animer la prochaine rencontre de YouthLyfe, la pastorale des Jeunes pour laquelle il travaillait. Peut-être pourrait-il s'inspirer des événements de cette semaine, débrouiller les fils de ce chaos familial post-funéraire pour y trouver un message à leur transmettre ? S'il pouvait partager cela avec les gamins de son groupe, cela l'aiderait sans doute à y voir plus clair lui-même.

Tous les animateurs de YouthLyfe appelaient les jeunes de la pastorale « les gamins », un terme que les intéressés auraient sans doute rejeté puisqu'ils étaient adolescents et croyaient donc tout savoir, ce qui était loin d'être le cas. La plupart des gamins du groupe de Red étaient extravertis, populaires même, appréciant les réunions de l'asso davantage pour des raisons de vie sociale que par intérêt pour les enseignements de Jésus.

Il n'existait pas encore d'antenne de YouthLyfe à Eulalia quand Red était au lycée. Avec le recul, il s'en réjouissait. Il n'aurait jamais osé s'inscrire, avec sa timidité maladive. Red s'était tourné vers la religion en classe de terminale, quand il s'était inscrit à l'Association sportive chrétienne sur les conseils d'un membre plus âgé de son équipe de cross-country. Red n'était jamais très à l'aise en société. Il sentait ce qu'on attendait de lui comme un poids sur ses épaules. Et ce qu'on attendait de lui, en général, c'était qu'il se montre aussi braillard et distrayant que les célébrités (locales) qu'étaient son grand-père, son père et son frère aîné. Sauf que, contrairement à eux, il avait souvent l'impression de ne pas savoir quoi dire aux gens.

À l'ASC, les autres avaient juste l'air contents de le voir. Les entraîneurs n'avaient pas besoin que Red soit drôle ou extraverti ; ils avaient juste besoin de ses muscles au gymnase tous les mercredis après-midi. Ils étaient trois garçons et trois filles, et Red était fasciné par l'assurance qu'ils dégageaient. Ils avaient comme une lumière intérieure, une force tranquille qui leur donnait assez d'aplomb pour ne pas avoir besoin de l'approbation des autres.

Il avait vite compris que cette force leur venait de leur foi chrétienne. Comme presque tout le monde à Eulalia, Red se considérait comme croyant, mais c'était seulement après son arrivée à l'ASC qu'il avait commencé à comprendre (ou qu'il avait eu le sentiment de comprendre, en tout cas) ce que signifiait, pour lui, l'amour de Jésus. Ses proches et lui n'avaient plus à avoir peur de la mort ; tous les cauchemars qui le réveillaient la nuit, l'angoisse des accidents de voiture qui tueraient tous les membres de sa famille, de la maladie qui emporterait Ellen ou Gerry… il n'avait plus rien à craindre de tout cela. Et il était aimé. D'un amour inconditionnel qui ne dépendait pas de ses performances sportives, de ses notes, de sa faculté à amuser les autres ou à séduire les filles. Red avait toujours senti l'amour de sa mère, et il savait qu'il n'avait rien à prouver pour mériter cet amour. Mais grâce à l'Association sportive, Red avait commencé à comprendre que si Dieu était le père ultime, il n'était pas *son* père. L'amour de Dieu qu'il ressentait, si différent de celui de JJ, illuminait les zones d'ombre de son existence.

Et puis il y avait Stanley. Il était en première au lycée l'année où Red n'était encore qu'en troisième, et il faisait lui aussi partie de l'équipe de cross-country. C'était lui qui avait encouragé Red à rejoindre l'ASC. Ils avaient tous deux la même foulée et s'entraînaient souvent ensemble, le matin ou l'après-midi. Ils couraient côte à côte, à bien trop vive allure pour parler, mais cela avait tout de même créé un lien privilégié entre eux. Stanley n'était pas vraiment un garçon extraverti, mais il n'hésitait jamais à aller vers Red pour le féliciter après une bonne course, voire lui proposer de passer le prendre en voiture pour l'emmener en cours, aux entraînements ou aux réunions de l'ASC.

Stanley avait eu une petite amie, Grace. Ils ne se voyaient plus, mais tout le monde à Eulalia était convaincu qu'ils faisaient partie de ces couples emblématiques qui se rencontrent au lycée et restent ensemble pour la vie. Stanley était parti étudier à l'université de Géorgie, Grace à Vanderbilt, et ils avaient rompu après le premier semestre. Grace avait un jour invité Red à déjeuner mais, sans la présence de Stanley, la conversation avait un peu tourné court. Il n'avait pas souhaité renouveler l'expérience, même s'il avait apprécié l'attention de Grace.

Stanley s'était marié juste après ses études, détail que Red avait découvert seulement via Instagram. Il le considérait comme l'un des meilleurs animateurs de l'ASC et, au moment de son départ à la fac, Stanley lui avait promis de rester en contact. Red l'avait parfois appelé en rentrant d'un entraînement de cross-country ; il était désormais licencié du club, mais nostalgique de l'époque où ils couraient ensemble. Son ami lui répondait rarement et, quand il le faisait, il n'avait que quelques minutes pour bavarder, ou bien il lui envoyait un SMS pour lui dire qu'il était désolé d'avoir loupé son appel, qu'il était à la paroisse de la fac, à une réunion de sa fraternité ou en train de courir avec un pote. Sur Instagram, Red ne ratait rien de sa trépidante nouvelle vie d'étudiant : soirées avec de jolies filles membres de sororités, virées nocturnes à la Waffle House et céréales en open bar au réfectoire. Stanley avait tourné la page du lycée et n'avait plus de temps à lui consacrer, et Red finit par laisser tomber.

Mais Red avait toujours sa foi. Il était vexé que son ami soit passé à autre chose, mais Dieu le mettait à l'abri. Pas seulement de Stanley, mais de ce terrible sentiment qui le hantait de décevoir son père, entre son peu d'intérêt pour les filles (détail qui, il le savait, perturbait sa famille) et ses crises d'angoisse qui l'assaillaient sans raison apparente. La seule forme d'amour inconditionnel qu'il connaissait était celui de son grand-père : Gerry était juste heureux d'avoir son petit-fils et sa famille auprès de lui. Il semblait savourer leur présence d'une manière pure et sincère. Du moins, c'est ce que Red avait toujours cru.

Son prochain sermon devrait peut-être se pencher sur les héros humains et la notion d'idolâtrie, la facilité avec laquelle on pouvait idéaliser certaines personnes ayant pourtant leurs défauts et leurs faiblesses, et les placer devant Dieu, qui est parfait. Et comment cela entraînait inévitablement la déception. Et la confusion.

Il shoota dans des feuilles de magnolia tout en continuant à marcher. C'était l'été, mais les magnolias perdent leurs feuilles tout au long de l'année, si bien qu'elles jonchaient les trottoirs et les pelouses. L'arbre avait poussé devant chez Tina, qui ne cachait pas la haine qu'elle éprouvait envers lui. Les magnolias avaient commencé à surgir dans le quartier juste avant la naissance de Red. Un plaisantin anonyme avait eu l'audace d'en planter un peu partout sans l'approbation du conseil des voisins, alors que cet arbre était réputé pour poser certains problèmes, et tout le quartier était en émoi. C'était le genre de petit scandale provincial que Red aimait raconter à Nashville pour amuser les gens et briser la glace.

Peut-être y avait-il aussi une idée de sermon dans cette histoire. Une métaphore inspirée sur les feuilles mortes qui tombent au long de l'année et l'amour de Dieu qui ne s'éteint jamais ? Red se pencha pour ramasser une feuille et s'accroupit pour mieux l'observer. Il se creusait la cervelle pour trouver un verset approprié quand une voix le fit sursauter.

— Bonjour, Gerald.

Red ne comprenait pas comment il avait pu ne pas remarquer le grand blond qu'il avait déjà repéré le jour des obsèques et qui se tenait devant lui, un smoothie à la main, en train d'ôter ses écouteurs sans fil de ses oreilles. Il jeta un coup d'œil à Red par-dessus la monture de ses immenses lunettes de soleil.

Red sentit aussitôt sa nuque s'enflammer – et ça n'avait rien à voir avec la chaleur.

— Euh, bonjour, dit-il d'une voix enrouée, comme si sa timidité avait paralysé ses cordes vocales. (Il se racla la gorge.) Mes amis m'appellent Red.

— Je sais qui tu es, dit l'autre avec un grand sourire espiègle.

Red se demanda s'il était possible de mourir d'embarras. Les traits de l'inconnu s'adoucirent.

— Brady. Enchanté. Mes parents se sont installés ici il y a quelques années, quand je suis entré à l'université de Géorgie.

Il lui tendit la main et Red fut étonné par la fermeté de sa poigne alors qu'il avait une voix plutôt aiguë. Puis il se rappela qu'il ne fallait pas penser en ces termes-là.

— Ravi de rencontrer enfin le merveilleux fils de JJ et Jennifer. Tu es plus grand en vrai que sur les photos.

Il sourit de nouveau et, cette fois, Red sentit le feu gagner ses joues.

— Ravi également, bafouilla-t-il.

— Ta mère est une légende du cheerleading. (Brady se pencha vers lui avec une mine de conspirateur.) Au fait, je suis chez mes parents pour quelques semaines. Ils vivent un peu plus loin dans la rue. Je sais que vous restez dans le coin pour le mariage de Rebecca Bell, donc n'hésite pas à me faire signe si tu as envie… qu'on se croise.

Brady ponctua ces mots d'un *clin d'œil* et Red crut qu'il allait défaillir sur place. Il se frotta la nuque, conscient qu'elle devait déjà être rouge écrevisse.

— Ah ah, dit-il pour se donner une contenance alors que Brady n'avait rien dit de drôle. (Il se racla de nouveau la gorge et écrasa nerveusement la feuille de magnolia qu'il tenait toujours à la main.) Oui, je sais que… mais je n'ai pas…

Brady le montra du doigt, comme pour le narguer, puis pressa son index contre ses lèvres et mima une fermeture Éclair. Red lâcha un soupir de soulagement et sentit les muscles de ses bras le titiller, comme si son cerveau lui ordonnait de serrer Brady contre lui (ce qui aurait été un geste dingue de sa part).

— Bon, je file, conclut Brady. Je te laisse à… ta feuille.

Il s'éloigna. Red resta planté là en se sentant comme un imbécile. Il se retourna et vit que Brady venait de se retourner aussi. Il le salua de loin, mais Red tourna aussitôt les talons. Il jeta sa feuille, redressa ses épaules, et se remit en marche d'un pas vif en regrettant de ne pas porter ses chaussures de running pour se lancer carrément dans un sprint.

***

Alice se tenait allongée sur le dos, cachée (du moins l'espérait-elle) derrière l'un des canapés couleur crème du salon de sa grand-mère, quand elle entendit quelqu'un par-dessus le podcast qu'elle était en train d'écouter. Elle ouvrit les yeux et vit un homme debout devant elle. Peter Bell.

— Tout va bien ? dit-il en se penchant vers elle.

— Oui, oui.

Elle ôta ses écouteurs et se demanda si son vieux tee-shirt « Life is Good » élimé suffisait à cacher son début de ventre.

— J'écoutais juste un podcast, ajouta-t-elle.

— Oh, cool.

Alice s'obligea à respirer calmement. Elle aurait voulu que le sol s'ouvre sous ses pieds pour disparaître. C'était la deuxième fois en vingt-quatre heures qu'elle se retrouvait par terre pour s'adresser à Peter.

— Qu'est-ce que tu fais là ? lui demanda-t-elle.

— Désolé, je sais que...

— Non, je ne voulais pas dire QU'EST-CE QUE TU FAIS LÀ ? aboya Alice d'un ton menaçant qui fit sursauter Peter. Je voulais juste dire, hum... quel bon vent t'amène ?

— T'inquiète, j'avais compris. Ce sont celles de mes parents, dit-il en désignant les deux tables pliantes dans un coin de la pièce. J'ai pensé que ça vous débarrasserait si je passais les récupérer.

Il se dirigea vers une table pour commencer à la replier.

— Tu n'as pas des patients qui attendent ton retour d'urgence au Texas ? s'étonna Alice.

— L'hôpital m'a accordé une semaine de congé pour le mariage de Rebecca. Mais merci de me faire culpabiliser, plaisanta Peter.

— Tu remercieras ta sœur et tes parents pour le timing trop parfait de ce mariage. C'est toujours une joie de se retrouver coincé avec sa famille pendant une semaine.

Peter s'apprêtait à répondre, mais Alice se leva pour venir l'aider.

— Je plaisante, ajouta-t-elle. Tu veux bien me donner un coup de main ?

Elle s'échinait en vain à replier les pieds de la seconde table quand Grant passa sa tête à travers la porte donnant sur la cuisine.

— Eh, là ! s'exclama-t-il en trottinant vers sa cousine pour la pousser d'un coup de hanche. Interdiction de soulever des trucs lourds, ma p'tite dame !

Alice se figea net, mortifiée par la gaffe de Grant. Mais Peter, occupé à replier la première table, ne semblait pas l'avoir entendu. Ouf.

— Tu veux que je t'aide à les rapporter chez toi ? lui proposa Grant

— Non, ça ira.

Il souleva les deux tables par leur poignée, et Alice ne put s'empêcher de regarder ses mains. Elles avaient toujours été très grandes, même quand il était enfant. Gerry le comparait pour rire à un chiot doté de trop grosses pattes qui finiraient un jour par être à sa taille. De fait, Peter était devenu très grand, mais ses mains semblaient toujours aussi démesurées. Alice se dit que son stéthoscope devait avoir l'air tout petit entre ses longs doigts, mais qu'il avait des mains rassurantes, propres à apaiser ses patients affaiblis par le cancer.

— Je te raccompagne, dit-elle.

Grant repartit dans la cuisine. Alice ouvrit la porte d'entrée, et Peter franchit le seuil tant bien que mal avec ses deux tables. Une fois dans la chaleur du dehors, il se retourna vers Alice et s'appuya contre le chambranle.

— Écoute, je n'ai aucune raison de penser que tu accepterais, mais ça te dirait qu'on dîne ensemble ce soir ? Je...

Au même moment, Grant passa devant sa cousine pour se faufiler dehors, laissant une telle odeur de transpiration dans son sillage qu'Alice ne put s'empêcher de grimacer.

— À plus tard ! lança-t-il en s'éloignant sur la pelouse.

Mais avant d'avoir atteint le trottoir, il se retourna vers eux.

— Oh, Al, j'oubliais ! Je t'ai dit que je remplaçais parfois la prof de yoga prénatal au studio pour dépanner ? N'hésite pas, hein, si tu as envie que je te donne un cours particulier !

Il se frotta le ventre avec un grand sourire, traversa la rue et disparut dans la maison de ses parents.

Alice crut que son cœur allait s'arrêter de battre et eut comme des haut-le-cœur. Il fallut une éternité à Peter pour tourner la tête vers elle. Il la dévisagea sans un mot, et elle n'osait pas imaginer la tête qu'elle devait faire. Il baissa les yeux vers son ventre avant de les remonter.

— Et donc, euh..., commença-t-il.

Alice voulut dire quelque chose, mais aucun mot ne lui vint. Elle rouvrit la bouche une deuxième fois et comme rien n'en sortit, elle la referma. On aurait dit un poisson rouge.

— Tu es enceinte ? finit par demander Peter.

Elle ouvrit et ferma la bouche pour la troisième fois, puis se contenta d'acquiescer Il se frotta maladroitement la nuque comme s'il voulait s'arracher la tête. Ou la maintenir en place.

— Désolé, mais il faut que je sache... C'est le mien ?

Alice posa sa main sur son ventre en espérant que les violents battements de son cœur n'étaient pas problématiques pour le bébé. Elle regarda fixement ses orteils.

— Tu voudrais que ce soit le tien ?

Peter ravala son souffle, choqué par cette question. Ce n'était pas rien de lui poser une question pareille, d'autant qu'ils n'étaient déjà plus en contact depuis des années lorsqu'il lui avait envoyé un SMS en mars pour lui dire qu'il était de passage à New York dans le cadre d'une conférence et lui proposer de boire un verre. Alice se sentit cruelle de lui avoir demandé une telle chose.

— Oui, dit-elle. C'est le tien.

Peter se pencha en avant, les mains sur les genoux, dans la même posture qu'autrefois lorsqu'ils faisaient la course le long de Myrtle Lane. C'était toujours une petite consolation pour Alice de voir que même s'il gagnait, il devait se donner à fond pour le faire. Avec le recul, elle était contente qu'il ne l'ait jamais laissée gagner.

Elle cherchait désespérément quelque chose à dire. Ses pensées se bousculaient dans sa tête comme des balles de ping-pong sans rien donner de constructif.

— Bon sang, Alice...

Il se redressa, fit tomber les tables pliantes posées en équilibre contre ses jambes et sursauta, surpris de les entendre heurter le sol avec autant de fracas. Sa réaction fit pouffer Alice, qui mit aussitôt sa main devant sa bouche. Ce n'était vraiment pas le moment de rire.

Il la regarda droit dans les yeux, ces yeux qu'il connaissait depuis si longtemps. Elle esquissa un geste de contrition.

— Pardon, je suis désolée ! bredouilla-t-elle.

Elle voulait s'excuser de s'être moquée de lui alors qu'elle venait de lui annoncer un truc aussi énorme, mais également de la façon dont elle le lui avait annoncé. Et tout cela, Peter le comprit sans qu'elle eût besoin de dire un mot.

Il partit d'un éclat de rire, sa tête renversée en arrière comme si elle venait de sortir la blague la plus drôle de tous les temps. Leur fou rire dura un bon moment, qui aurait aussi bien pu être une minute que trois heures.

— Alice ? appela une voix depuis l'intérieur de la maison.

— Une petite seconde !

— J'ai besoin de toi ! insista Carol Anne. Tu m'avais promis de m'aider à répéter mon texte !

Peter s'essuya les yeux et reprit son souffle. Alice se sentit intimidée, tout à coup.

— Hum, bref... OK pour dîner avec toi ce soir.

Il opina et son sourire s'effaça.

— Tant mieux. Je crois qu'on a des choses à se dire.

À peine eut-il prononcé ces mots que le fou rire les reprenait de plus belle. Alice referma la porte pour s'adosser contre elle et tenta en vain de s'arrêter.

Chapitre 4

De l'autre côté de Myrtle Lane, Jennifer prenait une longue inspiration à l'écoute de l'appli de méditation qu'elle avait téléchargée sur les conseils de son médecin. Elle aurait aimé convaincre JJ de suivre son exemple, mais elle savait aussi qu'il valait mieux ne pas l'énerver davantage. Il tournait la tête entre l'écran plat de la télé murale et son téléphone, la nuque de plus en plus rouge à mesure que les secondes passaient.

Depuis le canapé, Grant et Red assistaient à ses tentatives infructueuses pour connecter son smartphone à l'enceinte de la télé. L'un ou l'autre aurait pu lui proposer d'utiliser son propre téléphone, ou de regarder celui de leur père, voire de lui suggérer de vérifier s'il n'était pas déjà relié en Bluetooth à l'imprimante sans fil – ce qui était bien sûr le cas. L'un ou l'autre aurait pu se lever, vérifier que la barre de son de la télé était bien allumée, et pas déjà connectée au téléphone de leur mère. Mais ils restèrent assis sur leurs mains, immobiles, et en évitant d'échanger le moindre regard.

Red avait une envie furieuse d'intervenir, tant la tension ambiante commençait à le mettre mal à l'aise. Mais la crainte de froisser l'ego de son père en le mettant face à son incompétence technologique était encore plus forte. Il se contenta donc d'attendre en priant pour que ce fichu appareil se connecte enfin. Grant ne supportait pas mieux ce climat délétère, sa philosophie de la vie se résumant à

« Je n'aime que les bonnes vibes ». Mais à l'instar de son frère, il savait que proposer son aide à JJ ne ferait que mettre de l'huile sur le feu, et il n'avait pas la moindre envie de se risquer à ce petit jeu.

— Je peux essayer avec mon téléphone, finit par proposer Red de guerre lasse.

La nuque de JJ devint tellement rouge qu'il semblait avoir rejoint une autre espèce animale et la température dans la pièce parut soudain chuter de dix degrés.

Jennifer lâcha un soupir exaspéré et alla jeter un œil par-dessus l'épaule de son mari.

— Tu es déjà connecté à l'imprimante, fit-elle observer d'une voix sèche. Tu dois d'abord t'en déconnecter avant de te connecter à l'enceinte.

JJ écarta vivement son téléphone du regard inquisiteur de sa femme.

— Ça va, Madame Je-Sais-Tout, grommela-t-il.

Avant de suivre exactement ses instructions.

Red sentit tous les muscles de son corps se détendre.

— OK, m'man, dit Grant en se levant. C'est le moment de nous ressortir tes talents de chorégraphe !

— Oh, tu parles, répondit Jennifer en souriant.

JJ tapota sur son téléphone pour accéder à la chanson qu'il venait d'acheter à 1,99 dollar sur iTunes parce qu'il n'avait pas encore intégré le concept du streaming. Les célèbres notes de guitare de l'intro résonnèrent si fort à travers les enceintes que tous les quatre sursautèrent. Grant se mit à battre la mesure de la tête tout en s'accompagnant sur une guitare imaginaire. Red avait très envie de rire.

— *Hey, where did we go...*

— On n'est peut-être pas obligés de l'écouter tout de suite ! s'exclama Jennifer par-dessus la musique. On n'a même pas encore appris la choré !

Elle chercha dans son téléphone la vidéo qu'elle avait sauvegardée la semaine précédente, malgré son peu d'enthousiasme. Elle continuait à trouver grotesque cette idée de flashmob pour le mariage de Rebecca.

Mais si Jennifer trouvait ça grotesque, JJ pensait que c'était carrément honteux. Il détestait danser, surtout s'il s'agissait d'en faire une sorte de *performance.* Pour lui, le pire cadeau de mariage qu'il puisse offrir à Rebecca était de l'obliger à les regarder se trémousser, lui et les autres invités, sur un classique de la chanson américaine. Il eut soudain les mains moites et très, très chaud. Avec sa manie de donner des ordres, Jennifer ne faisait rien pour arranger les choses.

— Pourquoi ne pas regarder d'abord la vidéo ensemble ? suggéra Grant en se rapprochant de sa mère pendant qu'elle faisait défiler ses échanges de SMS avec Carol, Peter et la mère de Rebecca pour enfin retrouver ce fameux lien YouTube.

Red les rejoignit, et JJ regarda par-dessus l'épaule de Jennifer. Un couple de danseurs blancs et un peu maigres se tenait sur le porche d'une maison, filmé en split screen pour montrer à la fois l'avant et l'arrière.

— Demi-cercle main droite, demi-cercle main droite, demi-cercle main gauche, demi-cercle main gauche, énonçait l'homme d'une voix monotone.

Grant et Red avaient du mal à ne pas rigoler.

— Dis donc, il n'est pas là pour plaisanter, hein ? commenta JJ avec un sourire amusé, contrairement aux deux danseurs de la vidéo qui avaient l'air hyper concentrés.

Comme si l'homme l'avait entendu, il poursuivit de sa voix sépulcrale :

— Vous pouvez y mettre un peu de fantaisie, bien sûr.

Il continua à reproduire les mêmes gestes mais en serrant les poings, frappant l'air deux fois à droite, puis deux fois à gauche. Cette fois, Grant et Red éclatèrent de rire, et même Jennifer ne put s'empêcher de les imiter.

— Essayons d'abord avec les images, puis juste avec la chanson, suggéra-t-elle lorsqu'ils eurent fini de visionner la vidéo et de sécher leurs larmes.

Le mouvement d'épaules saccadé de l'homme, à la fin, avait achevé de les précipiter dans l'hilarité. Jennifer relança la vidéo et, bien qu'à contrecœur, ils se mirent tous les quatre à imiter les gestes du couple.

Jennifer se sentait ridicule de s'adonner à cet exercice au milieu de son beau salon fraîchement redécoré. Elle ne pouvait pas non plus s'empêcher de pester contre l'indigence de la chorégraphie. Ce serait peut-être charmant avec tout le monde, le jour des noces, mais elle se sentait presque insultée de participer à un truc aussi médiocre. Grant, les yeux rivés sur l'iPhone de sa mère posé en équilibre sur la table basse en verre, semblait suivre les pas avec une concentration réelle, tandis que Red était si embarrassé qu'il avait l'impression de vivre une expérience extracorporelle. JJ remuait à peine les bras et avait juste envie de mourir. Alors que personne ne maîtrisait quoi que ce soit, Grant, qui avait peur de s'ennuyer, déclara :

— Essayons avec la musique. Envoie la chanson, papa !

JJ pressa le bouton « Play » de son iPhone, mais le morceau refusa de se lancer. Il grommela et écrasa son pouce sur le bouton. Toujours rien.

— Nom de Dieu, Jenn, aboya-t-il, t'as qu'à t'en occuper toi-même, voilà !

D'un geste rageur, il posa son téléphone sur la table.

— Eh là, dit Grant d'un ton qui se voulait apaisant.

Sa détestation des situations tendues venait brièvement de l'emporter sur la peur que lui inspirait son père. Il se creusa la tête pour trouver quelque chose à dire, puis tapa dans ses mains et dit :

— On va y arriver. Je sais que ça ne se faisait pas à votre époque, mais ça doit bien être la cinquième fois que je participe à une flashmob pour un mariage. Je vous interdis de m'expliquer que vous n'aimez pas danser le jour où je trouverai enfin une fille à épouser !

Jennifer, partie s'écrouler sur un fauteuil, ne put s'empêcher de frémir à cette perspective : JJ et elle assistant au mariage de Grant – si tant est que cela se produise un jour. Un souvenir déplaisant lui revint en mémoire et bien malgré elle, le film de son propre mariage se mit à défiler dans sa tête.

Durant toute son enfance, son père avait été un courant d'air, allant et venant comme si la maison familiale était un hôtel, un lieu de passage où on ne restait jamais très longtemps. Jennifer s'était imaginé à cause d'un film que son père était pilote et que quand il partait, c'était pour faire voler des avions et transporter des gens dans le monde entier. À l'adolescence, elle s'était aperçue qu'elle ne savait pas du tout ce qu'il faisait, en réalité. Jusqu'au jour où, vers 18 ou 19 ans, elle avait répondu à un coup de fil qui ne lui était pas destiné et compris que son père avait une seconde famille.

Elle avait alors cessé de lui adresser la parole. Sa lâcheté lui était insupportable, et elle avait tout simplement décidé de couper les ponts. Elle ne l'avait pas invité à son mariage, détail qui n'avait pas été communiqué au DJ chargé d'animer la réception.

— Okaaaaaaay, les amis ! avait-il lancé de derrière ses lunettes noires. C'est le moment d'assister à l'ouverture du bal par la mariée et son père !

Tout le monde s'était figé net, et un silence de mort avait envahi la salle. Mais ce silence n'avait pas atteint Jennifer : un hurlement assourdissant résonnait dans ses oreilles. JJ, dans son smoking blanc, s'était tourné vers elle pour lui prendre la main, mais elle était comme pétrifiée, incapable de bouger.

Elle avait alors senti quelqu'un lui tapoter l'épaule et avait plongé son regard dans celui de Gerry. Il lui avait souri, et elle revoyait encore aujourd'hui la peau ridée autour de ses yeux comme s'il se tenait dans la pièce, juste devant elle. Il avait détaché sa main de celle de JJ, l'avait menée vers la piste, et ils s'étaient mis à danser en se balançant doucement, comme deux palmiers dans la brise océanique.

Jennifer n'avait pas pleuré quand JJ l'avait demandée en mariage, ni quand elle s'était vue dans sa robe blanche ou qu'elle avait marché – seule – jusqu'à l'autel. Ses yeux étaient parfaitement clairs et sa voix n'avait tremblé que lorsqu'ils avaient lu leurs vœux, échangé les anneaux et s'étaient embrassés pour la première fois en tant que mari et femme. Mais en tournoyant lentement contre Gerry, elle avait craqué et éclaté en sanglots. C'est simple, elle ne supportait pas de revoir les photos d'elle prises à ce moment-là. Elle ne se souvenait pas de la chanson, n'avait même pas fait attention sur le moment, mais elle se rappelait qu'il y avait eu une accélération et que Gerry l'avait fait tourner avant d'entamer le fameux pas de gigue dont il avait le secret, et elle l'avait imité en éclatant de rire, après quoi tous les invités avaient envahi la piste de danse et JJ était venu la serrer dans ses bras.

— Maman ? dit Grant, la ramenant soudain au présent. À quel moment on est censés démarrer, déjà ?

On entendit frapper à la porte. Jennifer alla ouvrir en tâchant de se détendre. Le souvenir du soir de son mariage l'avait un peu crispée. Lorsqu'elle ouvrit, elle sentit tous ses muscles se crisper à nouveau : juste en face d'elle se tenait la jeune assistante de son mari. *Stephie.*

Durant un instant très court, mais très désagréable, Jennifer s'attendit à la voir écarquiller les yeux et bafouiller sous le choc en comprenant qu'elle venait de commettre une gaffe terrible, que l'épouse de son amant était à la maison, qu'elle aurait dû passer par la porte de derrière ou venir un autre jour. Mais Stephanie ne fit rien de tout cela. Elle lui sourit simplement en disant :

— Bonjour, Jennifer !

— Stephanie, lâcha-t-elle en se faisant violence pour feindre un sourire à son tour. Qu'est-ce que vous...

— Stephie ! s'exclama JJ dans son dos.

Jennifer se retourna et vit qu'il souriait de toutes ses dents, pas du tout comme un homme venant d'enterrer son père et d'essuyer un scandale en plein pendant ses obsèques.

— Tout va bien ? demanda-t-il à la jeune femme.

— Oui, dit-elle en sortant une liasse de documents de son sac. Buck m'a dit qu'il vous avait envoyé les comptes rendus, mais je sais que vous préférez les lire sur papier, alors j'ai eu l'idée de passer vous les apporter.

— Oh, Stephie, c'est beaucoup trop...

— ... éloigné de votre trajet habituel ? compléta Jennifer en croisant les bras.

— Jenn...

— Pas du tout ! répondit Stephanie. Eulalia est un tel mouchoir de poche...

— Citadine un jour, citadine toujours, plaisanta JJ.

Stephie éclata d'un rire naturel. De toute évidence, c'était une blague récurrente entre eux deux. Jennifer s'éloigna comme si elle venait d'être appelée ailleurs (alors que la maison était parfaitement silencieuse) et alla se planter derrière la fenêtre du salon pour regarder son mari raccompagner Stephanie jusqu'à sa petite voiture mal garée le long du trottoir, à croire que cette idiote ne savait pas faire les créneaux. JJ lui parlait avec animation tout en gesticulant ; à un moment donné, il mima le geste de lancer un ballon. Jennifer se sentit écœurée comme si elle avait trop bu.

— Tout va bien, m'man ?

La voix de Red la fit sursauter.

— Oui, oui, dit-elle en se détournant de la vitre pour se diriger vers l'escalier.

Elle monta à l'étage, où elle n'avait rien à faire. Red regarda par la fenêtre en prenant conscience, que son père allait sans doute refuser de s'entraîner pour la flashmob, maintenant.

En tout cas, devant eux. Quel dommage, songea-t-il. Cette petite séance de danse en famille lui avait apporté un apaisement qu'il n'avait pas ressenti depuis longtemps.

***

Alice et Delia avaient respectivement 32 et 27 ans, mais elles se sentaient exactement comme quand elles en avaient quinze de moins. Assise devant la coiffeuse de sa grand-mère, Alice s'appliquait du maquillage comme elle le faisait autrefois – en un rituel exceptionnel, et avec parcimonie – tandis que Delia, étendue sur le dessus-de-lit à fleurs de ses grands-parents, le menton entre les mains, observait sa grande sœur se préparer pour un rencard. Avec le même mec qu'il y avait quinze ans.

— Ça remonte à quand, votre dernier rencard ?

— Est-ce que tu comptes le soir où on a bu un verre après des années sans se voir à l'occasion de son passage en ville pour un séminaire, et où il m'a mise en cloque sans le faire exprès ? rétorqua Alice.

— C'est lui qui avait payé vos verres ?

Alice réfléchit.

— Oui.

— Alors c'était un rencard.

— C'est devenu ça, le critère ?

— Écoute, je me suis un peu tenue à l'écart de tout ça pendant quatre ans, mais oui, je crois. Partager l'addition, c'est un truc qui se fait entre amis. Je ne dis pas que c'est au mec de payer, mais à partir du moment où l'une des deux personnes invite l'autre, c'est là que ça devient romantique.

Connor avait invité Delia pour leur tout premier rendez-vous, lorsqu'ils avaient bu des Moscow mules dans un bar minuscule de l'East Village. Il l'avait taquinée à cause de son accent du Sud, et elle avait adoré la façon dont ses traits s'illuminaient quand il parlait de sa mère (à l'époque, Delia ignorait que c'était une solide bourgeoise du Connecticut avec laquelle elle ne s'entendrait jamais). Sur le chemin du retour, elle avait textoté Alice pour lui dire : « C'est le bon. » Ce souvenir lui donna l'impression que ses yeux pesaient soudain une demi-tonne chacun.

— OK, alors sur ce principe, notre dernier rencard remonte à quatorze semaines.

— Mais avant ça ?

— Hum... l'été avant mon entrée en terminale ?

— Donc ça fait quoi, quinze ans ? calcula Delia.

— Il faut croire. Wouah...

Alice enfila par la tête une sorte de chemisier froufroutant, gris pâle et à manches courtes, avant de se contempler dans le miroir.

— Tu veux rire, j'espère, commenta Delia.

Elle ne pouvait concevoir qu'on cache ses seins sous une telle masse de tissu alors qu'ils venaient justement d'augmenter de volume.

— Ce n'est pas comme si je n'avais pas eu *un seul* rencard en quinze ans, nuança Alice. Je ne suis pas maman.

— Peut-être, mais elle va bientôt être plus sexy que toi si tu sors en public dans ce truc ! rétorqua Delia.

— Mes seules autres options sont le tee-shirt que je portais dans l'avion ou la robe que j'ai prévue pour le mariage de Rebecca. Tu veux que j'aille fouiller dans les fringues de Grant, peut-être ?

— Pourquoi pas, ricana Delia.

— Pour ta gouverne, la prise de poids associée au premier trimestre d'une grossesse n'est pas le truc le plus glamour qui soit. Je ne sais plus comment faire pour être jolie.

Alice se rassit devant la coiffeuse avec un soupir résigné.

— Ah, parce que tu *savais*, avant ? la taquina Delia en venant poser ses mains sur ses épaules.

Alice rit de bon cœur et passa un coup de brosse énergique dans ses cheveux. Elle ne les avait pas eus aussi longs depuis des années. Delia les trouvait particulièrement beaux, épais et brillants. Elle avait entendu dire que c'était l'effet grossesse : Alice aurait bientôt une chevelure encore plus flamboyante, même si elle considérait le fait d'être rousse comme une malédiction.

— C'est vrai, j'avoue, répondit Alice. As-tu l'intention de m'aider ou de rester plantée là à me critiquer ?

— OK, je vais voir ce que j'ai dans mes affaires.

Delia fila à l'étage, inspecta le contenu de sa valise et trouva pile-poil ce qu'il fallait. Elle avait toujours eu un flair inouï pour faire ses bagages et se montrait très généreuse avec ses fringues. Rien ne lui faisait plus plaisir que d'être la fille trop sympa qui dégote *le* truc idéal pour habiller une copine.

Elle revint en tourbillonnant dans la chambre à coucher de leur grand-mère avec la robe d'été qui avait atterri comme par magie dans sa boîte aux lettres quelques semaines auparavant (si commander une robe en ligne après avoir bu un coup avait quoi que ce soit à voir avec la magie). La robe était bleu pâle, avec des manches flottantes et un large décolleté, une taille façon Empire et une jupe ample qui arrivait sous le genou.

— Hippie chic, commenta-t-elle.

Alice l'enfila et se regarda dans la glace. Delia, debout derrière elle, se pencha sur le côté pour mieux examiner son reflet.

— Et voilà, conclut-elle. De rien.

Cette scène s'était répétée maintes fois depuis que Delia aidait sa sœur à s'habiller : elle lui sélectionnait sa tenue, ou bien la laissait piocher dans sa garde-robe, et Alice était si contente de se trouver jolie devant le miroir ou de se sentir aussi à l'aise – voire un mélange des deux – qu'elle se jurait intérieurement de faire plus d'efforts pour se choisir des vêtements qui lui allaient, des pièces qu'elle aimait vraiment et qu'elle aurait plaisir à porter, plutôt que de s'acheter des fringues insipides sous prétexte que c'était confortable et/ou en solde. Et puis, chaque fois que lui prenait l'envie d'aller faire du shopping, sa flemme reprenait le dessus à peine avait-elle franchi le seuil du magasin, et elle repartait en se disant qu'elle n'avait besoin de rien

— Tu crois que Connor m'a trompée ? demanda Delia à brûle-pourpoint.

Alice fronça les sourcils.

— Tu connais déjà ma réponse, Deel. Non. Ça ne lui ressemble pas.

C'était la vérité. Connor aimait assez l'idée que Delia sache où il se trouvait en permanence. Avant que leur relation se détériore, il l'appelait chaque fois qu'il bougeait d'un endroit, lorsqu'il quittait le bureau pour aller boire un verre avec un client, puis à sa sortie du bar pour la prévenir qu'il faisait un saut à la pharmacie Duane Reade, alors que celle-ci était située à moins de dix minutes de chez eux. Il la gardait au téléphone le temps de régler ses achats et elle faisait mine de trouver ça insupportable alors qu'en réalité, ça ne la dérangeait pas le moins du monde. Les larmes aux yeux, elle réalisa à quel point cela lui manquait d'entendre Connor échanger trois mots banals avec un caissier. Une bouffée de colère l'envahit à la pensée qu'il ait désormais ce genre de coups de fil avec une autre qu'elle.

La sonnette de la porte d'entrée retentit à travers la maison. Les deux sœurs échangèrent un coup d'œil alarmé. Puis elles éclatèrent de rire devant l'absurdité de leur réaction. Peut-être que le temps n'était pas passé du tout, qu'il s'agissait réellement du tout premier rendez-vous entre Alice et Peter, qu'ils avaient tous deux 17 ans et que Delia était excitée comme une puce par procuration. Les autres membres du clan Williams étaient réunis dans la maison d'en face, et Alice se sentit soulagée comme autrefois, quand ses grands-parents s'étaient absentés et qu'elle était seule pour accueillir Peter. Elle alla lui ouvrir et le vit avec un *bouquet de fleurs* à la main – wouah. Il lui faisait exactement le même effet qu'avant. L'espace d'un instant, Alice s'autorisa à s'imaginer dans la peau d'une ado s'apprêtant à passer une soirée d'été avec le garçon qui la faisait craquer. Il lui sourit.

— Salut, dit-il.

— Salut.

— À toi aussi, ajouta-t-il en désignant son ventre.

Fin brutale des rêvasseries adolescentes.

— Je rêve ou tu viens de t'adresser à un fœtus ? dit Alice.

— Hum, oui… Désolé.

— Tu nous la ramènes de bonne heure, hein ? plaisanta Delia en passant une tête sur le palier. Pas question de faire des cochonneries.

— Je ne sais même pas de quoi tu parles, répondit Peter.

Dehors derrière la maison, Ellen avait entendu la sonnette et était bien contente de ne pas avoir à ouvrir elle-même. La grande pelouse, plate et entourée d'une clôture, n'avait rien d'exceptionnel, hormis le carré de jardin amoureusement entretenu par son mari et elle pendant des années, près du cabanon à outils que Gerry avait construit de ses mains. Elle admirait leurs plantations : les rosiers, les hydrangées, les courges et les tomates. Elle avait attendu toute la journée le moment de pouvoir enfin sortir de cette maison étouffante pour aller voir ses fleurs, bien qu'effrayée par la chaleur qui régnait encore au-dehors. Si Gerry avait été là, il aurait réagi au quart de seconde et bondi jusqu'à la porte tel un golden retriever.

Mais il n'était plus là, et Ellen n'avait envie de parler à personne. Elle se pencha avec circonspection vers les hydrangées. Elles avaient l'air… bien ? Gerry était celui qui avait la main verte. Ils s'étaient occupés de ce jardin ensemble depuis qu'ils habitaient dans cette maison, soit depuis plus de cinquante ans, et Ellen pensait avoir suffisamment appris de lui pour savoir ce qu'il fallait faire. Mais elle demeura figée, soudain consciente qu'elle n'avait toujours fait qu'écouter ses conseils et suivre ses instructions.

Elle soupira, ôta ses gants et essuya la sueur à son front. Dire que c'était censé être le moment le plus frais de la journée. L'heure dorée. Elle examina le rosier, repéra une tomate verte et une courge visiblement prêtes à être cueillies, mais comment en être sûre ? Linda et Fred avaient toujours jardiné ensemble, eux aussi. Linda était très douée ; sa mère avait été fleuriste. Ellen se demanda si Fred s'était senti aussi impuissant à sa mort. Sans doute pas. Car à ce moment-là, Gerry était encore de ce monde. Il ne s'était pas retrouvé comme elle, seule et désemparée face à ce jardin dont elle avait cru pouvoir s'occuper alors qu'elle ne savait même pas par où commencer.

***

De l'autre côté de la rue, Red et Grant interrompirent leur partie de basket à un contre un pour saluer Peter et Alice qui s'éloignaient en voiture. À l'intérieur de la maison, JJ, Carol Anne, Wilma et Robert étaient réunis dans le salon. Le son du match de base-ball à la télé était coupé, mais cela n'empêchait pas JJ de laisser son regard dériver sans cesse vers l'écran avant de revenir à la discussion qui l'occupait avec ses deux sœurs.

— Je serais ravie de rester quelque temps pour m'occuper de maman, disait Wilma. Je devrais pouvoir installer mon ordinateur au sous-sol et retravailler mes photos d'ici. J'aurai sans doute à faire quelques allers-retours à Atlanta pour des shootings, mais je devrais pouvoir faire le gros du boulot ici sans problème.

JJ approuva d'un hochement de tête.

— Quant à moi, dit-il, je peux passer la voir tous les jours, voire plusieurs fois par jour s'il le faut. Mais j'ai peur de la rendre chèvre.

— Au fond, j'ai l'impression que ma présence n'est pas indispensable, déclara Carol Anne, le visage recouvert d'un masque hydratant coréen. Bien sûr, j'aimerais être là plus souvent pour aider maman, tout ça... mais les auditions me tombent dessus à la dernière minute, et ça pourrait vraiment nuire à ma carrière de ne pas être disponible à tout moment pour répondre à l'appel d'un directeur de casting.

— Sans compter tes cours qui reprennent à l'automne, ajouta Robert d'une voix douce.

— Oui, ça aussi, fit Carol Anne avec un geste agacé.

Elle n'aimait pas qu'on lui rappelle qu'elle gagnait surtout sa vie en donnant des cours de théâtre dans un collège, bien que ce soit l'endroit où elle ait connu Robert, qui y était prof de maths.

JJ jeta un coup d'œil consterné à Wilma, qui haussa les épaules d'un air ironique. Elle n'était guère surprise que Carol Anne se défile. Le silence se prolongeait quand Jennifer traversa le salon, vêtue d'une tenue de gym bleu pastel et les cheveux relevés en chignon, pour se rendre dans la cuisine.

— Tu vas à la salle de sport ? lui demanda Wilma.

— Oh que oui, répondit Jennifer en remplissant sa gourde d'eau.

— Moi, je ne peux travailler que si j'ai des séances avec un coach personnel, fit Carol Anne, dont la silhouette ne semblait pourtant pas indiquer qu'elle s'adonnait régulièrement à ce type d'exercice. Tant mieux si tu arrives à te motiver toute seule !

— Une nouvelle salle vient d'ouvrir sur Mable, l'informa Jennifer. Ils proposent des cours de cardio, entre autres. Je ne fais que ça en ce moment. Je le recommande vraiment.

— Oui, c'est idéal pour claquer son fric, commenta JJ en se tournant vers ses sœurs. Ce truc coûte les yeux de la tête.

— Heureusement que c'est moi qui paye, alors, persifla Jennifer en repassant devant lui.

Elle avait marmonné ces mots entre ses dents, mais tout le monde les reçut cinq sur cinq.

— À propos d'argent, commença Carol Anne avant de sursauter quand Jennifer sortit en claquant la porte, je m'en veux d'aborder cette question, croyez-moi, mais... il va bien falloir que quelqu'un ait le courage d'en parler.

— Annie..., grommela Wilma.

Imperturbable, Carol Anne poursuivit :

— Que dira le testament de papa, à votre avis ?

— Annie ! répéta Wilma sur le même ton qu'elle employait jadis avec ses filles lorsqu'elles essayaient de piquer des cookies ou de regarder des programmes télé auxquels elles n'avaient pas droit.

— Je pose la question, voilà tout ! Papa a toujours fait tellement attention à son argent, je suis certaine qu'il laisse une somme rondelette derrière lui et je m'interroge à propos... des démarches. Ne faites pas comme si vous n'y aviez pas pensé aussi !

— Je croyais que tu étais détachée des choses matérielles et que tu puisais tes ressources en toi-même, ou je ne sais quelles conneries mystiques dont tu as fait ta philosophie ? ironisa JJ.

— Absolument, toutes mes forces vitales sont en moi. Et même chose pour toi, d'ailleurs, dit-elle à son frère d'un air bienveillant. Mais je me demande quand même si nous allons toucher un gros héritage.

— Tout ira à maman, trancha Wilma.

JJ se tourna vers elle, si vite qu'il fit tomber les miettes de Triscuit de son tee-shirt.

— Comment le sais-tu ?

— J'étais témoin à la signature de leur testament, expliqua-t-elle. Maman hérite de tout, et il y a des bons-titres pour les enfants. Jusqu'à ce que... Bref, pour l'instant, c'est comme ça.

JJ plissa les yeux avec suspicion.

— Et pourquoi n'étais-je pas témoin, moi aussi ? J'habite en face de chez eux depuis trente ans !

Wilma baissa les yeux sans rien dire.

Carol Anne lâcha un soupir théâtral (un peu comme tout ce qu'elle faisait) et se renversa contre son fauteuil. Robert lui tapota le genou.

— Bon, ben voilà. (Elle marqua une pause, le temps de tirer une longue bouffée de sa vapoteuse à cannabis.) On aurait peut-être été déçus, de toute manière, analysa-t-elle en soupirant.

— Et pourquoi ? dit JJ en gesticulant pour dissiper l'air alors qu'elle n'avait pas recraché la moindre fumée.

— Ça doit coûter cher d'avoir un amant secret. Alors tu imagines, l'amant secret de toute une vie ? Il a dû dépenser un paquet de fric pour lui ! Qui sait si Fred était le seul, d'ailleurs...

JJ bondit de son fauteuil avec une sorte de glapissement et se mit à tourner en rond dans la pièce.

— Nom de DIEU, Carol Anne !

— Ben quoi ? fit cette dernière, éberluée, en se tournant vers sa sœur.

— Disons que ta dernière remarque n'était pas nécessaire, Annie, souligna Wilma.

— Je me fiche de dire des choses nécessaires, je suis juste en quête de vérité ! Et désolée si c'est dur à admettre pour tous les deux !

Sur ces mots, elle sortit en trombe et fit claquer la porte d'entrée fraîchement repeinte avec une telle force qu'elle trembla dans ses gonds. Robert resta figé sur le canapé, visiblement mal à l'aise. Il y eut un silence.

— Je suis sûr qu'on va bien s'amuser au mariage de Rebecca Bell, finit-il par déclarer. J'adore les mariages, ça me fait toujours pleurer. (Il marqua une pause.) Bon. Je ferais mieux d'aller voir si elle va bien.

Il déplia ses longues jambes et fila à son tour vers la sortie.

— Quelle sale petite merde, grommela JJ.

— Qui ça ? Lui, ou elle ?

— Elle ! Et lui aussi, j'imagine. Bah... J'en sais rien.

— Je ne crois pas que papa aurait dépensé tout son argent pour Fred. Il n'est pas... Il *n'était* pas complètement stupide. Je veux dire qu'il s'est toujours bien occupé de...

— Pour l'amour du ciel, Wilma ! Elle se demande si Fred était le seul ? Mais il n'y avait personne d'autre dans la vie de papa, même pas lui ! Enfin... pas de cette façon-là !

Wilma pesa ses mots avant de lui répondre.

— Tu ne crois pas que Fred se serait exprimé, depuis le jour des obsèques, si ce qu'il avait dit n'était pas vrai ?

— Il a appelé à la maison ce matin.

— Ah. Et tu lui as parlé ?

— Non.

— Quelqu'un d'autre lui a parlé ?

— Oui. Jennifer. Apparemment, il voulait s'excuser d'avoir gâché la cérémonie, dit JJ en allant vers la fenêtre.

— Mais pas revenir sur ses propos, dit Wilma calmement.

— Wilma ?! aboya JJ sur le même ton qu'elle avait elle-même employé avec Carol Anne quelques minutes auparavant. Stop.

Elle soupira, mais pas assez fort pour que son frère l'entende. Elle n'avait pas la force de lui tenir tête, et elle n'en voyait pas l'intérêt. À quoi bon chercher à pardonner à un mort ?

***

— Tu emmènes toujours tes conquêtes au Mellow Mushroom après qu'elles t'ont annoncé leur grossesse ? demanda Alice en s'insérant sur la banquette.

Elle rentra le ventre comme si elle n'avait pas la place de passer, alors qu'elle avait encore pas mal de marge.

— C'était ça ou Mama June's, mais je trouvais que le plan buffet à volonté… manquait un peu de classe pour l'occasion.

Quand Peter était venu à New York pour assister à sa conférence sur l'oncologie, il y a trois mois, ils avaient siroté des Martini dans un bar d'hôtel du Flatiron District. Alice était nerveuse : ils ne s'étaient pas revus depuis des années, et elle-même n'avait pas eu de rencard depuis un bon moment. Même si elle s'était répété en boucle que ça n'en était pas un. Juste deux potes d'enfance qui échangent leurs nouvelles. Assise en face de Peter, dans le cadre plus relax du Mellow Mushroom d'Eulalia, elle ne se sentait plus du tout nerveuse. Ils avaient fréquenté cette pizzeria à la thématique gentiment psychédélique pendant leur adolescence, et le lieu avait à peine changé depuis. On ne pouvait pas dire la même chose de Peter, avec ses lentilles de contact et sa chemise – bien qu'à l'époque, Alice n'ait rien eu à redire à ses lunettes et ses tee-shirts de super-héros.

— J'ai découvert quelque chose, déclara-t-il.

— On ne devrait pas avoir le droit de prononcer ce genre de phrase quand on est oncologue.

Peter s'esclaffa, ce qui avait le don de toujours mettre Alice en joie. Combien de temps allaient-ils pouvoir jouer à ce petit jeu avant de se comporter en adultes et d'aborder les vrais sujets ? Il sortit de sa poche une enveloppe pliée en deux et la lui fit glisser en travers de la table. Elle portait l'adresse de Peter, et celle de Wilma griffonnée en tout petit dans le coin supérieur gauche. Alice en sortit une feuille de papier, visiblement arrachée d'un cahier. Une longue ligne entortillée et parsemée de pâquerettes était gribouillée au crayon dans la marge : c'était le dessin attitré d'Alice au collège et au lycée. Aujourd'hui encore, quand elle était au téléphone ou censée jeter des notes par écrit pour le texte de sa rubrique, elle se surprenait à le refaire. La lettre datait du 1er octobre 2004. On y lisait ceci :

Cher Peter,

je t'écris cette lettre en direct de mon cours de maths, matière que j'EXÈCRE comme tu le sais. J'ai un bien meilleur prof cette année par rapport à celui dont je me plaignais tout le temps l'année dernière, celui qui transpirait tellement. Avec le recul, je regrette d'avoir dit autant de vacheries sur lui, et pour deux raisons. Primo, c'est un type gentil, et c'est pas parce qu'il sue comme un bœuf et que je suis nulle en maths que ça me donne le droit de pester contre lui un été entier. Il était toujours patient avec moi alors que je lui posais des tonnes de questions, même si j'avoue que s'il expliquait mieux les choses, j'aurais rien eu besoin de lui demander.

La deuxième raison pour laquelle je culpabilise, c'est que j'aurais pas dû gâcher chaque précieuse minute passée avec toi à râler contre un prof de maths. Quelle idiote j'ai été ! Je me sens si bien quand on est ensemble, c'est rare de vivre ça avec un mec. Je ne me rendais pas compte de ma chance, en fait. Maintenant que je me retrouve ici, à essayer (plus ou moins) de piger quelque chose à ce cours, je me dis que j'aurais dû profiter à fond de ces moments-là et juste savourer mon bonheur. Mais bon, ça aurait été bizarre, sans doute.

Comment ça se passe pour toi, avec l'équipe de foot américain ? Je suis tellement contente qu'ils t'aient sélectionné ! J'étais sûre que tu y arriverais, même si je ne sais pas du tout comment les choses marchent à Eulalia High. Mon oncle JJ a hâte que Grant passe les sélections pour intégrer l'équipe l'année prochaine. C'est tout ce que j'y connais ! Et je suis ravie pour toi, même si ça signifie que tu ne peux pas venir à Atlanta avec moi pour m'accompagner au bal de rentrée. Ça ne fait rien, on est tout un groupe de copines à y aller sans mecs, et on va passer une chouette soirée entre filles. Mais j'aurais quand même aimé y aller avec toi.

Je t'écrirai par IM quand je serai rentrée, je pense, mais j'avais juste envie de t'écrire cette lettre parce que je m'ennuie. Et puis, je trouve ça rigolo de recevoir du courrier. Mais surtout, tu me manques.

Bises,

Alice.

Alice se prit la tête entre les mains avant de relire à voix haute :

— « Essayer (plus ou moins) de piger quelque chose. » Tu parles ! Voilà qui explique pourquoi c'était la seule matière où je n'avais jamais la moyenne.

Elle finit le reste de la lettre en silence, effarée par son style épistolaire. L'évocation de la messagerie instantanée la fit glousser, et elle se souvint de Christopher Smythe, le sale con assis à côté d'elle en maths, qui essayait de lire les lettres qu'elle écrivait à Peter tout en faisant semblant de noter le cours. Il avait un jour traité Peter de « petit ami imaginaire », et elle s'en était terriblement voulu à l'époque (aujourd'hui encore) d'avoir bafouillé en voulant se défendre. Cette maladresse avait semblé donner raison à Christopher. Et la situation était devenue encore plus gênante quand il lui avait fait une grande déclaration d'amour, complètement bourré, pendant la Senior Beach Week à la fin de leur année de terminale.

— Je l'ai retrouvée aujourd'hui, dans ma penderie, expliqua Peter. Elles sont toutes rangées dans une boîte, donc j'en ai plein d'autres si tu as envie de les lire.

Alice savait exactement dans quelle boîte de sa penderie étaient rassemblés les lettres, les cartes et les petits mots de Peter. Elle fut soudain morte d'embarras à la pensée que toute leur correspondance adolescente pourrait ainsi être exhumée. Était-il tombé par hasard sur ses lettres, ou les avait-il cherchées exprès ?

— Seulement s'il y en a une où je te raconte le bal de la rentrée. Oh, le suspense !

— Tu as toujours eu un talent d'écrivaine, fit remarquer Peter. Déjà à l'époque.

— Oh, tu parles...

Cela faisait quatorze semaines qu'elle n'avait pas bu une goutte d'alcool mais en cet instant précis, elle aurait donné n'importe quoi juste pour un verre. Elle détestait parler de son écriture, surtout avec des gens qui n'y connaissaient rien. Et non, ce n'était pas parce qu'on lisait ce qu'elle écrivait qu'on pouvait prétendre y connaître quelque chose. D'ailleurs, Peter ne lisait probablement pas ses articles.

— En parlant de ça, je ne t'ai jamais dit à quel point j'avais aimé ton article sur Michelle Branch.

Alice faillit en recracher la gorgée d'eau qu'elle venait d'avaler en imaginant très fort que c'était de la vodka.

— Hein ?

— J'AI AIMÉ TON ARTICLE SUR MICHELLE BRANCH, répéta-t-il.

— Tu... tu l'as lu ?

— Bien sûr.

Il fronça les sourcils d'une manière qu'Alice aurait trouvée comique si elle n'était pas en même temps très gênée à la pensée que Peter lise ses textes.

— Je lis tout ce que tu écris.

Alice n'en croyait pas ses oreilles. Il ne voulait pas dire *tout*, quand même. Elle rédigeait une rubrique de conseils hebdomadaire et participait régulièrement à des débats de fond de la rédaction pour la version en ligne du journal. Son texte sur Michelle Branch n'était pas ce qu'elle avait écrit de plus accessible, loin de là. Ni sa sœur ni sa mère ne lisaient *tout* d'elle. Et elle soupçonnait son propre éditeur d'en faire autant.

Peter se dandina sur son siège.

— Aïe, j'ai dit un truc qu'il ne fallait pas ? Ne t'imagine pas que je traque ton nom ou je ne sais quoi, mais ce n'est pas tous les jours qu'on a une ex qui devient une autrice célèbre. Je sais, on était jeunes, tu trouves peut-être ça pompeux que je t'appelle « mon ex » ! Ce que je veux dire, c'est que les seuls autres auteurs publiés que je connaisse écrivent pour la presse médicale, et... c'est pas la même chose, quoi. Quand on s'était vus à Noël, il y a quelques années, je t'avais dit à quel point j'avais aimé ton roman...

— Évitons ce sujet, trancha Alice.

Elle n'aimait pas parler de ce bouquin. Ce satané bouquin.

— OK, OK ! Je savais que tu n'aimais pas en parler et visiblement ça n'a pas changé, mais je respecte ton avis, bien que j'aie du mal à comprendre pourquoi. Je l'ai trouvé génial. Même le *New York Times*...

— Peter.

— C'est bon, j'arrête. Mais j'aime ce que tu écris, voilà tout. Je suis fan de ta plume. Ce n'est pas un crime !

Alice adorait son travail, mais ne supportait pas qu'on braque les projecteurs sur elle, raison pour laquelle elle avait éprouvé le besoin de s'isoler peu près la parution de son livre. Ce dégoût s'était manifesté pour la première fois pendant la soirée de lancement, où toutes les conversations avaient tourné exactement autour du même sujet. Son roman avait pour héroïne une vingtenaire quittant sa Géorgie natale afin de s'installer à New York et de tenter une carrière de comédienne. (« Non, elle ne vient pas d'Atlanta ! Non, elle ne veut pas devenir écrivaine ! » s'était-elle entendue répéter toute la soirée pour prouver que le personnage ne s'inspirait pas d'elle). Dans le livre, la jeune femme prenait peu à peu conscience des dégâts causés par son éducation chrétienne et typiquement sudiste sur sa vie personnelle, notamment sa sexualité. Il avait pour titre *Roule, ma belle* et la couverture montrait un joint de cannabis. Alice avait eu l'impression de passer la soirée à écouter des compliments grandiloquents rapidement noyés sous un déluge de propos méprisants envers le Sud de la part de gens qui n'y avaient jamais mis les pieds.

Elle n'avait elle-même pas osé dire grand-chose aux gens de l'édition, aux attachés de presse et aux pique-assiette présents ce soir-là. Elle ne savait pas comment elle était censée se comporter à ce genre de mondanités alors qu'on fêtait la parution de son livre, que la soirée se déroulait au Strand (une librairie dans laquelle elle dormait presque) et qu'elle savait que tout le monde était jaloux de la superbe recension que lui avait consacré le *New York Times*. Pour un premier roman, à 27 ans ! Ce que les gens ignoraient, en revanche, c'est que son agent avait fait des pieds et des mains pour que les épreuves atterrissent sur le bureau de la personne qui s'occupait de la rubrique littéraire (même Alice ignorait qu'ils couchaient ensemble) et que le roman lui-même se vendrait par la suite à environ quatre exemplaires.

Cela dit, il serait faux d'affirmer qu'elle ne se sentait pas flattée et un doux frisson lui parcourut la nuque à la pensée que Peter lise – et aime – ce qu'elle écrivait.

— D'accord, finit-elle par concéder. Ce n'est pas un crime.

— Merci.

Elle se plongea dans la lecture du menu, qu'elle fit semblant de lire tant les mots imprimés semblaient appartenir à une autre langue. Le stress commençait à monter. Devrait-elle prendre des nouvelles de la succulente de Peter, puisqu'ils avaient plaisanté à ce sujet lors de leur dernier « rencard » ? Ou était-elle censée lui demander d'entrée de jeu s'il voulait élever cet enfant avec elle, l'interroger sur sa situation financière, vérifier son point de vue concernant l'éducation religieuse des enfants ? Devait-elle lui dire qu'elle envisageait de quitter New York depuis un moment déjà, et que cela semblait le bon moment pour le faire, mais qu'elle ne savait pas du tout où aller ? Ou valait-il mieux s'orienter vers une conversation légère et insouciante pour tâcher de refaire connaissance avec le *père de son bébé* ?

— Au fait, toujours en train de devenir végétarienne ? Je me demandais quelles étaient les chances que tu me laisses commander des pepperonis sur ma pizza…

— Écoute, je n'ai pas l'intention de me marier.

La mâchoire de Peter s'affaissa, et il laissa échapper un éclat de rire nerveux qui les remplit d'embarras tous les deux. Non pas qu'Alice puisse se sentir encore plus morte de honte après la gaffe qu'elle venait de faire.

— Ouh là. Excuse-moi. Je ne sais pas pourquoi j'ai dit ça.

— Je voulais vraiment parler de pepperoni. Ce n'était pas un langage codé pour faire ma demande en mariage, répondit Peter avec un petit sourire pour tenter de désamorcer la situation.

— Non, non, je sais ! Je ne voulais même pas… Écoute, je ne sais plus ce que je raconte. C'est vraiment sorti tout seul. Ce n'est même pas quelque chose auquel je pense, et je sais que toi non plus. Non pas que je prétende savoir à quoi tu penses… Tu ne dois pas le savoir toi-même ! C'est vrai, tu n'es au courant que depuis, quoi, six heures à peine ?

Alice avait des sueurs froides et parlait de plus en plus vite.

— Je connais la mentalité des gens d'ici, poursuivit-elle, mais je ne suis absolument pas prête pour le mariage. Bien que je sois enceinte et que tout le monde à Eulalia me donne un âge canonique.

— Tu as 32 ans…

— Je sais, Peter, je sais que j'ai 32 ans ! À New York, je passe encore pour une adolescente ! (Elle but une gorgée d'eau et la trouva glacée.) Excuse-moi.

— On ne va pas se marier, Alice. Rien ni personne ne peut t'y obliger.

— Cool.

Il accrocha son regard au sien et hocha la tête lentement, comme avec une enfant qui vient de tomber et qu'on voudrait convaincre qu'elle a eu plus de peur que de mal. Au grand étonnement d'Alice, son truc fonctionna. Elle but encore un peu d'eau.

— Je ne sais pas quoi dire, poursuivit-il. C'est la première fois que je me retrouve dans une situation pareille. Mais je...

— Tu n'as pas à me dire quoi que ce soit pour l'instant, l'interrompit Alice.

Il la dévisagea, ouvrit la bouche pour protester, mais elle secoua la tête avec insistance pour le faire taire.

— D'accord, dit-il.

— On en reparle dans vingt-quatre heures. Tu mérites bien un délai de réflexion. Ça fait beaucoup à digérer d'un seul coup.

***

JJ s'agitait sur son fauteuil, ses grosses cuisses d'ancien footballeur américain tremblant l'une contre l'autre. Assise sur l'accoudoir du fauteuil, Jennifer les regardait d'en haut, la mine dégoûtée. La première fois qu'elle l'avait rencontré, il l'interviewait après la nouvelle victoire nationale de son équipe de cheerleaders, et elle avait été séduite par sa solidité. Il ne se dandinait pas, ne se tordait pas les mains. Son regard était franc et droit. Il lui avait fait l'effet d'un roc ; elle avait l'habitude de voir même les hommes les plus sûrs d'eux ne plus savoir où se mettre devant elle, désarçonnés de se retrouver en présence d'une femme à l'esprit aussi compétitif qu'eux, parfaitement à l'aise dans le milieu du sport et ne se laissant pas marcher sur les pieds.

Peut-être cet agacement dans les jambes était-il un symptôme du deuil ; peut-être le fait de se retrouver sans son père le plongeait-il dans une détresse psychique profonde. À moins qu'il ne s'agisse d'un signe de nervosité et de culpabilité provoqué par sa liaison avec Stephie. Non pas que Jennifer en ait la moindre preuve, bien sûr. Mais à cette seule pensée, elle sentit qu'elle se crispait.

Ils étaient dans le salon des Bennet pour la réunion de l'amicale des voisins. JJ et Jennifer avaient toujours été très impliqués dans la vie du quartier, d'autant que JJ avait grandi dans Myrtle Lane. Ces rues faisaient autant partie de lui que son ADN. Mais ils ne participaient aux réunions que depuis quelques années, quand Jennifer avait obtenu sa licence d'agent immobilier. Ces rendez-vous lui offraient une bonne occasion d'échanger des potins, pour savoir qui était susceptible de mettre bientôt sa maison en vente, et c'était aussi utile pour elle de s'informer de la vie souterraine du quartier, étant donné que c'était son principal périmètre d'activité.

Ils avaient de bons amis dans cette rue. JJ ne détestait pas ces réunions en soi, mais ça ne l'empêchait pas de ronchonner chaque fois qu'ils devaient s'y rendre. Comme avec l'office du dimanche ou le shopping : comme c'était Jennifer qui insistait pour y aller, il estimait que ça lui donnait le droit de râler.

Dans la famille, tout le monde était convaincu que Gerry était le seul à vraiment aimer ces réunions. Il n'avait aucun rôle officiel au sein de l'amicale mais, en sa qualité de membre le plus ancien – et le plus apprécié – de l'association, son opinion pesait sur la plupart des décisions. Il avait eu des prises de position officielles, comme la fois où l'assemblée avait organisé un vote pour déterminer s'il fallait réclamer à la mairie un panneau de rue plus large à l'entrée de Myrtle Lane afin que les gamins cessent de le voler, et où la majorité avait voté non pour s'aligner sur l'avis de Gerry (qui adorait semer la zizanie, il fallait bien l'admettre). Mais il avait parfois exercé son influence de manière plus subtile, par exemple quand Charlie et Deborah Bell avaient été la première famille noire à emménager dans le quartier avec leur fils Peter, alors âgé de 2 ans. Lorsqu'ils s'étaient présentés à leur toute première réunion de l'amicale, les autres leur avaient réservé un accueil plus que mitigé jusqu'à ce que Gerry brise la glace avec son légendaire enthousiasme et que les préjugés s'envolent.

JJ avait eu un pincement au cœur en se rappelant que son père ne serait pas présent à cette réunion. Encore sous le choc des funérailles, il avait le sentiment de ne pas avoir encore pris la pleine mesure de son décès. Il avait cru que le choix de la pierre tombale rendrait les choses plus concrètes, mais cet épisode s'était révélé bien trop exaspérant pour laisser la place à l'émotion. Contre toute attente, il avait fallu cette réunion, où l'absence de son père et de ses blagues se faisait si cruellement ressentir, pour raviver sa douleur.

Ellen avait préféré rester chez elle, ce que JJ comprenait sans mal. Lui, en revanche, s'était senti obligé de venir : que diraient les voisins, sinon ? Il n'avait rien à cacher, aucune raison d'avoir honte, et il tenait à le faire savoir.

De son côté, Jennifer le soupçonnait d'avoir accepté de l'accompagner pour l'amadouer et détourner ses pensées de sa liaison adultère. Elle se demanda si elle oserait s'asseoir ailleurs : JJ l'agaçait à remuer les jambes comme ça sur son fauteuil. Il l'agaçait d'ailleurs tout court. Mais Tom Bennet alla se placer devant la cheminée et s'éclaircit la voix pour demander le silence.

— Pas grand-chose à l'ordre du jour ce soir, commença-t-il comme à chaque réunion. Mais je dois vous informer que j'ai reçu un email au sujet du problème des magnolias de la part du président de la Dixie Neighborhood Association. Un nouvel arbre vient de pousser, il y a un mois, sur Carter.

Petits rires étouffés dans l'assistance. Bob Jett rejeta la tête en arrière avec une sorte de hululement. Certains soupirèrent ; d'autres marmonnèrent. Charlie et Deborah Bell lâchèrent un grognement agacé : ils mariaient leur fille dans quelques jours et n'avaient vraiment pas de temps à perdre avec ça. Mme Shirton leva les yeux au ciel comme si rien au monde ne pouvait l'ennuyer davantage, tandis que Tina, l'œil pétillant de curiosité, haussa ses sourcils dessinés au crayon. Après la semaine trépidante qu'elle venait de passer grâce au scandale des obsèques de Gerry, personne ne s'attendait à ce qu'elle se passionne pour cette histoire de magnolias. Mais Tina faisait feu de tout bois.

JJ se claqua les cuisses d'un air exaspéré et Jennifer faillit pousser un cri. Cela faisait des années que l'amicale se plaignait du « problème des magnolias » – Jennifer avait même l'impression que cela durait depuis son arrivée dans le quartier. Parfois, un seul arbre surgissait dans l'année ; parfois, il en apparaissait plusieurs en une semaine, comme une attaque concertée. Un petit malin s'amusait à planter des magnolias, jeunes pousses ou arbrisseaux, au hasard à travers la ville, mais le phénomène semblait surtout se concentrer dans les rues de leur quartier. Non pas qu'Eulalie s'étende très au-delà sur la carte.

Était-ce si grave ? Après tout, plus il y a d'arbres, mieux l'humanité se porte ! Oui, jusqu'à ce qu'ils deviennent tellement gros qu'ils s'abattent sur votre maison. Et les magnolias posaient en outre le problème des feuilles mortes, sans parler du petit dernier de Tom Bennet, qui avait développé une allergie aiguë, bien que personne dans le quartier n'ait jamais entendu parler d'une allergie aux magnolias – tout le monde considérait plutôt (avec raison) que Tom cherchait un bouc émissaire pour l'asthme de son fils. Gerry avait toujours trouvé cette histoire hilarante, et il se gondolait chaque fois que le sujet était abordé en réunion.

Jennifer trouvait ces débats d'un ennui profond. La nature, comme presque tout, la remplissait d'impatience, et elle ne comprenait pas pourquoi on s'excitait à cause de quelques arbres qui poseraient *peut-être* problème une fois que les gens réunis dans cette pièce seraient morts. Elle avait besoin de savoir qui comptait mettre sa maison en vente et qui faisait des travaux de rénovation chez lui. Son cerveau avait trop d'informations à engranger pour se préoccuper d'une histoire d'arbres aux branches trop longues, au feuillage trop épais et donnant de belles fleurs de temps en temps. Quel intérêt ?

— T'es contente ? persifla JJ à son oreille.

Jennifer ne lui avait pourtant pas forcé la main pour venir. Cette fois, son agacement céda la place à la colère.

— J'ai besoin de glaner des infos ici pour faire bouillir la marmite, je te signale, lui répondit-elle sur le même ton.

JJ sursauta comme si une mouche venait de se poser sur son crâne. Lui rappeler qu'elle gagnait plus d'argent que lui depuis deux ans était le pire coup bas qu'elle pouvait lui faire. Et c'était pour cette raison qu'elle ne s'en était pas privée.

***

Quelques maisons plus loin, dans la cuisine d'Ellen, Delia et Wilma n'arrivaient pas à se décider : lequel des plats cuisinés apportés par les voisins lors des obsèques allaient-elles faire réchauffer ? Ellen n'avait pas faim, ce qui tombait mal, compte tenu des tonnes de nourriture stockées dans son frigo. Elle manquait d'appétit depuis la crise cardiaque de Gerry. Mais ce soir-là, pour la première fois, la perspective de manger ne lui inspirait pas que du dégoût, ce qui était déjà bon signe.

Elle était assise depuis un moment à la table de la cuisine, après être restée dehors, au crépuscule, à promener un regard navré sur son jardin. Mais pendant que Wilma et Delia épiloguaient au sujet des lasagnes de Tina, elle sentait bien le poids du regard inquiet de sa fille peser sur elle, comme si elle lui faisait passer un scanner. Comme si elle était une machine à rayons X capable de détecter les séquelles émotionnelles. Ellen n'avait pas très envie de se sentir scrutée et examinée ; elle se leva pour quitter la pièce, longea le couloir, passa devant sa chambre et entra dans la buanderie.

Elle avait toujours aimé cette pièce, en partie parce qu'elle ne connaissait pas de parfum plus plaisant que celui du détergent, et aussi parce que personne d'autre n'y mettait les pieds. Ce n'était guère qu'un cagibi, une pièce exiguë ajoutée au flanc de la maison, avec une minuscule fenêtre donnant sur la rangée d'arbres et les buissons séparant leur terrain de celui des Saundell, leurs voisins d'à côté. Quand la machine ou le sèche-linge tournait, le bruit emplissait tout l'espace, résonnait entre le carrelage et les murs bleu pâle, si bien qu'on n'entendait plus du tout ce qui se passait dans le reste de la maison. Ni les enfants qui la réclamaient, ni Gerry qui lui demandait ce qu'il y aurait au dîner, ni la sonnerie du téléphone.

Elle referma la porte derrière elle en se félicitant d'avoir lancé plus tôt une lessive de serviettes dont elle n'avait pas besoin, mais qui lui donnait au moins quelque chose à faire. Le vrombissement de la machine l'enveloppa et, l'espace d'un instant, le reste du monde s'évanouit. Il n'y avait plus que ce bruit blanc dans ses oreilles, le souffle de la climatisation sur son chemisier et son pantalon imbibés de sueur, la fraîcheur du carrelage sous ses pieds nus. Mais ce moment de grâce fut de courte durée. Elle qui avait tant aspiré à la solitude, elle prit soudain conscience, que d'ici quelques jours, ses visiteurs s'en iraient, qu'ils reprendraient le cours de leur vie, et qu'elle n'aurait plus personne.

Un vertige la saisit. De sa main ridée, elle agrippa la poignée de la porte pour se retenir à quelque chose, se rappeler qu'elle avait bien un sol sous ses pieds. Elle prit une longue inspiration. Elle n'était pas vraiment sûre de pouvoir lutter seule contre tout ce chagrin.

***

Le lendemain matin, Red sortit courir. Tout au long de sa jeunesse, il s'était entraîné au cross-country dans la chaleur écrasante d'Eulalia, mais il ne s'était jamais habitué aux torrents de sueur qui lui coulaient le long des jambes. Il aurait pu remplir une mini-piscine gonflable, au moins.

Il accéléra progressivement sur la fin de sa course, piqua un sprint lorsqu'il aperçut la boîte aux lettres de ses parents et ralentit une fois passé devant, comme s'il venait de franchir une ligne d'arrivée imaginaire. Ses années d'entraînement lui avaient appris qu'il fallait se tenir bien droit après avoir couru et lever les bras en l'air afin d'éviter les crampes abdominales, mais il fit exactement le contraire et se pencha en avant, les mains sur les genoux, le temps de reprendre son souffle. Il avait beau courir presque tous les jours pour évacuer son stress, il avait oublié à quel point c'était difficile de se soumettre à un tel exercice dans la chaleur caniculaire du sud de la Géorgie.

— Salut, Red.

Il se redressa d'un coup, et ravala son souffle sous l'effet d'une fulgurante crampe abdominale. De la sueur lui coulait dans les yeux, et il battit plusieurs fois des paupières avant d'y voir clair. Brady se tenait devant lui, en train de remonter sur son front ses fameuses lunettes noires surdimensionnées, des poids fixés autour des poignets, et pas une goutte de transpiration sur lui. Red savait qu'il devait déjà avoir le teint écarlate après l'effort qu'il venait de fournir, mais il sentit une onde de chaleur d'un autre ordre envahir sa nuque.

— Salut, Brady... C'est bien Brady ? ajouta-t-il d'un air faussement nonchalant.

— Ouais, dit Brady en levant un sourcil (comme s'ils ne s'étaient pas déjà croisés dans cette rue il y a quelques jours).

— Qu'est-ce que tu... (Red laissa sa phrase en suspens, comme s'il ne savait pas comment la finir.) Bref, qu'est-ce qui, hum... t'amène dans le coin ?

— J'habite dans cette rue, répondit Brady en souriant. (Il eut l'élégance de ne pas rappeler à Red qu'il lui avait déjà fait part de cette information.) Enfin, mes parents, plutôt. Deux maisons plus loin, précisa-t-il avec un mouvement du menton vers la gauche.

— Ah, OK.

Red n'osa pas préciser le sens de sa question, à savoir qu'il voulait plutôt lui demander ce qu'il avait prévu de faire aujourd'hui, et non ce qu'il venait faire sur Myrtle Lane. Brady ne le lâchait pas des yeux.

— Et, hum, tu aimes le quartier ?

— Je ne le connais pas vraiment, répondit Brady. Mes parents sont venus s'installer ici quand j'étais déjà à la fac. J'ai grandi à Vidalia, donc je ne viens ici que pour les vacances, ce genre de trucs.

— Je vois.

— Mais assez parlé de moi. Jennifer m'a expliqué que tu vivais à Nashville ? demanda Brady. Et aussi, que tu bossais dans une église ou quelque chose comme ça ?

— J'anime une pastorale des Jeunes. YouthLyfe.

— Ouais, je connais, dit Brady avec un sourire en coin. *Lyfe* avec un *y* au lieu d'un *i*, c'est ça ? Pour faire plus moderne ?

Red ricana, mais crut qu'il allait mourir de honte.

— C'est un peu ridicule, je sais.

— Ils avaient une antenne dans mon lycée. C'était vraiment sympa, jusqu'à ce qu'ils organisent une conférence sur le thème « L'homosexualité, c'est mal », avec la mentalité sudiste dans toute sa splendeur. Bref, je me suis tiré.

— Oh, commenta Red en se penchant subitement pour refaire son lacet (qui n'était pas défait du tout). Quel dommage. Ça ne serait jamais arrivé chez nous, ajouta-t-il à l'attention de sa basket.

— Ah bon ?

Red se redressa.

— Non, la pastorale est beaucoup plus… ouverte d'esprit sur ce point depuis quelques années.

— À ce qu'on dirait, rétorqua Brady en le détaillant de la tête aux pieds.

Red chercha désespérément quelque chose à dire pour changer de sujet.

— Hum… tu comptes rester à Eulalia tout l'été ?

— Ouh là, non ! Juste quelques semaines. Je déménage à New York le 1er juillet.

— Wouah. New York.

Red se maudit intérieurement pour la banalité de sa réponse. Lui-même ne savait pas trop ce qu'il avait voulu dire par là.

— Ce sera un peu plus palpitant qu'ici… sans vouloir te vexer, hein !

— T'inquiète pas pour ça, dit Red. Bon. Il faut que j'y aille.

Avant que Brady ait eu le temps de répondre, Red tourna les talons et repartit en direction de chez lui, sans même prendre le temps de saluer sa mère, qui était en pleine séance de squats devant un épisode de *Million Dollar Listing*. Il fonça vers la salle de bains et tourna le verrou. Sa sueur avait déjà refroidi, mais il ouvrit le robinet de la douche sans même se déshabiller et régla l'eau sur la température la plus glacée possible.

Chapitre 5

Quand Wilma entra dans la cuisine, elle trouva Carol Anne déjà assise à table, en train d'écrire dans son journal.

— Où est Robert ? lui demanda-t-elle.

— Parti courir ou je ne sais quoi. Au fait, j'ai consulté mon horoscope et je pense qu'il faudrait attendre quelques jours pour que tu me refasses des photos.

Wilma soupira tout bas. Elle aurait dû se douter que sa sœur lui réclamerait une séance photo.

— Comme tu voudras.

Elle n'avait aucun moyen de refuser, et elle le savait. Non pas qu'il soit dans ses habitudes de chercher à se défiler quand elle pouvait se rendre utile auprès de quelqu'un.

Elle tournait déjà les talons quand Carol Anne lui lança :

— Oh, j'oubliais ! J'ai reçu un très gentil message sur Facebook de la part de Derek Saab, à propos de papa. Il disait qu'il avait été ravi de faire ta connaissance.

— Ah bon ? dit Wilma, stoppée net dans son élan.

Elle fronça les sourcils. Voilà qui avait de quoi surprendre.

— Mais oui, répondit Carol Anne tout en continuant à faire glisser son stylo sur la page.

Wilma se demanda comment elle pouvait à la fois écrire dans son journal et tenir une conversation – comment elle pouvait même voir le papier sur lequel elle écrivait dans cette quasi-pénombre, entre les boiseries sombres de la cuisine et le fait que toutes les lumières étaient éteintes.

Elle tendit le cou pour voir ce que faisait sa sœur : en réalité, elle dessinait des cercles concentriques sur la page blanche devant elle.

— On a échangé quelques messages et on s'est dit que ce serait sympa d'aller dîner tous les quatre. Genre, à deux couples. C'est prévu pour demain soir.

Wilma n'en croyait pas ses oreilles et sentit la moutarde lui monter au nez.

— Et, hum... À quel moment comptais-tu me demander mon avis ?

Carol Anne ne leva pas les yeux de son journal.

— On va passer une bonne soirée !

— Peut-être, mais tu n'as pas pensé que ce serait... un peu bizarre, pour moi, d'aller dîner avec le type des pompes funèbres qui a enterré papa ?

Carol Anne pencha la tête, sa grande mimique favorite pour exprimer le désarroi, même si Wilma n'était pas certaine qu'il s'agisse réellement de cela : pour elle, Carol Anne ressentait plutôt une forme de curiosité stupéfaite à l'idée que quelqu'un puisse ne pas voir les choses comme elle.

— Ce n'est pas lui qui a enterré papa. Je ne vois pas où est le problème : c'est une très belle âme et à en juger par ses photos Facebook, il a un corps de rêve. J'ai senti une bonne énergie émaner de lui. Et ça te ferait du bien de flirter un peu, pour changer. Delia m'a dit que tu ne sortais jamais t'amuser. Tu n'es pas obligée de vivre en célibataire endurcie, tu sais.

Wilma resta coite et se sentit soudain toute petite. Elle promena ses yeux autour de la cuisine et s'arrêta sur le napperon en point de croix encadré au-dessus de la porte, sur lequel on pouvait lire : « Quand je compte mes bonheurs dans la vie, je te compte deux fois. »

— Je ne suis pas une célibataire endurcie, se défendit-elle.

Carol Anne se replongea dans ses cercles.

— Chez Gino's, demain soir à 19 heures, asséna-t-elle d'un ton définitif.

Sur ce, elle lâcha son stylo pour prendre son téléphone et examiner ses sourcils en mode vidéo selfie.

Wilma faillit dire quelque chose, mais elle comprit que ça ne servirait à rien. Elle sortit de la cuisine en passant sous le napperon brodé.

— Et ne t'inquiète pas, on te trouvera quelque chose à te mettre ! lui lança Carol Anne.

***

Un peu plus tard, assise à la même table, Delia refermait son ordinateur de boulot quand sa grand-mère vint s'asseoir sur la chaise en osier à côté de la sienne.

— Depuis quand portes-tu des lunettes, ma chérie ?

En entrant dans la cuisine, elle avait été frappée par la posture de sa petite-fille, plissant les yeux devant son écran et tordue sur sa chaise pour éviter le rayon de soleil qui éclairait une partie de la table.

— Ce ne sont pas des lunettes de vue, expliqua Delia, mais de simples verres anti-lumière bleue pour protéger mes yeux de l'écran.

— Tu sais ce qui les protégerait encore mieux ? lui dit Ellen en souriant.

— Hum ?

Delia connaissait déjà la suite. Mais sa grand-mère était la seule personne pour qui elle voulait bien descendre de ses grands chevaux de Madame Je-Sais-Tout.

— Moins regarder d'écrans.

— Je suis tout à fait d'accord, répondit Delia. Mais il faut bien que je gagne ma vie.

Elle se retint très fort d'ajouter que depuis trois mois, autre conséquence de sa rupture amoureuse, elle assumait seule le paiement intégral de son loyer. Ellen n'avait guère apprécié le fait que sa petite-fille vive « dans le péché » avec Connor – et à vrai dire, elle n'avait guère apprécié Connor tout court. Deux ans auparavant, il avait prévu de venir passer les fêtes de Noël à Eulalia, avant d'annuler à la dernière minute parce qu'il culpabilisait de ne pas être avec sa propre famille. Delia ne lui en avait absolument pas tenu rigueur. L'année suivante, il avait tout fait pour se rattraper, mais Ellen n'était pas du genre à mettre un couvert de plus à sa table pour un invité et à pardonner qu'on lui fasse faux bond.

— Ton patron t'a accordé une semaine de congé ? demanda-t-elle.

— Je peux accomplir un nombre suffisant de choses à distance. Et puis, ça n'avait aucun sens de retourner en coup de vent à New York et revenir juste pour le mariage.

En prononçant ces mots, Delia réalisa que pour la première fois depuis des années, elle n'allait pas faire usage de son plus un.

— Je tiens à rester présente, même sans être sur place au bureau. Un de mes supérieurs hiérarchiques quitte bientôt la boîte et j'aimerais bien monter en grade.

— Oh, c'est formidable, ma chérie, je suis sûre qu'ils te choisiront ! s'enthousiasma Ellen, qui ne comprenait pas grand-chose au travail de sa petite-fille et encore moins aux subtilités de la vie en entreprise.

Delia était en charge du marketing digital pour une start-up baptisée PanTEE qui vendait ses sous-vêtements en ligne. L'objectif de PanTEE était de révolutionner la lingerie féminine en supprimant le dilemme souvent insoluble entre se sentir à l'aise et sexy, et le boulot de Delia consistait à ce que le slogan de la marque (« Un tee-shirt pour cette partie-là ») soit le plus présent possible sur Internet. Elle était confiante quant à ses chances d'être promue, d'autant que sa dernière idée de campagne avait cartonné. Sans oublier qu'elle mettait les bouchées doubles depuis sa rupture, s'oubliant dans le travail pour ne plus penser à

Connor et aux verres de vin qu'elle buvait devant les comédies romantiques insipides qu'elle s'obstinait à visionner rageusement tous les soirs.

— Merci, Gram. Croisons les doigts ! Et toi, comment vas-tu ?

— Oh, bien, répondit Ellen en se penchant pour réajuster non sans difficulté ses pantoufles à ses pieds.

— Attends, je vais t'aider, dit Delia en se penchant à son tour.

— Non, je me débrouille.

Ellen remit sa pantoufle en place et se redressa, aussi essoufflée que si elle sortait d'une séance de sport.

— Il serait grand temps que je m'en rachète une paire, ajouta-t-elle. Celles-ci sont usées jusqu'à la corde.

— D'où viennent-elles ?

— De chez Belk. Je reprends toujours le même modèle, et je serai bien chagrinée quand ils cesseront de les fabriquer. Ton grand-père passait m'en racheter une paire en rentrant du travail quand j'avais besoin de les renouveler. Et les hommes ne sont pas très doués pour ce genre de choses, en général. Mais lui était toujours très attentif aux vêtements et aux chaussures. Parfois, c'était agréable... Et parfois, j'aurais pu me passer de ses commentaires !

Elle eut un petit rire, les yeux dans le vide.

Delia se demanda si sa grand-mère faisait le lien entre cet aspect de la personnalité de Gerry et le fait qu'il ait eu un amant pendant des années, mais Ellen se tut, perdue dans ses pensées. Elle était en train de réaliser que Gerry ne lui rapporterait plus jamais de paires de chaussons neuves en rentrant du travail. Jamais elle n'aurait cru que ce détail pourrait prendre une telle importance. Elle eut l'impression de perdre pied. Le souffle coupé.

— Je me ferai un plaisir de passer chez Belk pour toi, dit Delia, mais je parie que je peux te trouver les mêmes en ligne, livrées juste devant ta porte.

— Oh, je ne sais pas trop, tu sais...

— Je crois que faire du shopping en ligne t'amuserait beaucoup, Gram. C'est facile. Je me commande des trucs sans arrêt.

— Vraiment ? En même temps, sortir faire des emplettes, c'est l'occasion de rencontrer des garçons. À la supérette, par exemple !

Delia ne put s'empêcher de rire.

— Et comment rencontre-t-on des garçons à la supérette, Gram ?

— J'avais une amie quand j'étais jeune. Sissy. Je me demande d'ailleurs ce qu'elle est devenue... En tout cas, elle est sortie un soir avec un garçon qui lui plaisait beaucoup, rencontré je crois à une fête. Ils ont passé un bon moment, mais il ne l'a jamais rappelée. Sissy était dans tous ses états, mais un autre garçon s'est mis à lui tourner autour et elle a fini par le fréquenter. Un soir, elle avait prévu de lui faire un petit dîner et elle est descendue à la supérette. Elle mettait dans son chariot tous les produits dont on a besoin quand on invite un homme à dîner, tu vois... des pommes de terre, deux steaks, etc. quand elle est tombée nez à nez avec le malotru qui ne l'avait jamais rappelée ! Ils ont bavardé un peu, et elle le voyait lorgner l'intérieur de son caddie, comprenant qu'elle préparait à dîner pour un autre homme. Eh bien, ça n'a pas dû lui plaire, car le lendemain, figure-toi qu'il l'a rappelée. Et ils ont fini par se marier. Même si j'ignore ce qu'ils sont devenus depuis, avoua Ellen en riant. Elle allait vite en besogne, mais je l'aimais bien.

Delia écoutait sa grand-mère, fascinée. C'était toujours Gerry qui racontait les histoires, autrefois, et Ellen qui l'écoutait parler. Delia avait longtemps admiré l'équilibre de leur couple, la façon dont ils s'épaulaient en parfaite harmonie. Les choses n'avaient pas été parfaites, de toute évidence, mais Delia était ravie de voir sa grand-mère révéler ses talents de conteuse et se demanda si elle avait d'autres anecdotes à raconter. Mais presque aussitôt, comme cela arrivait souvent ces jours-ci, son humeur s'assombrit.

— Tu veux dire que je ne dois plus commander sur Amazon et plutôt essayer de piéger un homme à la supérette pour qu'il tombe amoureux de moi ?

Ellen eut un petit rire.

— Non. Tu n'as pas à piéger qui que ce soit. Même s'il faut bien reconnaître que ça a marché pour Sissy...

— Tant mieux pour elle, répondit Delia avec un sourire crispé. Je tâcherai de m'en souvenir.

— Il va bien falloir que tu te remettes en selle, ma chérie, si tu penses que tout est fini avec l'autre jeune homme.

Delia fut agacée de l'entendre appeler Connor ainsi. Comme si elle ne l'avait pas rencontré à maintes reprises au cours des quatre dernières années. Peut-être Ellen l'avait-elle déjà oublié ? Étant donné qu'il ne s'était pas manifesté après l'annonce du décès de Gerry, Delia sentait presque sa présence s'effacer de son existence. Elle avait cru avoir vécu le plus douloureux quand il avait quitté leur appartement, mais cette lente disparition faisait encore plus mal.

— Je ne sais pas, finit-elle par soupirer. C'est encore un peu tôt pour moi. Pour être honnête, je ne crois pas avoir tourné la page.

— Je vois, fit Ellen en tapotant la main de sa petite-fille. Écoute, prends le temps qu'il faudra, ma chérie.

— Quand même, c'est intéressant de voir que ton amie pensait ne plus jamais revoir cet homme et qu'elle a fini par l'épouser.

Ellen plissa le front.

— Oh, tu sais, ils s'étaient juste vus un soir et il n'avait plus donné de nouvelles. Il n'avait rien fait de mal à proprement parler. Mais après ça, dit-elle en regardant Delia avec insistance, c'est *lui* qui a fini par la rappeler. Elle ne lui a pas couru après. Elle ne s'est pas accrochée à un homme qui n'était pas pour elle.

Delia sentit sa gorge se nouer et la rougeur des Williams – ce trait de famille qui ne la concernait pas, d'habitude – envahir sa nuque.

— Je peux te poser une question ? demanda-t-elle en gardant la main d'Ellen dans la sienne. Après l'épreuve de ces derniers jours, je ne m'attendais pas à ce que tu m'encourages à... retourner sur le marché de la drague.

Ellen dégagea sa main et la posa sur la table.

— Ma foi, dit-elle en se tournant vers la fenêtre qui donnait sur le jardin, je ne pensais pas les choses en ces termes. Mais regarde tout ce que j'ai autour de moi. Toi, tes cousins, Alice et votre mère, Carol Anne et JJ. J'ai beaucoup de chance. Je sais que les jeunes femmes d'aujourd'hui mènent des existences très différentes et ont plus de choix qu'à mon époque. Si tu ne veux personne dans ta vie pour l'instant et que tu préfères tout donner à *cette chose-là*, ajouta-t-elle en désignant son ordinateur, libre à toi. Mais ce que j'essaie de te dire, c'est que quoi qu'il arrive... et crois-moi, j'en ai vu, des choses... je ne connais personne qui regrette d'avoir fondé une famille.

— Y compris toi ? demanda Delia, même si elle connaissait déjà la réponse.

Ellen claqua sa langue contre son palais.

— *Surtout* moi.

Delia acquiesça, tapota gentiment sa grand-mère sur la tête, et alla prendre une douche. Ellen resta assise dans la cuisine, le regard tourné vers la fenêtre, en se demandant si elle ne venait pas de mentir à sa petite-fille.

Chapitre 6

JJ se réveilla très énervé. Même s'il n'avait pas déjà décidé de retourner au travail, il aurait quand même bien enfilé rageusement sa tenue de boulot (pantalon chino et polo de l'université de Géorgie), claqué la porte d'entrée puis la portière de son précieux F-150, et enfoncé la pédale de l'accélérateur comme s'il avait voulu écraser un rongeur sur la route. Il avait le sentiment que les murs – et pas seulement les siens, mais ceux de sa maison d'enfance, de l'autre côté de la rue – l'étouffaient.

D'habitude, il aimait quand ses fils étaient là. C'était naturel, pour lui, de les voir traîner à la maison, les saluer d'un hochement de tête ou leur lancer un simple « Bonjour » quand il les croisait le matin. JJ n'avait jamais été très à l'aise au téléphone. Et au moins, cela les changeait un peu de leur train-train, avec Jennifer. Leur présence apaisait un peu la tension ambiante.

Mais chacun des membres de sa famille semblait lui renvoyer l'écho des paroles de Fred à l'enterrement. Il avait l'impression que tout le monde brûlait d'envie d'en parler, comme une pulsion prête à surgir à tout instant. Or c'était bien le dernier sujet qu'il avait envie d'aborder. Et il ne pouvait trouver aucun répit dans la maison d'en face, avec la mine toujours inquiète de Wilma et le nuage noir qui flottait autour de sa mère. Seule Carol Anne ne paraissait pas trop s'en soucier, mais JJ trouvait aussi cela offensant, sans doute parce que tout ce que faisait Carol Anne l'offensait d'une manière ou d'une autre.

Et puis, il y avait bien sûr l'attitude de Jennifer et son petit commentaire de la veille au soir à la réunion de l'amicale des voisins. Il ignorait d'où lui venait toute cette hargne, mais il était convaincu que cela avait un lien avec la manière dont elle se surinvestissait dans son travail.

Retourner bosser à la radio lui ferait du bien. Là-bas, c'était lui le patron. Et même s'il était du genre sympa avec tout le monde, il savait aussi que les gens avaient un peu peur de lui et garderaient leurs distances. Tant mieux. L'actualité sportive était dominée par les finales de la NBA et l'All-Star Race de la Nascar : il n'aurait qu'à enfiler son casque, il avait amplement matière à causer. Il s'occuperait de la paperasse, regarderait ses emails et lancerait sa balle d'élastiques, dans le bourdonnement de la clim de son bureau qui masquerait tous les bruits extérieurs.

Il commençait tout juste à se détendre quand il remarqua la présence d'un insecte noir qui voletait dans l'habitacle de sa voiture. Il lui percuta la joue comme s'il voulait s'en prendre à lui personnellement, et JJ se mit à gronder comme un animal en cage. Il le chassa d'un geste pour le voir revenir à l'assaut quelques instants plus tard, cette fois le long de sa vitre. Il voulut l'écraser. Trop tard : à une milliseconde près, il le rata et l'insecte alla zonzonner derrière lui.

Cela aurait pu être le moment de s'essayer à ces fameux exercices de respiration pour la tension artérielle dont il avait entendu parler sur Internet. Mais bloquer sa respiration, très peu pour lui. JJ avait reconnu l'insecte : c'était un anthrène des tapis. S'il avait balayé avec dédain le problème des magnolias, la veille au soir, il lui arrivait tout de même, en de rares occasions comme celle-ci, de comprendre pourquoi ces satanés arbres étaient une nuisance : ils attiraient des insectes qui venaient ensuite se nicher dans les tapis.

Gerry avait toujours eu des anthrènes dans sa voiture car il se garait près d'un magnolia sur son lieu de travail.

Des larves dans son tapis. Il ne manquait plus que ça. JJ lâcha une flopée de jurons et maudit ses deux fils d'être venus chacun avec leur voiture, l'obligeant à se garer sous un magnolia devant chez lui. Il prenait grand soin de sa voiture, et s'il se retrouvait avec un problème d'infestation à l'intérieur... comment dire ? Il n'aurait sans doute pas employé de lui-même le terme de « dépression », mais il était certain que voir son précieux F-150 grouiller de larves d'insectes pourrait bien porter un coup fatal à son moral.

Il se gara sur sa place de parking privative devant la station, freina d'un coup sec et bondit hors du véhicule. Il grogna en voyant l'insecte s'échapper de l'habitacle et s'empressa de claquer sa portière pour l'empêcher d'y retourner. Il fit le tour pour aller ouvrir l'autre portière, se pencha pour examiner le tapis de sol, le sortit et le secoua à plusieurs reprises contre l'asphalte, avant d'ouvrir toutes les autres portes et de faire pareil avec les autres tapis.

Rien à signaler. Aucun dégât n'était à déplorer. L'insecte qu'il avait vu était un intrus solitaire. Mais au lieu d'être soulagé, JJ sentit la colère continuer à irriguer ses veines telle une drogue puissante. La pensée qu'il ne pourrait jamais avoir d'explication franche avec son père ne faisait qu'ajouter à sa frustration, et il ressentit soudain son absence comme s'il lui manquait un morceau de son propre corps. C'était si violent qu'il dut s'arrêter sur le parking, à quelques mètres de la porte du studio.

JJ sentit sa gorge se nouer et, horrifié, secoua la tête comme pour chasser le mal. Il surprit son reflet dans la porte vitrée, émit son troisième grognement de la matinée et entra dans le vestibule, accueilli par le souffle glacé de la clim qui le balaya comme un jet purificateur.

***

Alice feuilletait les albums de famille avec Ellen quand elle reçut un appel de Peter. Voir son prénom s'afficher sur l'écran de son smartphone ne fit qu'ajouter à la nostalgie qui s'était emparée d'elle à mesure qu'elle parcourait ces vieilles photos. D'un geste vif, elle tourna une page montrant un cliché de Fred et Gerry, coiffés de chapeaux de cow-boy et bras dessus bras dessous, au bord d'un manège équestre. Ils étaient souriants, la quarantaine environ. Sur la page suivante, ils étaient là aussi, appuyés contre le camion de Gerry. Elle s'empressa de passer à la suivante. Puis elle décrocha son téléphone.

— Les vingt-quatre heures sont écoulées, annonça Peter. Je passe te prendre dans cinq minutes.

— Pour quoi faire ?

— Tu verras.

Il raccrocha.

Dehors, Grant projeta d'un coup de poignet son ballon de basket vers le panier. Le ballon rebondit contre le rebord et Grant leva les yeux au ciel, exaspéré d'avoir à trottiner pour le rattraper. Il faisait beaucoup trop chaud pour faire du sport. Mais c'était un doux soulagement comparé à la tension glaciale qui régnait dans la maison entre ses parents.

Le matin, alors que sa mère et lui étaient assis dans la cuisine, côte à côte, en train de boire leur boisson protéinée et de scroller chacun sur leur téléphone, JJ avait débarqué en disant :

— Ça va finir par vous tuer, un jour, vous en êtes conscients ?

— T'inquiète, lui avait-il répondu. Je crois que j'ai résolu le problème des tumeurs au cerveau grâce à mes AirPods. Mon téléphone ne s'approche plus jamais de ma caboche.

— Je ne parlais pas de vos téléphones, mais de ça, avait rétorqué JJ en désignant la mixture beige dans le grand gobelet en plastique posé devant lui. Ce machin que vous buvez. Ils en parlaient aux infos.

Grant avait adressé un sourire narquois à son père.

— Si tu veux, je t'en ferai un avant ta prochaine séance d'exercice. L'essayer, c'est l'adopter, tu verras ! J'ai décuplé mes capacités physiques à la salle de sport.

— Oh, je n'avais pas compris que tu avalais ça *pour le boulot*, avait rétorqué JJ avec sarcasme.

Grant s'était dandiné sur sa chaise, piqué au vif par l'insulte de son père, mais soucieux d'éviter le conflit.

— Tu en veux à notre fils de vivre de sa passion plutôt que de rester les bras ballants à regarder les autres ? avait lancé Jennifer à son mari.

D'un seul coup, la promesse qu'elle s'était faite à elle-même durant sa méditation matinale – faire preuve de gentillesse envers son mari par respect pour son deuil – venait de s'envoler.

Avant que JJ ait eu le temps de répondre, Grant avait décidé de prendre la fuite.

— Bon, salut maman, à plus tard !

Il était sorti de la cuisine, avait récupéré le ballon de basket dans le placard de l'entrée, et s'était retrouvé dehors à tirer des paniers sous un soleil de plomb, bien après que son père avait eu quitté la maison pour se rendre au travail.

Grant avait toujours adoré ce sport, bien que sa forte carrure l'ait empêché de briller autant sur les parquets de basket que dans les stades de football américain. JJ était fier que son fils aîné soit joueur de ligne, comme il l'avait lui-même été durant sa jeunesse. Mais Grant n'avait pas tout à fait la même passion que lui pour le foot américain. Il préférait le basket, et de loin : c'était moins violent et les matchs étaient plus courts, ce qui permettait d'aller faire la fête plus vite. Sans compter qu'il s'entendait bien mieux avec ses coéquipiers de basket, qui ne se prenaient pas autant au sérieux.

Mais ses talents de footballeur étaient évidents, et il avait fait partie de la meilleure équipe que le lycée d'Eulalia avait connue depuis l'époque de Fred et Gerry. Grant le savait parce que le soir de la finale de championnat, quand il était en terminale, son père lui avait fait cadeau d'une pièce de monnaie tellement vieille et rouillée qu'il l'avait d'abord prise pour un petit morceau de terre séché. Il n'en était rien. C'était le penny porte-bonheur de Fred, usé par le temps au point d'être parfaitement lisse sur les deux faces puisqu'il en avait lui-même hérité de son père. JJ ne se rappelait plus pourquoi le père de Fred s'en était fait un porte-bonheur, ni même comment il l'avait trouvé, mais il savait en revanche que Fred l'avait glissé dans sa chaussure gauche le jour où il avait disputé la finale du championnat et marqué le touchdown de la victoire pour Eulalia High. Linda était alors la cheffe des pom-pom girls, et c'était ce soir-là qu'elle avait décidé de l'épouser, bien qu'elle ne lui ait jamais dit.

Fred avait offert le penny à JJ juste avant son propre match de finale : si Eulalia avait réalisé un parcours brillant en championnat, tout le monde savait que l'équipe de Tuckson High, dont tous les joueurs semblaient avoir la trentaine bien tassée, serait un adversaire redoutable. Ce jour-là, Fred s'était arrêté devant chez eux durant sa traditionnelle balade matinale à vélo et il avait attendu que JJ sorte prendre sa voiture pour se rendre au lycée. Il lui avait expliqué l'importance symbolique de ce penny porte-bonheur et JJ, flatté qu'une légende locale du football, qu'il considérait en prime comme un second père, lui fasse un tel cadeau, l'avait mis dans sa chaussure. Et comme par magie, Eulalia avait gagné grâce à un touchdown décisif de JJ.

La veille de la finale de Grant, JJ avait lui-même frappé tout doucement à la porte de son fils – détail pour le moins curieux puisqu'il n'était pas du genre à frapper avant d'entrer, et encore moins à le faire tout doucement. Grant était dans son lit, innocemment (Dieu merci) plongé dans la lecture du magazine *Sport Illustrated*, ses deux mains en évidence par-dessus ses draps, quand son père était entré, la mine grave, et s'était assis lentement sur sa chaise de bureau. Grant avait aussitôt songé qu'il allait se faire passer un savon parce que son père avait soit trouvé sa planque d'alcool, soit entendu parler de sa mauvaise note au dernier contrôle de chimie, ou découvert qu'il avait fait le mur la veille pour aller se faire tailler une pipe par Cindy Truett.

Mais non. Il était venu lui parler du penny porte-bonheur et, contrairement à son habitude, Grant avait pris la chose très au sérieux. Il voulait que son père soit fier de lui – ainsi que Fred, bien sûr. Il avait pris le penny, l'avait glissé sous la semelle intérieure de ses crampons gauches… et il avait lamentablement perdu le match.

Cette défaite ne semblait pas l'avoir miné autant que les autres. Il fallait plus qu'un match de football pour démoraliser ce garçon, tant il semblait gonflé à l'hélium. Ce qui l'avait affecté, en revanche, c'était l'ambiance glaciale à la maison : son père ne supportait même plus de le regarder dans les yeux. À son époque, il avait marqué son touchdown gagnant sur un turnover. Grant et lui jouaient tous les deux en défense. S'attendait-il vraiment à ce que la foudre frappe deux fois au même endroit ?

Cela avait-il été le meilleur match de Grant ? Non. L'un de ses pires ? À vrai dire, oui. Mais il avait fait de son mieux, et il n'était pas seul sur le terrain – l'équipe tout entière était passée à côté de ce match. Dans les couloirs du lycée, les gens ne s'en remettaient pas : la déception était palpable, bien trop lourde et poisseuse dans l'air pour laisser la moindre chance à l'humour et au charme de Grant. Et le fait de retrouver la même chose chez lui était franchement pénible. Il s'était mis à aller dîner en face, chez ses grands-parents. Gerry et Ellen étaient ravis de passer du temps avec lui, et JJ avait approuvé ce nouveau rituel sans rien dire : il comprenait que son fils avait honte de dîner avec lui après lui avoir infligé une telle déception. Cette froideur ne faisait pas partie de l'ADN de Gerry. Ellen et lui avaient cessé de s'intéresser aux résultats de l'équipe dès le trajet retour après le match.

Un soir, après le dîner, pendant qu'Ellen lavait les assiettes (déjà bien nettoyées par Gerry et Grant, qui avaient tout mangé hormis leurs os de poulet), Grant s'était renversé contre sa chaise en soupirant.

— J'ai pas envie de rentrer chez moi...

— Et pourquoi ? lui avait demandé son grand-père en examinant le cure-dents qu'il venait de se passer entre les molaires.

— Papa m'ignore depuis le match. Il n'arrive même plus à me regarder.

— C'est vrai, ça ?

Grant avait opiné. Ellen, elle, continuait à faire la vaisselle.

— C'est nul qu'on ait perdu, je sais. Mais je suis censé faire quoi, passer le reste de mon année de terminale à broyer du noir ? La saison de basket commence dans une semaine, et c'est mon sport préféré. Je ne comprends pas pourquoi il en fait tout un plat.

— Les hommes ont toujours besoin de se vexer pour une chose ou une autre, avait commenté Ellen depuis la cuisine.

Personne ne l'avait entendue.

— Ton père est un fou de sport, avait expliqué Gerry. Il s'investit beaucoup sur le plan émotionnel. Il a toujours été comme ça. Sans doute la raison pour laquelle il est aussi doué dans son boulot, j'imagine. Toi et moi, on est différents. On sait relativiser. Crois-moi, c'est une qualité.

— Sans doute, ouais.

— Si on allait faire un tour en voiture ? On pourrait se prendre des glaces, avait proposé Gerry en souriant.

Il avait toujours aimé les desserts, même à son âge. C'était d'ailleurs l'un de ses points communs avec son petit-fils.

Le soleil se couchait quand ils étaient arrivés devant le Cream Dream, une sorte de food truck garé sur un parking. Ils s'étaient assis sur un banc et avaient dégusté leur cône au chocolat en silence, amusés par les petites filles du banc d'à côté qui s'étaient lancées dans un numéro de danse devant leurs parents. Ils étaient remontés en voiture, et Grant était rentré chez lui.

L'humidité qui troubla soudain sa vision au moment de viser le panier n'était pas de la sueur, mais des larmes, jaillies au souvenir de cette glace partagée un soir avec son grand-père. Ce genre de scène ne se produirait plus. Il remua les épaules, comme pour se secouer lui-même, et partit récupérer le ballon qui roulait le long de l'allée. Au moment de la ramasser, il vit une femme passer en courant dans la rue. Ses yeux partirent de ses baskets pour remonter le long de ses jambes, s'arrêter sur la partie de son ventre exposée par son crop top de sport et découvrir enfin son visage. Grant et Rebecca Bell échangèrent un regard. Elle ralentit et ôta ses écouteurs.

— Tiens, tiens, Bell ! Alors, on fait son petit footing de l'après-midi ?

— Oui, mais pourquoi faut-il que tu en parles comme un pervers ? dit-elle en reprenant son souffle.

— Tu veux garder la forme pour le grand jour. Bravo. Mais sache que je t'aurais épousée même s'il avait fallu te transporter jusqu'à l'autel sur un chariot élévateur.

De l'autre côté de la rue, Alice attendait Peter devant la maison, assise sur les marches de la véranda, alors qu'il faisait mille degrés dehors et deux mille de plus avec l'humidité. Elle salua Rebecca de loin, mais celle-ci était trop absorbée par sa discussion avec Grant. Alice se sentait électrique à mesure qu'elle se repassait la conversation qu'ils avaient eue plus tôt dans la journée. Elle avait un peu honte, aussi, de se sentir excitée comme une puce à l'idée que *ce* garçon allait bientôt passer la chercher devant chez elle, comme il le faisait autrefois, lors d'écrasantes journées d'été comme celle-ci. Mais elle n'était plus une ado. Et les leçons de la vie, le poids accumulé de ses trente-deux années d'expérience dans le monde réel, l'empêchaient de se réjouir sans une pincée d'appréhension. Sans compter qu'elle avait le ventre noué et des remontées acides depuis près de deux heures.

Peter arriva au volant de la Lexus de sa mère, qui devait bien avoir 15 ans d'âge. Alice la reconnut tout de suite, car c'était dans cette voiture qu'elle avait vu pour la première fois le sexe de Peter – et même un sexe masculin tout court en dehors de son manuel de sciences naturelles. Ce souvenir ne fit qu'ajouter à sa nervosité. Peter se pencha par la vitre ouverte de sa portière.

— Salut ! Est-ce qu'il faut que j'entre serrer la main à quelqu'un ?

— Si tu l'entends au sens patriarcal, répondit Alice sans faire mine de se lever, mon père n'est pas là puisqu'il a disparu de mon existence, et mon grand-père n'est pas là non plus puisqu'il est mort.

Peter hocha la tête d'un air pensif.

— Cool, dit-il. Bon, alors, tu viens ?

Alice sourit et se leva (ce qui lui demanda un effort considérable, à son grand dam) pour rejoindre la voiture de Peter. Quand sa peau entra en contact avec le souffle glacé de la clim, elle faillit lâcher tout haut que c'était presque aussi bon que la fois où il l'avait mise enceinte, mais elle se retint juste à temps, consciente qu'elle venait déjà de lui dire beaucoup de choses en l'espace de vingt-quatre heures. Autant faire preuve d'un peu de tact et ne pas s'amuser à comparer ses prouesses au système de ventilation de la voiture de sa mère !

— Chouette caisse, dit-elle.

— Oui. Et chouettes souvenirs, dit-il en posant brièvement sa main sur le genou d'Alice avant de reprendre le volant.

Il s'éloigna du trottoir et se mit à rouler tranquillement le long de la rue. Ce n'était presque rien, ce geste qu'il venait de faire, mais Alice se sentit aussitôt désirée, rassurée, et se surprit à retenir ses larmes. Quelle poisse de se retrouver enceinte et endeuillée en même temps. À moins que ce ne fût simplement Peter qui lui fît cet effet-là.

— Pourquoi faire tant de mystère à propos de l'endroit où tu m'emmènes ? lui demanda-t-elle, tout en s'étonnant de constater qu'il portait une paire de Ray-Ban dernier cri.

Les avait-il choisies lui-même, ou avait-il une petite amie ? Avait-il dû se faire violence au moment de dépenser deux cents dollars pour des lunettes noires en plastique, aussi belles fussent-elles ? Ou avait-il tendu sa carte de crédit sans sourciller, sans même demander un paiement étalé ?

— À t'entendre, on croirait que je te kidnappe ! C'est une surprise, tu verras. Mais je m'étonne que tu n'aies pas au moins une petite idée. Je pensais que tu aurais déjà deviné, à ce stade.

Ils avaient quitté l'avenue principale pour s'engager sur une route de terre battue. Soudain, le visage d'Alice s'illumina.

— Ah, dit-elle simplement.

Quand Peter se gara, ils descendirent de voiture et s'enfoncèrent dans les bois, sans un mot. Le feuillage des bouleaux noirs les protégeait des rayons oppressants du soleil. Bientôt, ils se retrouvèrent au bord d'un cours d'eau. Les jeunes du coin l'appelaient la piscine, et Gerry l'avait parfois qualifiée de rivière, mais ce n'était en réalité qu'un ruisseau, parfois boueux mais délicieusement chantant, et assez profond pour s'y baigner. Alice tourna la tête à gauche : oui, la corde était toujours là, accrochée aux branches du vieux magnolia. Elle semblait neuve, comme si on l'avait remplacée, et d'un jaune trop éclatant, presque choquant aux yeux d'Alice. En même temps, il y aurait sans doute des accidents si les gamins du coin venaient se balancer au bout de la même corde que celle que Peter et elle avaient connue il y avait près de vingt ans.

La rive en terre battue semblait plus sale et plus sèche que dans son souvenir, et le magnolia semblait avoir rétréci. Était-ce vraiment si amusant de se jeter dans l'eau du bout de cette corde ? De là où elle se tenait, ça n'avait rien de folichon. Peter et elle gardaient le silence. Il s'agenouilla devant elle pour commencer à délacer ses baskets, et elle le laissa faire. Elle pressa ses orteils gauches contre son talon droit, sortit sa cheville enflée de sa chaussure, et entreprit de faire pareil de l'autre côté pendant que Peter ôtait ses Vans. Il ne portait pas de chaussettes, et cette vision provoqua chez Alice une brève réaction de dégoût qui s'estompa lorsqu'elle vit qu'il s'apprêtait à lui ôter sa propre chaussette, humide et jaunie.

— Oh, non, Peter, pas ça ! Je transpire horriblement des pieds. Tu risquerais de tomber dans les pommes.

— Je suis médecin, tu sais. J'ai vu et senti des choses bien pires. En outre, pas besoin de me rappeler que tu transpires des pieds. Je m'en souviens très bien.

— Wouah, je me sens tellement... morte de honte ?

— Il n'y a pas de quoi, je t'assure.

Il fit quelques pas et s'élança depuis le rebord pour sauter dans l'eau, où il se retrouva enfoncé jusqu'aux genoux.

— Il y a des cailloux ? voulut savoir Alice.

— Pas du tout. Que du sable !

Elle entra dans la rivière à pas prudents, et laissa échapper un soupir de satisfaction. Quelle délicieuse fraîcheur. La température de l'eau était parfaite, et le courant léger lui faisait l'effet d'un baume apaisant.

— Tu sais que ça réveille plein de souvenirs en moi de me retrouver ici, dit-elle en remuant le sable sous ses pieds.

Peter se tourna vers elle avec une rapidité qui surprit Alice. Il avait l'air horrifié, comme si elle venait de lui annoncer qu'elle était enceinte d'un bébé dragon – réaction à laquelle elle s'était attendue quand elle lui avait annoncé qu'elle était enceinte d'un bébé humain.

— Je plaisante, dit-elle, un grand sourire sur ses traits ronds. (Peter, visiblement soulagé, lui donna un petit coup d'épaule.) Eh, attention, protesta-t-elle en posant une main sur son ventre. Livraison fragile !

— C'est vrai.

Elle était touchée qu'il ait eu l'idée de l'amener ici, dans ce lieu qu'ils aimaient tant autrefois. Un peu comme dans *N'oublie jamais*, tous les jeunes d'Eulalia (y compris Alice et ses cousins) venaient se retrouver ici, à un moment ou un autre durant l'été, souvent avec une glacière de bières bien fraîches ou un joint pour les plus cools d'entre eux.

Pourtant, Alice et Peter avaient toujours eu le sentiment que c'était leur jardin secret. Ils y avaient connu quelques journées magiques à se balancer du bout de la corde, à barboter dans l'eau, à manger des Mister Freeze et à se laisser flotter dans des bouées gonflables, absolument seuls au monde. Parfois, ils apportaient aussi de quoi bouquiner, étendus sur leur serviette et retournant se rafraîchir dans l'eau à intervalles réguliers. Mais ils étaient souvent distraits de leur lecture, aussi – deux adolescents amoureux et bourrés d'hormones.

L'été de leurs 17 ans, avant leur entrée en terminale, ils flottaient un jour sur deux grosses bouées – Alice presque endormie, le visage au soleil, avec ses longs cheveux roux qui dansaient dans l'eau – quand Peter avait déclaré sans crier gare :

— Je pense qu'on devrait coucher ensemble.

Alice s'était redressée comme si une guêpe venait de lui piquer le ventre. Elle n'était pas surprise de l'entendre dire qu'il avait envie d'elle ; ils avaient déjà failli aller jusqu'au bout plusieurs fois. Mais ils n'en avaient jamais parlé ensemble, et elle était partie du principe que cela finirait par se faire un jour. Elle ne pensait pas qu'ils auraient un *débat* sur cette question.

— Hum… là, maintenant ?

Peter avait eu un rire qui ne lui ressemblait pas, comme s'il se détendait après avoir rassemblé tout son courage pour oser lui dire un truc pareil.

— Non, juste… à l'occasion.

— Oh.

Elle savait qu'elle était censée hésiter et ne pas savoir comment réagir. Elle savait qu'elle était censée le raconter à sa mère en pleurant, peut-être, à sa meilleure amie au téléphone ou l'écrire dans son journal. Elle savait qu'elle était censée peser le pour et le contre, réfléchir à cette décision dont on lui avait toujours fait croire qu'elle allait changer le cours de sa vie. Elle savait qu'elle était censée dire non et attendre que Peter lui soumette l'idée une seconde fois, qu'il jette un caillou contre sa fenêtre, qu'elle ouvrirait pour se glisser dehors sans faire de bruit, descendre le long de la gouttière et se jeter dans ses bras. Elle savait qu'elle était censée l'embrasser et déclarer d'une voix à la fois grave et langoureuse : « Je suis prête. » Elle lui donnerait sa virginité, il lui donnerait la sienne, et ils chériraient ce trésor pour toujours, s'aimeraient d'un amour éternel, car c'était ainsi que les choses se faisaient.

Mais Alice savait déjà ce qu'elle voulait.

— Carrément, lui avait-elle répondu.

— Cool.

Ils avaient décidé de retourner à la piscine le soir même, même si Alice préférait le champ à la tombée de la nuit. Mais l'endroit leur semblait plus propice. Elle n'avait pas envie de faire ça au bord de l'eau, en plein air, alors ils s'étaient allongés sur la banquette arrière de la Lexus de la mère de Peter, en prenant soin d'y étendre une serviette, car ses copines lui avaient raconté qu'elle risquait de saigner. Il avait apporté un préservatif, acheté en tremblant comme une feuille dans une pharmacie située deux villes plus loin, de peur de tomber sur quelqu'un qu'il connaissait. Ce qui était une fatalité, dans une petite ville comme Eulalia.

Quand le grand moment était enfin arrivé (après deux petites minutes et demie de baisers torrides et de mains baladeuses), Alice avait compris qu'elle devait se détendre. Or il n'y avait rien de plus stressant pour elle que de se dire qu'elle devait se détendre. Il avait tenté une première fois, mais c'était un peu comme de vouloir faire entrer un carré dans un triangle. Ils n'étaient pas sûrs d'être au bon endroit, de s'y prendre par le bon angle ou d'appliquer la pression nécessaire.

Elle avait tenté de le guider en se fiant à son instinct. À force de tâtonner, ils avaient eu l'impression qu'ils allaient enfin y arriver, à la fois soulagés et excités d'avoir au moins trouvé l'entrée. Elle l'avait attiré contre elle, pour tenter de faciliter les choses, mais il ne s'était rien passé – ni pour lui ni pour elle. Il n'avait cessé de s'excuser tandis qu'elle lui murmurait « Chut, chut » pour le rassurer.

— Je suis désolée, avait-elle fini par lâcher.

— Arrêtons.

— Non, pas question.

Elle avait relevé un peu les jambes, espérant que cela faciliterait les choses, même si sa peau brûlée par le soleil frottait encore plus contre le tissu rugueux de la rugueuse serviette éponge sous son dos.

— On va y arriver.

Il avait réessayé, toujours avec douceur mais il ne s'était rien passé. Lorsqu'il avait voulu appuyer un peu plus fort, elle avait poussé un tout petit cri de douleur.

— Oh non, Alice, pardon !

Il s'était redressé, en appui sur ses coudes, et lui avait embrassé les joues.

— Ne t'inquiète pas, avait répondu Alice au bord des larmes. Je savais que ça ferait mal. Il faut juste qu'on aille jusqu'au bout une première fois, et ça ira.

Il avait plongé son regard dans ses yeux bruns, qu'elle regrettait de ne pas avoir bleus alors qu'il les trouvait très bien comme ça. Même très beaux, en fait. Elle avait laissé échapper une larme, et il l'avait essuyée avec une délicatesse infinie. Malgré la pénombre, Alice avait été saisie par l'intensité de son regard, qui semblait vibrer d'inquiétude. Et d'amour. Oui : d'amour.

— Je ne peux pas te faire mal, Al.

Ils s'étaient déjà retrouvés nus, bien plus d'une fois, mais jamais avec autant de vérité qu'en cet instant. Et Alice ne s'était jamais sentie autant en confiance et en sécurité entre ses bras.

— OK.

Sa détermination à ce que les choses se fassent, et le plus rapidement possible, venait de s'envoler.

Il s'était penché vers elle pour déposer un long baiser sur son front, son visage entre ses mains. Elle sentait des larmes rouler sans bruit sur ses joues. Sans trop savoir pourquoi.

— Je t'aime, OK ? lui avait-il dit tout bas.

Elle avait opiné, presque imperceptiblement, pour qu'il sente sa réponse sans bouger sa bouche ou ses mains. Elle voulait qu'elles restent là où elles étaient.

— Je sais, lui avait-elle murmuré. (Parce que c'était la vérité.) Moi aussi.

— Hum, alors ? fit la voix de Peter, la tirant soudain de ses rêveries pour la ramener au présent, à ses chevilles et à ses pieds gonflés qui trempaient dans l'eau fraîche.

Peter se tenait devant elle, les mains dans les poches.

— J'ai eu mes vingt-quatre heures de réflexion.

Il la regardait droit dans les yeux. Elle regretta de ne pas avoir apporté ses lunettes de soleil.

— Je sais. Écoute, je comprends si tu as besoin d'un délai supplémentaire. Prends tout ton temps.

— Pourquoi ne pas me l'avoir annoncé plus tôt ?

Il n'y avait pas le moindre soupçon de colère ou d'irritation dans sa voix, et Alice réalisa à quel point c'était fou. Elle s'avança vers lui.

— Je l'ai su il y a six semaines environ. Et j'ai été prise de court. Ma première réaction a été de me dire : ouh là, pas question, je vais régler ça vite fait. Mais j'avais envie de changement, et je me suis dit que c'était peut-être le signe que j'attendais pour m'obliger à me bouger et prendre ma vie en main. En plus, j'ai toujours su que je voulais des enfants. Mon horloge biologique tourne et je n'étais pas sûre d'avoir une autre occasion comme celle-ci. Bref... j'ai décidé de le garder.

Peter acquiesçait, attentif. Alice apprécia le fait qu'il lui laisse dérouler le cheminement de sa pensée jusqu'au bout.

— À partir de là, j'ai su qu'il fallait que je t'en parle. Tu m'avais envoyé des SMS très mignons auxquels je n'avais pas répondu, et je m'en voulais, mais je me voyais mal t'appeler pour te l'annoncer par téléphone. Je savais que je te reverrais au mariage de ta sœur, et donc... j'ai attendu, en gros. J'aurais préféré que Grant ne fasse pas cette gaffe, mais je comptais te l'annoncer cette semaine. De toute façon, on dit qu'il faut garder le secret jusqu'à douze semaines et je venais à peine de franchir ce cap.

— Je ne crois pas que cette règle s'applique au père du bébé, mais... d'accord.

Alice retourna s'asseoir sur la petite butte en gardant les pieds dans l'eau. Peter fit de même, comique malgré lui dans cette posture, avec ses genoux beaucoup plus hauts que ceux d'Alice. Ils gardèrent le silence un moment.

— Écoute, je veux que tu saches que je suis partant. Même si je ne sais pas encore ce que ça veut dire, à ce stade. J'ignore comment tu envisages les choses, si tu veux que je déménage près de chez toi... Mais je suis prêt à faire tout ce qu'il faudra dans l'intérêt du bébé. Et à m'impliquer autant que tu le voudras.

Alice sentit son cœur se serrer. Pas d'une façon négative, plutôt comme si son corps lui intimait de se concentrer sur le moment présent, sur cette réalité. Le moment était venu. Elle était en train d'avoir une conversation décisive avec le père de son futur enfant. Sur la manière dont ils allaient l'élever. C'était de sa vie dont il s'agissait... la sienne, et celle de son bébé.

— OK, dit-elle d'une voix calme.

Elle s'efforça de rassembler les questions qui avaient rebondi dans sa tête comme des balles de tennis chaque fois qu'elle avait imaginé ce moment. Des questions comme : serais-tu prêt à déménager ? Ou est-ce moi qui dois venir m'installer à Austin ? Peut-on partager les frais, genre moitié-moitié ? Jusqu'à quel point doit-on s'informer de nos vies amoureuses respectives, si nous ne sommes pas en couple ? Elle se tourna vers Peter et éclata de rire malgré elle en voyant son air blême et terrifié.

— Désolée, je ne voulais pas, s'excusa-t-elle aussitôt. Mais tu aurais vu ta tête !

— Peut-être parce que je venais de te dire que j'étais prêt à élever un enfant avec toi, et que tu m'as répondu « OK » d'un air vaguement contrarié ? dit-il en l'éclaboussant.

— Pas du tout ! protesta-t-elle.

Elle l'éclaboussa à son tour, beaucoup plus fort, et il se retrouva quasi trempé. Ils furent pris d'un fou rire ensemble et durent attendre de reprendre leur souffle.

— Merci pour ce que tu m'as dit. Je suis heureuse de l'entendre. De toute évidence, je suis complètement larguée, donc il va falloir que je prenne des décisions.

— *On* va devoir prendre des décisions. Ou en tout cas, je serai à tes côtés quoi que tu décides. À toi de voir.

— Cool, dit Alice. Waouh, ajouta-t-elle.

Peter l'attira pour la serrer contre lui, et Alice en oublia à quel point elle était dégoulinante de sueur. C'était si bon d'être dans ses bras.

Ils n'avaient pas réessayé de faire l'amour durant ce fameux été. Leur véritable première fois, qui resterait aussi leur dernière avant un long moment, s'était déroulée dans la chambre universitaire d'Alice pendant sa première année à Northwestern. Elle avait quand même eu mal, mais ils avaient réussi à aller jusqu'au bout, cette fois. Ils avaient pleuré au moment de se dire au revoir, alors qu'Alice avait déjà un crush pour un autre étudiant inscrit dans son cours d'initiation à la poésie. Elle n'avait d'ailleurs pas beaucoup repensé à Peter depuis son arrivée à la fac.

C'était seulement lorsqu'elle passait sous la branche du magnolia sur le chemin du réfectoire qu'il lui arrivait d'avoir une pensée pour lui.

***

Ils étaient réunis en demi-cercle tout autour. La sueur était la seule chose qui dégoulinait sur leurs visages, car il faisait trop chaud pour pleurer. Le soleil les écrasait comme une armure. JJ s'agenouilla pour examiner la chose de plus près, histoire de vérifier que Derek ne s'était pas trompé, animé par l'espoir pervers de déceler une erreur tant le type l'avait irrité. Robert se tenait derrière, à distance respectueuse, soucieux de ne pas perturber le recueillement de la famille.

Elle ressemblait à toutes les autres stèles du cimetière, à part le fait qu'elle était flambant neuve. Alice la trouvait un peu tape-à-l'œil, et Delia se demanda comment les sociétés de pompes funèbres géraient leur marketing. Wilma imagina sa propre dépouille enterrée ici, un jour, et elle se demanda où elle irait s'il y avait une place réservée pour le compagnon qu'elle n'aurait pas. Jennifer imagina son beau-père étendu seul, six pieds sous terre ; malgré la canicule, une larme pointa derrière ses lunettes noires de chez Miu Miu.

Carol Anne avait l'air de quelqu'un qui s'ennuie, car c'était le cas, et Ellen tamponna son front humide de sueur à l'aide d'un Kleenex. La chaleur lui donnait l'impression d'être enroulée dans du papier bulle ; elle ne ressentait absolument rien.

— C'est... réussi, commenta Red.

— Merci, marmonna JJ avec un hochement de tête.

Jennifer leva les yeux au ciel. Ce n'était pas lui qui avait fabriqué cette pierre tombale. Il n'avait aucune raison de s'en attribuer le mérite. Pourquoi avait-il fallu qu'ils se traînent au cimetière tous ensemble ? Il y avait déjà eu assez de cérémonial et de mondanités autour de la mort de Gerry. Elle avait autre chose à faire, bon sang.

— Je peux réciter un poème que j'ai appris pour une audition, proposa Carol Anne.

— Non merci, répondit JJ.

Grant s'avança pour poser sa main sur la stèle. Il ne disait rien, et Ellen le regarda sans rien dire non plus. Elle avait l'impression que son cœur s'était resserré au fond de sa poitrine. Le geste de son petit-fils la bouleversait, mais elle n'en montra rien.

Ils reprirent le chemin de Myrtle Lane et se rendirent chez Ellen, excepté Jennifer, qui prétendit qu'elle avait trop de boulot pour « rester assise sans rien faire ». Ellen s'attela à préparer du café, bien que tout le monde ait à peu près autant envie d'avaler une boisson chaude que de rejoindre Gerry dans sa tombe. Mais quelles que soient les circonstances, Ellen avait besoin de son café.

Elle appuya sur le bouton de la machine et ouvrit le frigo pour prendre la crème liquide et la verser dans un petit pot en céramique, alors que tout le monde, comme elle, buvait son café noir. Lorsqu'elle se retourna, elle constata que l'appareil n'avait pas encore démarré et rappuya sur le bouton. Il ne se passa rien.

Elle rappuya une troisième fois en secouant la machine, qui heurta le gros bocal de sucre entreposé derrière. Mais la lumière ne s'allumait toujours pas. Ellen pensa à une autre lumière, à l'éclat du soleil sur la pierre tombale au cimetière, et revit mentalement l'inscription gravée dans la pierre. « IL FUT UN MARI AIMANT. »

Un mari menteur, plutôt. Il lui avait menti. Il avait menti à leurs enfants. Et à leurs petits-enfants, qui s'étaient réunis aujourd'hui autour de sa dernière demeure, émus aux larmes, pour poser leurs jeunes mains sur la pierre tombale de leur grand-père, comme pour s'imprégner de sa magie. La colère qu'Ellen avait sentie monter en elle menaçait de jaillir comme un geyser de lave. Elle avait été humiliée devant presque toutes les personnes qu'elle connaissait. Quelle idiote elle avait été. Une bouffée de panique l'envahit, comme si tout cela n'était qu'un rêve et qu'elle flottait à la dérive, sans rien à quoi se raccrocher.

Elle saisit la cafetière inerte entre ses deux mains et la jeta par terre de toutes ses forces. Pendant la courte chute de l'appareil, elle eut le temps d'apercevoir le câble électrique qui voletait derrière comme un skieur nautique trop léger. La machine n'était pas branchée. Ellen se sentit très bête, mais sa colère reprit vite le dessus. Elle en avait assez de se sentir foulée aux pieds. Elle ne passait pas son temps à jacasser comme tout le monde pour faire diversion et elle mettait un point d'honneur à ne pas se mêler des affaires des autres et à garder son opinion pour elle. Comment sa vie de couple avait-elle pu se pulvériser dans un instant de déchéance absolue, la laissant si impuissante ? Elle s'aperçut alors que tous les membres de sa famille la fixaient d'un air ébahi.

JJ et Grant s'étaient précipités en entendant la cafetière se fracasser sur le sol, prêts à voler au secours d'Ellen, avant de s'apercevoir qu'elle était l'instigatrice, et non la victime, de l'incident. Plus personne n'osait respirer. Elle rassembla tout son courage pour déclarer d'une petite voix :

— Elle refusait de s'allumer.

On lui avait appris à ne jamais laisser de désordre derrière elle, mais elle tourna le dos à l'amas aromatisé de bris de verre et de plastique et passa sans un mot devant ses enfants et petits-enfants sidérés. Elle traversa le salon, s'engouffra dans le couloir pour gagner sa chambre et ferma la porte sans bruit derrière elle, après avoir laissé à Miss Sparkles le temps de se faufiler à l'intérieur.

Enfin, elle alla s'asseoir sur son lit, enfouit son visage entre ses mains qui empestaient le café, et fondit en larmes.

Chapitre 7

Alice avait toujours eu peur des vieilles poupées entreposées dans l'ancienne chambre de JJ, même lorsqu'elle était petite et en âge de jouer avec. Ellen avait attendu non seulement que son fils finisse ses études, mais aussi qu'il quitte le foyer familial pour s'installer juste en face avec sa jeune épouse, avant de jeter ses posters de foot américain de l'université de Géorgie et des Faucons d'Atlanta, son dessus-de-lit bleu marine et (à son grand effroi) la pile de *Playboy* qu'elle avait retrouvée sous son lit. Elle avait demandé à Gerry de repeindre les murs en rose, recouvert le lit de petits coussins bordés de dentelle, et disposé deux terrifiantes poupées victoriennes en porcelaine sur le rebord de la fenêtre rayé blanc et vert.

C'était cette chambre que se partageaient Delia et Alice quand la maison de leurs grands-parents était pleine, et celle où s'installait Alice, seule, quand elle venait avec sa sœur passer les vacances d'été. Delia préférait toujours coucher dans l'ancienne chambre de Carol Anne : elle était particulièrement fan de son lit à colonnes.

Étendue sur le côté pour tenter de faire une sieste, Alice avait l'impression que ces maudites poupées l'observaient et dut se lever pour les retourner face au mur. Delia, qui faisait défiler des photos sur Instagram, adossée contre la tête de lit, ne put s'empêche de ricaner.

— Trouillarde, dit-elle.

— J'assume, répondit Alice. Avoue quand même qu'elles sont flippantes.

On frappa à la porte et la tête de leur mère apparut dans l'entrebâillement.

— Je peux entrer ?

— Bien sûr, dit Alice en se redressant un peu.

Wilma alla s'asseoir sur le rebord de fenêtre et entreprit de remettre les poupées à l'endroit.

— Surtout pas ! s'exclama Alice.

— Comme tu voudras. Tu es une adulte, une future mère, mais... allons-y.

— J'ignore quel genre de mère je serai, mais je sais que je n'achèterai pas de poupées flippantes à mon enfant.

— Vivement que tu connaisses le sexe, soupira Delia. Je sais que le genre est une construction sociale, et tout ça, mais j'ai tellement hâte de savoir !

— C'est vrai. J'avais oublié que ton avis comptait plus que tout dans cette grossesse.

Delia lui fila gentiment un coup de coude.

— Je suis inquiète pour votre grand-mère, déclara Wilma en regardant ses ongles.

— Ce n'est pas un scoop, marmonna Delia.

Cette fois, ce fut au tour de sa sœur de lui asséner gentiment un coup de coude.

— Parce que tu l'avais déjà vue jeter un appareil électroménager par terre, peut-être ? répliqua Wilma à sa fille.

Delia réfléchit.

— La seule fois où je l'ai vue balancer quelque chose, c'était des vacheries sur Tina.

Alice pouffa de rire.

— Pas faux. Écoute, maman, en ce qui me concerne, je suis plutôt contente de voir qu'elle se lâche un peu. Et qu'elle exprime sa colère. Elle traverse la pire épreuve de sa vie, bon sang ! Elle qui a passé sa vie à refouler ses sentiments...

— Peut-être. Mais je crois plus sage de ne pas aller à ce dîner ce soir et de rester ici pour veiller sur elle.

— Bien tenté, m'man, dit Delia d'un ton sévère. Pas question.

Wilma la dévisagea innocemment

— Plaît-il ?

— Tu vas aller à ce dîner. Si tu veux que je te fasse la liste de toutes les bonnes raisons d'y aller, la voici : tu devrais profiter de l'occasion pour te détendre un peu et penser à autre chose. Tu as bien mérité qu'un homme se montre aux petits soins et t'invite à manger une platée de spaghettis. Gram doit vivre ce qu'elle a à vivre, quel que soit ton emploi du temps pour la soirée. D'ailleurs, elle a sans doute envie d'un peu de solitude, si tu veux mon avis.

— Et moi, je serai là, renchérit Alice.

Wilma soupira.

— Tant mieux. Ça vous donnera peut-être l'occasion de bavarder, dit-elle en lui jetant un regard lourd de sens.

— Cool, répondit Alice avec un sourire crispé.

— On ne sait jamais, dit Delia. Elle sera peut-être super contente ?

L'instant d'après, elle se rembrunit : elle venait de tomber sur la photo d'une jeune femme blonde montrant son énorme bague de fiançailles tandis qu'un homme l'embrassait sur la joue. « FÉLICITATIONS À TOUS LES DEUX !! » pianota-t-elle avec hargne sur son clavier.

Alice se tourna vers sa sœur.

— Parce que tu serais impatiente d'avouer à grand-mère que tu es tombée enceinte hors mariage, peut-être ?

— Je préférerais avoir à lui annoncer ce genre de nouvelle plutôt qu'elle me considère comme une éternelle vieille fille.

— Ce n'est pas du tout ce qu'elle pense, soupira Alice.

— Tu crois peut-être que c'est ce qu'elle pense de *moi* ? dit Wilma, piquée au vif.

Delia leva les yeux au ciel.

— Bien sûr que non ! Alice, désolée d'avoir essayé de te remonter le moral... Et maman, personne ne pense une chose pareille de toi. Je disais juste que ça te ferait du bien de sortir ce soir, OK ?

Au fond, Wilma savait que sa fille avait raison. Mais pourquoi ne se réjouissait-elle pas plus que ça à la perspective de ce dîner ?

Les yeux d'Alice s'embuèrent.

— Je n'arrête pas de m'inquiéter pour Gram moi aussi. Et je me surprends à me dire que tout va s'arranger parce que Grandpa Gere trouvera le moyen de la faire sourire... Puis je me souviens que non.

— Je vois exactement ce que tu veux dire, sœurette. Je me demande tout le temps où il est. Puis je me souviens qu'il n'est plus là. Et là, je me souviens que je lui en veux.

— Je suis juste triste, dit Alice, toujours à demi allongée, tandis qu'une larme roulait en travers de son visage pour se glisser dans son oreille.

— Tu es une plus belle âme que moi, voilà tout.

— Vous êtes de belles âmes toutes les deux, commenta Wilma. Nous vivons un grand chamboulement. C'est normal de ressentir des émotions complexes et contradictoires.

— C'est vrai, dit Delia. Les complications font partie de la vie. Comme celles qui vont jalonner ta relation longue distance avec Derek Obsèques.

Wilma et Alice éclatèrent de rire.

— Tu viens de l'inventer ?

— Ouais.

— Ça ne me plaît pas, trancha Wilma.

— Qu'importe le surnom, pourvu qu'il y ait un *homme*, roucoula Delia d'un air de séductrice.

Elles éclatèrent de rire. À cet instant précis, juste le temps d'une photo, elles se sentirent en paix avec tout le reste.

***

Il faisait encore jour dehors quand Red sortit dans Myrtle Lane. Miss Sparkles, son prétexte pour aller faire le tour du quartier, trottinait devant lui en balançant les hanches comme un mannequin sur un podium. Il avait gardé ses écouteurs dans sa poche, et la chaleur grondait à ses oreilles comme les vagues au bord de l'océan. Il leva les yeux vers la mousse espagnole qui pendait délicatement aux arbres en espérant qu'Ellen trouverait le moyen d'aller mieux. Arrivée devant le panneau stop au bout de la rue, Miss Sparkles s'arrêta net, prête à tourner les talons et à regagner la climatisation, sa maîtresse et son poste de garde devant la porte d'entrée, au cas où Gerry rentrerait enfin à la maison.

Mais Red continua à marcher en tirant tout doucement sur sa laisse pour qu'elle le suive. Elle obtempéra, boudant comme une adolescente et remuant le popotin avec plus de dédain que jamais. Ils poursuivirent leur chemin un moment jusqu'à ce que Red se résigne à porter Miss Sparkles, qui avait renoncé à tout effort physique au bout de deux kilomètres.

Sans personne pour le guider, Red mit plus de temps que prévu à retrouver la tombe. C'était l'heure dorée, la chaleur commençait un peu à s'atténuer et les grillons entamaient leur chant nocturne. Red posa la chienne dans l'herbe, et elle alla renifler la stèle et la terre autour. Soudain, elle releva la tête et se mit à aboyer frénétiquement, comme lorsqu'elle apercevait le facteur, ce qui n'était pas peu dire.

Elle cessa soudain d'aboyer et gémit un peu avant de ne plus émettre le moindre son et d'aller se coucher sur la sépulture de Gerry, son petit corps pressé contre la pierre tombale. Red s'assit en tailleur comme un élève d'école primaire se préparant à jouer au jeu du mouchoir. Il avait toujours eu horreur de ce jeu, tout ce suspense, la hantise de ne pas être choisi ou de devoir se mettre à courir en rond si on le choisissait. Puis il réalisa qu'il s'était tranquillement assis sur la tombe de son grand-père et se releva d'un bond, comme si on venait de déposer le mouchoir derrière lui, pour aller se rasseoir un ou deux mètres plus loin.

Red savait que dans un film, ce serait le moment où son personnage s'adresserait à la pierre tombale pour avouer à son grand-père tout ce qu'il n'avait jamais osé lui dire. Et lui révéler sa vérité. Il commença à ouvrir la bouche mais se ravisa aussitôt, trop gêné pour s'exprimer à voix haute. Son grand-père savait-il, de son vivant ? Red creusa sa mémoire pour tâcher de se souvenir si Gerry lui avait posé la moindre question sur sa vie sentimentale, comme il le faisait avec Grant lorsqu'il lui demandait s'il avait repéré des jolies filles récemment, ou qu'il taquinait Alice et Delia en leur conseillant de chasser les garçons trop entreprenants avec un fusil. Red avait-il oublié ces commentaires, ou n'avaient-ils tout simplement jamais existé ? Dans ce cas, était-ce parce que Gerry respectait sa timidité, ou parce qu'il *savait* ? Et s'il savait, était-ce parce qu'il comprenait – dans son âme – la vérité de son petit-fils ?

Red sentit une sorte de rage monter en lui. Sa respiration s'accéléra et des larmes brûlantes jaillirent de ses yeux. Il comprit que Gerry ne pouvait se confier à personne ; il n'y avait pas d'espace, pas de mots pour cela, surtout quand il était jeune. Mais il lui en voulait d'avoir gardé le secret, de n'avoir rien tenté pour ouvrir la voie à son petit-fils et lui faciliter la vie. Red traînait le fardeau de son prénom comme un boulet, un parasite de trois tonnes. Il se sentait terrassé d'un seul coup, aimanté vers le sol, et vers Gerry, comme s'il était épuisé par le secret de son grand-père, par ce poids qu'il avait porté en lui jusqu'à sa mort. Alors que le sien était déjà lourd. Mais sa colère était toujours là. Était-ce une fatalité ? Allait-il devoir lui aussi garder le secret, taire cette part de lui-même que les autres semblaient autorisés à étaler en permanence ? Delia qui pleurnichait sur son ex, Alice sur le point de fonder une famille avec Peter, Grant et ses conquêtes... Red aurait-il lui aussi droit à tout ça, un jour ?

Il faillit faire un arrêt cardiaque et un bond de quatre mètres en entendant un raclement de gorge derrière lui.

— Pardon, fit la voix de Fred.

Red se retourna, les mains croisées sur sa poitrine comme s'il venait de se faire poignarder. Fred se tenait debout à côté de son vélo, la sangle de son casque défaite autour de son menton.

— Je ne voulais pas te déranger, ajouta-t-il.

Red leva les yeux – très haut, car Fred était très grand – et ressentit un embarras si profond qu'il aurait voulu se faire tout petit pour se recroqueviller à l'intérieur de lui-même et disparaître. Miss Sparkles, elle, ne mouftait pas. Red se remit debout tant bien que mal. Tout son corps semblait anesthésié.

— Désolé, monsieur Fred... s'entendit-il bredouiller.

— De quoi t'excuses-tu, voyons ?

Red prit une grande inspiration.

— Je ne sais pas, je suis juste... désolé, voilà.

Fred s'accroupit devant la tombe et Miss Sparkles se précipita à sa rencontre, dressée sur ses pattes arrière, pour lui lécher les mains. Elle lui présenta ensuite son arrière-train pour qu'il la gratte, symbole de joie et de confiance dans son langage canin. Fred ne se fit pas prier.

— Elle a l'air contente de vous voir, fit observer Red un peu bêtement.

— Sans doute parce qu'elle n'était pas à l'enterrement, répondit Fred.

Red sentit une brûlure vive envahir sa nuque. Fred se redressa et la chienne s'assit à ses pieds. Tous deux se tournèrent vers le jeune homme.

— Je te présente mes excuses pour ce qui s'est passé pendant la cérémonie, poursuivit Fred. C'est pour ça que j'évite de boire, en temps normal.

— Oh, mais non... je vous en prie, répondit Red.

Parce que les règles de la politesse, et ce besoin maladif qu'il avait de fuir les situations malaisantes, l'emportaient toujours avec lui, l'ensevelissant sous une épaisse couche de neige.

— Si, j'insiste. Et je m'en veux beaucoup.

Red ne sut pas quoi répondre. Ils restèrent immobiles, à regarder fixement par terre.

— Comment va Ellen ?

Red eut un haussement d'épaules impuissant et tourna ses yeux vers le ciel, comme s'il espérait y trouver la réponse à cette question. Mais il n'y avait rien, et il garda le silence. Il commençait à sortir de son engourdissement, à retrouver sensations et sentiments. Comme cette immense blessure au cœur, entre autres.

D'un geste doux, il tira sur la laisse de la chienne qui revint fidèlement auprès de lui, et se pencha pour la soulever, conscient qu'elle avait dépassé ses capacités de marche pour la journée. Il n'avait aucune envie de s'imposer la mortification supplémentaire de devoir tirer encore plus fort pour l'éloigner de Fred, au cas où elle déciderait qu'elle souhaitait plutôt rester en sa compagnie.

— Bon, à plus tard, lança-t-il.

Il regrettait un peu que Fred ait débarqué. Il aurait préféré être seul pour dire au revoir à la tombe d'une manière ou d'une autre sans avoir l'air pathétique. Il fit quelques pas, puis se retourna en entendant Fred reprendre la parole :

— Gerry m'a dit un jour que de tous ses petits-enfants, c'était toi qu'il admirait, parce que tu étais celui qui ressemblait le plus à Ellen et le moins à lui-même.

Red ne savait pas comment interpréter ces propos.

— Ne le prends pas mal, continua Fred. Tu me fais beaucoup penser à lui. Notamment par ta gentillesse et ton attention aux autres. (Fred se mit à frotter le guidon de son vélo, en un geste typique d'adolescent nerveux qui surprit Red.) Mais sache qu'il te voyait. Et qu'il t'aimait.

Red acquiesça, la gorge nouée, et s'éloigna à travers le cimetière en emportant sa petite boule de poils blanche pour rentrer chez lui tandis que la nuit les enveloppait, lentement, comme un linceul.

***

— J'ignore ce que ça dit de moi, disait Delia, et je ne tiens pas vraiment à le savoir, mais ça me fait un bien fou de sortir.

— Tu veux mon interprétation ? répondit Grant sans lever le nez de son téléphone pendant que sa cousine se mettait du rouge à lèvres devant le miroir de l'entrée. Ce n'est pas parce que tu es en miettes à cause d'une rupture sentimentale et de la mort de ton grand-père, qui trompait en prime ta grand-mère avec son meilleur pote, que tu n'as pas le droit de t'amuser. Je dirais même que c'est une excellente chose !

— Eh bien... merci. J'ai l'air de quoi ?

Elle portait un short en jean et un débardeur rouge tenant davantage du bandana que du tee-shirt, les cheveux lâchés avec une mini-tresse sur le côté qui absorbait sa satanée frange.

— Super, répondit Grant toujours sans quitter son écran des yeux.

— Parfait. Oh mon Dieu, tu te souviens de l'été où ils se sont mis à vérifier les pièces d'identité sans crier gare à l'entrée des bars et où le videur a vu Alice me tendre la sienne en douce ?

— Tu m'étonnes ! s'esclaffa Grant. Il t'avait dit quoi, déjà ?

— « Sérieus'ment, ma p'tite, quand on veut gruger, on essaie d'être discret. »

Delia rit elle-même de son imitation d'accent sudiste pur jus. Ils se rendaient chez Ricky's, le seul bar sympa d'Eulalia. C'était un peu plouc, mais c'était leur seule option. Il fallait bien qu'ils occupent leur soirée.

— Rebecca nous rejoint sur place, précisa Delia.

Grant prit une mine de séducteur et fit rouler ses muscles sous son tee-shirt moulant. Delia le foudroya du regard.

— Je te rappelle qu'elle se marie dans quelques jours, alors ne te fais pas d'illusions.

— Je fais ce que je veux. Je ne suis pas ton jouet.

— C'est vrai, sinon je t'aurais déjà rendu au magasin.

— Alors ça, c'est méchant.

— Vous êtes prêts ? demanda Wilma en arrivant depuis le couloir.

Elle avait accepté de les emmener en voiture, ravie d'avoir un prétexte pour fuir la maison et échapper à un shooting photo avec Carol Anne – ou pire, une séance de relooking avant leur départ pour le restaurant.

— Tante Wils, tu es sûre que Gram ne voit pas d'objection à ce qu'on sorte ce soir, après ce qui s'est passé aujourd'hui ? demanda Grant une fois dans la voiture, alors qu'il était trop tard pour que quiconque change d'avis. Mes parents m'ont dit qu'ils étaient OK tant qu'elle l'était aussi, mais je me demande si elle était vraiment sincère en disant qu'elle pouvait rester seule.

— Je suis sûre que ça ira. Je crois qu'elle avait envie d'être au calme. Et Alice sera là.

Wilma essayait de convaincre autant son neveu qu'elle-même.

— Ouais, c'est bien ce que je pensais, répondit Grant en se tournant vers la vitre pour regarder défiler les maisons.

Comme c'est touchant, songea Wilma.

— Qu'est-ce que tu comptes mettre ce soir ? demanda Delia à sa mère.

Cette dernière baissa les yeux vers sa simple robe de coton noire à bretelles.

— Eh bien... ça, dit-elle.

Delia fit discrètement la grimace.

— Ah, très joli, dit-elle en se gardant bien d'ajouter un mot de plus.

Elle préférait ne pas saper la confiance de sa mère et résista à la tentation de lui donner des conseils. Wilma fronça les sourcils, avant de se rappeler qu'elle ne tenait pas plus que ça à se rendre à ce dîner. Si Derek Obsèques n'aimait pas sa robe, il ne méritait pas qu'elle perde son temps avec lui, de toute manière.

À son retour, Wilma trouva la maison vide et sentit aussitôt l'angoisse monter en elle. Elle se hâta de traverser la rue pour se rendre chez son frère où elle trouva Ellen, Carol Anne, Robert, Jennifer et Alice réunis sur le porche de derrière.

— Maman ? Je ne savais pas que tu allais venir ici, dit-elle en ouvrant la baie vitrée pour les rejoindre.

— Et moi, soupira Ellen, je ne savais pas que je devais faire une annonce chaque fois que j'ai envie traverser la rue.

Wilma fit semblant de ne pas remarquer qu'elle avait les yeux gonflés.

— Non, ce n'est pas ce que je... Bref, quoi de neuf ?

Elle promena son regard autour d'elle et nota que sa fille aînée avait le teint verdâtre. Alice n'était plus censée avoir de nausées, à ce stade de sa grossesse. Wilma se souvenait qu'elle avait eu des premiers trimestres compliqués pour chacune de ses filles mais, au bout de quatorze semaines, tout était rentré dans l'ordre.

Wilma avait été plus choquée d'apprendre qu'Alice allait élever un enfant seule que par le fait qu'elle soit enceinte.

Ce genre de choses faisait partie de la vie : elle le comprenait tout à fait. Vraiment, elle était ravie pour sa fille (et ravie de devenir grand-mère !). Elle avait adoré être mère, et elle avait hâte de voir Alice vivre cette expérience. Elle ferait une maman formidable : elle était patiente mais elle pouvait aussi faire le clown, elle savait être à l'écoute des autres, garder les pieds sur terre et l'esprit ouvert. Mais Wilma ne pouvait s'empêcher d'être inquiète de son statut de maman solo. Elle savait que Peter ne serait pas aux abonnés absents, mais elle s'était toujours plus ou moins occupée de ses filles seule, même avant d'être officiellement séparée de leur père. Et si elle chérissait le lien unique qui les unissait toutes les trois, elle ne souhaitait pas forcément que ses filles endurent les mêmes épreuves qu'elle.

Alice n'avait pas le teint verdâtre à cause des nausées, mais parce qu'elle savait que sa mère avait raison et qu'il était grand temps qu'elle annonce la nouvelle à tout le monde, d'autant que Peter avait rejoint l'aventure avec elle. C'était la peur de la réaction de sa grand-mère qui la rendait malade. Intellectuellement, elle savait qu'elle n'avait pas à avoir honte ; elle était une femme adulte, elle assumait sa sexualité et était libre de faire ce qu'elle voulait de son corps. Ce n'était pas comme si quiconque au sein de la famille se faisait des illusions sur sa vie de New-Yorkaise moderne : après tout, l'héroïne de son roman vivait une passion torride avec un parfait inconnu. Le repas de Thanksgiving après la publication du livre n'était d'ailleurs pas son meilleur souvenir familial.

Aurait-elle dû se montrer plus prudente cette fameuse nuit avec Peter, insister davantage pour qu'il mette un préservatif au lieu de se laisser dépasser par ses sentiments ? Peut-être. Mais ils étaient deux, dans cette affaire. Et c'était tout de même ironique qu'elle redoute d'annoncer sa grossesse à quelqu'un qui serait sans doute encore plus horrifié d'apprendre qu'elle avait avorté, tout en se demandant pourquoi elle ne l'avait pas fait, s'évitant ainsi la honte d'élever un enfant hors mariage.

Alice avait beau être consciente de tout ça, ça ne l'empêchait pas d'avoir le trac. Car si ses valeurs étaient très différentes de celles de sa grand-mère, la décevoir était bien la dernière chose qu'elle souhaitait au monde. Son admiration pour Ellen et son envie de lui faire plaisir étaient enracinées en elle.

Quant aux autres, ils pouvaient bien penser ce qu'ils voulaient : elle s'en fichait complètement. Mais elle savait qu'à l'instant où elle leur annoncerait la nouvelle, toute l'attention se concentrerait sur sa personne et elle n'était pas sûre de le supporter – même si Ellen serait sûrement ravie de lui céder sa place.

— On profite de la brise du soir, répondit Carol Anne d'un air éthéré. Je racontais que les parents d'un de mes élèves m'avaient reconnue après m'avoir vue dans une représentation de...

Alice inspira bien à fond, et prit son élan en s'efforçant de mobiliser les bonnes ondes qu'elle avait ressenties dans la petite crique tout à l'heure :

— Je suis enceinte, déclara-t-elle.

Robert retint son souffle, et il y eut un silence.

Que Carol Anne brisa en marmonnant à son compagnon :

— Et soi-disant, c'est *moi* qui cherche toujours à faire mon intéressante...

Robert lui fila un coup de coude discret tandis qu'Ellen et Jennifer regardaient Alice sans rien dire. Wilma guetta avec appréhension la réaction de sa mère : Ellen comprendrait sûrement pourquoi elle ne lui avait rien dit, pourquoi c'était à Alice d'annoncer la nouvelle en ses termes. Mais elle n'était pas rassurée pour autant, et se prépara psychologiquement à essuyer les foudres d'Ellen.

Jennifer ouvrit des yeux ronds comme des billes.

— Délibérément ? demanda-t-elle.

Robert pouffa de rire et fit aussitôt semblant de tousser. Ellen regardait toujours sa petite-fille sans rien dire, elle plissa les yeux à la question de Jennifer.

— Eh bien… hésita Alice.

Maintenant qu'elle savait que Peter, un homme apprécié de toute la famille, jouerait pleinement son rôle de père, elle avait la possibilité de tricher un peu avec la vérité. Elle n'aurait qu'à broder sur leur vieille amitié, leurs amours adolescentes, invoquer l'horloge biologique et présenter la chose comme une faveur demandée à un bon copain, porteur de surcroît d'un superbe ADN. Cela aiderait peut-être à faire passer la pilule.

Mais ce n'était pas la vérité. Et mentir, ce n'était pas elle.

Le chant des grillons enflait tout doucement dans le jour déclinant et l'air était presque vibrant d'humidité. Alice se risqua à un coup d'œil oblique en direction de sa grand-mère, et leurs regards se croisèrent.

— Alice n'a pas à répondre à une telle question, déclara Ellen.

Wilma aurait juré entendre un tremblement rare dans la voix de sa mère.

— La question ne me dérange pas, dit Alice en redressant le dos sur son rocking-chair. Ce n'était pas voulu, non. Mais je le prends comme un heureux accident.

Carol Anne lui sourit, Robert fondit en larmes et s'essuya les yeux en marmonnant des excuses embarrassées. Jennifer tapa des mains, se leva de son siège et alla embrasser sa nièce.

— Félicitations, ma chérie ! dit-elle, tout en remerciant sa bonne étoile que JJ ne soit pas là pour gâcher ce moment par un commentaire désagréable et, sur une note plus mesquine, ravie d'avoir été informée de la nouvelle avant lui.

— Merci, répondit Alice, gênée de se sentir au bord des larmes.

— Tu en es à combien ? s'enquit Carol Anne avec un regard appuyé à son ventre.

— Quatorze semaines.

— Mmm, commenta Ellen.

— Et on peut savoir… comment c'est arrivé ? insista Carol Anne.

Alice la dévisagea.

— Tu me demandes comment on fait les bébés ?

— Non, répondit Carol Anne avec un sourire crispé. Je voulais savoir si nous allions avoir la chance de connaître l'heureux élu, d'accueillir quelqu'un de nouveau dans nos vies ?

Alice aurait préféré attendre que sa sœur soit là pour faire sa grande annonce. Elle aurait aimé pouvoir compter sur sa présence, surtout en voyant la vitesse avec laquelle Carol Anne avait vampirisé la conversation. Heureusement, Wilma l'encouragea d'une œillade complice. Mère et fille durent se mordre les lèvres pour ne pas rire.

Alice réfléchit. Elle n'était pas sûre que Peter l'ait déjà annoncé à sa famille et, connaissant la vitesse à laquelle se répandaient les potins dans cette ville, la nouvelle risquait de se propager très vite. Elle ne voulait pas que les Bell l'apprennent d'une autre source que leur fils.

— Il n'y aura personne de nouveau dans la famille, non, finit-elle par répondre.

— Bien, bien, dit Ellen. (Tout le monde se tourna vers elle, dans l'expectative.) Je vais donc être arrière-grand-mère.

Elle hochait lentement la tête – en signe de réprobation ou d'émerveillement ? Difficile à dire. Mais peu à peu, un sourire illumina ses traits.

— Je n'arrive pas à y croire. C'est magnifique.

Nul ne sut comment réagir. Alice sentait qu'elle n'allait plus pouvoir retenir ses larmes bien longtemps. Elle porta sa main à ses yeux, comme pour les essuyer d'avance, et émit un petit rire nerveux et étranglé. Elle était consciente d'avoir le trac, mais elle n'avait pas réalisé à quel point elle avait vécu dans l'angoisse de ce moment – non seulement par crainte de la réaction de sa grand-mère, mais aussi de l'avoir froissée en lui annonçant la nouvelle trop tard ou devant tout le monde.

— C'est vrai ? dit Alice. Tu... n'es pas fâchée ?

— Ma foi, ce n'est pas tout à fait comme ça que j'imaginais les choses, mais je suis très heureuse. J'ai hâte que tu ailles l'annoncer à...

Elle ne finit pas sa phrase. Elle venait de se souvenir.

— À qui ? demanda Carol Anne.

Robert regarda ailleurs et Jennifer se plongea dans l'observation de ses pieds. Quant à Alice, elle eut l'impression qu'on venait de lui arracher le cœur. Elle aurait tant aimé pouvoir l'annoncer à Gerry, aussi. Il adorait les bébés. Dès l'instant où il aurait appris la venue prochaine de cet enfant, il se serait bien fichu de savoir d'où il venait. Et lorsqu'il l'aurait su... Alice entendait dans sa tête les plaisanteries qu'il aurait faites sur ce futur bébé aux très grandes mains.

La sonnette de l'entrée retentit à travers la maison, évitant à tout le monde le moment de gêne absolue où quelqu'un se serait senti obligé de répondre à Carol Anne. Jennifer alla ouvrir.

— Je crois que je vais rentrer chez moi, annonça Ellen en se levant lentement de son fauteuil. Je ne suis pas vraiment d'humeur à avoir de la compagnie.

Wilma se précipita pour l'aider, mais Ellen rejeta sa main tendue d'un air agacé.

***

Gino's faisait partie de ces restaurants du sud de la Géorgie qui se présentaient comme italiens mais proposaient aussi des spécialités locales type crevettes frites et beignets à la farine de maïs, le tout imprimé en Comic

Sans sur un menu n'ayant pas changé depuis trente ans, quand l'établissement avait ouvert ses portes en fanfare. Malgré le dédain un peu snob que lui vouaient Wilma et ses filles, l'adresse n'en restait pas moins l'une des meilleures d'Eulalia, et les spaghettis du chef étaient toujours à tomber.

Quand Derek passa chercher Robert, Carol Anne et Wilma chez Ellen, Carol Anne s'installa à côté de lui sur le siège avant. Wilma eut du mal à comprendre le petit manège de sa sœur : *qui* était censé profiter de cette soirée pour mieux faire connaissance avec Derek ? Pourvu qu'il ne s'agisse pas d'un de ces plans tordus dont Carol Anne avait le secret, songea-t-elle avec angoisse. Robert semblait perplexe, lui aussi, ce qui la rassura un peu.

Derek leur avait réservé une table, et Wilma trouva l'attention charmante. Ils s'installèrent et parcoururent la carte. Elle se sentit dans la peau d'une adolescente, tout à coup : elle avait très envie de spaghettis, mais n'était-ce pas un choix immature ? Et surtout, ne risquait-elle pas de s'en mettre partout ? Wilma ne pouvait s'empêcher d'entendre la voix d'Ellen dans un coin de sa tête, bien que ses choix de vie l'aient emmenée à l'opposé de la trajectoire de sa mère. Et ce soir, cette dernière lui aurait certainement déconseillé de commander des spaghettis dans le cadre d'un premier rendez-vous au restaurant.

— Minute… quelles sont les options véganes, ici ? demanda Carol Anne en rejetant sa longue natte derrière son épaule.

Derek s'esclaffa, puis s'arrêta net en comprenant qu'elle était tout à fait sérieuse.

— Le menu n'a pas changé depuis trente ans, Annie, répondit Wilma.

Comment Carol Anne pouvait-elle se prétendre végane ? Elle s'était gavée de poulet frit, de tourtes et de petits plats à base d'œufs et de fromage pendant toute la semaine.

— Je ne suis pas sûr qu'ils sauraient y faire, pour être honnête, renchérit Derek. Tu te souviens de la fois où nous étions venus ici, alors que ça venait d'ouvrir ? On était tout un petit groupe d'étudiants, de retour à Eulalia pour les vacances ?

— Non, répondit Carol Anne.

— Ah.

Derek ne se départit pas de son sourire. Il portait une impeccable chemise blanche, les manches remontées avec soin sur ses avant-bras. Lorsqu'il se renfonça contre le dossier de sa banquette, Wilma perçut au passage une bouffée d'eau de Cologne. Elle ne put s'empêcher de froncer le nez, mais s'empressa de reprendre une tête normale. Grimacer de dégoût n'était peut-être pas très indiqué lors d'un premier rendez-vous.

Derek retenta sa chance avec Carol Anne :

— Il paraît que tu es devenue actrice, alors ? C'est fascinant !

— En effet, oui. Fascinant, stressant, bouleversant... C'est vraiment un métier très éprouvant.

Elle oubliait visiblement qu'elle s'adressait à un homme qui travaillait dans les pompes funèbres. Derek acquiesça poliment.

— Mais parfois, ajouta-t-elle, c'est ce qu'il y a de mieux au monde. J'aime tellement l'ambiance des plateaux de tournage !

— Je comprends, commenta Derek. J'avais emmené ma copine faire la visite guidée des studios Warner Bros à Los Angeles, il y a quelques années. C'était génial... Sur quels plateaux as-tu travaillé ?

— Oh, je les connais tous, j'ai fait la visite guidée, moi aussi ! Et je ne sais pas si tu as entendu parler du film *This Time, Forever*, mais j'ai joué dedans.

Elle se garda bien de préciser qu'elle était simple figurante, même pas créditée au générique.

— Waouh ! commenta Derek pendant que Wilma buvait son verre d'eau en se demandant quand viendrait enfin le moment de passer aux boissons alcoolisées. Je ne suis pas un grand cinéphile, mais est-ce que ce film n'a pas remporté un paquet d'Oscars ?

— Un paquet de nominations, en tout cas, répondit Carol Anne avec une fausse modestie. Mais ça revient au même. Toutes ces histoires de prix, c'est truqué pour des raisons de copinage. Moi, je ne m'intéresse qu'à l'art.

— Ça alors, une actrice qui refuse de recevoir un Oscar ! Je trouve ça...

— Ce n'est pas ce que j'ai dit, l'interrompit sèchement Carol Anne en jetant des regards gênés autour d'elle, au cas où des membres de l'Académie des Oscars viendraient dîner chez Gino's.

— Ah, pardon, répondit Derek, toujours souriant, mais une ombre de perplexité dans le regard. Il faudra que je le loue un soir, à moins qu'il soit déjà disponible sur Netflix ? Je suis abonné. Il y a tant de bonnes séries qu'on ne sait plus où donner de la tête ! Mais ça veut dire aussi qu'il y a plein de bons rôles pour les actrices comme toi. Wilma, qu'est-ce que tu regardes en ce...

— C'est ce qu'on s'imagine, l'interrompit de nouveau Carol Anne, mais c'est un milieu très concurrentiel. Et misogyne, aussi, comme tu t'en doutes. Je ne peux pas me permettre d'être insouciante vis-à-vis de mon apparence, comme Wilma. Même Trey, son ex, n'a jamais réussi à me décrocher une audition alors que c'est un agent artistique réputé. Enfin, soi-disant.

Wilma dut se retenir de ne pas s'énerver. Pourquoi Carol Anne avait-elle besoin d'évoquer son ex-mari le premier soir où elle dînait avec un homme depuis... à vrai dire, cela faisait si longtemps qu'elle ne savait même plus ? Sans parler du petit commentaire désobligeant sur son apparence. Alors qu'elle avait utilisé un sèche-cheveux et failli se mettre du mascara. Elle chercha désespérément une bouée de secours à laquelle s'accrocher pour sauver cette conversation du naufrage, mais rien ne lui venait.

— Ah, commenta Derek.

Il jeta un coup d'œil désolé à Wilma, qui se contenta d'un petit sourire impuissant. Et triste. Celui qu'elle avait chaque fois que le nom de Trey revenait dans la discussion, et qu'elle arborerait désormais chaque fois que quelqu'un évoquerait Gerry. Un sourire empreint de nostalgie et de deuil.

Derek se tourna vers Robert et sauva la situation en lui demandant :

— Et toi, alors, qu'est-ce que tu fais dans la vie ?

— Je suis prof de maths. Au collège. C'est comme ça que j'ai rencontré Carol Anne, d'ailleurs.

Derek attendit la suite, émerveillé et impatient de savoir comment le chemin d'un simple prof de maths avait pu croiser celui d'une brillante actrice hollywoodienne.

Carol Anne s'éclaircit la voix.

— Je donne des cours de théâtre, expliqua-t-elle d'un air pincé. Transmettre aux jeunes est quelque chose qui me tient très à cœur.

Wilma crut qu'elle allait s'étouffer.

— Oh là là, commenta Derek d'un air taquin, une histoire d'amour entre profs ! Les élèves sont au courant ?

Pendant que Carol Anne et Robert (mais surtout Carol Anne) se mettaient à raconter les rumeurs qui les entouraient au collège mais qu'ils refusaient bien sûr de confirmer, Wilma en profita pour observer Derek. Ses cheveux noirs étaient assez parsemés de fils argentés pour être qualifiés de poivre et sel, tout comme les siens. Il avait la mâchoire carrée, le nez aquilin et de grands yeux bruns qui n'avaient rien perdu de leur éclat au fil des ans. Indéniablement, c'était un bel homme. Wilma avait toujours eu un faible pour les yeux bleus, convaincue que cela traduisait une certaine forme de vulnérabilité masculine. Trey avait les yeux bleus. Mais la dernière fois qu'elle l'avait vu (lors de la remise de diplômes de fin d'études de Delia), elle avait été trop perturbée par l'immobilité de ses traits botoxés pour s'intéresser à son regard.

Carol Anne prononça son prénom, la tirant soudain de ses pensées.

— Pardon, tu disais ? demanda-t-elle en sursautant comme si on venait de l'asperger d'eau froide.

— Que j'étais contente que tu sois allée choisir la pierre tombale à ma place, parce que c'est grâce à ça que vous avez fait connaissance, tous les deux… mais qu'en même temps, ça n'avait pas vraiment de sens que j'y aille moi-même, puisque je n'y voyais pas d'intérêt.

Wilma battit des cils, interloquée. C'était un tic qu'elle avait parfois lorsqu'elle était choquée par quelque chose, et plus particulièrement en écoutant parler sa sœur.

— Pour moi, poursuivit Carol Anne comme s'il lui arrivait de parler d'autre chose que d'elle-même, l'âme est immatérielle. Le corps humain n'est qu'une enveloppe, un réceptacle… donc une pierre tombale n'est pas autre chose qu'un gadget coûteux au-dessus d'un tas d'os.

— Un tas d'os ? répéta Wilma.

Elle était scandalisée à titre personnel, horrifiée pour la mémoire de Gerry mais aussi mortifiée pour Derek, dont Carol Anne venait ni plus ni moins de disqualifier le métier. La même Carol Anne qui, quand on l'interrogeait sur son travail, répandait ses mensonges à propos de *This Time, Forever* alors qu'elle n'y apparaissait dans aucune scène – même pas à l'arrière-plan. Et Wilma le savait parce qu'elle avait fait des pauses image par image avec Gerry pour s'en assurer. Il l'avait fait par fierté de voir sa fille jouer dans un grand film ; elle l'avait fait pour confirmer ses soupçons.

— Eh bien, heureusement que tout le monde ne pense pas comme toi, sans quoi je serais au chômage, commenta Derek en souriant.

— Les femmes que tu dragues sont-elles choquées par la façon dont tu gagnes ta vie ?

— Annie ! s'écria Wilma.

— Ce n'est pas le boulot le plus sexy au monde, certes, mais j'expliquais justement à Wilma l'autre jour à quel point j'aimais ce que je faisais. De toute façon, il faut bien payer ses factures.

Dieu merci, une jeune serveuse au visage grêlé par l'acné et arborant une queue-de-cheval ultra-serrée vint prendre leur commande de boissons. Wilma et Carol Anne choisirent du vin, Robert une bière et Derek secoua poliment la tête. Une fois la serveuse repartie, il y eut un silence, que Derek rompit lui-même alors que personne ne lui avait posé la question :

— Je suis sobre depuis des années.

— Félicitations, dit Robert.

— Mais oui, renchérit Wilma.

— Sobre-sobre, ou à la californienne ? demanda Carol Anne.

— J'ignore ce que signifie être sobre à la californienne, alors je vais opter pour la première solution.

— La sobriété californienne, c'est quand on remplace l'alcool par la marijuana. J'ai essayé. Ça ne m'a pas vraiment réussi.

— Alors oui, sobre-sobre, répondit Derek. Je me connais : si je fume un seul joint, je risque de vider mon compte en banque, de bousiller ma voiture et de me réveiller au lit avec des prostituées.

Il eut un petit rire crispé puis écarquilla des yeux horrifiés en s'apercevant qu'il était peut-être allé trop loin. Wilma regarda pudiquement sa serviette, gênée pour lui, mais reconnaissante de son honnêteté. Les gens qui n'avaient pas conscience de leurs défauts (y compris ceux assis autour de cette table) avaient le don de l'irriter.

— Fascinant, commenta Carol Anne. C'est pour ça que tu es revenu vivre ici ?

Wilma faillit la sermonner une nouvelle fois, mais il fallait avouer qu'elle avait très envie de connaître la réponse à cette question. Elle se contenta donc de lui faire les gros yeux. Carol Anne ne s'en aperçut même pas.

— Si on veut, oui. L'alcool est devenu un vrai problème dans ma vie, ça a détruit mon mariage, et c'est la raison pour laquelle mon ex-femme a réclamé la garde exclusive de nos filles. Non pas que je lui jette la pierre. Il fallait que je me secoue et que je me reprenne en main pour lui prouver que j'en étais capable. Alors oui, je suis revenu ici, j'ai croisé Billy au Winn-Dixie... et c'est comme ça que je me suis retrouvé responsable des pompes funèbres !

— Tant mieux, dit Wilma. Je trouve ça formidable. C'est un noble métier.

— On ne s'ennuie pas, en tout cas.

Derek se lança dans une longue anecdote à propos du testament d'une certaine Mme Ashbury, qui exigeait d'être inhumée avec son chat, sauf que personne ne se rappelait où était conservée la dépouille – apparemment congelée – de l'animal. Wilma dut reculer la tête à plusieurs reprises tant il gesticulait en parlant. Mais ce n'était pas pour lui déplaire : sa maladresse et sa candeur étaient rafraîchissantes. Wilma se sentait libérée et, dans un grand élan, décida de commander les spaghettis.

Si Carol Anne s'était assise à l'avant pendant le trajet aller, cet honneur revint à Wilma pour le trajet retour – en grande partie grâce à Robert, qui prit discrètement Carol Anne par la main pour la faire monter avec lui à l'arrière. Et il fit la même chose lorsqu'ils se garèrent devant chez Ellen, cette fois pour traîner Carol Anne hors de la voiture, histoire de laisser Derek et Wilma un moment seuls à l'intérieur.

— Merci, chauffeur ! lança-t-il sur le ton de la plaisanterie avant de s'éloigner vers la maison, indifférent aux jérémiades de Carol Anne qui boitillait en se plaignant de s'être tordu la cheville dans la précipitation.

Seule avec Derek, Wilma eut l'impression d'avoir à nouveau 17 ans, bien qu'elle ne se soit retrouvée qu'une seule fois de toute son adolescence dans une voiture avec un garçon qui lui plaisait – et qu'elle n'était même pas encore sûre de savoir si Derek lui plaisait. Le garçon en question, Eric Butler, était un copain de JJ, qui était descendu de voiture pour vomir ses tripes sur le bas-côté. Wilma était venue les chercher après leur traditionnelle beuverie de fin de saison avec toute l'équipe de foot au grand complet. Elle avait secrètement le béguin pour Eric depuis des années, mais ce grand moment d'intimité avait été quelque peu gâché par les vomissures sonores de JJ juste à côté de la voiture. Non pas qu'elle en aurait profité pour tenter quoi que ce soit avec Eric.

Mais elle avait suffisamment d'expérience pour savoir qu'à 17 ans, dans ce genre de situation, c'était l'anticipation du baiser qui provoquait ce type de malaise ; or elle savait aussi qu'elle n'embrasserait pas Derek ce soir. Elle le trouvait séduisant et intéressant mais comme souvent lorsqu'elle se retrouvait avec un homme, c'était comme si une porte en acier venait de se refermer sur son cœur. Et elle ne supportait décidément pas l'odeur de son eau de Cologne.

— Merci pour cette soirée, dit-elle.

La serveuse avait présomptueusement apporté deux additions : l'une pour Robert et Carol Anne (qui s'était empressée de la tendre à son compagnon) et l'autre pour Wilma et Derek, lequel avait insisté pour payer, malgré les protestations de Wilma, en se fendant du classique : « C'est moi qui invite. »

— Et merci pour la pierre tombale, ajouta-t-elle.

Pourquoi venait-elle de dire une chose pareille ?

— Oh... de rien, bredouilla Derek. Avec plaisir.

Sourire crispé aux lèvres, Wilma s'apprêtait à ouvrir sa portière.

— Et si on allait promener mon chien ensemble, un de ces jours ? Tant que tu es encore... dans les parages ?

Elle se retourna vers lui, quasiment prête à le remercier pour cette proposition de rendez-vous si innocente que ça n'avait même pas l'air d'un rencard.

— Absolument, dit-elle.

Il eut un large sourire. Ses dents paraissaient très blanches, dans la pénombre : Wilma en fut presque déconcertée, mais elle regretta cette pensée un peu mesquine tandis qu'elle remontait l'allée vers la maison. Un homme adorable venait de lui sourire. De quoi se plaignait-elle ?

***

La salle du Ricky's était toujours aussi bruyante, malodorante et sombre que dans les souvenirs de Delia. Rebecca arriva quelques instants après eux, encore revêtue de sa blouse blanche.

— J'ai dû examiner le scrotum du coach Lommer, aujourd'hui. Et j'en avais sept autres sur ma liste... À boire, vite !

— S'il t'en faut un autre, je...

— Grant, si tu allais nous chercher à boire au lieu de finir cette phrase ? l'interrompit Delia. Je m'occuperai de la prochaine tournée. Merci.

Grant fila vers le bar. Rebecca raconta à Delia son stage en service d'urologie dans le cadre de ses études de médecine, et toutes ces horreurs qu'elle n'était pas prête à affronter malgré le fait que son fiancé, Justin, soit lui aussi passé par là un an plus tôt.

— Il ne t'avait pas prévenue ? s'esclaffa Delia.

— Non ! Il est trop gentil pour se plaindre. Genre, jamais. De quoi que ce soit.

— Waouh. Ça a ses bons côtés, quand même, non ?

— Pas faux.

Quelle différence avec Connor, songea Delia, qui lorsqu'il se retrouvait assis à une table bancale au restaurant ne parlait que de ça pendant des heures.

Grant revint avec trois verres de tequila et trois bouteilles de Bud Light. Ils trinquèrent, et Rebecca et Grant avalèrent leur shot d'un trait tandis que Delia toussait et s'étouffait à moitié avec le sien, comme l'adolescente qu'elle avait jadis été dans ce bar.

— Alors, raconte, il a les couilles qui pendent comment, Lommer ? voulut savoir Grant. Il pourrait jouer au minigolf avec ?

Delia ouvrit des yeux horrifiés mais, à sa grande surprise, Rebecca partit d'un grand éclat de rire. Avant de se rattraper et de faire comme si de rien n'était.

— À ce propos, où est Justin ? demanda Delia. Plus que quelques jours avant le mariage !

Rebecca but une gorgée de sa bière.

— Il n'arrive que demain. C'est ça d'être titularisé.

— Tu penses que tu auras un poste à Atlanta, toi aussi ? Les couples mariés ne sont-ils pas prioritaires ?

— Si. C'est d'ailleurs en partie pour ça qu'on a décidé de…

Un groupe d'hommes en pantalons de treillis et tee-shirt de fraternité étudiante (bien que leurs années de fac soient clairement loin derrière eux, à en juger par leur bedaine naissante) firent irruption dans le bar et se jetèrent sur Grant. Il leur tapa dans la main en poussant des hululements victorieux, et ils échangèrent des vannes sur sa performance dans *The Bachelorette.*

Delia reconnut l'un d'eux – le seul qui n'avait pas encore de ventre : Logan Whitt. Il traînait souvent chez Grant l'été, autrefois, quand Delia passait ses vacances dans la maison de ses grands-parents juste en face. Elle l'avait toujours appelé son « crush estival ». Malgré un *très* léger début de calvitie au niveau des tempes, il était encore plutôt pas mal de sa personne.

— Ça alors, mais c'est la petite Delia ! s'exclama-t-il en lui donnant une accolade.

Il se souvenait d'elle. Delia sentit un doux picotement l'envahir. Avant de réaliser depuis combien de temps elle n'avait pas flirté avec un homme ni eu de béguin pour qui que ce soit, et de redescendre aussi sec de son nuage.

— T'es devenue bien mignonne, dis donc, ajouta Logan.

Cette fois, Delia sentit le picotement revenir et s'installer pour de bon.

— Bonsoir, Logan.

— J'ai été navré d'apprendre la mort de ton grand-père. C'était un grand monsieur. J'étais présent à la cérémonie, mais je n'ai pas pu rester après. Je devais retourner au boulot.

— Et tu fais quoi ?

— Je travaille dans l'exploitation forestière de ma famille. Chez nous, l'argent pousse vraiment sur les arbres, ah ah.

— C'est cool ! commenta Delia.

Elle pensait qu'il lui poserait la même question en retour, mais non. Elle attendit en vain.

— Eh, Delia, lança Grant, tu te souviens de la fois où ces mecs ont monté un groupe ? Les Hard Gents ?

— Bien sûr !

Elle était allée avec lui les voir répéter dans un garage, l'été juste avant son entrée au lycée. Ils avaient fait du bruit pendant une dizaine de minutes, après quoi ils étaient restés assis tout l'après-midi à boire des bières. Delia avait lentement siroté la même bouteille pendant tout le temps qu'ils avaient passé dans ce garage. Elle ne savait pas encore qu'elle aimait la bière, et n'avait encore jamais bu d'alcool en pleine journée.

— Figure-toi qu'ils sont toujours ensemble, dit Grant. Et ils vont jouer ici ce soir !

— Génial ! Et tu joues de quel instrument ? demanda Delia à Logan.

Il gratta les cordes d'une guitare imaginaire en secouant la tête d'avant en arrière.

— Batterie, finit-il par répondre.

Lorsqu'ils montèrent sur scène, Rebecca, Grant et Delia se levèrent pour les acclamer en criant comme une bande de groupies.

— Bonsoir tout le monde ! lança le chanteur, Brett (du moins était-ce le prénom dont croyait se souvenir Delia), derrière le rideau de cheveux sales qui masquait une partie son visage. On est les Hard Gents, et on est ravis d'être là ce soir !

Ils commencèrent à jouer, mais la première chanson – si on pouvait appeler ça comme ça – était méconnaissable. Ils ne s'étaient pas beaucoup améliorés depuis ce fameux été il y a bien longtemps. On aurait dit que chacun des musiciens cherchait à faire le plus de bruit possible. Dans la salle, Grant, Delia et Rebecca essayaient de danser tant bien que mal, mais il n'y avait pas vraiment de rythme ou de tempo à suivre, et le sol était si poisseux qu'il fallait faire un effort pour décoller ses semelles.

— Autre chose à boire ? proposa Grant.

— Par pitié, oui, répondit Delia.

D'autres shots de tequila arrivèrent. Peut-être le groupe avait-il juste besoin de s'échauffer, ou peut-être était-ce l'effet de l'alcool (oui, sans doute) mais au bout du troisième morceau, les Hard Gents semblaient déjà bien meilleurs. Leur quatrième chanson ressemblait même à quelque chose, mais c'était sans doute lié au fait qu'il s'agissait d'une reprise de

Sweet Home Alabama, accompagnée en chœur – ou braillée, plus exactement – par les vingt clients présents dans le bar.

Peu à peu, la salle du Ricky's commença à se remplir et Grant se retrouva régulièrement assailli par ses vieux copains d'Eulalia. Mais chaque fois, telle la marée, il retournait auprès de Rebecca et Delia. Cette dernière ne décrochait pas ses yeux de Logan, assis derrière sa batterie, avec la lumière des projecteurs qui tombait sur ses avant-bras. Il gardait le regard scotché sur son instrument, ce qui mobilisait apparemment toutes ses capacités de concentration. À un moment donné, entre deux morceaux, alors qu'il se penchait pour récupérer sa bière, leurs regards se croisèrent et il adressa un clin d'œil à Delia. Elle lui sourit et but une gorgée de sa bouteille. C'était peut-être un échange sans paroles, mais il se passait clairement un truc. Et à ce stade, c'était déjà une petite victoire personnelle pour Delia.

Les Hard Gents finirent leur set avec une reprise de *Wagon Wheel*, dont Delia et Rebecca chantèrent les paroles à tue-tête en tournoyant sur elles-mêmes. Delia appréciait le fait de se trouver dans un endroit spacieux, avec de la place pour bouger, au lieu de ces petits bars prétentieux de Manhattan où on s'entassait pour avaler des cocktails à 18 dollars. Elle s'amusait tellement qu'elle ne fit pas vraiment attention quand Grant se mit à danser avec Rebecca.

— Tu veux boire quelque chose ? lança Logan à Delia en descendant de scène.

Delia n'en avait pas particulièrement envie mais, fidèle au rôle de bonne fille du Sud qu'elle avait décidé d'assumer ce soir-là, elle battit des cils et répondit :

— Oh oui, une Bud Light !

Logan acquiesça et se dirigea vers le bar. Delia le regarda se pencher par-dessus le bois vermoulu du comptoir pour commander leurs boissons et décida d'ignorer les deux énormes auréoles de sueur sous ses aisselles.

Elle attendit patiemment qu'il revienne en se balançant un peu au rythme de la (vraie) musique diffusée par les vieilles enceintes pourries de la salle.

Perdue dans ses pensées, elle ne vit pas Grant enrouler ses doigts autour de ceux de Rebecca, la prendre par la main et l'entraîner vers la porte. Rebecca détacha sa main, le regarda s'éloigner, jeta un coup d'œil autour d'elle, et s'empressa de le suivre.

Une fois dehors, elle le trouva adossé contre le mur, à l'angle du bar, en train d'admirer les étoiles. Le ciel était lourd et orageux.

— Hey, Bell, dit-il tout bas.

Elle vint le rejoindre tout en tirant sur le devant de son tee-shirt pour s'éventer un peu.

— Qu'est-ce qui t'arrive, le taquina-t-elle, tu ne peux plus faire un pas dehors sans que les gens te prennent en photo, c'est ça ?

— Arrête...

Ils restèrent silencieux.

— Je peux te poser une question ? lui demanda-t-elle.

— Vas-y.

— Pourquoi avoir participé à cette émission ? Était-ce... pour avoir plus de followers, plus de clients ? Ou pensais-tu réellement trouver la femme de ta vie ?

— Je suis très pote avec la fille qui bosse à l'accueil de la salle de sport. C'est elle qui m'a inscrit. Ça ressemble à une mauvaise excuse, je sais, mais c'est la vérité. La production a voulu me rencontrer, j'y suis allé, je me suis dit que ça avait l'air sympa, alors j'ai foncé.

Rebecca eut un petit rire.

— Ben dis donc...

— Quoi ? demanda Grant, les yeux toujours dans les étoiles.

— Si quelqu'un d'autre me racontait une chose pareille, je ne le croirais pas. Je me dirais qu'il me cache ses motivations profondes. Mais venant de toi, j'y crois. Il y avait de la lumière, alors tu es entré. C'est tout toi.

Grant fronça les sourcils.

— Je peux aussi avoir des motivations profondes, Bell.

Rebecca sentait le bois rêche des bardeaux du mur contre son bras nu. Elle leva les yeux vers l'homme qui se tenait à côté d'elle, celui dont elle écrivait le nom, autrefois, dans des cœurs dessinés sur les pages de son journal intime. Tout à coup, elle ne se sentait plus du tout dans la peau d'une adulte à deux doigts de se marier ou de finir ses études de médecine. Elle se sentait pétillante et juvénile, comme si l'univers venait de s'ouvrir devant elle, dévoilant des possibilités infinies.

— Je n'en doute pas, murmura-t-elle.

Son pouls s'accéléra. Elle aurait voulu prononcer ces mots d'un ton léger et aguicheur, mais l'intensité du regard de Grant l'avait soudain rendue grave et sentimentale.

Grant ne put résister en la voyant adossée contre le mur, les yeux tournés rêveusement vers lui. Sans réfléchir, il se pencha vers elle avec une furieuse envie de l'embrasser.

Le cœur de Rebecca battait la chamade. L'espace d'une seconde, elle crut vraiment que ça allait arriver. Le visage de Grant se rapprochait du sien, dans un mouvement qui lui parut à la fois naturel et stupéfiant, et elle en eut le souffle coupé d'extase. Puis, en gros plan, elle vit ses lèvres qui se rapprochaient des siennes et reprit soudain ses esprits.

— Hum, non... attends ! dit-elle tout bas en reculant la tête.

Il leva les mains comme s'il venait de se faire interpeller par un agent de police.

— Quoi, qu'est-ce qu'il y a ?

— Tu rigoles ? Je me marie dans trois jours... ça ne se fait pas d'embrasser une fille qui se marie dans trois jours !

— Pas la peine de monter sur tes grands chevaux, dit-il. C'était juste comme ça. Et puis, tu n'es pas n'importe quelle fille, je te signale.

— Juste comme ça ? répéta Rebecca, éberluée, avant de lâcher un petit rire étranglé. Waouh !

Grant haussa les épaules.

— Tu sais, ça te ferait peut-être du bien de te lâcher une dernière fois avant le jour J. Un dernier tour de piste... façon de parler, quoi.

Il croisa ses deux mains contre le mur, derrière sa tête, et lui adressa un clin d'œil. À son corps défendant, Rebecca fut obligée de reconnaître que ça le rendait irrésistible.

— Tu ne peux pas toujours avoir ce que tu veux d'un claquement de doigts, dit-elle. Ce n'est pas parce que tu as envie de faire quelque chose qu'il faut le faire... Apprends à te comporter en adulte, merde !

Elle avait élevé la voix sans le vouloir. Grant la dévisageait, son insupportable sourire de séducteur au coin des lèvres.

— Je ne sais pas, Bell. J'ai toujours écouté mon instinct. Jusqu'ici, ça ne m'a pas trop mal réussi.

— Ah oui ? Comme ton grand-père, tu veux dire ? Et si on demandait à Ellen ce qu'elle en pense ?

Cette fois, le sourire de Grant s'évanouit et Rebecca vit qu'il avait les larmes aux yeux. Elle sentit les siens s'embuer aussi et réalisa qu'elle avait la bouche pâteuse, signe évident qu'elle avait trop bu.

— Je... je suis désolée. Je ne voulais pas dire ça. Je crois que j'ai abusé de la tequila...

Il balaya ses paroles d'un geste, comme si elle n'avait pas besoin de s'excuser.

— T'inquiète, Bell. Je vais juste...

Sans finir sa phrase, il retourna à l'intérieur du bar, où Logan était en train de tendre une bière à Delia.

— Une citadine qui n'a pas oublié ses racines, alors ça, j'adore ! lui criait-il par-dessus le vacarme ambiant.

Ils trinquèrent. Au même moment, la musique enchaîna sur un slow et une voix de crooner se mit à dégouliner dans les enceintes. Logan s'inclina devant Delia.

— M'accorderiez-vous cette danse ?

Elle rit, lui prit la main, et ils commencèrent à se balancer l'un contre l'autre.

— Tu te plais vraiment, à New York ? lui demanda-t-il.

Elle acquiesça tout en se demandant si elle oserait poser sa tête contre lui comme elle le faisait avec Connor, quand ils dansaient après le dîner, au tout début de leur vie commune... Mais non : elle ne voulait pas penser à Connor et le chassa de son esprit.

— C'est rempli de bobos, là-bas, ajouta Logan avec un sourire en coin.

— Non, ne... commença Delia.

Elle ne trouva pas la force de finir sa phrase et de lui demander de se taire avant de dire quelque chose qui romprait définitivement le charme.

— OK, dit-il en riant. T'as toujours été une tigresse, ajouta-t-il contre son oreille.

Il laissa sa main glisser le long de son dos, par-dessus la poche de son short en jean, et lui pinça les fesses si brutalement que Delia poussa un petit cri.

— T'es malade ? s'exclama-t-elle en le repoussant.

Il haussa les épaules et leva les mains en l'air, comme pour dire « Ne tirez pas ».

— C'est bon, qu'est-ce qui te prend ?

Aucune insulte satisfaisante ne lui venait à l'esprit, qu'elle avait trop ramolli à cause de la Bud Light. Elle tourna les talons et partit se réfugier dans les toilettes, humiliée de sentir des larmes lui piquer les yeux.

La pensée de Connor n'était jamais très loin sous la surface mais pour la première fois depuis le moment d'égarement où elle avait failli l'appeler, le jour de l'enterrement, elle ressentit le manque dévorant de son absence. Elle aurait tant aimé qu'il soit là, présent dans sa vie, à ses côtés. Elle sortit son téléphone, saisit les premières lettres de son prénom et vit sa photo de contact apparaître à l'écran.

Elle adorait cette photo. Ils avaient passé l'après-midi à une fête d'anniversaire bien arrosée sur une péniche amarrée à quai, dans le West Side. Certains avaient commencé à évoquer l'idée d'aller poursuivre la soirée dans un petit restaurant italien situé à deux pas, mais Connor et elle avaient échangé un regard : « Sushis ? » avaient-ils articulé en même temps, épatés et pas peu fiers de se comprendre sans même avoir à se parler, d'avoir les mêmes envies au même moment. Ils étaient rentrés chez eux pour se commander des montagnes de sushis, et Delia avait pris Connor en photo sur le canapé, assis devant leur butin étalé sur la table basse. Il souriait, la bouche grande ouverte, comme s'il s'apprêtait à croquer le meuble à pleines dents.

Elle avait besoin d'entendre le son de sa voix. C'était même une urgence vitale. Elle se frotta les joues ; eh oui, des larmes avaient coulé. Elle pensa à Gerry, et eut de nouveau l'impression étrange qu'il voyait tout ce qui se passait, la regardait d'un air navré et se lamentait de son manque d'estime de soi. *Pourquoi un joli brin de fille comme toi se comporte-t-il comme ça ?* lui dirait-il.

Mais Gerry n'était plus de ce monde, et Delia se sentit terriblement seule. Personne ne pourrait jamais le remplacer. Seul leur amour pouvait lui apporter le réconfort dont elle avait besoin. Du moins, c'est ce que lui soufflait la petite voix de son esprit alcoolisé.

Au moment d'approcher son téléphone de son oreille, elle croisa son reflet dans le miroir, ses yeux barbouillés de maquillage. Elle détourna la tête en soupirant, soulevant brièvement sa satanée frange qui avait fini par se détacher de sa tresse. Dans le combiné, la sonnerie s'égrena trois fois et Delia bascula sur la messagerie. Sobre, elle aurait compris que Connor venait de la filtrer et elle lui aurait envoyé un SMS pour s'excuser, invoquant un appel de poche. Mais Delia n'était *pas* sobre.

« Salut, c'est Connor, n'hésitez pas à laisser un message. »

Delia sentit son cœur fondre au son de sa voix.

— Hey, dit-elle, un peu enrouée. Désolée de te l'annoncer comme ça, je sais qu'on n'était pas trop en contact ces derniers temps, mais je tenais à te faire savoir que Grandpa Gere était mort. Enfin, tu le sais déjà, car tu as vu ma story sur Instagram. Je ne devrais pas dire ça, mais je m'en fous et je n'ai pas envie de faire semblant. Je sais très bien qu'on a rompu et que ça ne te concerne plus, mais ça me fait super bizarre qu'on n'en ait pas parlé. Comment t'as pu... même si je sais que... OK, laisse tomber. Tu me manques. Va te faire foutre.

Delia raccrocha et rangea son téléphone. Et voilà : au moins, une bonne chose de faite.

Elle se tourna face au miroir et essuya le maquillage qui avait bavé autour de ses yeux. Elle but une longue gorgée de sa Bud Light, inspira à fond et sortit des toilettes pour regagner la salle, tel le phœnix venant de renaître de ses cendres.

***

— Qu'est-ce que tu fais là ?

Red venait de trouver Brady assis dans la cuisine de ses parents. Au même moment, un violent coup de tonnerre éclata dehors et les murs de la maison tremblèrent. Le timing n'aurait pas pu être plus parfait, car cela détourna l'attention de Jennifer, laquelle, assise à table avec Brady, s'apprêtait à sermonner son fils cadet pour son impolitesse à l'égard de leur invité.

— Je veux dire, c'est sympa de te revoir si vite ! se reprit Red. Je suis juste surpris de te trouver ici.

— Mes parents sont allés voir mon grand-père à Vidalia, et je viens de rentrer du Liquor Barn en m'apercevant que j'ai oublié mes clés... bref, je suis enfermé dehors, expliqua Brady avec un large sourire.

— Tu dois vraiment être nouveau dans le quartier si tu fermes la porte à clé en partant de chez toi, dit Red d'un air amusé.

— Et tant mieux pour moi, égoïstement ! ajouta Jennifer en désignant leurs deux verres de vin blanc. Je suis la seule à boire du vin, dans cette maison, alors ça me change d'avoir un peu de compagnie !

Elle trinqua avec Brady, qui lui fit un clin d'œil. Des cartes étaient disposées devant eux sur la table.

— Tu veux te joindre avec nous ? On allait commencer une partie. Je n'ai jamais joué à ce jeu, et *j'adore* la nouveauté.

— Ça s'appelle un double solitaire, mon chéri, expliqua Jennifer à son fils, mais on peut aussi en faire un triple.

— Hum...

Red hésita, en quête d'un prétexte pour se défiler, même s'il était tenté de rester jouer aux cartes avec sa mère et ce garçon qui le troublait tant.

— OK, dit-il.

Il les rejoignit à table et Jennifer lui tendit un jeu de cartes Snoopy qui devait avoir à peu près son âge. Brady but une gorgée de vin et inclina son verre en direction de Red, façon de lui demander s'il en voulait, comme si Red était son invité et non l'inverse. Red fit non de la tête et détourna le regard. Brady avait une présence un peu trop intense pour lui.

— Où étais-tu ? lui demanda sa mère.

— Je...

Red hésita à finir sa phrase. Il n'osait pas dire qu'il revenait du cimetière, de peur de déclencher une discussion indésirable, et ne voulait surtout pas qu'on devine la raison pour laquelle il avait voulu s'y rendre.

— J'étais sorti, dit-il simplement.

Brady regardait attentivement les mains de Jennifer tandis qu'elle battait et distribuait les cartes, mais Red le vit hausser un sourcil en entendant sa réponse. Jennifer haussa les épaules ; elle n'allait pas obliger son fils de 25 ans à lui dire où il était. Elle tendit à Brady un autre jeu de cartes, celui-ci orné de chevaux de course.

Chacun commença à installer ses cartes sans rien dire.

— Prêt, feu, partez ! annonça Jennifer.

Chacun se lança dans sa partie, redisposant ses cartes jusqu'à ce que Jennifer place la première un as de cœur au centre de la table, suivie de Brady qui posa un deux de cœur à sa suite.

— Tu commences à piger le truc, Brady, dit Jennifer, les sourcils froncés en signe de concentration.

Elle posa un deuxième as au centre. Le jeu se poursuivit, Jennifer et Brady déposant leurs cartes à un rythme bien plus rapide que Red, qui n'avait pas joué à ce jeu depuis bien un an. Il finit par trouver un cinq de pique à ajouter à l'une des piles mais, à la seconde où il s'apprêtait à abattre sa carte, Brady fit de même.

Leurs mains se plaquèrent sur la pile des piques en même temps. Le choc et l'esprit de compétition les rendirent immobiles d'abord, les mains collées à la table, avant de se ressaisir et d'échanger un regard. Red s'aperçut alors que leurs doigts se touchaient. Jennifer posa une carte sur une pile voisine mais eux ne bougeaient pas. Brady finit par lui décocher un sourire, et Red eut l'impression que son estomac faisait des loopings.

— Faut-il que j'intervienne pour arbitrer, ou est-ce que je vous laisse arranger ça entre vous ? demanda Jennifer sans lever les yeux de son jeu.

— Inutile, répondit Brady avec un sourire en coin.

Après deux parties remportées haut la main par Jennifer, ils décidèrent de faire une pause. Jennifer demanda à Brady où il comptait s'installer à New York (d'abord dans l'Upper East Side, chez la sœur de sa grand-mère paternelle, en attendant de se trouver un appart), s'il était content (oui) et s'il connaissait de bonnes adresses pour faire du shopping dans ce quartier (non), car elle avait toute une liste à lui recommander (oui, avec plaisir).

Une notification fit tinter le téléphone de Brady. Il lut le message et parut étonné.

— Tout va bien ? s'enquit Jennifer.

— Oui. Mes parents vont passer la nuit à Vidalia en raison de la tempête.

— C'est plus prudent, commenta Jennifer en se tournant vers la fenêtre pour observer les trombes d'eau qui tombaient dehors. Et toi, tu n'as qu'à rester dormir ici.

Red crut qu'il allait s'étouffer.

Au même moment, JJ fit son entrée dans la pièce en secouant sa tête mouillée comme un chien qui s'ébroue. Jennifer ne put s'empêcher de faire une moue dégoûtée.

— T'étais passé où ? demanda Red à son père.

Il n'était pas mécontent d'avoir un prétexte pour changer de sujet. Et Jennifer remercia intérieurement son fils d'avoir formulé la question qu'elle n'aurait pas osé poser.

— J'ai travaillé tard et j'ai enchaîné sur la salle de sport.

Jennifer dut faire un effort surhumain pour ne pas pouffer de rire. Elle regardait son mari sans rien dire, imperturbable malgré la vision des flaques d'eau de pluie qu'il laissait sur le sol refait à neuf de la cuisine. Il croisa son regard quelques instants, avant de détourner le sien – d'un air coupable, analysa Jennifer. Il avait son sac de sport avec lui, cela dit. Bien joué.

— Oh, bonsoir, Bradley, fit JJ.

— C'est Brady, rectifia Jennifer.

— Ça ne fait rien. Bonsoir, monsieur Williams. Votre femme a eu la gentillesse de me recueillir. Je suis enfermé dehors et mes parents ne sont pas là.

— Où sont-ils ? demanda JJ.

— À Vidalia, partis rendre visite à mon grand-père.

— Et vous ne souhaitiez pas les accompagner ? s'étonna JJ.

JJ jeta sa veste de pluie et son sac de sport trempés sur l'un des tabourets hauts de l'îlot central qui coûtait à lui seul plus cher que le loyer du tout premier appartement de Jennifer. Elle dut se retenir pour ne pas hurler.

— Je suis un peu *persona non grata*, s'agissant de mon grand-père, expliqua Brady. Il n'apprécie pas trop ma... personnalité.

— Ah, commenta JJ avec embarras.

— Comment peut-on ne pas apprécier ta personnalité, Brady ? déclara Jennifer. Tu vas beaucoup te plaire à New York, tu verras. Il faudra absolument que Delia et Alice t'emmènent déjeuner ou dîner quelque part !

— New York ? dit JJ en allant chercher une bière du frigo. Il faut aimer la foule pour se plaire dans cette ville.

— Ça ne m'a pas dérangé quand j'ai fait mon stage là-bas l'été dernier, répondit Brady. Je pense que je m'y sentirai très bien.

— Il n'y a pas que la foule... Il y a aussi pas mal de gens bizarres, insista JJ en s'appuyant contre le plan de travail pour avaler une longue gorgée de sa Miller Lite.

Red sentit les poils de sa nuque se hérisser un par un. Il n'en revenait pas de la luminosité éclatante de cette pièce. L'éclairage du plafond, renvoyé par tout ce marbre blanc, lui parut soudain beaucoup trop vif. Il cherchait désespérément un moyen de changer de sujet.

— Où veux-tu en venir ? demanda Jennifer à son mari.

— Tu le sais très bien. C'est New York, quoi.

Il étouffa un rot, et elle le foudroya du regard.

— Non, attends, dit-il, je ne voulais pas parler de...

Il prit une pose efféminée, la bouche en cul-de-poule. Tout le monde comprit parfaitement à quoi renvoyait son imitation.

— Je vois très bien de quoi vous parlez, monsieur Williams, dit Brady d'un ton bienveillant.

Il avait l'habitude de rassurer les personnes bien intentionnées sur le fait qu'il ne décelait aucune trace d'homophobie dans leurs commentaires homophobes.

Red sentit qu'il ne pouvait pas rester un instant de plus dans cette pièce.

— Je crois que je vais aller me coucher, déclara-t-il.

Jennifer se tourna vers Brady.

— Tu peux t'installer dans la chambre de Red, si tu veux. Il a encore ses vieux lits jumeaux, donc vous n'aurez pas besoin de dormir ensemble.

Cette fois, Red crut qu'il allait imploser.

— Oh non, je m'en voudrais de m'imposer dans la chambre de Red, dit Brady. Je serai très bien sur le canapé.

— Allons, je suis sûre que Red n'y verra pas d'inconvénient.

Jennifer se leva et alla ranger les cartes dans le petit meuble vitré qu'elle s'était offert en chinant chez son brocanteur préféré à Atlanta, l'année passée.

Red ouvrit la bouche, conscient que toutes les têtes s'étaient tournées vers lui et qu'il était censé répondre quelque chose comme « Bien sûr, aucun problème. » Sauf qu'il y *avait* un problème. Sa gorge était comme tapissée de papier de verre et il avait l'impression d'être l'objet d'un canular très élaboré. Il eut alors l'idée encore plus folle qu'il avait basculé dans un scénario de film porno, une idée qui n'était pas si folle, au fond, s'il en jugeait par ce que racontaient les jeunes de la pastorale. Il n'empêche que c'était très étrange pour lui, étant donné qu'il n'avait vu du porno qu'une seule fois dans sa vie.

C'était un jeudi soir. Il venait d'animer un cours d'étude biblique sur le campus de Vanderbilt. La discussion avait porté sur le devoir d'aider les moins fortunés que soi – sujet peu sexy au demeurant, et pourtant d'une importance capitale. Mais son tout premier « rencard » (celui dont il était parti avant même qu'il ait pu avoir lieu) était pour bientôt, et Red ne se sentait pas prêt. Il comprenait l'idée du sexe en théorie, il savait qu'il en avait envie, mais il se posait un tas de questions. Il s'était dit qu'il était temps de mettre sa pudibonderie de côté et de mater un truc sur Pornhub, comme un mec digne de ce nom, au lieu de chercher des tutos aux illustrations gênantes sur WikiHow quand il avait trop bu. Il avait mis près d'une demi-heure rien que pour choisir la vidéo. La page d'accueil avait de quoi donner le vertige – pas sous l'effet de l'excitation, mais plutôt d'un mélange de peur et de nausée. Chacune des vignettes avait l'air si… réaliste.

Dans un élan de panique, il avait tapé « Première fois » dans la barre de recherche, aussitôt horrifié par les suggestions qui apparaissaient au fur et à mesure. Des pénis et des paires de fesses masculines avaient surgi devant lui et il n'avait plus osé regarder que d'un œil à moitié clos, le visage baigné par la lueur verdâtre de son écran d'ordinateur. Il s'était senti sale. Il ne savait même plus s'il avait dû cliquer quelque part pour indiquer son âge, détail sur lequel n'importe qui pouvait mentir, d'ailleurs… tout cela était-il bien légal ?

Il connaissait Internet comme tout le monde – ce n'était pas un pro de la tech, mais il s'en servait depuis toujours. Pourtant, il avait été choqué de constater qu'il lui avait suffi d'entrer un seul mot pour accéder à ce déluge d'images porno. Il cliqua au hasard sur un lien contenant le mot « *twink* », mais quand il vit un jeune homme qui avait l'air d'un adolescent, il rabattit immédiatement son écran. Son partenaire (était-ce le mot approprié ?), doté d'un pénis si énorme que cette vision aurait presque pu être comique si Red n'avait pas ressenti un tel effroi, avait gémi si fort et si longtemps que le son avait semblé continuer à résonner même une fois l'ordinateur refermé.

Red avait secoué la tête comme pour en chasser ces images. Les gémissements s'étaient enfin arrêtés, et il s'était demandé s'il ne venait pas de faire bugger son ordinateur, un modèle flambant neuf, cadeau de ses parents. Sachant qu'il n'avait pas les moyens de s'en racheter un autre et que si cette affreuse vidéo terrifiante (mais mise en scène, était-ce à espérer) avait détraqué son ordinateur, il allait devoir le faire réparer, et que le type à la boutique Apple (ou la fille, hein ! « Il y a aussi des femmes dans la tech ! » aurait objecté Delia) saurait qu'il avait maté du porno. Et pas n'importe quel porno : du porno gay ! Voilà comment il se retrouverait forcé de faire son coming out – à un réparateur informatique, le seul à connaître sa vérité. À part Dieu, bien sûr.

Bref, c'était très étrange que Red visualise soudain sa cuisine comme un plateau de film X. Pour la petite histoire, cela dit, son ordinateur portable n'était pas tombé en panne : non, le visionnage d'une vidéo porno ne faisait pas automatiquement imploser votre disque dur.

Red revint à lui et s'aperçut que tout le monde attendait sa réponse. Jennifer avait les yeux tellement écarquillés en le regardant qu'ils semblaient sur le point de jaillir de ses orbites. Depuis combien de temps était-il perdu dans ses pensées ?

— Hum... oui, bien sûr, réussit-il à articuler.

— Il y a des brosses à dents supplémentaires dans l'un des tiroirs de ta salle de bains, dit Jennifer. Brady, n'hésite pas à crier si tu as besoin de quoi que ce soit !

Sur ces mots, elle se leva et prit ses clés.

— Où vas-tu ? lui demanda JJ en refermant le meuble coulissant qui abritait la poubelle et les bacs à recyclage après y avoir jeté sa bouteille vide.

JJ préférait la bière en bouteille plutôt qu'en canette. D'après lui, seuls les ploucs buvaient de la bière en canette chez eux.

— J'ai un truc à faire, répondit Jennifer en se dirigeant vers le meuble.

Elle le rouvrit d'un coup sec, sortit avec un soupir exaspéré la bouteille de JJ de la poubelle ordinaire et la jeta dans le bac de recyclage pour le verre. JJ ouvrit des yeux ronds ; il s'était trompé, certes, mais pourquoi tant de haine ?

— Qu'as-tu de si urgent à faire sous la pluie, à une heure pareille ? insista-t-il.

— Aller voir en face si tout le monde va bien, lui rétorqua-t-elle.

JJ la regarda comme si elle venait de lui parler en portugais, langue dont il ne comprenait pas un traître mot.

— En emportant tes clés ?

La veine qui palpitait au cou de Jennifer lorsqu'elle était à deux doigts de piquer une colère était aussi gorgée de sang que les pénis en érection qui avaient tant effarouché Red sur Pornhub – mais JJ ne le remarqua pas. Ses fils avaient appris à se méfier de La Veine, comme ils la surnommaient, mais pas JJ, raison pour laquelle, même après tant d'années, les crises de colère de son épouse le surprenaient toujours autant, alors que Red et Grant savaient les anticiper depuis qu'ils n'avaient encore qu'un âge à un chiffre.

— C'est juste au cas où, asséna Jennifer avant de tourner les talons et de quitter la maison en claquant la porte.

JJ la regarda traverser la rue tel un soldat marchant sous la pluie.

Dans la maison d'en face, Alice et Ellen sursautèrent en entendant la porte d'entrée s'ouvrir. Miss Sparkles bondit sur ses petites pattes, prête à jouer les chiennes de garde, mais se rassit en voyant entrer Jennifer. Attablées dans la cuisine, Alice et Ellen contemplèrent d'un air éberlué ses cheveux trempés et ses traits déformés par la colère. On aurait dit une créature surgie des profondeurs marines.

— Bonsoir, Jennifer, lui dit Ellen.

— Bonsoir, répondit Jennifer en frottant l'eau de pluie de ses épaules.

Elle balaya du regard le *pulled pork* accompagné de pain de maïs et de haricots rouges qui emplissait leurs assiettes.

— Cadeau des Bennett, je parie ?

— En effet, répondit Ellen.

— Ils nous en avaient donné aussi quand JJ s'était fait opérer de la hanche, se remémora Jennifer.

Elle réprima un frisson au souvenir des trois mois qu'elle avait dû passer au chevet de son mari, à jouer les infirmières. Elle n'avait pas oublié ses vœux de mariage, mais cette situation avait mis sa patience à rude épreuve. Ce n'était pas une question de charge de travail supplémentaire. Mais JJ n'était pas un bon patient et son état l'avait mis d'humeur exécrable, ce qui avait prodigieusement irrité Jennifer. Il aurait au moins pu se montrer reconnaissant de tout ce qu'elle faisait pour lui, ne serait-ce que par politesse.

— Tu veux te joindre à nous ? proposa Ellen.

— Pourquoi pas !

Jennifer tira bruyamment une chaise et se laissa tomber dessus. Alice ne put s'empêcher de l'observer à la dérobée. Une telle tension se dégageait d'elle. Jennifer regardait fixement un nœud dans le bois de la table, et Alice jeta un coup d'œil furtif à sa grand-mère, qui semblait aussi sidérée qu'elle. Jennifer se mit à mâchonner un bout de pain de maïs avec autant de plaisir et d'appétit que s'il s'agissait d'un morceau de carton.

— Tout va bien ? demanda Ellen à sa belle-fille.

Jennifer s'éclaircit la gorge.

— Oui, absolument.

Elle essaya de se détendre, mais cela lui donnait l'air encore plus à cran. Consciente du malaise qui régnait à cause d'elle dans la pièce, elle se tourna vers Alice.

— Alors, comment s'est déroulé ton premier trimestre ?

— On était justement en train d'en parler avec grand-mère, grimaça Alice. J'en ai bien bavé. Ça aurait dû me mettre la puce à l'oreille, d'ailleurs. J'étais tellement sur le... hum, tellement surprise, je veux dire, quand j'ai vu le résultat de mon test ! Cela dit, on parle toujours des nausées matinales alors que moi... c'était tout le temps.

— Je compatis, répondit Jennifer.

Elle s'efforça de rester concentrée sur la question des nausées matinales, et non sur celle de la « surprise » du test de grossesse, bien qu'elle soit dévorée de curiosité.

Les trois femmes restèrent assises sans un mot tandis que la pluie se déchaînait à l'extérieur, martelant les carreaux de la fenêtre. L'ambiance aurait presque pu sembler cosy et paisible si Jennifer ne répandait pas une telle nervosité dans l'air. Alice ne cessait d'épier Ellen en se demandant si la joie qu'elle avait manifestée à l'annonce de sa grossesse n'était pas en train de céder la place à la déception. Son besoin naturel de désamorcer les situations délicates était plus fort qu'elle.

Alice jeta un regard en coin à sa grand-mère et à sa tante et, d'un ton de conspiratrice, leur lança :

— Je peux vous confier un secret ?

Ellen la regarda sans comprendre. Jennifer fit oui de la tête.

— Peter Bell. C'est lui, le père.

La mâchoire de Jennifer s'affaissa. La stupéfaction puis la joie firent fondre sa colère, et elle partit d'un éclat de rire ravi.

— Non ! Tu es sérieuse ?

Alice ses joues s'enflammer, ce qui n'avait rien d'étonnant chez elle. En revanche, elle fut surprise de se sentir rayonner de fierté. Elle réalisa qu'elle n'avait pas juste eu envie de leur confier ce secret pour leur faire plaisir, pour rassurer Ellen sur le fait que le père de son bébé était déjà dans sa vie depuis longtemps, ou juste pour les distraire de l'immense chaos qu'étaient leurs vies respectives en ce moment. Elle avait eu envie de leur dire qui était le père parce qu'elle était aux anges que ce soit lui. Si heureuse que ce soit arrivé. Et soulagée d'en être si heureuse.

— Comment est-ce... Non, attends, ça ne nous regarde pas, dit Jennifer.

— La conférence, déclara Ellen en regardant son assiette.

— Pardon ? fit Jennifer en se penchant vers elle.

Ellen leva les yeux vers sa petite-fille.

— Tu m'as bien dit qu'il était venu à New York pour une conférence ?

Alice hocha la tête, un peu gênée de voir sa grand-mère jouer les Sherlock Holmes pour reconstituer les épisodes de sa vie sexuelle. La jeune femme prit peur, tout à coup. Avait-elle eu tort de penser que ses grands-parents appréciaient Peter ? Oh, mon Dieu... était-ce la couleur de sa peau qui posait problème ? Ellen avait-elle espéré que ce serait quelqu'un d'autre ? Mais... qui ?

Jennifer aussi guettait la réaction de sa belle-mère en essayant de déchiffrer ses pensées, ce qu'elle avait toujours eu du mal à faire alors qu'elle y arrivait généralement très bien avec les autres. C'était d'ailleurs l'une des qualités d'Ellen qui lui inspiraient autant de respect pour elle.

— Oui, reconnut Alice. Et il est... partant. Avec moi. Ce n'était pas prévu, mais nous sommes ravis tous les deux, et nous allons tâcher de faire ça ensemble. Je tiens à être honnête : nous ne sommes pas en couple, ou quoi que ce soit. On verra... peut-être... En tout cas, nous allons élever cet enfant ensemble.

Alice reprit son souffle et Jennifer lui sourit tendrement. Toutes deux guettaient la réaction d'Ellen.

En réalité, la vieille dame ne savait pas quoi dire. Elle avait juste l'impression qu'on venait d'aspirer l'oxygène contenu dans ses poumons. C'était si envahissant que cela l'empêchait de réfléchir, de comprendre d'où venait le mutisme qui l'avait envahie en apprenant que sa petite-fille attendait un enfant d'un jeune homme qu'elle avait vu grandir et dont elle avait toujours pensé le plus grand bien. Il y avait là de la joie, mêlée à un certain soulagement, aussi, au fait qu'Alice aurait une famille aimante autour d'elle. Avec un partenaire en qui elle pourrait avoir confiance. Oui, Ellen était rassurée qu'Alice ne reproduise pas la trajectoire de sa mère.

Bizarrement, elle ressentait aussi une profonde tristesse. Et ce sentiment grandit en elle pour recouvrir sa joie, telle une chape de plomb. Elle était enchantée de savoir qu'Alice était enceinte, mais elle savait que Gerry, lui, aurait été fou de joie. S'il n'avait pas déjà eu sa crise cardiaque, cela aurait même pu en être l'élément déclencheur, tant sa réaction aurait été intense. Gerry adorait Peter comme s'il faisait partie de la famille. Et maintenant, d'une certaine manière, c'était devenu une réalité. Elle aurait tellement aimé partager ce moment avec lui qu'elle aurait été prête à fouiller la maison à quatre pattes, jusque dans ses moindres recoins, si elle avait eu le moindre espoir de pouvoir croiser son fantôme.

Mais elle savait que les fantômes n'existaient pas. Gerry était parti. Pour toujours. Et pour la première fois depuis l'enterrement, elle sut exactement ce qu'elle voulait. Et c'était très simple. Elle voulait ouvrir son cœur à Alice et

Jennifer. Elles étaient sa famille, et elle devrait pouvoir leur dire à quel point son mari lui manquait. Mais l'incident de la cafetière, plus tôt dans la journée, la remplissait encore de honte. Elle avait déjà montré un signe de faiblesse. Elle ne pouvait pas revenir en arrière, mais elle pouvait au moins faire en sorte de ne pas se donner en spectacle une seconde fois.

Bizarrement, alors que cet épisode était encore très frais dans sa mémoire, sa colère s'était presque volatilisée. Comme si le chagrin engendré par la mort de Gerry s'était tellement déployé en elle qu'il l'avait chassée. Elle ne savait pas très bien quel sens donner à tout cela, mais elle était consciente d'une chose : elle ne pouvait pas laisser sa petite-fille plus longtemps dans le flou. Elle sentait bien sa nervosité et son appréhension. Elle tenta de s'éclaircir la voix, en vain, avant de boire ce qui apparut à Jennifer et Alice comme la plus longue gorgée d'eau de l'histoire de l'humanité.

— C'est merveilleux, ma chérie, déclara-t-elle enfin.

Alice se détendit un peu et attendit la suite, mais ne décelait aucun signe de joie sur les traits de sa grand-mère.

— Je suis désolée, je suis un peu submergée par... Mais sache que c'est la plus belle nouvelle que tu pouvais m'annoncer. Je le pense sincèrement.

Alice posa sa main sur celle de sa grand-mère.

— Je comprends, dit-elle.

Elle posa son autre main sur celle de sa tante, et agita ses deux auriculaires.

— Ça doit rester notre secret pour l'instant, promis ? ajouta-t-elle.

Jennifer sourit et crocheta son petit doigt à celui d'Alice.

— Qu'est-ce que je dois faire ? demanda Ellen, perplexe, en regardant la main de sa petite-fille.

Alice et Jennifer échangèrent un sourire.

Une heure plus tard, Jennifer ferma la porte d'entrée de chez Ellen avec sa clé, retraversa la rue et fit le tour de sa maison pour gagner le porche de derrière. Elle alla s'asseoir, trempée, dans un fauteuil à bascule tandis que la pluie martelait la pelouse et les feuilles des magnolias. Elle tenta de se concentrer sur les bruits de l'orage plutôt que sur les sentiments qui tourbillonnaient en elle : une inavouable jalousie envers sa nièce, envers la nouvelle vie pleine d'espoir qui s'ouvrait devant elle. Était-elle juste condamnée à se sentir malheureuse dans son couple ?

À l'intérieur, Brady avait suivi Red dans le couloir tapissé de moquette blanche jusqu'à la « salle de bains des garçons », qui se trouvait entre la chambre de Grant et la sienne. Il ne s'était jamais vraiment posé de question sur l'étrangeté de cette configuration de salle de bains avec ses trois entrées différentes. Cela avait même parfois causé quelques problèmes, durant son adolescence. Red verrouillait toujours la porte de son frère, et oubliait de rouvrir le loquet quand il avait terminé, si bien que Grant devait régulièrement passer par *sa* chambre pour courir jusqu'aux toilettes en lui criant « Je te déteste, sale con ! » et « Tu peux pas te branler ailleurs que dans la salle de bains ? ».

Red trouva les brosses à dents dans le tiroir et en donna une à Brady, qui se tenait appuyé contre l'encadrement de la porte. Red rougit et se lava les mains, histoire de se donner une contenance.

— Hum... Red ?

Red plongea son regard dans ses yeux bleus et un frisson électrique le parcourut. C'était le moment, pensa-t-il : Brady allait lui dire quelque chose, lui demander pourquoi il mentait à sa famille.

— Tu peux me dire où se trouve le dentifrice ?

Une lueur espiègle brillait dans son regard, et Red comprit aussitôt qu'il l'avait fait exprès. Il se sentit à la fois plus vulnérable et plus détendu que jamais. Et c'était un choc, car il n'avait pas l'habitude que ces deux sentiments cohabitent.

Red ouvrit l'armoire à pharmacie et tendit un tube de dentifrice à Brady. Dans son trouble, il ne savait plus s'il devait se brosser les dents le premier ou attendre que Brady ait terminé. À quel point était-ce intime de se brosser les dents avec quelqu'un d'autre ?

Brady désigna le tube de dentifrice qu'il venait de déboucher.

— Vous en voulez, jeune homme ? proposa-t-il.

Red eut un petit rire, à la fois soulagé et reconnaissant que Brady ait pris cette décision à sa place. Il prit sa brosse à dents dans le pot en porcelaine blanche posé à côté du lavabo et la tendit comme un enfant à Brady, qui étala dessus un peu de pâte blanche et épaisse. Red rougit.

Une fois le brossage de dents terminé, Brady suivit Red dans la chambre à coucher avec ses lits jumeaux qui n'avaient pas bougé depuis que Red avait quitté le berceau. Ses parents avaient un peu surestimé ses envies de soirées pyjama : Red avait plein d'amis à l'école mais, une fois de retour chez lui, il aimait retrouver son espace à lui tout seul, sans cette pression sociale qu'il ressentait toujours en compagnie d'autrui.

— As-tu besoin de vêtements pour dormir ? demanda Red.

— Je ne sais pas… à ton avis ? répondit Brady en exagérant son déhanché, la main sur la hanche en une posture faussement aguicheuse.

Red alla s'asseoir sur son lit et croisa les bras.

— OK, dit-il. Écoute, je crois qu'on… enfin, je sais que… tu m'as vu.

— Hum… oui, Red, en effet, je t'ai vu marcher dans la rue.

— Non, sur…

Brady attendit la suite sans lui venir en aide, visiblement très amusé.

Red prit son courage à deux mains.

— Je sais que tu m'as vu sur YCHO, finit-il par lâcher.

Brady réprima un sourire et se tapota le menton d'un air songeur.

— L'appli de dating ? C'est marrant, je ne me souviens pas t'avoir croisé dessus. J'ai bien aperçu un *Gerald* qui te ressemblait beaucoup...

— Red est mon surnom. Je n'avais pas vraiment assez de place dans mes infos de profil pour écrire « Je m'appelle Gerald, mais tout le monde m'appelle Red ».

— Ah oui ?

Brady s'avança vers lui, les mains sur ses hanches. Red le regarda s'approcher. Sincèrement, il n'avait pas la moindre idée de ce que ce beau garçon avait dans la tête.

— Quoi ? finit-il par lui demander.

— Tu es sûr que tu ne voulais pas plutôt, je ne sais pas... cacher ton identité, peut-être ?

Après sa nuque, Red sentit que ses oreilles s'enflammaient, mais il ne détacha pas son regard de Brady, craignant de montrer sa vulnérabilité.

— Il est possible que ça m'ait influencé, oui.

Il n'y avait jamais pensé jusqu'à présent, mais il ne pouvait pas nier l'évidence.

Brady vint s'asseoir à côté de lui et Red ne sut plus où se mettre.

— Hey, tu veux qu'on en parle ? Je sais que ça ne doit pas être facile.

Brady venait de laisser tomber d'un coup son numéro aguicheur et provocant, et Red commença à se détendre un peu. Il prit son front entre ses mains et Brady posa timidement sa main sur son épaule. Il la laissa immobile, sans chercher à le caresser ou le malaxer, ce dont Red lui fut extrêmement reconnaissant.

— Je peux te demander... comment c'était pour toi ? dit Red.

— Comment était quoi ?

— Eh bien... de le dire, d'en parler aux autres...

— Comment s'est passé mon coming out, tu veux dire ? fit Brady avec douceur.

— Oui, voilà.

— C'était... compliqué, soupira-t-il. J'avais toujours eu l'impression d'avoir ce gros secret tapi au fond de moi. Mais avec le recul, c'était tellement évident. Ma mère l'a toujours su. Mon père aussi, je crois, mais il a fait l'autruche le plus longtemps possible, pour se convaincre que ça n'existait pas. C'est à ma sœur que je me suis confié en premier, et elle m'a répondu qu'elle attendait le moment où j'allais enfin lui en parler. Enfin... c'est la première personne à qui j'ai dit « Je suis gay », mais j'avais déjà fait quelques trucs avant, ajouta-t-il avec un clin d'œil. Elle était heureuse que je lui en parle. Elle a quelques années de plus que moi, et elle vivait déjà à New York à ce moment-là. Je me suis dit que je devrais aussi l'annoncer à mes parents, mais je voulais qu'elle soit là. Ça me rassurait, tu comprends ? Au final, tout s'est passé à merveille. Mais je crois aussi qu'elle a eu une petite conversation en privé avec mon père. Histoire de jouer les Casques bleus, tu vois.

— Hum, et donc... tu les as regardés bien en face, et tu leur as balancé le truc ? Comme ça ?

— En gros, oui. Ça s'est passé le samedi après le repas de Thanksgiving, durant ma première année de fac. Je n'avais rien pu avaler, j'avais un trac fou et ma mère se faisait du souci pour moi parce qu'à l'évidence, elle me verra toujours comme son bébé. Je pensais n'en parler qu'à elle, au début, mais je me suis dit que ce serait encore pire d'affronter mon père après ça, qu'il me prendrait vraiment pour une chochotte de ne pas avoir osé le lui dire en face. Ma mère a tout de suite dit « Oh, mon chéri, on est avec toi, bien sûr, merci de t'être confié à nous », et bla bla bla. Mon père n'a pas ouvert la bouche pendant un long moment. Il a juste acquiescé, grommelé pour signifier qu'il était d'accord avec ma mère, et après ça, il m'a pris dans ses bras, et ça m'a semblé durer un siècle parce que dans la famille, on ne fait jamais ça, d'habitude.

« Et c'est vraiment bizarre, parce que je n'en parle jamais avec mon père. Il ne me demande jamais si je vois quelqu'un, n'y fait jamais la moindre allusion. Et parfois, pour être honnête, ça me fait vraiment chier. Mais je suis tellement soulagé qu'il ne se soit pas mis en colère, qu'il ne soit pas devenu agressif avec moi. Je sais que c'est dur pour lui, et qu'il fait de son mieux. Certains de mes amis gays à la fac venaient de familles plus ouvertes d'esprit, et ils étaient choqués que mon père ne fasse pas plus d'efforts. Mais pour moi, le fait qu'il me foute la paix avec ça était déjà un gros progrès. C'est nul, mais c'est comme ça.

Ils restèrent assis en silence un moment.

— Bref… tu ne regrettes pas de l'avoir fait ?

Brady s'esclaffa.

— Excuse-moi, dit-il. Je ne voulais pas me moquer. Mais non, Red, je ne regrette pas. Au contraire. C'est indispensable si tu espères avoir… une relation sincère avec ta famille.

— C'est sûr, dit Red en regardant fixement le mur opposé.

— Quelqu'un d'autre est au courant ?

Red fit non de la tête. Le type qu'il avait planté au bar ne comptait pas vraiment.

— Je vois. Ça te ferait peut-être du bien de le dire, tu sais.

— Le dire ? répéta Red. Mais dire quoi ?

— Juste les mots « Je suis gay ». Entraîne-toi. Exprime-toi. Tu verras, ça te paraîtra plus simple une fois que tu auras osé te le dire à toi-même. Et assume qui tu es. Les gens de ta famille s'intéressent beaucoup à toi, à ta vie, et ça fait partie de leur façon de t'aimer. Les gens qui t'aiment veulent tout savoir de toi, y compris *ça*... et surtout ça, même. Si les membres de ta famille étaient homophobes, ils ne seraient pas aussi sympas avec moi. Et tu le sais très bien.

Red hocha la tête, mais il n'était pas entièrement convaincu. Brady devait bien savoir qu'afficher de la tolérance envers les homosexuels en public était très différent que d'accepter le coming out de son propre enfant. Et Red avait le pressentiment qu'une telle annonce serait un cataclysme pour JJ – ce qui était le comble de l'ironie, au fond, tant son père semblait peu s'intéresser à lui.

— Tu vas y arriver, insista Brady en lui pressant l'épaule.

Red inspira bien à fond et regarda ses mains. Il étira ses doigts et remarqua à quel point les lignes de ses paumes étaient marquées. L'avaient-elles toujours été à ce point ?

Il fallait qu'il le dise. Il en était conscient. Et celui à qui il s'apprêtait à le dire était déjà au courant, de toute manière ! Les mots restèrent coincés dans sa gorge, parce qu'en les prononçant à voix haute, il savait qu'il éliminait toute possibilité que ce ne soit pas vrai. Mais Red connaissait sa vérité. Il inspira et déclara – d'une voix normale, sans chuchoter :

— Je suis gay.

Brady mit sa main sur son autre épaule pour pouvoir le serrer contre lui. Ce geste rappela à Red cette blague qu'avaient l'habitude de faire les machos de son collège pour draguer les filles : « Si t'étais un pirate, tu garderais ton perroquet sur *cette* épaule ou sur *celle-là* ? », façon détournée d'enlacer une fille sans qu'elle s'en rende compte. Red tremblait de partout. Il avait l'impression qu'un camion venait de lui rouler dessus mais, à part ça, il n'était pas trop sûr de savoir comment il se sentait. Plutôt bien, sans doute ? Ça n'avait pas été *si* terrible, tout compte fait.

Mais ces sentiments furent rapidement remplacés par une poussée de stress aigu à la pensée qu'il se trouvait dans sa chambre d'enfance avec un mec canon serré contre lui. Qui sait ce qui risquait d'arriver cette nuit, et même tout de suite, entre Brady et lui...

L'idée était excitante. Brady l'attirait beaucoup, et Red attendait depuis longtemps d'embrasser quelqu'un qu'il désirait vraiment. Il savait ce qu'il voulait, mais il avait peur. Le trac bien normal de la première fois, celui qu'il aurait dû connaître dix ans plus tôt. Brady avait de l'expérience, lui. Oh, mon Dieu... Brady avait-il pitié de lui ? C'était tout à fait possible.

Red venait certes de dire ces mots à voix haute, surmontant sa terreur, mais embrasser un garçon le terrifiait encore plus. C'était pourtant la suite logique. Mais il avait l'impression d'avoir atteint le sommet d'une montagne et qu'il ne lui restait plus qu'à sauter dans le vide avec Brady, les bras écartés et les jambes moulinant dans le vide, en chute libre.

Il avait une grosse boule dans la gorge, mais ça n'avait rien à voir avec des sanglots. Rassemblant tout son courage, depuis chacune des fibres de son être, il planta son regard dans les yeux de Brady. Brady ne détourna pas les yeux, et Red sentit son courage et sa peur s'entrechoquer en un coup de tonnerre.

— Oh non, chéri, souffla Brady avec douceur. Ce n'est pas au programme.

Red eut un mouvement de recul.

— OK, dit-il.

Non parce qu'il était d'accord, mais parce que c'était le seul mot qu'il pouvait articuler sous le choc de l'humiliation. Il regarda ses genoux. Bizarrement, il se sentait encore dans ce climat de confiance et de parole que Brady avait insufflé.

— Désolé, ajouta-t-il.

— Ah non, pas de ça. Tu n'as pas à t'excuser ! C'est moi. Je me suis donné pour règle de ne plus jamais sortir avec des mecs qui ne sont pas encore *out.* Ce n'est pas que je n'ai pas envie… tu peux me croire. Et je suis désolé d'avoir cassé l'ambiance. (Red ne savait pas s'il devait le croire, mais ces derniers mots lui procurèrent quand même un petit frisson de plaisir.) On ne survit pas à ses années de fac en Géorgie sans avoir été un peu échaudé par ce genre de plan, surtout quand on est comme moi – et je ne dis pas ça pour me vanter – le meilleur pote de toutes les filles canon, invité à toutes les soirées étudiantes où il y a toujours un petit mec qui est en réalité un homo refoulé et qui a juste envie d'assouvir ses fantasmes en secret… Et au final, je me retrouve fou amoureux d'un type qui planifie déjà sa vie avec femme et enfants dans un pavillon de banlieue où il se branlera toutes les nuits devant *Call Me by Your Name* pendant que sa petite famille dort à l'étage ! Tu vois ce que je veux dire ?

Red secoua la tête, non parce qu'il ne voyait pas vraiment où Brady voulait en venir, mais parce qu'il le faisait rire, comme certains des étudiants avec lesquels il travaillait : il était à peine plus âgé qu'eux, mais ils s'exprimaient d'une manière qui lui échappait, parfois.

— Red ?

— Oui ?

— J'aurais besoin d'un pyjama, par contre.

Ils éclatèrent de rire. Le charme était rompu, mais ce n'était pas plus mal. Red se leva pour aller chercher un tee-shirt et un short dans la penderie de son enfance, couverte de ballons de basket et de base-ball griffonnés au crayon. Brady se leva lui aussi et, en un mouvement fluide malgré leur différence de taille, enlaça Red pour le tapoter dans le dos.

— Bravo, lui dit-il.

— Merci.

Red lui lança un short long et un tee-shirt aux couleurs de l'équipe de base-ball d'Eulalia High. Brady les rattrapa à la volée. Puis Red alla se coucher dans son lit et regarda son téléphone pendant que Brady se changeait.

Ce dernier alla se coucher à son tour, et ils se retrouvèrent allongés chacun de leur côté, en une symétrie parfaite.

— Bonne nuit, lui dit Brady.

— Bonne nuit, lui répondit Red en se tournant face au mur.

Malgré la pénombre qui régnait dans la pièce, il ne voulait pas que Brady le surprenne à sourire béatement sur son oreiller.

Chapitre 8

Ellen n'avait jamais été du matin. Elle aimait veiller tard et profiter de ces heures de calme, la nuit, après une longue journée. Elle n'avait jamais été du genre à s'endormir de bonne heure, de toute manière. Gerry lui aussi aimait les longues soirées, mais c'était un lève-tôt et il semblait rarement fatigué. À croire qu'il n'avait pas assez d'heures dans la journée pour évacuer toute son énergie. Il était devenu de plus en plus matinal à mesure qu'il vieillissait, comme s'il sentait que le temps allait bientôt lui manquer. Ellen, à l'inverse, avait de plus en plus de mal à quitter son lit le matin avec son dos endolori, ses articulations qui craquaient, et son cerveau qui semblait mettre plus de temps à s'allumer que l'ordinateur antédiluvien avec lequel elle envoyait ses cartes de vœux électroniques.

Mais depuis que Gerry était mort, Ellen se réveillait aux aurores, les yeux grands ouverts et le cœur battant à cent à l'heure, presque en sursaut, alors qu'elle dormait seule et qu'il n'y avait plus personne dans le lit pour la déranger dans son sommeil. En plus du fait qu'elle se sentait épiée constamment par les membres de sa famille, Ellen se sentait déjà épuisée en début d'après-midi. Mais c'était pratique, car Miss Sparkles aimait qu'on sorte la promener de bon matin. Gerry disait toujours qu'elle aimait sortir en même temps que le soleil.

La chienne était à la fois ravie et méfiante d'avoir autant de monde à la maison. Ce bruit et cette agitation étaient très différents du calme auquel ses maîtres l'avaient habituée. Mais ce qui la dérangeait surtout, c'était l'absence de Gerry. Elle montait la garde derrière la vitre près de l'entrée et levait la tête avec espoir chaque fois que la porte s'ouvrait, avant de reposer son museau sur ses pattes en constatant que ce n'était pas Gerry qui venait d'entrer.

Ellen finit d'attacher la laisse rose de la chienne à son collier et se redressa péniblement. Elle se demandait si le pauvre animal se souvenait de la mort de Gerry, si elle avait compris ce qui se passait sur le moment avant de l'oublier, ou si elle n'avait rien compris du tout. Comme la plupart des habitants des petites villes rurales du sud des États-Unis, Ellen avait toujours considéré (avec raison) que les animaux possédaient un sixième sens et comprenaient bien plus que ce dont les humains les croyaient capables. Quand Gerry s'était effondré dans le cabinet de la vétérinaire, Miss Sparkles avait eu l'air de comprendre la gravité de l'instant, à en juger par ses aboiements frénétiques et à ses poils blancs hérissés sur son dos.

Dans la salle d'attente des urgences, elle s'était couchée sur les genoux de sa maîtresse, la couvrant de sa chaleur et de sa vitalité. Ellen avait cru qu'elle cherchait du réconfort en se blottissant contre elle, le seul humain qui lui restait désormais. Pas une minute elle n'avait songé que Miss Sparkles cherchait peut-être à la réconforter *elle*. Peut-être devrait-elle essayer de l'emmener sur la tombe de Gerry, pour voir si elle sentait sa présence, étendu sous des mètres de terre, avec ses mains inertes qui ne la caresseraient plus jamais. Mais elle repoussa aussitôt cette idée déprimante – entre autres raisons, parce qu'elle ne voulait pas devenir comme tous ces gens qu'elle trouvait grotesques et qui prenaient les états d'âme de leur shih tzu bien trop au sérieux.

Ellen et Gerry n'avaient pas pris Miss Sparkles tout de suite après le départ de leurs enfants à la fac. Une fois la maison vide, ils avaient tellement apprécié la liberté de pouvoir partir en voyage avec Fred et Linda qu'ils n'avaient pas eu envie de s'imposer la contrainte d'un chien. Ils avaient fait une croisière en Italie, séjourné dans un hôtel-club en République dominicaine, effectué une autre croisière en Alaska et visité Paris – le plus beau souvenir d'Ellen : elle avait trouvé le manque d'amabilité général à la fois sidérant et délicieux.

Puis Linda était décédée, et les voyages avaient cessé, au grand dam d'Ellen. Elle avait pourtant suggéré deux fois à Gerry de repartir quelque part. La première fois, elle s'en souvenait encore, c'était pendant le dîner, alors qu'ils mangeaient des côtes de porc : elle lui avait dit qu'elle avait toujours rêvé d'aller en Grèce, et que c'était peut-être le moment ou jamais d'y aller, avant qu'ils soient trop vieux. Il lui avait répondu que c'était une bonne idée mais il n'avait pas bougé le petit doigt, lui qui adorait organiser et planifier les voyages d'habitude. Et lorsqu'elle lui en avait reparlé, il lui avait rétorqué que c'était une idée stupide et s'était montré particulièrement désagréable, si bien qu'elle n'avait plus jamais abordé la question.

D'où l'animal de compagnie. Gerry voulait « un vrai chien de garde », comme il disait, du genre de ceux qu'ils avaient à la maison quand les enfants étaient petits : un golden retriever (Milly), un border collie (Max) et un labrador (Rascal). Mais lorsqu'une portée d'adorables petites boules de poils blanches avait été déposée au cabinet du vétérinaire et qu'ils avaient vu la photo dans le journal, ils s'étaient retrouvés avec Miss Sparkles, qui n'était pas vraiment un « chien de garde » mais, à défaut, un chien qu'on avait envie de garder.

Elle trottinait, la tête haute, le long de Myrtle Lane, agitant sa petite queue avec ce qu'il fallait bien appeler un déhanchement irrésistible. À un croisement, elle alla renifler un jeune arbre, l'un de ces mystérieux magnolias qui indignaient tant les résidents. Le tronc était déjà plus large que dans les souvenirs d'Ellen. L'arbre poussait. La vieille dame ne comprenait pas ses voisins : elle aimait l'idée de voir pousser un arbre, de le regarder grandir en songeant qu'un jour, les enfants du quartier, voire les enfants de ses petits-enfants, pourraient y grimper et se suspendre à ses branches.

Miss Sparkles se désintéressa du tronc d'arbre et revint vers sa maîtresse. Ellen savait qu'elle aimait sa chienne parce qu'elle lui procurait un ravissement permanent. Elle adorait ses petits éternuements qui la chatouillaient, cette façon qu'elle avait de presque sourire parfois. Elle aimait sentir son petit corps bien chaud contre sa jambe quand elle s'endormait le soir. Elle savait que Gerry avait aimé Miss Sparkles, parce qu'il lui répétait environ quatre cents fois par jour qu'elle était sa fifille préférée. Et elle savait que Miss Sparkles les aimait tous les deux parce qu'elle ne les quittait jamais des yeux. Pourquoi ? se demandait-elle parfois. L'animal devait forcément sentir que sa survie dépendait d'eux, elle devait bien voir qui prenait la laisse pour la sortir, qui remplissait son écuelle d'eau et sa gamelle, qui brossait ses poils emmêlés. Mais elle semblait aussi se prendre de passion pour quiconque franchissait la porte, et personne d'autre ne lui prodiguait tous ces soins.

Cela dit, elle aimait ses maîtres plus que tout, et l'adoration qu'elle leur portait semblait disproportionnée par rapport à ce qu'ils faisaient pour elle. Presque imméritée. JJ avait dit un jour à sa mère que le cerveau de leur chienne faisait la taille d'une noisette ; Ellen avait refusé d'y croire, mais elle soupçonnait Miss Sparkles de ne pas les aimer pour des raisons cognitives. Peut-être avait-elle récupéré l'amour oublié par quelqu'un, et le répandait-elle auprès de tous ceux qui l'entouraient. À moins, songeait Ellen, qu'il ne s'agisse de l'amour de Dieu. Son côté absolu, sa perfection, la force de l'amour dégagé par Miss Sparkles ressemblait davantage à quelque chose de divin que le truc réchauffé et hypocrite émanant des humains qu'Ellen avait connus.

Ellen soupira en voyant la chienne lever la patte devant un grand buisson de lierre et se soulager avec un bonheur non dissimulé. Au moins, elle n'aurait pas à aller ramasser. Ce n'était peut-être pas si compliqué, au fond.

Miss Sparkles l'aimait parce qu'elle l'aimait, un point c'est tout.

***

Alice poussa un petit cri quand le fil métallique qui dépassait du porte-clés de Gerry s'enfonça dans sa paume : elle avait serré le poing sans s'en rendre compte. Elle leva les yeux. « Il » lui semblait tellement plus petit que lorsqu'elle observait sa couronne d'épines, enfant, chaque dimanche, ainsi que la partie plus foncée à l'endroit où les clous étaient plantés dans sa main. Ce n'était pas qu'elle trouvait Jésus *beau,* mais il fallait bien reconnaître que cette position était plutôt à son avantage. Clairement, la crucifixion mettait bien ses muscles en valeur.

C'était le milieu de la journée. Alice n'avait pas du tout prévu de s'arrêter ici en revenant du magasin discount où elle avait acheté un spray de laque à cheveux Aqua Net pour sa grand-mère, qui en avait absolument besoin pour se coiffer le jour du mariage de Rebecca. Mais en chemin, elle était passée devant la chapelle et avait poussé la porte sans même réfléchir.

Alice était en nage. Elle ne se souvenait pas à quand remontait la dernière fois où elle avait mis les pieds dans une église, pour autre chose qu'un mariage ou les obsèques de Gerry. Non seulement le Christ sur sa croix lui paraissait plus petit qu'avant, mais elle-même se sentait aussi plus petite. Peut-être parce qu'elle ne s'était jamais retrouvée seule dans cet endroit. C'est simple, elle se sentait comme une fourmi au milieu de la pelouse d'un stade de football. Mais un stade de football qui aurait aussi bien pu se trouver sur Mars, tant elle se sentait invisible et seule au monde. Non pas parce que personne n'aurait eu l'idée de venir la chercher ici, mais parce qu'elle avait l'impression que l'édifice lui-même avait disparu, rayé de la carte, invisible depuis l'extérieur.

Alice pouffa de rire devant la statue, et le son se répercuta à travers l'église déserte. Combien de guerres avaient eu lieu à cause de ce type ? Combien de morts, de blessés, d'êtres brisés ou humiliés en son nom ? Le monde était dans cet état à cause du mythe représenté sur cette croix. Et le moins qu'on puisse dire, c'est que le monde était dans un sale état.

Certes, songea Alice, beaucoup de gens considéraient à l'inverse que la bonté existait dans le monde grâce à lui. Que dirait-elle à son enfant quand il l'interrogerait à propos de la mort ? Les parents chrétiens avaient une bonne porte de sortie, avec leur histoire de paradis. Comment son enfant formulerait-il ces interrogations ? Les exprimerait-il, d'ailleurs, ou serait-il trop stupide pour se les poser ? Serait-il intelligent, plus intelligent qu'elle ? Que se passerait-il s'il lui posait une question importante un jour où elle était de mauvaise humeur, et qu'elle s'énervait et lui répondait sèchement, lui laissant des séquelles à vie pour l'avoir envoyé promener ? Ou bien, si elle déménageait quelque part où elle aurait une voiture et qu'elle l'oubliait à l'intérieur par temps de canicule, et qu'il meure, et que non seulement elle perde son enfant mais se retrouve aux infos ?

Et toutes les choses qu'elle ne pouvait pas contrôler ? Et si elle faisait tout bien, qu'elle ne perdait jamais patience, répondait correctement à toutes ces questions, ne l'oubliait jamais dans une voiture, mais qu'il ait un cancer ? Ou qu'il soit frappé par la foudre ? Ou renversé par un chauffard ivre ? Ou qu'il s'étouffe dans son propre vomi à la fac ? Sans oublier que son enfant serait métis. Elle était blanche, comment saurait-elle le préparer à faire face au racisme ? Comment pourrait-elle le préparer à vivre des expériences qu'elle n'avait pas connues ? Elle savait que c'était une considération égoïste, mais elle s'inquiétait à l'idée que son enfant la rejette à cause de ça, qu'il regrette de ne pas avoir eu une mère plus à même de comprendre ce qu'il vivait.

Existait-il un mode d'emploi pour tout ça ?

— Hum...

Sa voix résonna le long de l'allée déserte, entre les bancs en bois, jusqu'aux vitraux. Elle se retourna pour s'assurer qu'elle était bien seule.

— Voilà... je sais que ça a l'air idiot, tellement idiot que je ne devrais sans doute pas poser cette question, mais... j'ai besoin d'aide. S'il vous plaît. J'ai l'impression que je ne vais jamais y arriver. Et aidez-moi à protéger mon enfant, aussi. Il ou elle... ou iel... car après tout, le genre est... Bref, je sais que j'ai grandi sous une bonne étoile, que j'ai toujours eu beaucoup de chance, et je ne voudrais pas que ce soit mon enfant qui paye, si c'est possible...

Elle leva les yeux vers Jésus. Il ne répondit pas. Elle attendit. Soudain, elle entendit une sorte de gémissement haut perché et sentit son sang se glacer dans ses veines. Il lui fallut deux ou trois secondes avant de s'apercevoir qu'elle venait de lâcher un pet. Elle se pencha en avant, retint son souffle et se redressa, avant de partir d'un immense fou rire dans l'église déserte.

***

Couchée sur le lit, dans la chambre qu'elle partageait avec sa sœur et sous le regard flippant des poupées victoriennes d'Ellen, Delia ruminait sa bêtise.

Elle vérifia encore une fois son téléphone. Aucun signe de Connor. Comment, après des mois passés à ne pas l'appeler, après avoir failli céder à la tentation un nombre incalculable de fois et s'être ravisée juste à temps, avait-elle pu craquer aussi bêtement ? Et tout ça à cause d'un mec lourd dans un bar d'Eulalia !

Elle ouvrit l'application du téléphone et vit aussitôt apparaître le contact de Connor, tout frais de l'appel passé la nuit dernière. Elle ressentit comme un coup de poignard dans le ventre en revoyant la photo de lui avec les sushis – la faille dans son armure. Il était dix heures du matin, un jour de semaine. Impossible qu'il n'ait pas déjà écouté le message qu'elle lui avait laissé. Elle chercha tous les prétextes possibles pour lesquels il aurait pu ne pas la rappeler, mais son cœur se serra lorsqu'elle n'en trouva aucun.

Elle n'en pouvait plus. Elle était épuisée. Avec la gueule de bois, en prime. Consulter sans arrêt son téléphone, être sur le qui-vive en permanence au cas où elle recevrait un message et un texto, être déçue chaque fois de constater qu'il n'y avait rien, ce tourbillon infernal dans son esprit à imaginer tous les problèmes techniques empêchant qu'il la contacte. Elle se surprit à tendre l'index vers le bouton d'appel, par réflexe, et culpabilisa aussitôt.

Delia déplaça son doigt de deux centimètres vers la gauche et eut l'impression d'avoir accompli un effort surhumain. Elle ne prit ni le temps de respirer ni celui de réfléchir. Elle appuya juste sur le bouton « Bloquer ». Voilà : c'était fait. Elle supprima aussi son appli Instagram, pour faire bonne mesure. Elle jeta son téléphone sur le lit, se leva et se dirigea d'un pas traînant vers l'escalier pour avaler un bon café à la cuisine, lorsqu'elle entendit frapper à la porte d'entrée.

Elle alla l'ouvrir et baissa machinalement les yeux vers le paillasson, s'attendant à trouver un énième Tupperware de quiche ou de ragoût froid. Ses pupilles s'habituaient tout doucement à la lumière du jour, qui lui faisait l'effet d'un assaut brutal compte tenu de la barre qu'elle avait au milieu du front. Mais en lieu et place d'un plat recouvert d'aluminium, elle aperçut deux pieds. Et en relevant la tête, elle découvrit à qui ils appartenaient. D'un coup, les effets de sa gueule de bois se dissipèrent.

— Et merde, lâcha-t-elle.

Fred se dandina d'un air gêné et tapota le casque de vélo qu'il tenait contre sa hanche.

— Bonjour, Delia.

« Non merci », faillit-elle lui répondre afin de couper court à toute possibilité d'interaction entre lui et sa famille, dans l'intérêt de tout le monde – y compris le sien à lui. Mais elle ne pouvait se résoudre à claquer la porte au nez d'un vieil homme. Ils restèrent donc plantés là, à se regarder en chiens de faïence.

— Je suppose que tu n'es pas venu pour me voir, finit-elle par dire, la main sur la hanche.

— Est-ce qu'elle est là ?

— Qui ça ?

Fred soupira. Delia avait toujours été difficile.

— Ta grand-mère. Elle est là ?

— Ma grand-mère ? répéta Delia d'un air innocent. Tu veux dire Ellen ? Ellen Williams ? La meilleure amie de feu ton épouse ? La veuve que tu as humiliée publiquement ?

— Je t'en prie, Delia...

— Elle est là, en effet. Mais voudra-t-elle te parler ? Ça, je ne parierais pas dessus.

Sur ces mots, Delia lui referma la porte au nez, mais avec plus de douceur que de rage, étonnamment. Elle partit d'un pas survolté vers la cuisine, où Ellen buvait un café avec Carol Anne et Wilma.

— Gram ? Euh... Fred est devant la maison. Il veut te parler. Je peux lui dire d'aller au diable sans AUCUN scrupule si c'est ce que tu souhaites. Comme tu veux.

Wilma ouvrit des yeux grands comme des soucoupes et Carol Anne hocha la tête d'un air pénétré, comme si elle avait convoqué la présence de Fred sur le pas de la porte :

— Il vient faire amende honorable. Ça pourrait être un moment très beau, maman.

Ellen tapota ses ongles contre son verre de thé glacé.

— Je n'ai pas envie de le faire.

— Tu... en es bien sûre, maman ? lui demanda Wilma.

— Oui, elle en est absolument sûre, répliqua Delia à sa place. Message bien reçu, Gram : je vais de ce pas lui expliquer qu'il peut aller se faire foutre.

— Inutile de te montrer grossière, lança Ellen alors qu'elle repartait déjà vers le vestibule.

Fred attendait d'un air plein d'espoir derrière la porte, et ses traits s'affaissèrent lorsqu'il revit Delia. Sa mine de chien battu agaça la jeune femme, qui n'avait pourtant rien fait pour se rendre agréable. Elle hésita à mentir, faillit dire que sa grand-mère s'était absentée, mais décida finalement de ne pas se laisser contaminer par l'hypocrisie ambiante. C'était une New-Yorkaise, après tout.

— Elle n'a pas envie de te parler.

Fred hocha la tête.

— Bien. Je comprends. Vous êtes très sollicités, ces temps-ci. Ça doit être épuisant.

— Je ne pense pas que ce soit le problème, rétorqua Delia. Je crois plutôt que c'est lié à toi et à ton grand numéro de confession devant le cercueil de Gerry.

Elle croisa les bras, consciente qu'elle se comportait en parfaite connasse. Elle se demandait ce que penseraient ses amis gays s'ils la voyaient. Mais il ne s'agissait pas de débattre des droits civiques : c'était une question de trahison personnelle.

Il baissa les yeux.

— Je suis navré, Delia. Je... ne voulais blesser personne.

— Ben... ouais.

Aucune autre réplique ne lui venait à l'esprit. Elle ne voulait pas admettre devant lui qu'il l'avait blessée. Car au fond, ce n'était pas vraiment le cas. C'était Gerry qui l'avait trahie. Et à vrai dire, même pas. Connor était celui qui lui avait fait le plus de mal. Mais Delia n'était pas encore assez réveillée pour faire preuve d'une telle lucidité envers elle-même.

Fred parut sur le point de dire quelque chose. Delia se prépara psychologiquement à encaisser sa réponse, mais il se contenta de tourner les talons et de repartir vers son vélo, qu'il avait laissé appuyé contre la boîte aux lettres. Elle referma la porte doucement, les mains pressées contre le bois, et se demanda machinalement ce que Connor pouvait bien être en train de faire. Puis elle essaya de ne pas y penser.

***

— Ça a l'air génial, je peux venir ? demanda Grant en apprenant que Carol Anne emmenait les filles faire du yoga.

Elle s'était reconvertie comme prof de yoga depuis qu'elle avait vu un écriteau « ON RECRUTE » sur la porte d'un studio de Los Angeles notoirement fréquenté par des agents et des producteurs réputés. Le cours aurait lieu dehors, sur la pelouse derrière chez Ellen, à côté du jardin, ce que tout le monde avait eu l'air de trouver charmant, malgré la perspective de suivre un cours de yoga bikram dans un cadre naturellement chauffé à 37 degrés.

— C'est réservé aux filles, répondit Delia d'un ton faussement hautain.

— Je croyais que le genre était une construction sociale ? asséna Grant, pas mécontent de sa réplique.

— Nous allons nous entourer d'une énergie yin purement féminine, l'informa Carol Anne en tournant lentement vers lui sa tête surmontée d'un énorme chignon.

— Bouh ! s'écria Grant.

— Tu as beaucoup d'énergie féminine en toi, analysa Carol Anne en posant une main sur son épaule, paupières closes. Mais combinée avec le masculin...

— Ça va, j'ai compris, soupira Grant d'un air dépité.

Il voulut faire rebondir son ballon de basket sur la pelouse, mais le sol était trop mou.

— À plus tard, hein ! s'écria-t-il avant de faire la roue, histoire de montrer ses prouesses physiques, confirmant dans l'esprit de Carol Anne ce qu'elle venait de lui dire à propos de son énergie féminine.

Jennifer, revêtue d'un débardeur rose vif et d'un legging assorti, torsada ses cheveux en un chignon impeccable.

— J'ai bien besoin de brûler quelques calories, déclara-t-elle.

— Ce n'est pas à cela que sert la pratique du yoga, lui rétorqua Carol Anne. Il s'agit de l'union du mouvement et du souffle.

Jennifer avait un vrai tapis de yoga, tandis que les autres devaient se contenter de vieilles serviettes de plage défraîchies exhumées du sous-sol de la maison. Carol Anne avait en vain invité sa mère à se joindre à elles ; cela faisait des années qu'elle voulait la convaincre de se mettre au yoga. « Je ne ferai pas ce machin où il faut se tordre comme un bretzel », disait-elle à chaque fois, en dépit des arguments de sa fille.

Carol Anne avait bien sûr insisté pour utiliser la seule serviette qui ne soit pas couverte de taches d'eau de Javel. Les autres s'alignèrent face à elle, et elle leur adressa un sourire bienveillant.

— Nous allons commencer notre cours en posant une intention, déclara-t-elle. Peut-être celle d'être présentes, tout simplement, et de nous concentrer sur notre souffle. Toutes les intentions sont acceptées et bienvenues. La mienne est de me concentrer sur moi-même, de me distancer au maximum du fardeau de la présence des autres, que j'ai tendance à endosser trop facilement en raison de ma grande empathie. Je peux avoir de la force sur le matelas, mais je n'ai pas à me montrer forte pour tout le monde, tout le temps... Bien ! Quelqu'un d'autre souhaite-t-il partager son intention avec nous ?

— Mon intention est de donner mon maximum sans me faire mal, afin de poster une photo de moi tellement canon le jour du mariage de Rebecca que Connor en pleurera de remords, déclara Delia, qui avait déjà prévu de retélécharger Instagram le jour J.

— Merci pour ton partage, Delia, commenta Carol Anne en tendant ses mains jointes vers elle. Mais l'intention que tu poses doit être en lien avec le présent – l'ici et maintenant – et non en prévision d'un résultat futur.

— Je croyais que toutes les intentions étaient les bienvenues..., grommela Delia.

— Alice, poursuivit Carol Anne, j'imagine que ton intention est de te connecter à ton sanctuaire intérieur, foyer de ton enfant à naître ?

— Ah oui, tiens, bonne idée, répondit Alice en chassant un moustique qui voletait trop près de sa tête.

— Bien sûr, ce n'est pas à moi de vous dicter vos intentions, précisa Carol Anne. Par exemple, j'aimerais proposer à Wilma de se concentrer sur le moment présent et de s'autoriser un peu de plaisir dans la vie. Et j'aimerais inviter Jennifer à orienter ses pensées entre les quatre coins de son matelas et vers son souffle, afin de diminuer la colère qui l'habite. Mais je le ne ferai pas, car chacun doit poser son intention à titre personnel.

Elle avait gardé les yeux fermés pendant toute la durée de ce laïus.

— Hum... merci, Annie, commenta Wilma.

Jennifer, mâchoire serrée, fit semblant de n'avoir rien entendu.

— On avait un super cours de yoga bikram près de chez nous avec Connor, intervint Delia. Je lui avais un peu forcé la main, au début, mais ça lui a tellement plu qu'il s'est mis à y aller chaque semaine, même quand je ne pouvais pas. Je...

— Merci, Delia, l'interrompit Carol Anne. Nous allons nous mettre à genoux et commencer par la position de l'enfant.

Elle les guida à travers un enchaînement de postures. La chaleur était si étouffante que Jennifer avait l'impression de pouvoir compter le nombre de calories qu'elle brûlait au fur et à mesure. Elle ne craqua qu'une seule fois, lorsqu'elle perdit l'équilibre dans la position de l'arbre et laissa échapper un « Fait chier ». Carol Anne invita le reste du groupe à marquer une pause et à faire « om », le temps de « recharger les énergies », ce qui ne l'empêcha pas de se lever d'un bond pour décrocher quand son téléphone sonna depuis l'intérieur de la maison, au cas où il s'agirait d'un appel pour une audition. Elle réapparut quelques secondes plus tard en pestant contre ces « foutus spams ».

À la moitié du cours, Alice se pencha vers sa mère pour lui demander si ces exercices n'étaient pas néfastes pour le bébé, ce à quoi Wilma répondit :

— Tu le sentiras si c'est mauvais pour lui. Bois de l'eau.

La chaleur embrouillait tant l'esprit de Delia qu'elle ne repensa plus du tout à Connor jusqu'à la fin de la séance, lorsqu'elle se souvint qu'il lui tenait la main pendant la position du cadavre. Sa transpiration sentait la Bud Light.

— Laissez votre corps se relâcher pour expulser la tension qu'il avait emmagasinée, déclara Carol Anne pendant le savasana final, une main sur la poitrine et l'autre sur son ventre. Laissez-le se marier à votre esprit.

Jennifer se sentait totalement vidée. Sans doute l'effet de la chaleur, mais aussi parce qu'elle n'avait pas bougé son corps avec autant de douceur et d'harmonie (hormis l'échec de sa position de l'arbre) depuis très longtemps.

Étendue sur son matelas, à l'ombre du magnolia, elle sentit distinctement les fêlures de son cœur. Pour la première fois depuis qu'elle soupçonnait JJ de la tromper, elle n'avait pas les yeux qui furetaient partout en quête de preuves, et elle ne s'employait pas à chasser violemment cette idée hors de sa tête pour pouvoir vaquer à ses occupations. Couchée sur son matelas, ruisselante de sueur et les mains à plat face au ciel, elle comprit qu'elle était dévastée en profondeur et décida de s'offrir un luxe qu'elle ne s'autorisait qu'une fois tous les cinq ans. Elle se mit à pleurer.

Sur une serviette de plage effilochée, à un mètre cinquante de sa belle-sœur, Wilma songeait à quel point son père lui manquait. Une voix dans sa tête, aussi claire que si elle provenait des écouteurs que les filles lui avaient offerts à Noël, lui disait : « Tu ne le reverras plus jamais. » Elle avait beau l'avoir enterré, elle réalisait pour la première fois qu'elle n'entendrait plus le son de sa voix. Ne danserait plus jamais avec lui dans la cuisine en feignant de le faire à contrecœur. L'affaire était pliée : désormais, elle était seule. Wilma fondit en larmes tout doucement.

Alice était fatiguée. Elle était même rincée de fatigue. Elle s'efforça de détendre sa mâchoire, comme Carol Anne le leur avait conseillé. Elle allait avoir un *bébé*. Dans quelques mois, si elle voulait ne serait-ce que refaire un cours de yoga comme celui-ci, elle devrait faire appel à une baby-sitter. Son quotidien allait devenir plus compliqué, sans doute, mais au moins, c'était le changement qu'elle avait appelé de ses vœux. Elle avait obtenu ce qu'elle voulait : un saut dans l'inconnu. Sans qu'elle s'en rende compte, ses larmes s'étaient mêlées à la sueur qui dégoulinait de son front.

Delia se demanda si Connor avait pris des cours de yoga récemment, et s'il avait essayé d'entrer en contact avec elle. Elle ne savait pas ce qui était le plus effrayant : le fait que Connor ne cherche pas à la joindre, ou qu'il lui envoie un

SMS et se rende compte qu'elle l'avait bloqué. Résultat, elle se mit à pleurer aussi.

— Qu'est-ce qui se passe, ici ? s'exclama Grant, intrigué, en débarquant sur la pelouse. Pourquoi tout le monde chiale ?

Delia, Alice, Jennifer et Wilma se redressèrent en position assise et échangèrent des regards d'abord étonnés, puis embarrassés, et finalement rassurés, en constatant qu'elles étaient toutes dans le même état. Elles s'essuyèrent les yeux en même temps, et Delia fut la première à rire. Alice la rejoignit, bientôt imitée par Wilma et Jennifer. Elles étaient beaucoup trop épuisées et écrasées de chaleur pour ne pas se laisser aller.

***

Alice n'avait aucune raison d'être surprise quand Peter l'appela pour l'inviter à venir prendre l'apéro chez lui. Charlie et Deborah Bell étaient sur le point de devenir grands-parents, et Justin et Rebecca oncle et tante, de la petite chose qui grandissait bien au chaud dans son ventre et faisant actuellement la taille d'une nectarine. Elle n'avait pas non plus de raison de se sentir nerveuse à l'idée de revoir les parents de Peter, qu'elle connaissait depuis toujours ou presque. Mais c'était plus fort qu'elle : le trac était bien là, alors même que Peter lui avait transmis leur réaction de joie à l'annonce de la grossesse.

Ce n'était pas tant lié à la personnalité des Bell qu'à sa connaissance de la mentalité sudiste et un peu réactionnaire des gens d'Eulalia, mais Alice avait le sentiment que leur joie à l'idée que Peter devienne papa s'accompagnerait d'un jugement moral la concernant – une jeune femme ayant eu des rapports sexuels, non protégés en prime, avec un homme qui n'était même pas son petit ami. Bien qu'il faille être deux dans ce genre d'histoires, et que leur fils partage cette responsabilité à parts égales avec elle, Alice soupçonnait les gens du coin de ne pas tout à fait raisonner de cette manière.

C'est donc les mains tremblantes et la respiration un peu saccadée qu'elle frappa à la porte des Bell. Peter apparut sur le seuil, en chemise, sourire aux lèvres. Il s'avança aussitôt vers elle pour l'envelopper de ses grands bras, et Alice sentit sa nervosité s'évaporer d'un coup. Ils restèrent enlacés un peu plus longuement que pour une simple accolade, jusqu'à ce qu'Alice fasse un pas en arrière. Peter posa ses mains sur ses épaules.

— Salut, toi, dit-il.

— Salut.

Ils se regardèrent. Elle ne savait pas trop ce qu'elle devait ressentir, mais elle se sentait bien. Peter se retrouva chassé d'un coup de hanche par sa sœur, Rebecca, qui fit irruption sur le seuil. À son tour, la jeune femme prit Alice dans ses bras. Elles faisaient la même taille, si bien que l'étreinte était beaucoup moins enveloppante.

— Alice ! s'exclama-t-elle avant de baisser les yeux vers son ventre. Félicitations ! Je suis si contente pour vous deux !

Alice regretta de ne pas avoir une boule antistress sous la main alors qu'elle n'avait jamais utilisé ce type de gadget de sa vie. Avoir un truc à écraser entre ses doigts devait faire un bien fou. Quoi de plus normal que Rebecca exprime sa joie ? Et n'était-on pas censé féliciter les futurs parents ? Mais Alice se demandait ce qu'elle avait voulu dire, au juste : qu'elle était contente pour eux deux ensemble, ou séparément ? Et « ensemble »... jusqu'à quel point ? Peter avait-il fait des confidences à sa sœur à ce sujet ?

Cette question était moins perturbante pour Alice que l'espoir qu'elle sentait grandir en elle à cette pensée. Ce fameux soir à New York, la vision des grandes mains de Peter refermées autour du livret de cuir noir, alors qu'il s'apprêtait à payer l'addition, s'était tatouée à l'intérieur de ses paupières. En un éclair, elle avait compris à quel point elle avait envie de lui. Et elle n'avait cessé de penser à lui après, avant même d'apprendre qu'elle était enceinte.

Ce n'était que le reflet de sa solitude, avait-elle alors analysé, et nullement la preuve de sentiments méritant qu'on se penche dessus. Peter avait été son premier amour, son voisin de vacances, et Alice atteignait un stade de sa vie où elle se rendait compte que les choses n'avaient pas vraiment tourné comme elle l'espérait. N'était-ce pas normal, après une nuit tendre et magique entre les bras d'un ami de toujours, de se croire amoureuse de lui ? Dans le fond, ça ne voulait rien dire du tout.

Pourtant, si elle était vraiment honnête avec elle-même, rien ne lui avait jamais semblé aussi solide – et aussi réel – que Peter Bell.

Rebecca s'écarta pour que son fiancé, Justin, qui venait d'arriver à Eulalia le matin même, puisse saluer Alice à son tour. Lui aussi allait bientôt faire officiellement partie de la famille, après tout.

— Félicitations, Alice, dit-il d'un ton chaleureux en lui donnant une accolade amicale.

Son geste était tout à fait approprié : après tout, ils ne s'étaient croisés que deux ou trois fois auparavant.

— À toi aussi, Justin ! répondit Alice. Mes félicitations semblent plus justifiées dans la mesure où toi, au moins, tu l'as fait exprès !

Les traits de Justin se figèrent en une grimace indéchiffrable : il ignorait s'il devait rire ou être horrifié. Alice comprit sa bourde et se tourna vers Peter, qui étouffa un ricanement et baissa les yeux en souriant.

— Oh, je t'en prie, dit Rebecca, pas de ça avec nous. Et pour être honnête, je te remercie de m'avoir volé la vedette. Ce mariage rend mes parents insupportables, je ne suis pas fâchée qu'ils me lâchent un peu pour s'intéresser à autre chose !

Comme un fait exprès, c'est ce moment que choisit Deborah Bell pour faire irruption sur le seuil et passer un bras autour d'Alice, son autre main posée sur son cœur. Puis elle recula, laissant une traînée de larmes sur son tee-shirt, avant de s'essuyer les yeux en riant.

— Oh, ma chérie, je ne sais même pas quoi dire !

— J'ai faim ! retentit une grosse voix depuis l'intérieur.

Heureusement que Charlie Bell était là.

Deborah se retourna et répondit à son mari sur le même ton :

— Ne me gâche pas mon moment, Charlie !

— Il sera encore plus gâché si je meurs d'inanition !

— Oh, Seigneur, donne-moi ta force, marmonna Deborah en prenant Alice par la main pour l'entraîner à l'intérieur.

Avec ses tissus d'ameublement aux couleurs vives et ses murs tapissés de photos de famille, le salon n'avait pas changé depuis l'époque où Peter et Alice étaient lycéens. Charlie se tenait debout près de l'îlot central, sur lequel étaient posés un plateau de fromages et plusieurs verres à cocktail ainsi qu'un grand pichet de thé glacé. Il avait les mains dans les dos, sans doute pour s'empêcher de chiper quelque chose à manger.

Dès qu'il vit Alice, il les ouvrit en grand.

— Et la voilà ! s'exclama-t-il.

En deux grandes enjambées, il avait traversé la pièce pour venir la serrer dans ses bras. Alice lui arrivait à peine aux aisselles.

— Bonsoir, docteur Bell.

— Alice Williams, la sermonna-t-il, tu ne crois pas que c'est le moment ou jamais de m'appeler Charlie ?

En parcourant du regard la cuisine lumineuse, avec sa grande baie vitrée et son coin banquette, sa broderie au mur sur laquelle on pouvait lire « LE CŒUR DU FOYER » et la laisse du chien suspendue à son crochet (alors que le pauvre animal était mort depuis des années), Alice sentit son appréhension fondre comme neige au soleil. Elle était venue dans cette maison des dizaines, et même des centaines de fois. Elle connaissait ces gens depuis toujours, et elle se sentait autant chez elle ici que chez Ellen et Gerry.

— Qu'est-ce qu'on te sert ? lui demanda Deborah. J'ai lu des recettes de cocktail sans alcool tout l'après-midi. Tu savais qu'on appelait ça des « mocktails » ? Je trouve ça trop mignon !

— Oui, j'en ai entendu parler, sourit Alice. De l'eau, ce sera parfait. Merci.

Peter alla lui remplir un verre avec des glaçons. Alice tendit la main vers la mozzarella, notant au passage que tous les fromages présentés sur le plateau étaient compatibles avec sa grossesse. Rien d'étonnant à cela, sachant que les Bell étaient tous médecins, mais Alice fut touchée par cette attention.

— Je reconnais bien notre Alice, plaisanta Charlie. Toujours affamée.

— Ça oui, surtout en ce moment ! dit-elle.

Elle alla s'asseoir dans le coin banquette, à la table toute simple où les Bell avaient l'habitude de prendre leurs repas.

— On pourrait aller dans la salle à manger, non ? proposa Deborah.

— Et pourquoi ? dit Rebecca. C'est Alice, maman. On est en famille.

Alice se sentit rosir de plaisir et tourna la tête pour ne pas le montrer.

— Excuse-moi, Justin, je me suis peut-être assis à ta place ?

Ce dernier s'était installé à côté de Rebecca. Il y avait si peu de place pour deux qu'il dut se serrer contre elle.

— T'inquiète, dit-il en souriant, son bras autour des épaules de sa future femme. J'aime bien l'avoir toujours à portée de main.

— Tu te crois drôle ? marmonna Rebecca.

Mais Alice vit que ses yeux brillaient. Elle avait rencontré Justin deux ans et demi auparavant, lors de la traditionnelle soirée de Noël réunissant les familles Bell et Williams. Delia et elle avaient ensuite passé le reste de la soirée, dans la chambre qu'elles partageaient avec les deux poupées de film d'horreur, à s'extasier sur le joli couple qu'il formait avec Rebecca. Il semblait très amoureux d'elle et la regardait avec des étoiles plein les yeux. Ils sortaient ensemble depuis six mois, à l'époque, et Delia avait dit en soupirant : « Je me souviens du temps où Connor me regardait comme ça. » Elle n'était nostalgique de rien, en réalité : elle était contente d'avoir dépassé la phase lune de miel, convaincue que leur histoire s'installait dans la durée (du moins le croyait-elle).

Rebecca avait passé le Noël suivant dans la famille de Justin et, l'année d'après, il l'avait demandée en mariage pendant les fêtes. Sur le moment, Alice avait remarqué, avec une pointe de tristesse pour sa sœur, que les étoiles n'avaient pas disparu des yeux de Justin et qu'il ne s'agissait pas seulement d'un symptôme de la phase lune de miel.

Peter s'assit en face d'Alice en apportant le plateau de fromages et son verre d'eau posé par-dessus. Leurs regards se croisèrent. Il lui tendit son verre et fit tourner le plateau de manière que la mozzarella se retrouve pile devant elle.

***

Ellen se tenait dans son dressing, en pantalon d'intérieur et soutien-gorge. Elle n'avait jamais compris les gens qui ne s'habillaient pas de pied en cap pour rester chez eux. Linda lui avait un jour avoué, en gloussant comme une écolière, que quand Fred n'était pas là, elle aimait déambuler en tenue d'Ève dans sa maison, jusqu'au jour où elle avait oublié de fermer les stores et qu'elle était quasi sûre que son petit voisin l'avait vue en promenant son chiot. Ellen n'avait même pas fait semblant de trouver cette anecdote amusante : elle avait été horrifiée et incrédule, ce qui n'avait fait qu'accentuer l'hilarité de Linda. Gerry s'était sans doute baladé à poil dans la maison quand elle n'était pas là. Et Fred aussi, probablement – *avec* Gerry, réalisa-t-elle soudain. Elle secoua aussitôt la tête et imagina cette pensée en train de sortir de son cerveau, par son oreille, pour atterrir sur le tapis et se réfugier sous le rack à chaussures.

C'était jeudi, et donc soirée bridge. Sa première sortie en solitaire depuis la mort de son mari. Ellen se sentait impolie de s'absenter de chez elle alors qu'elle avait des invités sous son toit, mais elle sentait aussi que si elle ne sortait pas de cette maison quelques heures pour échapper aux regards inquiets des membres de sa famille, elle allait étouffer sur place. Bien sûr, elle ne savait pas quoi se mettre – le chemisier jaune, ou le bleu à pois ? Ils étaient quasiment identiques, et elle savait que la manière dont elle s'habillerait n'aurait pas vraiment d'importance. Elle jouait au bridge avec ces femmes depuis vingt ans. Elle était trop fatiguée pour faire des essayages, et se dit pour la millionième fois qu'elle avait trop de vêtements. Mais Gerry la poussait toujours à aller faire les boutiques, et il aimait l'accompagner ; c'était le seul homme à sa connaissance qui aimait faire du shopping avec sa femme. Ses amies lui avaient toujours envié ce détail.

Il aimait la regarder essayer différentes tendues, pousser des « oooh » et des « aaah » dans la cabine d'essayage de chez Belk, et prendre à témoin quiconque avait le malheur de se trouver là en même temps qu'eux : « Est-ce que je n'ai pas la plus jolie femme au monde ? » Ellen détestait ça. Ça ne lui déplaisait pas d'avoir un mari qui la trouvait belle, bien au contraire, mais pourquoi fallait-il toujours qu'il la ramène devant de parfaits inconnus ? Elle lui soufflait chaque fois de se taire, se gardant bien de montrer la fierté et le plaisir que ses commentaires lui inspiraient malgré tout.

— Mets le jaune ! lui aurait-il conseillé sans plus de justification s'il avait été là.

Et parce qu'elle s'en fichait un peu, elle l'aurait écouté. Mais ce soir-là, elle était tellement lasse que le souvenir de Gerry insistant pour qu'elle porte son chemisier jaune suffit à la convaincre de le détacher du cintre pour l'enfiler par la tête.

Les réunions avaient toujours lieu dans la même salle du country club, réservée chaque jeudi à 17 heures, depuis une bonne dizaine d'années. Avant cela, elles avaient longtemps reçu chez elles à tour de rôle, puis en avaient eu assez des préparatifs, du rangement et de la présence de leurs maris – bien qu'aucune d'elles ne l'ait tout à fait formulé ainsi.

Quand Ellen arriva, Greta et Mildred l'accueillirent avec des mines inquiètes, comme si elle s'était affalée lourdement sur sa chaise ou avait mis un temps fou à se plier en deux pour s'asseoir, ce qui n'avait pas été le cas. Tina était en retard, comme à son habitude.

— Bonsoir, mesdames, dit-elle.

— Bonsoir, Ellen, lui répondit Mildred en voulant lui prendre la main à travers la table.

Ellen faillit repousser son geste, mais n'en fit rien. Elle resta parfaitement immobile et se détendit quand Mildred lui lâcha enfin la main.

— Comment vas-tu ? lui demanda Greta.

— Ma foi, aussi bien que possible. Et vous ?

— Oh, tout va bien, répondit Mildred.

— Parle pour toi, rétorqua Greta. L'autre m'a appelée tout à l'heure…

Comme chaque semaine, Greta se lança alors dans une anecdote concernant sa belle-fille, « l'autre », qu'elle n'appelait jamais autrement qu'ainsi, bien qu'elle soit mariée à son fils depuis vingt-quatre ans.

— Pardon pour le retard ! s'exclama Tina en rejoignant leur table et en tendant aussitôt la main vers le jeu de cartes.

Tout le monde marmonna que ça ne faisait rien. Mais Ellen prit ombrage de ce retard. Elle prenait souvent ombrage de l'attitude de Tina, à vrai dire. Heureusement, elles commencèrent à jouer sans dire un mot et ce silence fut un baume pour l'âme d'Ellen, comme l'était la présence de Miss Sparkles sur ses genoux. Le doux chuintement des cartes. Le son mat des gestes sur la table. Quel soulagement de pouvoir penser à autre chose que Gerry ! Même la respiration bouche ouverte de Mildred ne l'incommodait pas. Les autres étaient concentrées sur la partie. L'absence de regards inquisiteurs, de questions et de bavardages faussement enjoués lui procurait un sentiment d'euphorie presque aussi puissant qu'une drogue. Non pas qu'elle eût le moindre motif de comparaison, cela dit.

Bien sûr, il fallait que Tina gâche tout.

— Alors, Ellen, comment vas-tu ?

— Oh, ça va, répondit-elle en posant un quatre de cœur sur un tas de piques.

Les cœurs avaient toujours été d'atout au sein de leur club.

— Tu es tellement plus forte que moi, soupira Tina.

Ellen, Greta et Mildred se gardèrent bien de commenter, pour ne surtout pas l'encourager. Hélas, Tina n'avait pas besoin qu'on l'encourage.

— Des nouvelles de Fred ?

Mildred se raidit sur sa chaise et Greta jeta un regard oblique à Ellen, qui demeura imperturbable.

— Non.

Techniquement, bien qu'il se soit présenté à sa porte, elle n'avait pas de nouvelles de lui. Et il était hors de question qu'elle parle de sa visite à Tina. Autant l'annoncer à toute la ville avec un mégaphone.

— Mmm, fit Tina. Tu sais, *beaucoup* de gens en ville ne croient pas un mot de ce qu'il a dit. Ils pensent que Fred avait trop bu, ou qu'il n'avait plus toute sa tête, et que Gerry ne t'aurait jamais trompé, quelles que soient… les pulsions qui l'animaient.

— Gerry n'avait pas du tout le profil du mari adultère, c'est certain, renchérit Greta. J'ai toujours dit à Michael : si tu prenais soin de moi comme Gerald Williams prend soin d'Ellen, je serais comme un coq en pâte !

Ellen garda le silence. Qu'aurait-elle bien pu répondre à ça ?

— À propos de Michael, je voulais te dire que Winn-Dixie vient de recevoir les pastèques les plus grosses et les plus belles que j'aie jamais vues, dit Mildred à Greta. Je n'oublierai jamais ce barbecue où il s'est gavé de tranches de pastèque… je me suis dit qu'une pastèque allait se mettre à pousser au fond de son ventre !

Ellen faillit embrasser son amie d'avoir si brillamment fait diversion. Elle lui pardonna même de lui avoir tenu la main à son arrivée.

— J'irai y faire un tour demain, répondit Greta.

— Tu es retournée faire les courses, Ellen ? s'enquit Tina. Tu n'as pas trop peur de croiser Fred en ville ?

Ellen but une gorgée d'eau.

— J'ai de quoi nourrir une armée avec tout ce que j'ai dans mon frigo, répliqua-t-elle sans trop espérer que cela suffirait à faire taire Tina.

Elle avait eu raison de ne pas se faire d'illusions.

— Que lui diras-tu, quand tu le croiseras ? Parce que ça finira par arriver, tu sais. Ne serait-ce qu'au mariage de Rebecca Bell. N'as-tu pas envie de lui dire le fond de ta pensée ?

Même Mildred ne put s'empêcher de la dévisager d'un air dévoré de curiosité.

— Je n'y ai pas vraiment réfléchi, dit Ellen.

— Vraiment ? Je crois que ça m'obséderait jour et nuit ! Et j'aurais beaucoup de péchés à confesser le dimanche suivant, dit Greta. Non pas que je pense qu'il y ait une once de vérité là-dedans, s'empressa-t-elle d'ajouter. Fred m'a toujours paru un peu bizarre. Mais s'il faisait un tel scandale à l'enterrement de mon mari, ça me mettrait dans une rage folle.

— On ne saura jamais la vérité, à moins qu'Ellen lui pose la question… pas vrai, Ellen ? Sauf… si tu avais toi-même des soupçons sur eux deux ? demanda Tina sur le même ton que si elle parlait de la météo ou du dernier épisode de *Danse avec les stars.*

Une sorte de torpeur s'empara d'Ellen, comme si elle avait pris un somnifère avant de venir et qu'il commençait à faire effet. Cette conversation l'épuisait. Les dix années qui s'étaient écoulées depuis la mort de Linda s'effacèrent d'un coup dans son esprit, et elle se prit à regretter que son amie ne soit pas là pour faire taire ces harpies parce qu'elle ne mâchait pas ses mots et qu'elle avait surtout le chic pour envoyer promener Tina. Puis Ellen se souvint que Linda était morte, elle aussi. Il n'y avait plus personne pour la défendre.

— Tina ? dit-elle en se levant avec lenteur, les deux mains en appui sur la table. L'homme avec qui j'étais mariée depuis soixante ans vient de mourir. Je n'ai aucune envie de supporter tes élucubrations ni celles de qui que ce soit.

Sur ces mots, elle prit son sac et adressa un signe de tête à Mildred.

Et pour la première fois de l'histoire du club de bridge, elle partit avant la fin de la partie.

Chapitre 9

Assise dans son bureau lumineux, Jennifer cherchait les mots pour décrire une maison si petite qu'il semblait presque impossible de vivre dedans. L'adjectif « cosy » semblait ridicule, par cette chaleur. Elle repensa à la maisonnette qu'elle partageait avec Vivian, sa copine de fac, du temps où elle commençait à entraîner l'équipe de pom-pom girls, et se demanda ce que devenait son ancienne amie. Cela faisait maintenant deux ans que Vivian avait divorcé de son mari, Tyler, et Jennifer essaya de s'imaginer à quoi pouvait bien ressembler sa nouvelle vie. Elle devait être libre et épanouie.

JJ et Tyler s'étaient toujours bien entendus, et étaient même devenus très amis quand Jennifer et JJ avaient entamé leur histoire d'amour longue distance. D'après ce qu'elle avait pu voir sur les réseaux sociaux, Tyler s'était remarié l'année passée avec une femme de quinze ans sa cadette et dotée d'implants mammaires tellement démesurés que c'en devenait comique. Jennifer se demanda ce que deviendrait JJ si elle le quittait. Il grossirait, probablement. C'était elle qui veillait à ce qu'ils aient une alimentation saine, et elle le soupçonnait d'aller à la salle de sport uniquement parce qu'elle-même y passait des heures et qu'il avait l'esprit de compétition. Enfin, ça, c'était du temps où elle croyait encore qu'il allait *vraiment* à la salle de sport.

Oh, Stephie continuerait sans doute de le trouver attirant s'il devenait obèse, et ce malgré les vingt ans et quelques qui les séparaient, parce que les hommes divorcés avaient cette chance. Mais sans elle, JJ serait malheureux comme les pierres, se dit Jennifer avec satisfaction. Il n'avait pas la moindre idée de tout ce qu'elle faisait pour lui ; il se croyait indépendant, alors qu'en fait, ce n'était qu'un gros bébé à la coupe de cheveux peu flatteuse. Elle dirigeait sa vie alors qu'elle avait un boulot à plein temps et gagnait plus que lui. Et à quoi lui servait-il, déjà ? Comment justifiait-il sa mauvaise humeur, son incapacité à aller faire les courses ou à récupérer la composition florale que Jennifer avait commandée pour Ellen à l'occasion de la fête des Mères ?

Sans parler du fait qu'elle ne lui mentait jamais. Elle exécrait le mensonge et privilégiait le silence quand les circonstances l'exigeaient, ce qui effrayait d'ailleurs beaucoup de gens. Mentir, surtout pour rendre service à quelqu'un, contribuait à entretenir la malhonnêteté. Et Jennifer ne mangeait pas de ce pain-là. Si ça avait été le cas, elle n'aurait pas remporté neuf titres nationaux avec son équipe de pom-pom girls. Et elle aurait acquis une bien mauvaise réputation en tant qu'agent immobilier si elle avait vendu des propriétés aux murs pourris de l'intérieur ou dont le terrain ne pourrait jamais devenir le jardin paysager dont rêvaient ses clients.

Comment JJ osait-il lui mentir ? C'était la tactique des lâches et des paresseux. Pas étonnant qu'il y ait recours. Et qu'il s'y sente autorisé. Ce n'était qu'un gamin pourri gâté. Assise sur son fauteuil de bureau – qu'elle avait fait customiser et tendre de velours –, Jennifer sentait la colère bouillir en elle. JJ avait bâti toute sa carrière sur ses médiocres exploits personnels au sein d'une équipe de foot universitaire ayant remporté un championnat national. Et encore : « bâtir » était un terme bien généreux. Il avait décroché son premier job à la station de radio à la fin de ses études, puis avait gravi les échelons en se contentant de parler de son hobby préféré toute la journée. Les gens lui laissaient faire absolument ce qu'il voulait. Elle-même y compris, songea-t-elle, vibrante de rage devant son écran d'ordinateur devenu étrangement flou. Elle ne pleurait pas, non. La colère lui brouillait la vue. Laisser JJ mentir en toute impunité revenait à lui laisser faire ce qu'il voulait. Elle refusait de se montrer complice, désormais. Elle allait le prendre la main dans le sac.

Elle ouvrit une autre fenêtre et chercha le site Internet de 97.7 The Jam. Ils n'avaient plus de poste de radio à la maison, pour le plus grand malheur de JJ. La vieille stéréo qu'on leur avait offerte à leur mariage ne cadrait plus du tout avec la nouvelle déco quand Jennifer avait refait tout l'intérieur, l'an passé, si bien qu'elle l'avait balancée : après tout, on pouvait très bien écouter la radio sur son ordinateur ou sur son téléphone, et cet objet n'avait aucune valeur sentimentale à ses yeux. Il était 16 heures, l'émission de JJ touchait à sa fin.

Elle cliqua sur le direct. La voix de son mari éclata aussitôt dans le haut-parleur, et Jennifer sursauta un peu sur son fauteuil. Il venait de faire une blague, apparemment.

— Bien, mes chers amis ! concluait-il d'un ton hilare.

Jennifer ne supportait pas sa façon de forcer son accent du Sud, pas plus que cette convivialité superficielle qu'il affectait toujours quand il parlait à la radio.

— Ce sera tout pour aujourd'hui ! N'oubliez pas de nous rejoindre demain pour notre résumé du quatrième match du championnat NBA. Je serai là, fidèle au poste. Pour l'instant, je vais rentrer chez moi, embrasser ma petite femme et m'ouvrir une mousse bien fraîche. À vous aussi, une super soirée !

Jennifer grogna malgré elle. Dire qu'elle trouvait cette petite phrase charmante, autrefois. Elle savait que JJ n'était pas près de quitter la station, histoire d'éviter l'heure de pointe, et partirait plutôt vers 17 heures.

À l'heure dite, Jennifer était assise dans sa voiture, sur le parking de la radio. Elle s'était garée le plus loin possible tout en gardant une vue directe sur l'entrée de l'édifice. À 17 h 31, elle secoua la tête, atterrée d'être devenue le genre de femme qui espionne son mari. Mais elle ne voulait pas l'affronter sans preuve. À 17 h 36, JJ franchit la porte, sans Stephanie à ses côtés. Peut-être se retrouvaient-ils plus tard, ailleurs, voire directement chez elle, pour ne pas éveiller les soupçons de leurs collègues ? Il s'installa au volant de son ridicule 4 × 4 et démarra.

« Les gens vont s'imaginer que tu compenses un problème de taille intime quand ils te verront conduire cet engin », avait commenté Jennifer en le voyant garer fièrement son F-150 au moteur gonflé dans leur allée de garage, cinq ans auparavant. Aujourd'hui, ce genre de remarque déclencherait une engueulade monstre entre eux deux. Mais à l'époque, les choses étaient différentes : « C'est faux, et tu es bien placée pour le savoir », lui avait-il répondu avec bonne humeur en lui pinçant les fesses. Aujourd'hui, pour la première fois, elle était reconnaissante de la taille disproportionnée du 4 × 4, qui lui permettait de planquer sa Mercedes deux ou trois véhicules derrière sans le perdre de vue. Il tourna dans Main Street et passa devant un magnolia qui poussait là depuis des années – l'un des mystérieux magnolias d'Eulalia.

Jennifer retint son souffle à l'approche de Jackson Street, où JJ était censé tourner s'il voulait se rendre à la salle de sport. Devant lui, le feu passa au jaune. Jennifer lâcha un juron : il fallait qu'elle se fasse piéger par l'un des seuls feux de circulation de cette ville. La Toyota Camry qui roulait devant elle ralentit pour s'arrêter juste avant que le feu passe au rouge, et Jennifer en frappa son volant de dépit. Mais elle garda les yeux rivés sur le F-150, et une sensation d'écœurement l'envahit. La route suivait une courbe et JJ disparut juste après.

Jennifer regarda droit devant à travers son pare-brise. Elle ne voyait rien. Ne ressentait rien. Elle sursauta en entendant un coup de klaxon derrière elle : elle n'avait même pas remarqué que le feu était repassé au vert. Elle revint à elle, et une décharge électrique de colère se propagea en elle. Les mains tremblantes autour du volant, elle franchit l'intersection en se demandant ce qu'elle allait bien pouvoir faire maintenant.

***

Alice sentait l'heure magique arriver. Peter et elle avaient étalé une couverture dans le champ traditionnel des cuites lycéennes, auxquelles ils avaient eux-mêmes participé jadis, prolongeant ainsi le thème « souvenirs, souvenirs » sous lequel cette semaine semblait être placée. Dans ce lieu si familier, Alice se sentait merveilleusement à l'aise. En appui sur les coudes, ils digéraient tout le bon fromage qu'ils avaient mangé chez les Bell quand Alice se redressa soudain en grimaçant, une main posée sur le ventre.

— Tu te sens bien ? lui demanda Peter.

Alice exhala.

— Oui. Je suis juste… enceinte, tu sais.

— Des coups de pied ?

— Hum… non. Ça n'a pas encore de pieds, à ce stade. Tu es sûr que tu es médecin ? Ce n'est pas juste un truc que tu as inventé pour draguer les filles ?

— Je ne suis pas *ce* genre de médecin, dit Peter en riant. Bien que j'aie fait un stage en gynécologie dans le cadre de mon internat… Donc oui, tu as raison : je devrais savoir ces choses-là.

— Je peux te poser une question, d'ailleurs ? Je me demandais… Est-ce à cause de tes grands-parents que tu as décidé de devenir oncologue ?

— OK, Madame la Journaliste, dit-il en souriant malgré la gravité de sa question (et bien que « journaliste » soit un terme très généreux pour le type d'articles qu'Alice rédigeait).

Les quatre grands-parents de Peter étaient morts jeunes du cancer. Le père et la mère de Peter étaient chacun orphelins d'un parent lorsqu'ils s'étaient rencontrés ; l'été de ses 17 ans, Peter n'avait déjà plus que son grand-père maternel.

— Oui, c'est en grande partie lié à eux, dit-il.

Alice le regarda en se demandant s'il souffrait encore de l'angoisse de voir ses parents mourir d'un cancer à leur tour.

— Je voulais comprendre, autant que possible, poursuivit-il. Et cette quête m'anime toujours. Je n'arrive toujours pas à accepter leur mort. Mais au moins, c'est productif d'essayer de cerner la maladie. J'aurai moins l'impression d'être le témoin impuissant de ma propre existence si mes parents tombent malades à leur tour. Ou quelqu'un d'autre que j'aime.

Alice opina tout en lui caressant délicatement les doigts. Elle n'avait pas calculé ce geste ; c'était spontané.

— Tes journées de travail sont-elles toutes aussi dures ?

— Ce n'est pas toujours facile. Il y a des bons et des mauvais moments. Comme dans n'importe quel boulot, j'imagine.

— Je ne crois pas, dit Alice. Une mauvaise journée, pour moi, c'est quand mon rédac' chef retoque mon papier, que je n'aime aucune des questions que mes lecteurs m'ont envoyées, que les trains sont en retard et qu'il y a la queue à la caisse de la supérette. Une mauvaise journée, pour toi, c'est…

— Avoir un patient qui meurt. Certes. (Il marqua une pause.) Mais tu aides les gens, toi aussi.

Alice pouffa.

— À ma façon, sans doute. Mais ça n'a rien à voir avec ce que tu accomplis.

— C'est vrai. Mais tes lecteurs ont besoin de toi. Émotionnellement parlant, et à un degré peut-être plus profond encore. Les médecins ne sont pas les seuls à venir en aide aux autres. Et je sais que tu n'aimes pas en parler, mais... tu ne crois pas que ton livre a fait du bien à beaucoup de gens, aussi ?

— Peter...

— Non, je suis sérieux. C'était intelligent, bien écrit... je suis sûr que ça a permis à beaucoup de gens de se sentir moins seuls. Et que ça les a fait rire, aussi. Tu as mis ton talent et tes compétences au service du bien. C'est ce que je m'efforce de faire, moi aussi. Nos activités diffèrent dans le détail, au quotidien, mais au fond, ça va dans le même sens.

— Je continue à ne pas être d'accord, objecta Alice. Mais comment réagis-tu, quand tu... perds l'un de tes patients ? Comment est-ce que ça t'affecte ?

Peter réfléchit.

— Certains moments sont plus durs que d'autres. Je suis toujours très occupé, et c'est tant mieux. J'ignore si se noyer dans le travail est une attitude très saine, mais... c'est comme ça.

— Je comprends.

Il y eut un silence.

— Si j'ai appris quelque chose, ces derniers jours, c'est que personne n'est vraiment équipé pour affronter la mort.

— C'est certain, dit Peter. Et toi, comment vas-tu ?

— Je ne sais pas. Je suis triste d'avoir perdu Gerry, bien sûr. Et quand je pense au fait qu'il a menti à ma grand-mère, je sens aussi une pointe de colère. Mais je crois surtout... que ça me brise le cœur pour lui. Cette idée qu'il a dû se cacher toute sa vie, tu comprends ? Il a vécu plus de soixante ans avec Gram. Il a fondé une famille avec elle, et je sais qu'il nous aimait énormément. Je le sais avec certitude. Je parle sans preuve, évidemment, mais quelque chose me dit qu'il n'aurait pas voulu qu'il en soit autrement.

J'espère juste que ma grand-mère sait à quel point il nous aimait tous. Elle et nous. Et je ne peux pas m'empêcher de me demander si elle n'était pas un peu au courant. J'avoue que ça m'a traversé l'esprit, même si j'ignore ce que ça changerait... La seule réalité qui compte, c'est qu'il n'est plus là.

Alice prononça ces derniers mots d'une voix étranglée. Peter mit sa main sur la sienne.

— Mais revenons-en à moi. C'est *le* sujet qui m'accapare le plus, ces temps-ci. Avec celui-là, poursuivit-elle en désignant son ventre. Et aussi... celui-là, ajouta-t-elle en désignant Peter. Comment est-ce qu'on va... gérer tout ça ? conclut-elle après une courte hésitation, comme si elle avait cherché le mot juste.

— Je t'aime, Alice, lâcha Peter.

Elle retint son souffle, mais ça n'avait pas d'importance, car le temps venait aussi de s'arrêter.

— Tu le savais déjà, je pense. Je t'ai toujours aimée. Même quand tu ne voulais plus de moi. Tu es logée là, dit-il en posant sa main sur son cœur, et je n'imagine aucun scénario où tu n'y serais pas restée. Je ne sais pas quoi faire de ça dans cette situation nouvelle, et je ne savais déjà pas quoi en faire avant toute cette histoire. Mais je l'ai toujours su, au fond de mon cœur. Et nos retrouvailles à New York n'ont fait que le confirmer. J'aime ma vie, ce n'est pas comme si je dépérissais sans toi. Mais depuis qu'on est gamins, chaque fois qu'on se revoit, je me dis : « Ah oui, c'est ça qui manquait. » Et tout devient meilleur d'un coup. Plus éclatant. Plus lumineux.

Alice sentit ses yeux s'embuer. Il regarda sa main dans la sienne, puis il leva les yeux vers elle, et elle fut si bouleversée par la sincérité de ses paroles qu'elle en perdit ses mots. Elle ne regrettait aucun de ses choix dans la vie, mais quelque chose lui disait qu'être avec lui était la meilleure décision qu'elle pouvait prendre.

Elle était consciente du déséquilibre, mais elle ne réussit à articuler qu'un seul mot :

— Pareil.

***

— Je ne comprends pas pourquoi tu ne peux pas choisir un angle de prise de vue plus flatteur ! aboya Carol Anne à sa sœur depuis son perchoir.

Wilma soupira et se retourna vers Robert d'un air implorant pour qu'il lui vienne en aide. Mais il se contenta de hausser les épaules, ce qui n'était pas évident compte tenu du fait qu'il portait la grosse sacoche de Wilma en bandoulière. Celle-ci releva les yeux vers sa sœur, calée dans les branches du magnolia planté à côté du panneau demi-tour de Miss Sparkles. Elle changea de position, visiblement peu à son aise, et offrit à sa sœur aînée une vue imprenable sur une partie de son anatomie qu'elle n'avait pas jugé utile de cacher avec des sous-vêtements.

— Tu m'excuseras si je n'ai pas pensé à louer un cueille-pomme télescopique juste avant l'enterrement de mon père ! lui lança-t-elle. Annie, le temps presse. Tu ferais mieux de redescendre.

Les journées d'été à Eulalia étaient si éblouissantes que Wilma préférait shooter Carol Anne à l'aube ou au crépuscule. Mais se lever aux aurores était impensable pour Carol Anne, qui avait donc passé la soirée à peaufiner son maquillage et à choisir la robe parfaite, qu'elle avait agrémentée d'un caftan. Ils n'avaient pas eu d'autre choix que de s'y mettre alors que le soleil déclinait déjà et que l'heure tournait.

— Je veux un portrait de moi en pleine nature ! couina Carol Anne en voyant le ciel s'assombrir entre les fleurs blanches de l'arbre. Pourquoi est-ce si difficile à comprendre ? Es-tu juste de mauvais poil parce que Derek ne t'a pas rappelée ?

Wilma se força à prendre une grande inspiration. Elle était d'une humeur sombre, en effet, mais ça n'avait rien à voir avec Derek. L'absence de Gerry lui revenait soudain en pleine figure. Peut-être prenait-elle conscience qu'il n'y avait plus rien d'autre à faire qu'attendre le mariage de Rebecca. Plus d'obsèques à organiser, de débats sans fin à trancher, de pierre tombale à commander, de dîner au restaurant. Peut-être était-ce la faute du yoga. Et contrairement aux insinuations de Carol Anne, Derek lui avait écrit, d'abord pour lui proposer d'aller promener son chien avec lui, puis juste pour prendre de ses nouvelles. Elle n'avait pas eu grand-chose à lui raconter et il avait fini par lui demander ce qu'elle avait mangé au déjeuner, ce qui l'avait un peu agacée. Puis elle s'en était voulu : ne devrait-elle pas plutôt se réjouir qu'un type sympa l'ait recontactée après un premier dîner ?

— Il m'a rappelée, je te signale, dit-elle. Je crois juste que... je ne suis pas dans mon assiette, en ce moment.

Carol Anne pouffa.

— C'est le moins qu'on puisse dire. Fais attention, car Derek va finir par s'en rendre compte.

Wilma attendit que sa sœur comprenne peut-être que son coup au moral était lié à la mort de leur père, et non à une histoire de rendez-vous. Mais Carol Anne ne parut pas se rendre compte de son indélicatesse.

— Écoute, poursuivit Wilma en s'efforçant de prendre un ton maternel et patient. Il nous reste encore un peu de lumière naturelle. Je ne peux pas grimper dans cet arbre pour te photographier à hauteur d'yeux, donc je te propose de redescendre et d'aller finir la séance dans le jardin de papa et maman.

Carol Anne laissa échapper un son entre le grognement et le cri, suivi d'une profonde respiration yogique et d'un « om ».

— Je te l'ai déjà dit, Wilma. J'ai besoin d'un portrait véritablement *unique*. Poser devant un vulgaire buisson n'a aucun intérêt.

Gerry n'aurait sans doute pas été vexé qu'on parle de son jardin en ces termes, mais Wilma ne put s'empêcher d'éprouver de la colère en entendant sa sœur dénigrer quelque chose auquel leur père tenait tant. Machinalement, pour la deuxième fois de la journée, elle porta ses mains à ses yeux et laissa son appareil photo retomber sur le côté, suspendu à son épaule par la bandoulière. Pour la deuxième fois de la journée, elle se sentait terrassée par l'absence de son père. Il n'était plus là pour faire redescendre Carol Anne (à la fois de son ego et de cet arbre) ou pour entendre Wilma se plaindre de cette séance photo catastrophique. Il n'était plus là, point final.

— Tu viens de te griller les yeux, ou quoi ? demanda sèchement Carol Anne.

Elle venait de descendre de la branche la plus basse, non sans une certaine grâce, pour atterrir au côté de sa sœur.

— Ou bien tu m'as regardée trop longtemps ? ajouta-t-elle avec humour (du moins était-ce à espérer), minaudant et faisant tournoyer le jupon de sa longue robe d'été.

Wilma sentit sa tristesse céder la place à un agacement profond, mais Carol Anne ne remarqua rien. Elle rejoignit Robert en sautillant et jeta ses bras à son cou. Il l'enlaça et l'embrassa sur la joue.

— Tu étais sublime, là-haut, ma chérie.

Wilma appuya sur le déclencheur de son appareil, sans réfléchir, pour prendre deux ou trois clichés d'eux, avant de serrer les dents pour ne pas vomir.

***

Delia avait toujours jugé les hydrangées un peu vulgaires. Et pour un mariage, elle les trouvait franchement laides. Mais elle se garda bien de faire le moindre commentaire tandis qu'elle les disposait par bouquets dans des vases ornés de rubans bleu pastel et blancs, trop contente d'avoir une occupation pour la tenir éloignée de son téléphone. Elle n'avait pas hésité à venir donner un coup de main dès qu'elle avait reçu le SMS de Rebecca l'informant que Peter et Alice étaient sortis de leur côté, et qu'il leur restait encore quantité de vin et de fromage après l'apéritif organisé en l'honneur d'Alice. En outre, Rebecca tenait à ce que Delia puisse faire un peu mieux connaissance avec Justin avant le jour J. Deborah et Charlie, encore enchantés par la visite d'Alice et toutes les conversations autour de la naissance à venir, étaient montés au grenier voir s'ils avaient encore des affaires de bébé. Rebecca, Delia et Justin entendirent toutes sortes de bruits sourds au-dessus de leur tête à mesure qu'ils déplaçaient des meubles et des caisses en plastique.

Delia observait Justin à la dérobée, tout en entortillant un morceau de fil de fer autour d'un bouquet d'hydrangées. Il avait l'allure typique de l'étudiant en médecine : silhouette maigre, lunettes sur le nez, sans doute très doué pour la course de fond mais peu enclin aux sports collectifs durant sa jeunesse.

— Tu comptes devenir chirurgien, ou c'est juste ta façon de faire avec les fleurs ? plaisanta-t-elle en le voyant se pencher au-dessus d'une tige, l'air concentré, pour la couper exactement au même niveau que les autres.

Il leva les yeux vers elle, le bout de la langue légèrement sorti d'entre ses lèvres, et s'esclaffa.

— Non, dit-il. Internat de médecine. Mais j'ai l'intention d'exécuter cette tâche avec autant de sérieux que si j'avais une vie humaine entre les mains.

Rebecca, qui refaisait le nœud d'un ruban autour d'un vase, roula des yeux en souriant.

— Quel nerd tu fais, mon chéri.

Il lui donna un coup de coude, toujours serré contre elle sur la banquette.

— Je ne voudrais surtout pas contrarier la maniaque du mariage parfait, lança-t-il à Delia.

— Oh, tu parles de toi à la troisième personne, maintenant ? ironisa Rebecca.

Justin éclata de rire.

— Quoi ? demanda Delia, qui se sentait comme la cinquième roue du carrosse depuis qu'elle avait mis les pieds dans cette maison.

— Allons, Deel, tu sais très bien que je me fiche pas mal de tout ce cirque. Si, c'est vrai ! ajouta-t-elle en voyant la mine faussement choquée de son fiancé. Si ça ne tenait qu'à moi, on irait se marier à la mairie, et ce serait plié en un quart d'heure.

— N'importe quoi, protesta Justin. Avoue que tu adores les préparatifs.

— OK... C'est vrai, on sera contents en revoyant les photos.

— Donc, conclut Delia, c'est Justin, le maniaque du mariage parfait.

— Je ne suis pas maniaque, pas plus que je tiens à l'idée du mariage parfait, répliqua Justin. (Il ne vit pas, derrière son dos, Rebecca adresser de grands signes à Delia pour démentir ses propos.) Je sais juste que...

— Et voilà, c'est reparti, murmura Rebecca.

— Tais-toi, dit Delia, je veux connaître la suite !

— Merci, enfin quelqu'un qui s'intéresse à ce que j'ai à dire ! Je sais que c'est important pour nos deux familles. Et puis, on a beaucoup bossé toi et moi ces dernières années, on a bien mérité de faire la fête.

— Ça se tient, opina Delia.

— Mais surtout, poursuivit Justin en se tournant vers Rebecca, je voulais qu'on fasse les choses en grand parce que je tiens à dire haut et fort devant tous nos proches que je t'aime et que je veux passer le reste de mes jours avec toi. Et pour ça, il faut qu'il y ait des fleurs, une belle robe froufroutante, de la danse et de la joie. Parce que c'est important, voilà.

Un sourire radieux illumina les traits de Rebecca, mais Delia sentit malgré elle un gros nœud se former dans sa gorge. Elle avait toujours adoré les mariages. Et Justin venait d'exprimer exactement le fond de sa pensée. Elle qui avait toujours tant de mal à se justifier auprès de Connor, elle avait le sentiment que Justin venait de trouver les mots justes.

Connor avait horreur des mariages. « Ce genre de chose devrait rester privé », disait-il. Pour lui, il s'agissait d'une promesse intime, personnelle ; organiser un grand mariage revenait un peu à baiser devant toute ta famille et tes potes réunis. Cette blague avait amusé Delia, au début, surtout quand l'idée d'épouser Connor était encore très loin de ses préoccupations. Mais au fil du temps, alors que les mariages de leurs amis emplirent leur agenda commun, puis qu'ils s'installèrent ensemble et que l'idée de s'engager n'apparaissait plus comme une hypothèse farfelue mais un projet concret, voire inévitable, Delia s'était mise à rire nerveusement, incapable de trouver ses mots, tandis que Connor se plaignait de devoir se traîner à un énième échange d'alliances.

Cela ne changeait rien au fait que Delia ressentait une tristesse profonde à l'idée de se rendre à ce mariage sans lui. Non seulement c'était un changement profond pour elle mais, malgré tout ce qu'il disait, c'était un excellent compagnon pour ce genre de soirée. Il était bon danseur, doué pour la conversation, et canon en smoking. En certaines occasions, il avait même tellement assuré qu'il avait réussi à convaincre Delia qu'il ne détestait pas tant que ça les mariages.

— Je t'ai déjà dit que ma robe n'était pas froufroutante, dit Rebecca.

Justin se boucha aussitôt les oreilles.

— Non, pas de spoils !

— Je ne spoile rien du tout, dit-elle en prenant les mains de son fiancé dans les siennes. Mais je ne voudrais pas que tu sois déçu.

Delia les observait sans vergogne, comme un couple dans une émission de téléréalité. Ils échangèrent un sourire.

— Impossible, dit Justin.

***

— Ça reste un de mes albums préférés, et je n'ai pas honte de le dire, disait Peter derrière le volant.

Il avançait au pas, le long de la route crevée d'ornières et de racines difficiles à voir dans le noir. La conduite était pour le moins cahoteuse.

— Joue notre chanson. S'il te plaît, Alice ! Je suis prêt à descendre de voiture pour te supplier à genoux !

Ils éclatèrent tous les deux, sur leur petit nuage après l'amour.

Alice fit défiler les titres de *Confessions*, l'usine à tubes d'Usher sortie en 2004 et qu'ils avaient écouté en boucle tout l'été entre cousins. Alice et Peter s'étaient beaucoup moqués de Delia, alors petite fille, qui chantait sans sourciller des paroles d'une vulgarité inouïe. Alice essaya de retrouver leur chanson, prête à lui accorder ce petit plaisir, trop heureuse pour le lui refuser.

La voiture roula sur une bosse particulièrement grosse et Alice faillit lâcher le téléphone qu'elle tenait. C'était celui de Peter, et une notification de SMS retentit au moment où elle le reprenait en main. Alice s'apprêtait à lancer le morceau d'Usher dont ils parlaient il y avait un instant lorsqu'elle s'aperçut qu'elle avait ouvert le message sans faire exprès. Il provenait d'une certaine Samantha. L'écran était envahi de bulles bleues, signe qu'elle avait envoyé une ribambelle de messages sans réponses à Peter. Alice jeta aussitôt l'appareil comme s'il lui brûlait les doigts. Mais elle eut quand même le temps d'apercevoir des bribes de phrases, comme « Tu me ghostes », « Quatre mois » ou encore « Moi qui te croyais différent ». Lorsque le téléphone tomba sur le tapis de sol de voiture, elle crut même lire un « Je t'aime ». Elle ravala son souffle et leva les yeux vers le miroir de courtoisie fixé au pare-soleil qui se détachait à moitié du plafond.

— Désolé, tout va bien ? lui demanda Peter en lui jetant un coup d'œil avant de se concentrer de nouveau sur la route seulement éclairée par ses phares.

Alice sentit la colère monter en elle, mêlée à une vague de dégoût et de honte.

— Euh… *Samantha ?* demanda-t-elle en désignant le téléphone par terre.

Peter y jeta un bref coup d'œil et parut franchement perplexe. Alice comprit qu'il était sincère, car son premier réflexe ne fut pas de la regarder elle. Il fronça les sourcils et fixa de nouveau la route, sans guetter la réaction d'Alice, sans bafouiller d'excuses invraisemblables ou minimiser tout cela en disant qu'il s'agissait d'une collègue ou de sa coiffeuse. Il semblait si peu perturbé qu'il continua à rouler comme si de rien n'était.

Puis il comprit. Cette fois, il regarda Alice, qui avait l'air aussi pâle que si elle venait de voir un fantôme, et ralentit pour s'arrêter sur le bas-côté. Une fois le moteur coupé, il se tourna face à elle.

— Samantha est une femme avec qui je suis sortie il y a des mois, expliqua-t-il.

Il voulut lui prendre les mains, mais elle resta de glace et regarda droit devant elle.

— C'était juste comme ça. Je t'ai même parlé d'elle quand on s'est vus à New York ! À l'époque, je n'étais sortie avec elle qu'une fois, peut-être deux. On s'est revus un peu, elle et moi, mais il n'y avait rien de sérieux en ce qui me concerne. Je ne pouvais pas – pas après New York. Et j'avais un peu honte, parce que je sentais qu'elle m'aimait bien, mais elle ne m'a jamais demandé de m'investir davantage. Et tant mieux, parce que mon cœur était déjà pris.

Alice regarda ses mains, qu'elle avait repliées sur ses cuisses. Son ventre commençait tout juste à se voir, mais il lui faisait l'effet d'un corps étranger fixé à son abdomen. Elle regarda par la vitre en direction du bois sombre qui les entourait, en songeant qu'elle aurait préféré être n'importe où plutôt qu'ici. Pour la première fois depuis longtemps, très longtemps, son appartement de Brooklyn lui manquait, avec ses murs moisis, mais loin de tout le monde.

— Oh mon Dieu... lâcha-t-elle.

— Alice, il faut que tu m'écoutes. Je n'ai pas échangé avec elle depuis mon arrivée ici. Et c'était un flirt sans conséquences. Je pensais chacun des mots que je t'ai dit. J'aurais dû lui annoncer officiellement que les choses n'iraient pas plus loin entre nous. Et c'est ce que je vais faire. Mais je ne savais pas quoi lui dire. Je...

— Et donc ? l'interrompit Alice, submergée par un torrent d'émotions qu'elle avait bien du mal à identifier. En attendant de trouver une solution, tu ignores cette pauvre fille qui ne t'a rien fait de mal, qui est sûrement gentille comme tout et qui semble amoureuse de toi ?

— Non, ce n'est pas ce que je...

— C'est dégueulasse pour elle, Peter. J'avais une plus haute estime de toi. Et tu l'as fréquentée pendant des mois ? Comment croire à tout ce que tu m'as dit, alors que tu étais déjà avec quelqu'un ?

— Alice, non… Je t'en prie… Tu m'as dit que tu ressentais la même chose, or je sais que tu as eu d'autres petits amis au fil des ans toi aussi…

— Pas juste après t'avoir revu. Je n'aurais jamais pu sortir avec quelqu'un d'autre juste après la nuit qu'on a passée ensemble.

— Comment étais-je censé le savoir, Alice ? Tu ne m'as jamais rappelé, tu n'as pas répondu à mes messages. Je n'ai pas arrêté de t'écrire, je me suis ridiculisé. J'ai cru que tu regrettais d'avoir couché avec moi. J'étais censé deviner ce qui se passait dans ta tête ?

Peter commençait à s'animer et à hausser le ton.

— Alors oui, j'ai continué à voir cette fille qui est super et qui m'aime beaucoup. Et désolé si je n'ai pas eu le temps de reconfigurer toute mon existence depuis que j'ai appris que j'allais être père, il y a trois jours !

— Ça fait beaucoup à digérer, je sais, dit Alice, les larmes aux yeux. Je ne peux pas te demander de renoncer à ta vie à cause de moi. Et je ne te le demande pas. Aucun problème. J'aurais dû… j'aurais dû mieux anticiper les choses, j'imagine.

Elle croisa les bras et, cette fois, se tourna face à Peter.

— Qu'est-ce que ça veut dire ?

— Que je ne peux pas te demander de changer de vie sous prétexte qu'on a couché ensemble une fois sans se protéger. Si les rôles étaient inversés, je ne voudrais pas sacrifier ma vie à cause de ça.

À peine Alice eut-elle le temps de prononcer ces mots qu'elle s'en voulait déjà. Les yeux de Peter se voilèrent, comme si un filtre assombrissant venait de les recouvrir. Ils semblaient avoir changé de couleur. Il hocha la tête, presque imperceptiblement, et regarda à nouveau la route. Dans un même élan, il agrippa le volant, laissa retomber ses mains et se les passa nerveusement sur le visage.

— OK, Alice, finit-il par dire d'une voix calme. Je ne considère pas le fait de fonder une famille avec toi, quelle que soit la configuration que ça prendra, comme un « sacrifice » ou un « renoncement ». Quand j'ai appris que tu étais enceinte, j'ai... j'ai eu le sentiment que ma vie commençait, au contraire.

Il redémarra la voiture, et ils repartirent en roulant avec une lenteur insupportable le long de la route en terre battue. Ils n'échangèrent plus un mot de tout le reste du trajet. Alice sentait la culpabilité la ronger de l'intérieur comme un acide. Elle ne savait plus quoi faire ni quoi penser. Elle ne savait pas comment se projeter dans son rôle de mère. Elle ne savait même pas où elle allait habiter. Elle ne savait pas comment interpréter l'intensité de sa réaction à ce qu'elle avait lu sur le téléphone de Peter, si elle devait lui présenter ses excuses ou si elle avait raison. Ils arrivèrent devant chez Ellen, et elle défit sa ceinture de sécurité.

— Al, est-ce que ça va ? demanda Peter en se tournant vers elle.

Il voulut lui toucher la joue, mais elle recula vivement la tête et ouvrit sa portière.

— J'en sais rien.

Sur ces mots, elle descendit de voiture et se dirigea vers la maison. À mesure qu'elle remontait l'allée, elle guettait avec appréhension le bruit du véhicule qui redémarrait.

Mais il ne vint jamais.

Chapitre 10

Wilma culpabilisait d'avoir une telle pensée, mais elle était soulagée que Carol Anne ne soit pas là pour lui piquer la place à l'avant tandis qu'elle montait à bord de la Toyota Camry de Derek. Il était 8 heures du matin – un horaire pas sexy du tout. Un énorme chien marron était couché sur la banquette arrière, et Wilma fut accueillie par son odeur avant même qu'il lève mollement les yeux vers elle, la langue pendante. Elle lui trouvait l'air un peu moribond, pour être honnête.

— Bonjour ! lança Derek avec un enthousiasme qui détonnait en cette heure matinale.

Tout en remettant le contact, il lui désigna deux cafés à emporter, calés dans le porte-gobelet.

— Je nous ai pris ça en chemin. Je ne savais pas comment tu aimais le tien, alors j'ai ajouté toutes sortes de condiments sucrés pour aller avec. Tu les trouveras dans le sachet à tes pieds. J'ai le bec sucré, même de bon matin, donc je ne te jugerai pas si tu as besoin de sucrer le tien comme si tu voulais m'envoyer un diabétique. (Wilma sourit poliment, sans comprendre.) Étant donné que je suis directeur de pompes funèbres, précisa-t-il.

— Ah ah ! Merci, tu es un sucre.

Un sourire éclaira lentement ses traits. Son mauvais jeu de mots venait de l'aider un peu à se détendre.

— Bien trouvé !

Il l'emmena jusqu'au ruisseau de la petite crique et se gara à quelques mètres de la corde, à un endroit d'où partait un sentier rejoignant la berge. La matinée était brumeuse, et la chaleur déjà intense, mais pas encore insupportable.

Ils descendirent de voiture.

— J'aime bien venir ici, dit-il en ouvrant la portière arrière pour passer une laisse au gros chien malodorant. Zeus aussi.

— Zeus ?

Wilma s'en voulut d'avoir jugé l'animal quand elle le vit s'extraire de la banquette et s'aperçut qu'il avait une patte en moins. Cela lui donnait une démarche si improbable pour un chien de cette taille qu'elle ne put s'empêcher de l'aimer aussitôt. Elle se pencha, bien qu'elle n'eût pas à descendre très bas, et lui caressa la tête.

Puis elle but une gorgée de son café et faillit s'étrangler.

— Je sais, ça vient de la station-service… il n'est pas fameux, s'excusa Derek.

Ils commencèrent à longer le bord de l'eau.

— Bon, reprit-il, je ne voudrais pas remuer le couteau dans la plaie, mais… comment est-ce que tu tiens le coup ?

Cette question surprit Wilma, qui s'aperçut que personne ne la lui avait vraiment posée. Par réflexe, et par souci de politesse, elle faillit répondre : « Je vais bien, merci », mais ces mots ne purent franchir ses lèvres. Elle se souvint à quel point la journée d'hier avait été rude.

— Je ne sais pas trop, avoua-t-elle.

Derek hocha la tête. Zeus avançait en clopinant devant eux.

— C'est normal. Le plus souvent, c'est après les obsèques que la réalité du deuil nous percute de plein fouet, une fois que toutes les démarches sont terminées.

— Tu as raison. Et je ne sais pas si tu as entendu parler de ce qui s'est passé pendant la cérémonie, mais ça m'a aussi beaucoup occupé l'esprit sur le moment. Les questions. Les doutes.

— Je crois qu'il faudrait venir d'une autre planète pour ne pas en avoir entendu parler, répondit Derek.

Wilma marqua une pause avant de poursuivre.

— Au début, je n'ai pas voulu y penser. Je me disais, que ce soit vrai ou pas, ça ne change rien. Mais c'était plus fort que moi. J'y ai bien réfléchi, et je crois que c'est la vérité. Maintenant, j'en suis à me demander comment faire mon deuil malgré ça.

— Tu lui en veux ? demanda Derek.

Wilma inspira.

— Oui. Surtout pour ma mère. Non pas par altruisme, mais parce que tous les parents ont leurs secrets. Je crois qu'on a le droit de vivre sa vie en dehors de ses enfants. Avec un mari ou une épouse, les obligations sont différentes. Certes, c'est un peu plus compliqué dans ce cas précis, mais je sais ce que ça fait d'être trahie et trompée. Et je ne supporte pas l'idée qu'elle vive cela, elle aussi.

Les mots sortaient de sa bouche comme si Derek les faisait remonter à l'aide d'une canne à pêche. Elle n'aurait jamais pensé dire ces choses-là, et ne se rappelait pas la dernière fois où elle s'était autant confiée à quelqu'un.

— Désolée, dit-elle. Je me suis un peu laissé aller.

— Je t'ai demandé comment tu allais, et tu m'as répondu. C'est bien d'être en prise avec ses sentiments. Les refouler ne ferait qu'aggraver ton ressentiment. C'est ce qu'on apprend chez les Alcooliques Anonymes.

Zeus choisit pile ce moment pour aller faire ses besoins, et Wilma eut le cœur brisé en voyant sa patte avant trembler sous le poids de l'acrobatie que lui imposait cet exercice. Derek ramassa sa crotte dans un sachet en plastique qu'il noua et brandit pour rire sous le nez de Wilma.

— Romantique, hein ? plaisanta-t-il.

— Quelle horreur ! s'exclama-t-elle avec un mouvement de recul, les narines agressées par les relents méphitiques qui s'échappaient du sachet.

Elle s'efforça de prendre une mine moins dégoûtée. Cela faisait bien longtemps qu'elle ne s'était pas retrouvée en présence de quelqu'un qui osait faire le coup de la blague scatologique.

— Tu l'as dressé pour qu'il fasse ça chaque fois que tu te promènes en galante compagnie ? demanda-t-elle pour se redonner une contenance.

— Comme une sorte de test, tu veux dire ? Hum, pas mal. Mais je ne me promène pas assez souvent en galante compagnie pour t'apporter des statistiques fiables.

Ils passèrent devant une poubelle. Derek y jeta le sachet et se lava les mains à l'aide d'un flacon de gel hydroalcoolique portatif fixé par un mousqueton à la poignée de la laisse. Ce souci de propreté, le soin de ce détail, eut un effet étrangement érotique sur Wilma, qui sentit d'un coup son dégoût se dissiper.

— Je ne sors pas beaucoup, avoua-t-il.

— Moi non plus.

Ils gardèrent le silence un moment. Wilma se demanda si elle devait ajouter autre chose, divulguer d'autres aspects de sa vie sentimentale – ou plutôt, avouer qu'elle n'en avait pas – quand Derek lui prit la main. Elle entremêla ses doigts aux siens avant de réaliser à quel point sa paume était moite. Cela faisait longtemps qu'elle n'avait pas tenu la main de quelqu'un. Elle avait oublié à quel point c'était peu confortable.

***

Ellen entra dans la cuisine pour se préparer sa première tasse de café de la journée quand elle aperçut Grant devant l'évier, en train de se laver les mains. Il était en nage et rougi par le soleil. Tous deux sursautèrent en même temps. Leurs tenues n'auraient pas pu offrir un plus grand contraste : il portait un débardeur blanc un peu jauni à l'usage et un long short de basket, alors qu'elle était en chemise de nuit, robe de chambre et chaussons en moumoute, comme au cœur de l'hiver.

— Grant ! s'exclama-t-elle, une main sur le cœur. Tu as failli me provoquer une crise cardiaque !

Ces mots firent tiquer le jeune homme, qui ne put s'empêcher de grimacer.

— Oups, désolé, Gram !

— Ne t'inquiète pas. Je suis contente de te voir. Tu es tombé du lit ?

— Ouais. J'ai du mal à dormir ces temps-ci. Alors j'ai nettoyé tes gouttières. Puis j'ai remarqué que la mangeoire des colibris était vide, et je l'ai réapprovisionnée. Maintenant, je vais sortir le nettoyeur haute pression pour m'occuper de la terrasse.

Ellen alluma sa nouvelle cafetière (avec plus de succès que la fois précédente). Elle s'assurait toujours de la remplir la veille.

— Comme c'est gentil, dit-elle en s'asseyant. Merci à toi, Grant.

— Ça me fait plaisir de t'aider, Gram.

— Tu veux bien rester une minute, le temps d'un café ?

— Je reste volontiers, mais pas de café pour moi. J'ai déjà trop chaud.

Il prit son temps pour se servir un verre d'eau glacée, histoire d'attendre que la cafetière ait fini son œuvre.

— Comment tu bois ton café, déjà ? demanda-t-il.

— Oh, fit Ellen en tournant la tête vers lui, comme si elle avait oublié sa présence.

Elle s'était perdue dans ses pensées, le regard fixé sur le bois de la table, en se demandant pourquoi elle lui semblait différente. Quelqu'un l'aurait-il cirée ?

— Noir, s'il te plaît. Quel luxe de prendre mon café avec mon petit-fils.

Grant lui remplit sa tasse et vint la rejoindre à table. Ils échangèrent un sourire.

— Comment vas-tu, Gram ?

Ellen plongea son regard dans sa tasse.

— Eh bien, pour être honnête, je ne suis pas sûre de le savoir moi-même. Je me sens triste. Et cette tristesse engloutit tout.

Grant se renversa contre sa chaise en espérant que les larmes qu'il sentit jaillir de ses yeux se confondraient avec sa sueur.

— Moi aussi, dit-il.

— Je ne devrais pas dire ça, je le sais… Je vous aime tous, de tout mon cœur, mais tu es mon petit-enfant préféré.

— Gram !

Il était choqué de l'entendre dire une chose pareille, et encore plus choqué que cela puisse être vrai.

— Ne le répète pas, ajouta-t-elle.

— Personne ne me croirait, de toute manière. (Il marqua une pause.) Mais pourquoi ?

— C'est toi qui me rappelles le plus ton grand-père. Tu as sa joie de vivre et tu fais rire les gens, mais je sais aussi que tu as bon cœur. Que tu es attentionné. Généreux. Plus courageux, sans doute. Je sais que ton père aime se dire que tu tiens de lui, mais tu es plus altruiste. Comme l'est… pardon. Comme l'était ton grand-père.

Il lui tapota la main, sans trop savoir quoi penser de ce qu'il venait d'entendre.

— Je t'aime, dit-il (parce que c'était les seuls mots qui lui venaient à l'esprit). Merci.

Ellen comprit pourquoi la table lui paraissait différente. Il n'y avait pas son vase de fleurs dessus. JJ et Jennifer lui avaient offert une ravissante composition florale pour la fête des Mères, mais avant cela, Gerry avait toujours veillé à ce qu'il y ait des fleurs sur la table. Soit fraîchement coupées du jardin, soit achetées en ville.

— Je t'aime, mon chéri, dit-elle avant de porter sa tasse de café à ses lèvres.

Ils restèrent assis en silence, et Ellen tourna son regard en direction du jardin. Deux colibris voletaient en cercle autour de la mangeoire et se posèrent au bord pour boire.

***

— C'est possible d'avoir la gueule de bois pendant deux jours ?

Delia, les coudes sur la table à la Waffle House, se prit la tête entre les mains. Alice lui tapota le dos avec commisération, pas mécontente de ne plus être le centre d'attention. Elle n'avait parlé à personne, même pas à sa sœur, de sa désastreuse soirée de la veille avec Peter.

— Ne vieillis jamais, conseilla Delia à Red.

— T'as, genre, deux ans de plus que moi.

— S'il y a un truc au monde qui peut te guérir, c'est ça, déclara Grant en désignant le festin de pommes de terre sautées, de gaufres, d'œufs brouillés et de biscuits devant eux.

— Dis, vous êtes passés où, Rebecca et toi, pendant qu'on était chez Ricky's ? demanda Delia en s'attaquant à ses pommes de terre.

— C'est-à-dire ?

— Exactement ce que je viens de dire. Vous avez disparu un bon moment, juste après que ce connard me tripote. Vous étiez où ?

— Dehors.

— À faire quoi ?

— À bavarder.

— Grant, pour l'amour du ciel, elle est sur le point de *se marier* !

— Je sais, Delia. Merci.

— Tu me rassures.

Grant haussa les épaules et Delia se tourna vers Red, ravie de s'être trouvé une autre cible. Il regardait intensément sous la table.

— Qu'est-ce que tu fabriques, Red, tu textotes ton amante secrète ?

Il releva aussitôt la tête et verrouilla son téléphone, sur lequel il s'échinait en vain à rédiger un message pour Brady. Il tenait à le remercier pour son écoute et son soutien. Mais surtout, il avait envie de lui parler.

— Mmm, dit-il.

Il but une gorgée de son thé glacé, et le sucre lui provoqua un tiraillement dans les dents.

— Red, pourquoi ne pas nous dire avec qui tu sors ? demanda Alice délicatement. On ne te jugera pas, tu sais. Et on ne cherchera pas non plus sur Internet si tu nous l'interdis.

— C'est pas grave si elle est pas canon, renchérit Grant d'un ton qui se voulait rassurant.

— À vrai dire... ce n'est pas la question, dit Red.

Il aurait préféré parler d'autre chose. Et en même temps, bizarrement, il était content. Il n'aurait jamais osé le faire sans qu'on lui tende la perche avec insistance.

— Tant mieux, dit Grant. Tu sais que maman peut être dure.

— Pas faux. (Red sentit une grosse boule se former dans sa gorge.) Si vous voulez tout savoir, non, je ne fréquente personne en secret. Pas vraiment. Mais j'ai quand même un truc à vous dire.

Cette dernière phrase éveilla la curiosité générale. Autour de la table, Grant, Delia et Alice haussèrent les sourcils en se redressant sur leur banquette.

Red prit une grande inspiration.

— Vous vous en doutiez peut-être depuis le temps. Je suis… gay, dit-il après une pause qui leur parut interminable.

Grant cligna des yeux. Alice et Delia affichèrent chacune un grand sourire.

— Oh, Red, réagit aussitôt Alice en mettant la main sur son cœur, merci de nous l'avoir dit. Je suis très fière de toi !

— Mais c'est GÉNIAL ! s'enthousiasma Delia. Fabuleux ! J'imagine que ça n'a pas dû être facile et je suis très heureuse que tu aies décidé de nous le dire. Tu noteras que je respectais la neutralité de genre chaque fois qu'on parlait de ta vie sentimentale, ajouta-t-elle.

Cette dernière remarque lui valut un coup de pied de sa sœur sous la table.

— Merci, les filles.

Red sentit le poids du regard de son frère posé sur lui. Il sentit aussi son courage s'effriter. Il n'osait même pas se tourner vers lui. Mais Grant l'enlaça d'un bras, ce qui n'était pas facile pour deux adultes coincés sur une banquette de la Waffle House. Grant lui comprima les omoplates contre le haut de son abdomen et lui frotta le crâne comme un nouveau-né.

— C'est cool, petit frère, dit-il.

Red lui tapota maladroitement le biceps, incapable de parler – aussi touchant fût le geste spontané de son frère, il lui coupait aussi la respiration. Il tapota un peu plus fort, leur vieux signal du temps où Grant s'amusait à lui faire des clés de bras pour lui faire comprendre qu'il était temps de le lâcher.

— Oups, désolé, dit Grant en relâchant son étreinte.

Red se redressa sur son siège en toussant.

— T'inquiète, dit-il en souriant.

Leurs yeux se croisèrent, brillants de larmes, et ils regardèrent aussitôt ailleurs. Discuter de son orientation sexuelle était une chose ; se voir en train de pleurer en était une autre.

— Bref, reprenons, dit Grant en buvant une gorgée d'eau avant de lâcher un rot pour amuser la galerie : tu t'es fait des mecs canon, récemment ?

Red fit non de la tête. Ses deux cousines continuaient à lui sourire comme s'il venait de remporter un prix Nobel. Il enroula ses mains autour de son verre de thé glacé.

— Mais il y a quelqu'un...

***

Les quatre cousins étaient maintenant assis dans la cuisine de leur grand-mère, autour de la table devenue sans doute la plus fréquentée de tout le pays. Après la Waffle House, Grant et Red n'avaient pas eu envie de rentrer tout de suite, alors ils étaient tous allés chez Ellen, qu'ils soupçonnaient de se planquer dans la buanderie. Ils se tenaient le ventre, qu'ils avaient bien rempli, et Alice multipliait les allers-retours aux toilettes.

Delia s'était assise à côté de Red pour lui montrer des trucs sur son téléphone.

— Et lui ?

— Pas mal.

— Bon... lui ?

— Jamais de la vie.

— Ouuuuh, et celui-là ?

— Ouais, très mignon, dit Red en sentant sa nuque s'enflammer.

— Je valide, renchérit Delia.

— Et Herbert Grove ? intervint Grant.

— Quoi, Herbert Grove ?

— Il était avec moi au lycée. Il a fait son coming out une fois qu'on est tous partis à la fac. Je crois qu'il est vraiment pas mal.

— Il habite où ?

— Aucune idée.

— Grant, intervient Delia de son petit ton condescendant (celui qui agaçait tout le monde dans la famille), tu ne peux pas suggérer des noms de mecs à ton frère *juste* parce qu'ils sont gays.

— Je dis juste qu'il est pas mal ! Il doit mesurer un mètre quatre-vingts...

— Bonjour, les enfants.

Carol Anne venait d'entrer dans la cuisine, Robert sur ses talons, et posa son sac sur la table.

— Salut, ajouta Robert avec un petit geste maladroit de la main.

— Où est ma mère ? demanda Delia d'un ton suspicieux à sa tante.

Elle savait que la séance photo de Carol Anne devait se terminer ce matin.

— Elle est allée se promener avec un homme et son chien, répondit cette dernière avant d'ouvrir la porte du frigo pour en sortir un morceau de cheddar.

Robert ouvrit la bouche, sans doute pour lui signaler que ce n'était pas un aliment végane, avant de se raviser et de ne rien dire du tout.

— Sympa, commenta Grant avec un large sourire.

— Pourquoi ne nous a-t-elle rien dit ? s'offusqua Delia.

— C'est une adulte, elle a le droit d'avoir ses petits secrets, non ? rétorqua Alice. On n'est pas obligés de tout se dire tout le temps... C'est sans doute préférable, d'ailleurs, ajouta-t-elle tout bas.

Le bruit de la porte d'entrée coupa court à cette discussion et tout le monde s'efforça de prendre un air dégagé. Quand Wilma entra dans la cuisine, tous les regards se tournèrent vers elle. Elle s'arrêta net.

— Quoi ? dit-elle, se sentant déjà rougir.

— Maman ! la sermonna Delia. Pas de ça avec nous ! Comment ça s'est passé, avec ton bonhomme et son chien ?

Wilma parut choquée, mais Carol Anne s'empressa de répondre :

— Super bien, je parie. Vous les auriez vus au restau, l'autre soir ! Le courant est tout de suite passé, et Derek est un type formidable. Séduisant, drôle, gentil... (Elle rouvrit le frigo pour se resservir en fromage.) De rien, ajouta-t-elle à l'attention de sa grande sœur avec un clin d'œil.

— Cool pour toi, tante Wils ! dit Grant.

— À vrai dire, je n'en sais trop rien, nuança Wilma en triturant son bracelet en cuivre pour occuper ses mains. Je ne sais pas si...

— Il est alcoolique. Enfin... le genre sobre et guéri, précisa Carol Anne. Je suis sortie avec *beaucoup* d'hommes qui étaient aux Alcooliques Anonymes, et je trouve que ça renforce leur capacité à savoir gérer leurs émotions. (Robert regarda le plafond en soupirant.) Moi-même, il m'arrive d'aller à des réunions.

— Ah bon ? fit Wilma en clignant des paupières.

— Quand tu es actrice, tu ne peux jamais savoir quand tu tomberas sur l'agent, le chercheur de têtes, ou le directeur de casting qui changera ta vie, Wilma. Ou quand tu devras interpréter le rôle d'une alcoolique convaincante. (Elle tira une longue bouffée de sa vapoteuse à cannabis. Wilma soupira et, autour de la table, les quatre cousins durent se retenir de ricaner.) Bref. Tout ça pour dire que je me réjouis pour toi, Wilma. Même si j'espère que tu étais plus détendue ce matin. Je t'ai trouvée un peu... crispée, l'autre soir. C'est à peine si tu as desserré les dents !

Cette fois, Wilma décida de lui voler dans les plumes.

— Tu es au courant que le fromage est un produit d'origine animale, ou tu racontes juste que tu es végane pour faire ton intéressante ?

Carol Anne se pétrifia, son morceau de fromage entre les doigts. Delia en resta bouche bée et Alice fit semblant de tousser pour masquer un fou rire naissant. Robert se retourna vers le placard pour se sortir un verre, histoire de ne montrer à personne qu'il souriait. Avant de se sentir coupable de sa vacherie, Wilma tourna les talons et sortit de la cuisine, laissant tout le monde pantois derrière elle. Carol Anne, furieuse d'avoir été démasquée, jeta son morceau de fromage sur le plan de travail et sortit de la maison en claquant la porte.

Grant laissa échapper un long soupir. Delia jeta un regard oblique à Robert, qui se servait un verre de thé glacé du frigo.

— Euh... Robert ?

— Je sais, ne t'inquiète pas, dit-il en souriant. Je vais aller la voir.

— Non, ce n'est pas ce que je voulais dire... Excuse-moi, mais comment fais-tu pour la supporter ?

— Delia ! lâcha Alice en faisant les gros yeux à sa sœur comme à une enfant.

Waouh, songea Delia, *elle est vraiment prête à devenir mère.*

Robert but une longue gorgée de son thé et s'appuya contre l'évier. Les quatre cousins attendaient sa réponse. Il réfléchit un moment avant de répondre :

— Je me connais. Je mène une vie très tranquille qu'on peut objectivement qualifier d'ennuyeuse. Ça ne me dérangeait pas, avant de la rencontrer. Je ne savais pas que je m'ennuyais. Mais elle m'a réveillé. Je me sens plus vivant grâce à elle, d'une certaine manière. Je sais que c'est un cliché et que sa façon d'être déconcerte beaucoup de gens. J'avoue que moi aussi, mais c'est presque ce qui m'amuse. Ce qui est sûr, c'est qu'on ne s'ennuie jamais avec elle.

— C'est mignon... commença à dire Red.

— OK, l'interrompit Delia, mais ça ne t'arrive jamais de te dire que tu pourrais être avec quelqu'un d'un peu plus... stable *?*

Alice haussa les sourcils : de toute évidence, sa sœur en était encore à la phase post-rupture consistant à vouloir décortiquer les relations des autres. Mais elle se tourna vers Robert, car elle avait quand même envie d'entendre sa réponse.

— Je vois ce que tu veux dire. Mais une personne plus *stable*, dit Robert en mimant des guillemets autour de ce mot, ce ne serait pas comme avec elle. Et personne n'avait jamais mis de paillettes dans ma vie. À ce stade, je n'imagine rien de pire que l'ennui profond de mon existence si on n'était plus ensemble.

Sur ces mots, Robert leur adressa à tous un petit salut de la tête avant de sortir de la cuisine. Delia le regarda s'éloigner sans rien dire. Elle n'avait rien à répondre à ça.

***

Une heure plus tard, la famille Williams au grand complet était réunie entre la cuisine et la petite salle de séjour d'Ellen. Cette dernière avait insisté pour que tout le monde vienne déjeuner, en partie parce qu'il fallait bien faire disparaître les montagnes de nourriture qui continuaient à affluer chez elle, mais aussi parce qu'elle aimait réunir sa famille autour d'elle. Cela l'aidait à se sentir moins seule et elle était sûre qu'au moins, *quelqu'un d'autre* se retrouverait au centre de l'attention.

Elle prit place à table après que Jennifer et Wilma lui eurent assuré qu'elles pouvaient très bien se débrouiller pour réchauffer les restes de lasagnes et de gratin de courgettes et assaisonner la salade à sept étages. Red, Delia et Alice allèrent s'asseoir avec leur grand-mère – Delia se demandait comment elle allait encore pouvoir avaler quelque chose après leur passage à la Waffle House, et Alice s'émerveillait d'avoir à nouveau faim. JJ avait l'air de bouder sur sa chaise. Assise à côté de lui, Carol Anne le dévisageait.

— N'oublie pas de desserrer la mâchoire, dit-elle en lui tapotant l'avant-bras.

Il se renfrogna, tout comme Jennifer, qui sortait les lasagnes du four. Pourquoi était-il toujours autant choyé, dans sa famille ? Et pourquoi accourait-il chez sa mère, en plein milieu d'une journée de travail, sous prétexte qu'elle réclamait sa présence, alors qu'elle-même n'arrivait jamais à obtenir qu'il rentre à l'heure à la fin de la journée ? Non pas qu'elle ait jamais particulièrement hâte de le revoir, cela dit.

— Je peux t'aider ? proposa Robert à Jennifer tandis qu'elle reposait sa manique sur le plan de travail.

— Non.

— OK.

Le téléphone de la maison sonna.

— J'y vais ! lança Grant, qui sortait de la salle de bains du rez-de-chaussée et regagnait la cuisine. Waouh, c'est *old school.*

Il décrocha le combiné du téléphone mural, d'un blanc jauni par le passage des années.

— Résidence Williams, Grant à l'appareil ? Eh, Big Pete ! Quoi de neuf ?

Alice blêmit et se tassa sur sa chaise. Jennifer, Wilma et Ellen évitèrent soigneusement de la regarder, et Delia se rembrunit en voyant la mine de sa sœur. Cette dernière se fit violence pour ne pas agripper la table en criant. Le téléphone fixe, à présent ? Il l'avait bombardée de SMS toute la matinée et avait essayé de l'appeler. Mais apparemment, son refus de lui parler avait fait régresser Peter jusqu'en 2003. Elle s'éclaircit la gorge et se tourna vers Grant pour lui marmonner entre ses dents :

— Dis-lui que je ne suis pas là !

Grant couvrit le téléphone d'une main et adressa une grimace d'incompréhension à sa cousine. Qui secoua la tête avec insistance.

— Hem, désolé, dit Grant en reprenant le combiné, tout en faisait les gros yeux à Alice. Non, elle n'est pas là. Elle est, hum…

Cette fois, ce fut au tour d'Alice de foudroyer son cousin du regard. Il n'avait pas à justifier ses déplacements auprès de Peter. Delia, elle, n'en perdait pas une miette.

— Elle est souffrante, poursuivit Grant. Oui, une sorte de virus intestinal. C'est un feu d'artifice des deux côtés, si tu vois ce que je veux dire... Elle ne peut pas se déplacer jusqu'au téléphone. Ouais... Une horreur totale.

Alice, consternée, se prit la tête entre les mains. Comme si Peter allait se calmer en la croyant malade.

— Non, t'inquiète, elle a appelé son médecin. D'après lui, ça n'a rien à voir avec... OK, je lui dirai.

Il raccrocha. Quinze secondes plus tard, Alice recevait un SMS de Peter : « Tu es malade ? Donne-moi de tes nouvelles, je t'en supplie. »

Elle soupira.

— Merci beaucoup, Grant.

— Tu ne m'as pas aidé, il faut dire.

D'un bond, il s'assit sur le plan de travail pour se servir une portion de lasagnes à peine sorties du four. Lorsqu'il goûta la première bouchée, il ouvrit des yeux exorbités et redescendit pour se mettre à sautiller dans tous les sens, la bouche en feu.

— Du calme, aboya JJ.

Irritée par sa réaction, Jennifer referma d'un coup sec le tiroir dans lequel elle venait de ranger son gant de cuisine. Tous les regards se tournèrent vers elle.

Grant finit par avaler sa bouchée brûlante.

— Alors, lança-t-il à Alice, c'est quoi ce bordel entre Peter et toi ?

— Grant, marmonna Red avec un coup d'œil appuyé en direction de leur grand-mère.

— On est à table, je lui parlerai plus tard, répondit Alice entre ses dents.

Ellen observa sa petite-fille.

— Les Bell pourraient peut-être nous aider à manger ce festin, insista Grant. Tu veux que je le rappelle pour lui dire de passer avec toute la clique ?

— Non, s'empressa de répondre Alice.

Cette fois, ce fut au tour de Delia de lui jeter un coup d'œil intrigué.

— Tu en es sûre ? lui demanda Wilma d'un ton prudent.

— Bon, ça suffit !

Alice tapa du poing sur la table, ce qui fit sursauter toutes les personnes assises autour.

— Je n'ai pas envie de voir Peter maintenant. Je n'ai pas envie de parler à Peter maintenant. Ce n'est pas parce qu'il m'a foutue en cloque que je suis censée me précipiter vers lui toutes affaires cessantes chaque fois qu'il lève le petit doigt. Merde à la fin !

Un silence lourd comme une enclume s'abattit dans la pièce. Delia échangea un regard avec sa mère, et Carol Anne prit la mine pincée de quelqu'un qui tente de résoudre un problème mathématique. Quant à Ellen, elle avait les yeux rivés sur le centre de la table où aurait dû se trouver ce fichu vase de fleurs. Tous les autres dévisageaient Alice, interloqués.

Wilma finit par rompre le silence

— Très bien, je crois que nous devrions...

— C'est PETER le père ? s'exclama Grant, la mine ravie. OH PUTAIN !

— Grant, le sermonna à nouveau Red.

— Mais c'est GÉNIAL ! C'est la meilleure nouvelle de tous les temps ! C'est digne d'un putain de scénario de rom-com !

— Grant ! s'écria Red, devenu rouge comme une écrevisse.

— Je crois que je vais aller faire un tour en voiture, déclara Alice en allant prendre les clés de sa mère dans le vide-poche en porcelaine sur le buffet.

Delia commença à se lever pour la suivre, mais Ellen la retint.

— Je crois qu'elle a plutôt besoin de rester seule, ma chérie.

Les autres Williams se tortillèrent d'embarras sur leur chaise. Red s'essayait à des exercices de respiration pour calmer l'accélération de son cœur. Grant regardait tout le monde en se demandant pourquoi personne ne réagissait.

— Alice est enceinte ? demanda JJ.

***

Sans vraiment le décider, comme si c'était sa colère qui avait pris le volant de la Prius de sa mère, Alice roula jusqu'à la petite plage. Elle sentit sa fureur se décupler en voyant d'autres voitures garées à l'entrée, signe qu'une bande de lycéens étaient arrivés là les premiers. Adieu solitude. Le fait qu'elle ait fait partie de ces mêmes lycéens, autrefois, n'était pas le sujet. Elle cria un tel chapelet de jurons que sa grand-mère eut sans doute les oreilles qui sifflaient.

Si seulement elle n'était pas déjà allée tenter ses prières de femme enceinte désespérée à l'église. Elle n'avait aucune envie de se rendre dans le pré en pleine journée, et elle n'était pas non plus en état d'aller faire les magasins, ce qui était bien dommage, car elle aurait au moins pu rendre cette sortie productive.

Elle se gara sur le parking de chez Zaxby's, le seul point de chute qui lui restait encore à Eulalia. Elle aurait préféré aller s'asseoir au comptoir de chez Ricky's, mais voir d'autres gens picoler sous son nez alors qu'elle n'avait pas le droit à l'alcool n'aurait sans doute rien fait pour arranger son humeur. Elle se souvint que laisser le moteur tourner à l'arrêt était du gaspillage, mais il faisait trop chaud pour se passer de la clim. Elle n'avait pas d'autre choix que de pousser la porte du restaurant, bien qu'elle se soit déjà gavée de nourriture quelques heures auparavant. Mais à la réflexion, le poulet frit la tentait bien.

Pourtant, elle était trop lasse pour bouger. Le soleil, la colère – tout cela l'avait épuisée. Avant de venir à Eulalia, elle avait accepté son statut de maman solo. Elle n'avait pas annoncé sa grossesse à Peter en espérant qu'il réagirait comme il l'avait fait. Elle n'avait pas cherché à lui souffler ses répliques. C'était comme s'il était monté sur scène pour lui faire cette grande déclaration et qu'elle s'était aperçue à la fin qu'il avait oublié de mettre un pantalon. Il n'était absolument pas prêt à s'engager comme il le lui avait promis, et elle n'aurait jamais dû prêter le moindre crédit à ses belles paroles.

Elle se renversa contre son appuie-tête en gémissant. Si Peter avait réagi comme son propre père l'avait fait, façon « Je te fais un chèque en blanc comme l'an dernier », tout aurait été plus simple. Si Trey n'avait pas fait semblant de renoncer à ses ambitions professionnelles, s'il n'avait pas cherché à donner une image plus profonde de l'homme superficiel qu'il était en réalité, il n'aurait pas brisé le cœur de Wilma. Il n'aurait pas planté ses filles sans figure paternelle à Atlanta. Quelle figure paternelle lui restait-il, désormais, à Eulalia ? Si seulement Gerry n'avait pas refoulé ce qu'Alice pensait être sa vérité intime, il n'aurait pas brisé le cœur d'Ellen – ni celui de ses enfants et de ses petits-enfants. Ils ne seraient jamais venus au monde, d'ailleurs, mais c'était un autre débat.

Ils avaient tous besoin de redescendre sur terre et de voir la réalité en face. Alice prit une grande inspiration. Elle était contente d'avoir eu ce courage. Elle en sortirait grandie. Il était temps de remonter à bord du train qu'elle avait mis elle-même sur les rails le jour où elle avait annulé son rendez-vous à la clinique : elle pouvait très bien s'en sortir toute seule, et c'était exactement ce qu'elle allait faire.

Chapitre 11

— Bon sang, si je découvre encore un plat de bouffe ou un saladier, je vais...

Mais le monde ne saurait jamais ce que Delia aurait fait si elle avait découvert ces choses-là sur le paillasson. Elle avait marmonné ces mots en ouvrant la porte, mais elle ne finit pas sa phrase. Un homme se tenait devant elle. Un homme aux traits pâles et nerveux. Delia ne l'avait jamais vu dans cet état. Il prit une grande inspiration, comme s'il s'apprêtait à déclamer une phrase profonde, mais aucun son ne sortit de sa bouche.

— Connor ? bafouilla Delia.

Comme si elle n'était pas tout à fait certaine de reconnaître l'homme qu'elle avait aimé pendant quatre ans et dont elle avait partagé la vie ces deux dernières années. Comme si l'homme dont elle connaissait les habitudes de rasage par cœur, celui qui tournait toujours la poignée de la porte de leur appartement un peu trop fort à gauche, celui dont la maman affectionnait les pivoines pour son anniversaire et les tulipes pour la fête des Mères, aurait pu ne pas être celui qui se tenait là, devant elle, sur le seuil de sa grand-mère.

— Deel...

Il s'avança vers elle, les yeux brillants de larmes, et la scène de film qu'elle s'imaginait en boucle depuis trois mois parut enfin sur le point de se produire. Tout en elle lui disait de le serrer dans ses bras, de poser sa tête contre son torse et de lui dire de ne plus jamais la quitter.

Au lieu de quoi elle lui claqua la porte au nez.

Elle s'adossa contre le battant et se laissa glisser jusqu'au sol façon Diane Keaton dans une rom-com de Nancy Meyers, à ceci près qu'elle portait un vieux tee-shirt malodorant d'Eulalia High au lieu d'un mignon petit truc cosy. Elle prit son front entre ses mains et se sentit blêmir comme jamais, même avant le jour où elle avait découvert l'existence de la lotion bronzante St. Tropez pour la douche. Le choc de son apparition, et son propre réflexe de protection, l'avaient pour ainsi dire tétanisée.

Grant surgit dans l'entrée d'un pas sautillant. Il était tout excité de découvrir quel nouveau bon petit plat roboratif venait d'être déposé devant leur porte et calculait déjà le nombre de pompes qu'il lui faudrait pour l'éliminer. De quoi alimenter son compte Insta.

— Oh merde, lâcha-t-il en découvrant sa cousine dans cet état. Encore le pain-surprise à la viande de Mme Cassidy ?

— Co... Coco... ânonna Delia.

Grant se lança dans une série de squats en boxant dans le vide. Il se voyait déjà en train de transpirer à la salle de sport.

— Ou bien c'était Jimmy, venu demander l'autorisation d'emprunter Miss Sparkles ? Grandpa Gere a toujours été trop sympa avec ce gamin.

En un éclair, Delia se releva et l'attrapa par les poignets.

— Écoute-moi bien, lâcha-t-elle dans un souffle rageur, c'était Connor sur le pas de la porte. Connor comme dans *Connor*. Et avant que tu te foutes de ma gueule, non, ce n'est pas une hallucination menstruelle ou je ne sais quoi. C'est vraiment la scène comme dans les films où l'ex de l'héroïne frappe à sa porte, genre sorti de nulle part, pour lui faire sa grande déclaration.

— Hein ? Quoi ?

— Chuuuuut, il pourrait t'entendre !

Grant se demanda si Delia n'avait pas des visions. Ses deux poignets retenus en otage, il jeta un coup d'œil à travers les panneaux en verre dépoli qui flanquaient la porte d'entrée : à en juger par sa coiffure, son look BCBG et sa posture, la personne qui se tenait de l'autre côté n'était pas d'Eulalia.

— ALIIIIIICE ! appela-t-il en vain à travers la maison.

— Il va t'entendre, je te dis ! chuchota Delia. Je fais quoi, moi ?

Grant vit la panique absolue dans son regard, et une bouffée d'amour envahit soudain la canette de bière écrasée qui lui faisait office de cœur. Il dégagea ses poignets, auxquels Delia s'accrochait comme une marionnette, si bien qu'elle se retrouva projetée vers la salle à manger, et alla aussitôt ouvrir la porte, affectant une pose nonchalante, le coude en appui contre le chambranle, comme si cette simple action lui demandait un effort considérable par cette chaleur – ce qui était en partie vrai.

— Oui ? demanda-t-il d'une voix traînante, pour se donner un air à la fois suave et blasé.

Connor avait tourné le dos à la porte pour regarder vers la rue, désespéré ; il hésitait à appeler Delia ou à peut-être tenter sa chance dans la maison d'en face, qu'il savait de source sûre être celle de sa tante et son oncle. Quand la porte s'ouvrit, il fit volte-face.

— Hum, bonjour, dit-il. (Ses traits s'affaissèrent un peu à la vue de Grant.) Désolé pour *The Bachelorette.*

Il tendit le poing pour lui proposer un check.

— Bah, une de perdue... répondit Grant. On va peut-être m'appeler pour *Bachelor in Paradise,* de toute manière. À part ça, l'enterrement est déjà passé, et c'était en tout petit comité, donc...

— Oh, pas de problème, s'empressa de répondre Connor avec une telle candeur – une vraie mauviette. Je venais juste voir Delia. Et toutes mes condoléances pour le décès de votre grand-père. C'était un type génial, pour qui la famille comptait plus que tout.

— Mmm, marmonna Grant.

Il y eut un silence. Connor ne savait plus quoi dire, et Grant eut un certain plaisir à voir le type qui avait brisé le cœur de sa cousine (aussi pénible soit-elle de façon générale) se tortiller de malaise devant lui.

— Donc, comme je le disais... je passais voir Delia, répéta Connor avec une pointe de condescendance, comme si Grant lui bloquait le passage parce qu'il n'avait pas compris la première fois.

— Elle est peut-être là. Ou pas. Mais je ne suis pas sûr qu'elle veuille te parler, mec.

— Elle m'a pourtant laissé un message vocal...

À ces mots, Delia, tout juste remise de son quasi-vol plané à l'entrée de sa salle à manger, n'eut pas d'autre choix que de passer la tête dans l'encadrement de la porte. Elle se lissa les cheveux en priant pour ne pas avoir une mine aussi épouvantable que ce qu'elle redoutait (hélas pour elle, si).

— Connor ? dit-elle. Oh, mon Dieu. Salut.

— Ah, salut. Je crois que tu viens de me claquer la porte...

— ... en plein dans ta sale...

Delia interrompit Grant en le bousculant d'un coup de hanche.

— Désolée, dit-elle. Mais aussi... quoi ?

Elle pencha la tête et aperçut la petite valise à roulettes posée à ses pieds.

— Tu as une frange, dit-il en souriant. Mais reprenons. Bonjour, Deel.

Delia sentit son cœur exploser dans sa poitrine. L'entendre prononcer son surnom la faisait fondre comme le morceau de beurre qu'elle avait vu Ellen déplacer dans une poêle sur le feu la veille au soir. C'était comme une invitation à revenir à la maison – sa maison, celle qu'elle avait bâtie de ses mains. Elle ressentit tous ces mois passés à guetter ses appels, à dormir seule dans leur lit, à fixer l'écran de son smartphone où l'attendait toujours (au début de leur histoire) un message disant qu'elle lui manquait, qu'il pensait à elle, lui demandant ce qu'elle avait envie de manger ce soir, quelle marque de désodorisant elle préférait pour les toilettes, ou (vers la fin) la prévenir qu'il allait rentrer tard, et avait-elle pensé à régler la facture d'électricité ? Elle se sentait comme le soir de leur toute première rencontre, à cette ridicule présoirée avant la convention des Pères Noël chez les anciens potes de lycée de ses potes de fac, et où il avait répété son prénom, Delia, tout en lui serrant la main, l'air intrigué, parce qu'il n'avait jamais rencontré quelqu'un qui s'appelait comme ça, prononçant son prénom comme on essaie un gant très coûteux dans un grand magasin. Elle repensa à la fois où il avait pleuré la mort de sa chienne, Sadie, et où elle l'avait serré contre lui en chuchotant que Sadie l'aimait toujours de là où elle était, et elle revécut leur toute dernière étreinte, quand il avait fait rouler sa dernière valise vers la sortie de leur appartement, qu'il avait incliné la visière de sa casquette des Mets en un geste d'adieu, s'interdisant tout contact avec elle, puis avait lâché sa valise et couru vers elle pour la prendre dans ses bras, l'embrasser sur les cheveux, parce qu'il avait peur de la quitter, et elle s'était raccrochée à lui comme à une bouée.

Elle dut se faire violence pour ne pas lui sauter au cou.

— Qu'est-ce que tu fais là ?

— Je... J'étais inquiet parce que je n'avais plus de tes nouvelles après ton message vocal, alors j'ai essayé de t'appeler plusieurs fois. J'ai même contacté Miranda et Grace, mais personne ne me répond. Je sais que ton grand-père comptait beaucoup pour toi. Je voulais m'assurer que tu allais bien.

Delia battit des cils.

— Tu voulais t'assurer que j'allais bien… répéta-t-elle d'une voix atone.

— Oui. Et je culpabilisais de ne pas m'être manifesté ces derniers mois. J'espère que tu le sais, mais notre rupture a été très douloureuse pour moi aussi.

Sa voix commençait à flancher, à moins de donner l'impression d'un petit discours bien huilé. Parce qu'on a beau s'entraîner à répéter quelque chose dans sa tête pendant un trajet en avion, rien ne vous prépare à vous retrouver face à la personne que vous avez le plus aimée, et qui vous a le plus aimé, pendant quatre ans (ou trois, peut-être, si l'on compte seulement les bons moments), celle dont vous avez brisé le cœur, ce qui vous brise un peu le vôtre.

— Et je ne supportais pas l'idée de te savoir coincée ici, poursuivit-il. Sachant à quel point tu détestes Eulalia. Bref, je ne voulais plus être juste le salopard d'ex.

— Tu ne voulais plus être juste le salopard d'ex, répéta à nouveau Delia.

Parce qu'apparemment, elle n'était toujours pas prête à formuler ses propres phrases.

— Je sais que tu m'as bloqué. Et que tu m'en veux beaucoup. Mais est-ce que je peux entrer ?

— Hum… oui, pourquoi pas ?

Ce furent les seuls mots qu'elle réussit à faire sortir de sa bouche. Elle pivota sur ses talons en laissant la porte ouverte, et Connor la suivit en direction de la cuisine.

Debout devant l'évier, Ellen était en train de laver un plat qu'elle devait rendre à Mildred. Elle se retourna en entendant du bruit, et fronça les sourcils à la vue de Connor. Elle mit un moment avant de le replacer et se rembrunit ; il ne lui avait jamais inspiré beaucoup de sympathie.

— Bonjour, madame Williams, lui dit-il en s'avançant pour lui donner une accolade qu'elle ne souhaitait pas. Mes sincères condoléances.

— Merci.

C'est bien tout ce qu'elle réussit à lui dire. Elle l'ignora pour se tourner vers Delia et lui adresser une question silencieuse. Mais cette dernière n'osa même pas croiser son regard.

— Bien, je crois que je vais...

Sur ces mots, Ellen sortit de la pièce en touchant au passage l'épaule de sa petite-fille.

Connor et Delia restèrent plantés là. Elle se balançait d'avant en arrière sur ses talons, et il eut un petit rire.

— Nerveuse, Deel ?

Elle réprima un sourire. Parce qu'apparemment, bien que cet homme lui ait arraché le cœur pour chier dessus avant de le piétiner avec les chaussures qu'il faisait ressemeler tous les ans à Soho, il pouvait toujours s'en sortir en flirtant avec elle.

— Je ne dirais pas « nerveuse », non, dit-elle en entortillant ses cheveux avant de se rappeler qu'ils étaient gras et qu'elle devait sûrement sentir la friture de la Waffle House.

Elle tira une chaise pour s'asseoir et l'invita d'un geste à en faire autant. Cette petite séance de drague lui avait étrangement donné des ailes.

— Toutes mes condoléances pour la mort de Gerry, dit Connor en lui prenant la main.

Il avait beau faire mille degrés ce jour-là, Delia espérait qu'il ne la lâcherait pas de sitôt.

— Ouais. Pas simple. Et l'enterrement a été catastrophique. Je t'ai même laissé un message vocal, alors... c'est dire si j'étais mal, dit-elle baissant les yeux de honte vers la table.

— J'aurais dû te rappeler plus tôt. Ou répondre à ton message. Quand on a rompu, je ne savais plus... ce qui était approprié ou pas. Ce qui était bon pour moi. Ou pour toi, s'empressa-t-il d'ajouter.

— J'avoue que ça a été dur pour moi, oui. Même avant la crise cardiaque de Grandpa Gere.

— Ça a été dur pour moi aussi, Deel. Très dur. J'ai le sentiment d'avoir tourné la page et d'entamer un nouveau chapitre de ma vie, ce qui est très exaltant, bien sûr, mais… j'ai aussi l'impression que ça ne vaut pas le coup sans toi.

Malgré le courage qui l'animait il y avait quelques instants à peine, Delia sentit les larmes lui monter aux yeux. Enfin, c'était *le* moment, celui qu'elle espérait depuis des mois.

— Ouais, bafouilla-t-elle.

— Quand je me suis aperçu que tu m'avais bloqué, j'ai eu le sentiment que tout était vraiment foutu entre nous. J'étais au boulot, et j'ai flippé. En plein milieu de la journée, j'ai acheté un billet d'avion et je me suis précipité à l'aéroport.

— Tu es parti du bureau en pleine journée ? Pour… venir jusqu'ici ?

— Oui, dit-il, les yeux écarquillés, comme pour souligner l'énormité de son geste. Il fallait que je te voie et je n'avais aucun autre moyen de savoir comment tu allais. Parce que… tu avais bloqué mon numéro, Delia. Tu m'as *bloqué*. Moi !

— Oui… Je sais ! Sur le moment, j'ai cru que c'était la chose à faire. Tu semblais m'avoir rayée de ton existence.

Cette fois, elle se mit à pleurer – et ce furent carrément les grandes eaux. Son visage était dégoulinant de larmes. Connor lui lâcha la main, et elle regretta de s'être laissé aller à ce déluge émotionnel devant lui.

Mais il se leva et se pencha vers elle pour la serrer dans ses bras, en une étreinte aussi naturelle que possible quand une personne est debout et l'autre assise. Elle se laissa faire, mouilla copieusement le tissu de sa chemise, puis releva la tête et passa un bras autour de son cou, terrassée de réaliser à quel point il lui avait manqué. Elle finit par se dégager quand son nez se mit à couler un peu trop fort, et il retourna s'asseoir.

— Désolée, murmura-t-elle.

— Delia, non, dit-il, les yeux embués de larmes. Non.

Ils restèrent un moment sans rien dire.

— Je suis juste… heureuse que tu sois là, dit-elle en se forçant à sourire comme si elle avait encore une chance de rattraper ce carnage à coup de mignonnerie.

— Je n'allais pas t'abandonner au pire moment, dit-il en tendant la main vers elle pour essuyer une grosse larme solitaire sur sa joue gauche. Je ne savais pas trop quelle serait ta réaction en me voyant, et je ne voulais pas non plus te donner de faux espoirs… Mais, bref, j'ai bien fait de venir. De toute évidence, tu avais besoin d'une présence amie.

Alors qu'elle pleurait à chaudes larmes il y avait encore quelques minutes, Delia sentit soudain ses veines se glacer et un poignard aiguisé lui perforer les entrailles. Elle faillit dire « Quoi ? », mais se ravisa juste à temps. Parce qu'elle venait de comprendre. Connor n'était pas venu jusqu'ici pour lui professer son amour ou s'assurer qu'elle allait bien. Connor était venu jusqu'ici parce qu'il avait peur de passer pour un salaud. À l'instant où il avait compris qu'elle l'avait bloqué, qu'elle avait transformé l'impeccable, l'affable et le bienveillant Connor en un mec à *bloquer,* il avait sauté dans le premier avion et rappliqué à Eulalia, en Géorgie – un jour de boulot, par-dessus le marché –, pour redorer son blason aux yeux d'une poignée d'individus qu'il avait déjà éliminés de sa vie. Par manque d'assurance et par égoïsme.

Au fond d'elle, Delia comprit soudain que ça ne marcherait jamais. Même si elle parvenait un jour à réinterpréter leur rupture comme une simple anomalie de parcours, parce qu'ils étaient faits l'un pour l'autre mais qu'ils s'étaient connus trop jeunes, ou parce qu'il avait été parfait sur toute la ligne et avait eu besoin de commettre une erreur, elle ne pourrait plus jamais reconstruire quoi que ce soit avec lui. S'il l'aimait vraiment, pourquoi avoir attendu qu'elle le bloque pour éprouver le besoin de venir l'épauler ?

En prime, il n'avait même pas l'air de vouloir se remettre avec elle. Delia prit une longue inspiration, humide et rauque, avant de lâcher :

— Va-t'en.

Connor pencha la tête.

— Pardon ?

Elle tendit la main vers la porte.

— Dehors !

— Delia...

— Je t'ai demandé de partir. Sérieusement. Je n'ai pas à me justifier. J'ai assez gaspillé de temps et d'énergie pour toi. Même pas pour toi, en vérité, mais pour cette version idéalisée que j'avais créée dans ma tête. Je ne te déteste pas, si c'est ce que tu avais besoin d'entendre en venant jusqu'ici. Voilà. Et maintenant, va-t'en.

Connor resserra les dents, se leva et remit sa chaise en place (toujours aussi bien élevé, décidément) avant d'arrimer la bandoulière de son sac de voyage à son épaule. Il commença à s'éloigner lentement, certain qu'elle allait le raccompagner vers la sortie. Il se trompait. Il se retourna, comme pour dire autre chose, et s'arrêta juste en dessous du napperon brodé d'Ellen. Mais il se contenta de secouer la tête, et s'en alla. Delia croisa les bras et exhala. Elle se sentait tellement bien qu'elle ne sentait rien du tout.

***

Ellen examinait le rosier en soupirant. Combien de temps allait-elle pouvoir encore tenir sans demander l'aide d'un membre de sa famille ? L'abri de jardin construit par Gerry se trouvait juste à côté de l'arbuste, et elle se dit qu'elle pourrait déjà commencer par aller jeter un coup d'œil à l'intérieur. Elle poussa la porte, tira sur la ficelle faisant office d'interrupteur, et l'ampoule s'alluma en tremblotant. Ses yeux mirent quelques instants à s'adapter au changement d'éclairage. Il y avait des pots, des sacs de graines, quelques bouteilles d'engrais liquide. Ellen ne savait absolument pas quoi faire avec tout ça. Son regard s'attarda sur autre chose, dans le coin, posé contre le mur. Une très grande plante, au pied emballé dans un sac de terre, ses feuilles brillantes pressées contre le mur en ciment. Des feuilles de magnolias.

Elle alla voir de plus près. Pourquoi y avait-il un jeune magnolia entreposé dans sa remise ? La personne qui plantait des magnolias dans tout le quartier avait-elle l'intention d'en mettre un dans son jardin ? L'avait-elle caché ici, en attendant le bon moment ? Ellen toucha l'une des feuilles en se demandant depuis combien de temps cet arbrisseau était là. S'il n'allait pas mourir. Il y avait une étagère murale, juste à côté. Ellen la palpa à tâtons, pour vérifier s'il n'y avait pas quelque chose posé dessus.

Elle en retira une grande enveloppe de papier brun. À l'intérieur se trouvait un plan d'Eulalia dessiné à la main, traversé par un tracé en pointillé serpentant à travers la ville et passant par Myrtle Lane. Et ponctué de croix un peu partout : au croisement où Miss Sparkles avait reniflé le nouveau magnolia l'autre jour, un autre sur Main Street, et un autre encore sur Carter. Mais la plupart se trouvaient dans un périmètre autour de sa maison. Dans le coin supérieur gauche, une note était inscrite de l'écriture de Gerry.

Ellen crut que son cœur allait s'arrêter lorsqu'elle découvrit ces mots, griffonnés à l'encre rouge : « Itinéraire à vélo de Fred. »

***

Grant avait confondu la première goutte de pluie sur son visage avec sa sueur. Mais le temps qu'il atteigne l'espace de fitness en plein air du parc, il pleuvait à verse alors que le soleil brillait toujours – comme si le diable battait sa femme, disait-on depuis toujours à Eulalia de ces phénomènes d'averses ensoleillées. Expression qui devait sans doute mal passer de nos jours, songea Grant. Il commença tout de même sa séance par une série de tractions, savourant la fraîcheur de la pluie sur son torse nu, jusqu'à ce qu'il entende un coup de tonnerre et prenne peur à l'idée de se faire frapper par la foudre. Il n'était pas certain que cela le tuerait sur-le-champ, cela dit. Et s'il y survivait, il passerait à jamais pour un dur à cuire. Mais il ne tenait pas à prendre le moindre risque, pas quand la télé pouvait le rappeler à tout moment.

La finale de sa saison de *The Bachelorette* avait été diffusée la veille au soir, et Grant avait vu avec satisfaction les réseaux sociaux s'enflammer après les confessions publiques des deux compagnes secrètes du gagnant. Il n'avait pas regardé l'épisode, cela dit – trop de coupures publicitaires.

Il prit le chemin du retour en joggant et entendit un coup de tonnerre encore plus fort. Autour de lui, tout s'assombrit. Le martèlement de la pluie sur les feuilles des magnolias était si assourdissant qu'il l'entendait par-dessus le morceau de rap qui beuglait dans ses écouteurs. Tout à sa concentration, il ne remarqua pas la voiture qui venait de ralentir à sa hauteur.

Un coup de klaxon le fit sursauter. Rebecca le regardait par la vitre et lui fit signe de monter. Il ne se fit pas prier, aussitôt frigorifié par le souffle de la clim sur sa peau trempée.

— Bell, tu es ma sauveuse ! s'écria-t-il un peu trop fort par-dessus le son de ses écouteurs qu'il avait du mal à couper.

— Tu fais ton jogging sous la pluie pour dissimuler tes larmes ? ironisa Rebecca. J'avais peur que tu sois dans un sale état, après la diffusion de la finale hier soir.

Grant fit claquer l'élastique qu'elle portait autour de son poignet.

— C'est mignon de t'entendre t'inquiéter pour moi, Bell.

Elle roula des yeux, mais Grant vit qu'elle réprimait un sourire. L'instant d'après, elle se rembrunit et se tourna vers lui.

— Écoute, je suis désolée pour ce que j'ai dit l'autre soir.

— Ah. (Il regarda la pluie derrière sa vitre.) T'inquiète, Bell. J'aurais dû... Ouais. Malgré l'effet que tu me fais.

Il lui décocha une œillade, assortie de son plus beau sourire ravageur. Cette fois, elle ne put s'empêcher de sourire.

— Arrête, espèce d'idiot. Moi, je n'avais aucun droit de comparer ça à ce que Gerry a fait... Ou à ce que Fred a raconté de Gerry. Ou... Tu m'as compris.

Elle plissa les yeux, penchée au-dessus du volant, pour tenter d'y voir clair à travers les trombes d'eau qui tombaient derrière le pare-brise, lorsqu'elle aperçut un cycliste qui s'était réfugié sous un magnolia. Sans réfléchir, elle ralentit pour lui proposer son aide.

— Oh, merde, lâcha-t-elle. C'est Fred.

Ce dernier regardait la voiture s'avancer vers lui, et Grant ouvrit sa portière pour descendre. Rebecca s'apprêtait à lui demander ce qu'il fabriquait, quand il alla soulever le vélo de Fred et lui cria :

— Ouvre le coffre !

Rebecca s'exécuta, et il rangea le vélo à l'arrière avant de repartir en trottinant pour rouvrir sa portière et laisser Fred monter à sa place. Il s'engouffra à l'arrière sur la banquette, claqua sa portière et exhala.

— Ma parole, s'exclama-t-il, quel déluge !

Fred semblait mal à l'aise sur son siège. Était-ce le fait de se retrouver dans la même voiture que le petit-fils de son amant décédé, ou l'inconfort de porter des vêtements trempés ? Difficile à dire. Il se tourna vers Rebecca, mais regarda aussitôt ailleurs.

— Merci, lui dit-il.

— De rien, répondit-elle en redémarrant lentement.

Elle jeta un rapide coup d'œil à Grant dans le rétroviseur. Il regardait dehors par la vitre, et tapait sur ses cuisses au rythme de la chanson qui passait à la radio ; avec le vacarme de la pluie, la musique était si peu audible que Rebecca ne la reconnaissait même pas.

Fred regardait fixement son casque à vélo, qu'il avait posé sur ses genoux.

— Tout va bien, Grant ? lança-t-il.

— Ouais. Nickel.

Fred opina. Rebecca s'arrêta à un stop.

— Je suis navré pour ce qui s'est passé aux obsèques, tu sais.

Rebecca écarquilla les yeux et se pencha vers son pare-brise pour se concentrer sur la route, même si l'averse commençait à se calmer. Grant gardait le visage tourné vers sa vitre.

— C'est vrai ? demanda-t-il. Ce que tu as dit ?

Les secondes ralentirent. L'air à l'intérieur de la voiture parut soudain beaucoup plus lourd et étouffant.

Fred ne quittait pas des yeux le plastique brillant de son casque.

— Oui, dit-il doucement. C'est vrai.

— Hein ? demanda Grant par-dessus le bruit assourdissant de la pluie en se penchant.

Rebecca laissa échapper un son indistinct, entre le sanglot et l'éclat de rire.

— Oui, c'est vrai, répéta Fred d'une voix à peine plus forte.

Grant l'entendit, cette fois. Mais il ne dit rien. Il se renversa contre son siège et se tourna de nouveau vers sa vitre. Rebecca hésita à monter le volume de la radio. Quelques minutes plus tard, heureusement, elle se garait devant chez Fred – l'avantage de vivre dans une bourgade aussi petite qu'Eulalia. Grant sortit récupérer le vélo de Fred dans le coffre et alla le déposer sur son perron. Fred se tourna vers Rebecca et la regarda droit dans les yeux :

— Merci pour le dépannage.

Il remonta l'allée vers sa maison, toujours très grand malgré sa posture voûtée face à la pluie. Grant lui tendit la main pour l'aider à monter les marches, mais Fred ne le vit pas et se tint à la rambarde. Une fois sous l'auvent, il se tourna vers Grant. Le jeune homme vit les poches sous ses yeux et lui trouva un air triste. Bien sûr que Fred était triste. Ils restèrent plantés l'un en face de l'autre, la même absence au fond du cœur, le même morceau manquant.

Grant prit Fred par les épaules et le serra contre lui. Il se sentit un peu ridicule, d'autant qu'il devait lever les bras, et Fred resta d'abord très crispé. Puis Grant le sentit se détendre, poser sa tête sur son épaule nue et se mettre à pleurer. Mais ça n'avait rien à voir avec sa démonstration sentimentale pendant la cérémonie : il sanglotait tout en retenue, parcouru de soubresauts. Grant ne put retenir ses larmes.

Au bout d'un moment, ils se séparèrent, vidés de leur trop-plein d'émotions. Fred alla ouvrir sa porte et Grant dévala les marches du perron en s'essuyant les joues avant de courir sous la pluie jusqu'à la voiture de Rebecca. Il referma vite sa portière et s'appuya contre son appuie-tête, les yeux clos.

Il resta un long moment dans cette position, avant de poser sa main sur celle de Rebecca, qui lui avait gentiment pris l'épaule.

— Waouh. Punaise, dit-il.

— C'était…

Rebecca n'acheva pas sa phrase. Elle ne trouvait pas le mot juste.

— Ouais.

Il marqua une pause, lâcha la main de Rebecca et remua ses épaules, comme il le faisait inconsciemment avant de soulever des poids ou d'entamer une course.

— On peut aller manger une glace ?

Sans commentaire, Rebecca regarda la pluie marteler la vitre de son toit ouvrant. Puis elle redémarra et les conduisit au Cream Dream.

***

La pluie s'arrêta, et l'autre petit-fils Williams mit enfin le nez dehors. Si Red aimait courir, entre autres, c'était parce que cela l'aidait à se concentrer, occupé uniquement par la musique dans ses oreilles, la topographie du parcours, le rythme de ses pas et de sa respiration, les sensations de la course dans son corps. C'était vraiment ce qui réduisait le plus son anxiété. Et c'était pour cela, malgré son engagement au sein de YouthLyfe, que courir était sa vraie religion.

Ce jour-là, il décida d'aller jusqu'à Eulalia High pour effectuer quelques tours de piste autour du stade de foot américain. Le portail était déjà ouvert, et Red sentit immédiatement la température grimper de quelques degrés en arrivant près de la pelouse. Cela lui rappela ses entraînements de cross-country, et la bouffée de souvenirs qui l'envahit lui fit un peu oublier l'humidité suffocante de l'air. Juste après avoir contourné la zone de buts, dans un mirage de chaleur tremblotant, il aperçut une silhouette dans les gradins. Red était trop dans ses rêveries du passé pour se demander qui aurait l'idée suicidaire de venir voir un match de foot imaginaire par cette chaleur. Il eut l'impression d'avoir des hallucinations ou un coup de chaud lorsqu'il crut reconnaître son père. Et sa bulle de nostalgie éclata brusquement lorsqu'il comprit qu'il s'agissait réellement de lui.

— Il me semblait bien que c'était toi, lui lança JJ.

Red monta dans les gradins pour s'asseoir à côté de lui. Dégoulinant de transpiration, il reprit son souffle et cracha par terre, geste qui aurait horrifié sa mère, mais qu'il n'était pas mécontent d'effectuer devant son père. Il se dit que ça faisait viril, bien que la course de fond soit un « sport de nana », pour reprendre l'expression de JJ.

— Qu'est-ce que tu fais là ? lui demanda-t-il.

JJ soupira.

— Je suis venu m'asseoir.

Red opina, comme si cette réponse avait pleinement satisfait sa curiosité, et contempla le stade désert à côté de son père. Les lignes blanches n'avaient pas encore été tracées pour la reprise de la saison à l'automne, et la pelouse brunie faisait peine à voir.

— Attends… C'est ici que tu viens après le boulot ?

— Pardon ?

— J'ai demandé à maman où tu passais tes soirées, car je sais que tu ne restes jamais tard le soir à la radio, mais je l'ai trouvée très évasive.

— Comment sais-tu que je ne reste jamais tard à la radio ?

— Parce qu'il m'arrive d'écouter ton émission quand je suis chez moi.

JJ regardait fixement la pelouse.

— Vraiment ?

— Ouais. J'aime bien.

Red ne s'intéressait pas particulièrement au contenu de l'émission de son père, mais il aimait l'entendre rire et parler de sport.

— Ça me fait plaisir, dit JJ.

Mais Red sentait qu'il avait l'esprit ailleurs. Il le soupçonnait de revenir ici par nostalgie de sa gloire passée, et cela lui fit de la peine. Ce qui ne l'empêchait pas non plus de juger son père.

— Ils m'emmenaient ici tous les jours en été quand j'étais gamin, poursuivit JJ. J'adorais venir ici avec eux. Même plus tard, quand j'ai eu besoin de m'entraîner sérieusement et que j'ai commencé les séances individuelles avec le coach, je n'aurais raté ce rendez-vous pour rien au monde.

— De qui tu parles ? demanda Red.

— De mon père. Et de Fred. (JJ se tut un instant.) Je crois que j'aimais qu'ils s'intéressent à moi. À leurs yeux, j'étais une star. Fred avait lui-même été la star de l'équipe, en son temps.

— Je sais. Son maillot ornait encore l'un des murs du gymnase quand j'étais au lycée.

— C'était une légende vivante, dit JJ en baissant les yeux pour regarder fixement ses pieds. Mais je crois que j'aimais aussi être en leur compagnie parce que j'avais l'impression de faire partie d'un groupe. D'avoir rejoint leur bande. D'être un homme. (Red hocha la tête.) Ils étaient… comme leur amitié. Ils dégageaient un truc solaire ou je ne sais quoi, comme des jumeaux, deux moitiés qui se complétaient l'une l'autre. J'adorais en être témoin. Ils me laissaient rire de leurs blagues comme si je les comprenais. Merde, dit-il en crachant par terre à son tour – alors qu'il n'avait pas couru, contrairement à Red. Avec le recul, ça me fait bizarre de les comparer à des jumeaux.

Red se figea tout à coup, pétrifié à l'idée de dire ce qu'il ne fallait pas.

— Donc… pour toi, c'est vrai ?

— Je n'en sais rien, répondit JJ. Mais je sais que ça ne me plairait pas. Ça non, putain, ça ne me plairait pas du tout. (Il marqua une pause, leva les yeux vers le ciel dépourvu de nuages.) C'est mal.

Red eut beaucoup de mal à déglutir. Sans Jennifer pour surveiller ses écarts de langage, JJ n'avait visiblement plus de filtre. Et cette fois, Red en avait la confirmation : son père détestait les gays.

Il préféra garder le silence. Il ne se faisait pas confiance. Il ne savait pas s'il allait cracher, crier, faire une blague sordide ou, pire que tout, se mettre à pleurer. Il se contenta de se lever et de s'en aller.

***

Ellen avait beau l'observer depuis un moment, il lui était impossible de se remémorer quand ce magnolia avait été planté. Il poussait près du panneau stop de Miss Sparkles, et devait maintenant mesurer pas loin de six mètres. Elle ne se souvenait pas non plus que la question de cet arbre eût été évoquée lors d'une réunion de l'amicale des voisins, mais cela avait forcément été le cas. Miss Sparkles, assise bien sagement aux pieds de sa maîtresse, semblait elle aussi regarder l'arbre.

Ellen ressentit le curieux besoin d'aller toucher le tronc, comme elle l'avait fait avec la pierre tombale de Gerry. Mais elle ne bougea pas. Elle n'avait pas nécessairement envie d'entrer en contact avec cet arbre, de palper son écorce et de se tenir à l'ombre de ses branches.

— Eh, Gram !

Ellen se retourna et aperçut Red, en train de ralentir sa foulée. Il s'arrêta, leva les mains au-dessus de sa tête et s'étira de chaque côté.

— Red ! s'exclama-t-elle en agitant la laisse, comme si elle restait là en plein soleil à cause de la chienne. Alors, tu as bien couru ?

— Pas mal, répondit le jeune homme en évitant son regard.

Ils se mirent en marche le long du trottoir.

— Tout va bien, mon petit chou ? lui demanda Ellen, mue par un réflexe grand-maternel.

Elle appelait souvent ses petits-enfants par des surnoms affectueux, mais Red avait toujours été « mon petit chou » :

Ellen s'en défendait en disant que Red était un tel chou qu'elle n'y pouvait rien.

— Si on veut, dit-il en essuyant la sueur à son front.

Son pouls avait un peu ralenti avec l'arrêt de la course, mais il fut pris d'une nouvelle accélération sous le coup de l'angoisse, un phénomène fréquent en présence de sa grand-mère depuis les funérailles. Il n'y avait pas prêté plus d'attention que ça, il avait spontanément tendance à y voir un symptôme de sa propre culpabilité. Une petite voix dans sa tête lui disait qu'il risquait lui aussi de faire du mal à sa famille, comme l'avait fait son grand-père, bien qu'il n'ait pas été marié avec une femme pendant plus d'un demi-siècle et que cela faisait tout de même une grosse différence.

— Comment vas-tu ? demanda-t-il à sa grand-mère avec une pointe d'appréhension dans la voix.

Elle réfléchit.

— Bien, je suppose. On me dit de prendre les choses un jour après l'autre, mais j'ai plutôt l'impression de le faire minute par minute.

— Je vois, commenta Red en espérant que cela suffirait.

— Nous avons été mariés pendant soixante ans, poursuivit Ellen. Mon problème, c'est que je n'arrête pas d'oublier. Ne le dis pas à tes parents, ils croiraient que je souffre de démence sénile. Mais je me surprends sans arrêt à me demander où il est. Jusqu'à ce que la réalité me rattrape.

— Parce qu'il est parti si soudainement, je suppose, dit Red. Les choses auraient été très différentes… s'il avait eu une longue maladie, par exemple.

Ellen acquiesça. *Ou si son amant secret n'avait pas tout balancé pendant les obsèques*, ajouta mentalement Red. Il avait tant de questions à poser à sa grand-mère : avait-elle été surprise ? Si oui, commençait-elle à comprendre certaines choses, avec le recul ? Le savait-elle déjà quand ils étaient jeunes ? Fred avait-il été le seul dans la vie de Gerry ?

Comme si elle lisait dans ses pensées, Ellen déclara soudain :

— Tu peux tout me demander, tu sais... Mais rien ne t'y oblige non plus, ajouta-t-elle en voyant qu'il regardait fixement par terre. C'est une période difficile pour tout le monde, pas uniquement pour moi. Gerry était ton grand-père, et c'est important.

Red eut soudain l'impression d'avoir une brique coincée en travers de la gorge. Il se força à déglutir, et les mots sortirent de sa bouche avant qu'il ait le temps de réfléchir :

— Est-ce que tu le détestes ?

Ellen fronça les sourcils, comme piquée au vif.

— Certainement pas ! Jamais je ne pourrais le détester. Ni même l'envisager. Mon petit chou, tu le détestes, toi ?

— Non, dit Red en se tournant vers sa grand-mère, qui lut dans ses yeux qu'il serait incapable de détester qui que ce soit. Jamais de la vie.

Ellen opina.

— Ça, on peut dire qu'il nous a menti. Et oui, ça me met en colère. Tu sais, après soixante ans de mariage et des poussières, il arrive que l'honnêteté passe à la trappe. Je ne m'en exclus pas. (Elle marqua une pause, comme pour rassembler ses pensées.) Mais à bien y réfléchir, dans cette histoire... je vois surtout sa souffrance. De devoir se cacher, nous mentir à tous. J'imagine les tourments qui ont dû être les siens. Et ça me fait de la peine, oui. Même si j'aurais quand même eu deux mots à lui dire.

Red eut de nouveau la gorgée nouée. Et cette fois, il se sentit à deux doigts de pleurer. Il savait que sa grand-mère ne serait pas choquée, mais il n'avait pas envie de fondre en larmes devant elle. Il ne voulait pas la contrarier. Trop tard : lorsqu'il voulut réagir à ce qu'elle venait de dire, il sentit les larmes lui monter malgré lui. Il plissa les yeux comme s'il était aveuglé par le soleil.

— C'est magnifique, Gram. Ta compassion. Pour moi, c'est la définition même de l'amour de Dieu. Envers nous.

Ellen sentit aussitôt ses mots se graver dans son âme. Elle leur trouvait une beauté et une vérité profondes. Et cela la rendit très fière : Red était son petit chou, mais c'était aussi un homme de Dieu. Sans se le formuler consciemment, elle pria pour que Red connaisse un jour ce qu'elle avait connu avec Gerry – ce qu'il appelait si magnifiquement l'amour de Dieu.

À l'approche de la maison, Red s'arrêta. Ellen se tourna vers lui, et il lui dit qu'il avait quelque chose à lui annoncer. Il prit son courage à deux mains, et se lança. Elle resta très immobile, au début ; puis elle opina. Elle avait quelque chose à lui dire, elle aussi. Ils continuèrent à discuter, puis se dirigèrent vers la maison. Ellen prit son petit-fils entre ses bras, alors qu'ils étaient tous les deux couverts de sueur. Ils restèrent enlacés un long moment, et Miss Sparkles vint s'asseoir sur les pieds de sa maîtresse.

Puis Red repartit chez ses parents, et Ellen le regarda traverser la rue, les mains dans les poches de son short et les épaules voûtées, dans la posture que Jennifer et JJ lui reprochaient tant. Lentement, elle sortit sur la pelouse de derrière.

C'était l'heure magique. Les grillons commençaient à chanter et un ver luisant passa en virevoltant, mais la lumière du jour s'accrochait encore. Ellen contempla son jardin. Il sentait bon la verdure. Elle vit les roses, les tomates, les courges, les hydrangées. Elle ne savait pas comment s'en occuper, mais c'étaient les siennes. Gerry les avait plantées pour elle. Elle leva les yeux vers le ciel teinté de rose, et ferma les yeux. Une brise chaude enveloppa ses épaules. Elle sourit.

***

Wilma sentit une pointe d'agacement la parcourir en entendant frapper à la porte de son ancienne chambre. Elle avait réussi à voler quelques instants de solitude, un bien rare depuis son arrivée à Eulalia il y avait maintenant près d'une semaine. Elle avait éteint son téléphone pour ne pas entendre les notifications sonores annonçant les SMS de Derek, avec leur avalanche de questions auxquelles elle n'avait pas envie de répondre pour lui dire comment se passait sa journée ou quel était son film préféré. Assise sur son lit, elle observa les rangées de livres qu'elle avait tant aimés durant son adolescence, la photo de Susan Meiselas qu'Ellen n'avait jamais décrochée du mur, et elle eut l'impression que son chagrin grandissait encore, maintenant qu'il avait la place de respirer. Carol Anne passa la tête dans l'entrebâillement de la porte.

— Si on en profitait pour regarder mes photos ? dit-elle en entrant dans la pièce sans attendre la réponse de Wilma.

Robert lui emboîtait le pas, comme d'habitude. Elle alla prendre l'ordinateur et la sacoche de Wilma posés sur le rebord de la fenêtre, au milieu des livres de poche, et les emporta sur le lit à côté de sa sœur. Avant de s'asseoir tout près – trop près – d'elle. Sans protester, Wilma alluma son ordinateur et sortit la carte mémoire de son appareil photo. Robert s'assit sur le rebord de la fenêtre pour ouvrir son propre ordinateur.

Carol Anne tendit le cou, si bien que son visage se trouvait à moins de deux centimètres de Wilma.

— Arrête, Annie. Tu me mets mal à l'aise.

— Et pourquoi ça ? Tu ne penses pas avoir fait de bonnes photos ? Moi qui te prenais pour une pro…

— Non, je ne suis pas nerveuse à cause des photos. J'aimerais juste avoir un peu d'espace.

Carol Anne se déplaça d'un iota vers la gauche avec une moue irritée. Puis, sans crier gare, elle se leva pour rejoindre Robert.

— Je peux savoir ce que tu fais ? lui demanda-t-elle en se penchant vers son écran.

— Je lance une liste de naissance pour Alice, dit-il en souriant.

Wilma leva les yeux vers lui.

— Vraiment ?

— Oui. Oh, ça ne te dérange pas, j'espère ? Je suis désolé, je n'avais pas pensé que tu aurais peut-être envie de le faire toi-même...

Il se frappa le front d'un geste théâtral. Les manières de Carol Anne avaient clairement déteint sur lui.

— Pas du tout, Robert, c'est très gentil de ta part. (Wilma le pensait sincèrement.) En as-tu juste... parlé avec Alice ? Elle s'efforça de ne pas avoir l'air sceptique, mais elle était à peu près certaine qu'Alice ne verrait sans doute pas d'intérêt à demander des cadeaux de naissance, préférant sans doute utiliser l'argent pour arrondir son salaire.

Robert secoua la tête.

— J'ai pris sur moi de créer la liste et de m'en occuper pour lui faire la surprise. Elle n'est pas obligée de s'en servir mais dans le cas contraire, tout sera déjà prêt.

— Je suis très touchée que tu t'en sois donné la peine, dit Wilma, la main sur le cœur. Tu ne trouves pas ça adorable, Carol Anne ?

— Si, si. Bon, les photos sont prêtes ? dit cette dernière en se détournant de Robert pour aller se rasseoir sur le lit. Elle se colla de nouveau contre sa sœur, lui chatouillant l'épaule de ses longs cheveux ondulés. Wilma se contenta de lâcher un soupir impuissant et tourna son écran face à elles.

Carol Anne ravala son souffle, les mains sur les joues, comme si elle n'en croyait pas ses yeux.

— Waouh.

— Tu es très belle, commenta Wilma. Je crois que j'ai bien réussi à rendre...

Carol Anne tendit l'index et tapota l'écran du bout de son ongle. Ce petit bruit fit tressaillir Wilma, comme si quelque chose lui asticotait les entrailles.

— Je ne veux pas de celle-là, déclara Carol Anne en désignant la miniature d'une photo où elle avait les paupières mi-closes.

— Je croyais qu'on procéderait peut-être comme la dernière fois ? Pas besoin de supprimer quoi que ce soit, on regarde tout, on sélectionne tes préférées, et je les retravaillerai.

— Supprime-la. Immédiatement, ordonna Carol Anne d'une voix sans appel.

Wilma coula un regard furtif en direction de Robert, qui pianotait toujours sur son clavier mais haussa les sourcils. Résignée, elle fit glisser la miniature incriminée vers l'icône de la corbeille.

Mais Carol Anne lui prit carrément son ordinateur des mains pour poursuivre le tri elle-même. Elle élargit une photo d'elle prise dans le jardin et poussa un soupir de satisfaction. Elle passa aux suivantes, qu'elle fit défiler l'une après l'autre, opinant avec approbation devant quelques-unes.

— Celles-là sont vraiment bien, dit-elle. (À son corps défendant, Wilma sentit une petite bulle de fierté gonfler en elle.) J'imagine que tu te fais des autoportraits pour ton profil sur les sites de rencontre ?

La petite bulle de fierté éclata aussitôt.

— Tu sais que je ne fais pas ce genre de trucs.

— Pas étonnant, commenta Carol Anne.

Wilma tenta de prendre une grande inspiration pour ignorer le sous-texte de la réponse de sa sœur. Bien que cette dernière ait largement mérité de se prendre un tacle sur sa consommation de fromage l'autre jour, et bien que le tacle en question ait été bien sage comparé à ce que les autres membres de la famille balançaient régulièrement à Carol Anne, Wilma s'en était voulu pendant des heures et était venue frapper délicatement à la porte de sa sœur, pendant que Robert était sorti courir, pour lui présenter ses excuses. Carol Anne s'était mise à pleurnicher, et Wilma s'était sentie obligée de s'excuser une seconde fois, puis de la remercier d'avoir orchestré cette sortie avec Derek et joué les médiatrices pendant le dîner, ce qui avait non seulement apaisé son stress mais rendu la soirée encore plus sympa (alors que ce n'était pas tout à fait vrai). Ses mots avaient redonné le sourire à Carol Anne, qui lui avait assuré que tout était pardonné.

Mais voilà qu'elle recommençait, avec ses allusions perfides à la « pruderie » de Wilma. Comme si cette dernière ne s'était pas déjà sentie assez complexée au restaurant. Elle décida d'ignorer sa remarque.

Sauf que Carol Anne ne l'entendait pas de cette oreille.

— Tu sais, insista-t-elle, je crois que plus on fait de rencontres, plus on a de chances de trouver la bonne personne, mais aussi d'améliorer sa confiance en soi et sa capacité à véritablement *briller*.

— Tu sembles beaucoup plus t'intéresser que moi à ma vie sentimentale, répondit Wilma d'un ton léger pour tenter de faire diversion.

Carol Anne fit glisser une nouvelle image dans la corbeille.

— Je m'intéresse juste à l'énergie que tu diffuses dans l'univers et à la manière dont cela affecte l'énergie que l'univers te renvoie.

Robert se tortilla, comme mal à l'aise, sur le rebord de la fenêtre.

— J'ai l'air malheureuse, à ton avis ? demanda Wilma.

— Tu as surtout l'air seule. Mais ce n'est pas une honte, tu sais.

— Je ne me sens pas seule, rétorqua Wilma en haussant un peu le ton. Ma vie me va très bien comme ça !

— Oh, mais oui, Wilma va bien, Wilma va toujours très bien ! Ne vous inquiétez pas pour Wilma, parce qu'elle est trop occupée à s'inquiéter pour tout le monde ! Personne ne te demande de jouer les martyrs.

Carol Anne continuait à cliquer sur ses photos, mais elle ne semblait plus y prendre autant de plaisir et son ton désinvolte avait disparu.

Wilma eut un geste d'impuissance et promena son regard autour de la pièce, comme si elle recherchait de l'aide. Robert semblait plus concentré que jamais sur son ordinateur.

— Je ne cherche pas à jouer les martyrs, protesta-t-elle. Mais excuse-moi de ne pas penser à des bagatelles moins d'une semaine après le décès de mon père !

— TON père ? mugit Carol Anne en tapant du poing sur le lit.

Elle ne s'intéressait plus du tout à ses photos, cette fois. Narcisse s'était enfin arraché à la contemplation de son reflet dans l'étang.

— Ce n'est pas parce que je ne me complais pas dans le chagrin et que je ne vis pas dans le déni que je ne suis pas affectée par sa mort. Et je ne vais pas non plus m'excuser d'être la seule dans cette famille qui semble avoir pigé le concept du cycle de la vie !

— Qui se complaît dans le chagrin ? Je suis allée au restaurant avec un homme ! J'ai pris des photos de toi !

— Tu es allée à ce rendez-vous parce que je t'y ai forcée, répliqua Carol Anne.

Robert referma discrètement son ordinateur et commença à se lever. Il ouvrit la bouche pour bredouiller une excuse quelconque, mais Carol Anne le fit taire d'un geste. Il jeta un regard paniqué à Wilma et s'éclipsa sans demander son reste.

— Tu n'as pas fait le moindre effort l'autre soir au restaurant, poursuivit Carol Anne. Et ne viens pas me dire le contraire.

Wilma eut l'impression de s'être brûlé les doigts sur un plat trop chaud. Elle aurait préféré que la remarque de sa sœur ne l'affecte pas, mais elle était bien obligée d'admettre que si. Elle avait essayé de se faire jolie, elle avait tenté de faire la conversation, elle avait répondu aux SMS et était sortie se promener avec lui. Elle lui avait même tenu la main ! Pourquoi Carol Anne restait-elle focalisée sur ce dîner ? Elles venaient *toutes les deux* – oui – d'enterrer leur père. Leur père bien-aimé. Et voilà que sa sœur l'accusait d'être une vieille fille sans personne d'autre à blâmer qu'elle-même.

Wilma se pencha tel un chat sauvage et, pour une fois, se laissa envahir par sa colère au lieu de la refouler. Elle se colla à deux centimètres du nez de sa sœur.

— Ce n'est pas parce que je ne collectionne pas les mecs…

— Tu sais très bien que je suis sortie avec des femmes, aussi !

— Pardon ! Ce n'est pas parce que je ne collectionne pas les conquêtes comme on collectionne les foulards, disais-je, que je ne fais pas d'efforts dans la vie. Peut-être que j'ai plus de mal à nouer de l'intimité avec les hommes parce que je sais que je risque de m'attacher à eux. Contrairement à toi, je n'ai pas l'habitude de les jeter comme des Kleenex.

La mâchoire de Carol Anne s'affaissa, et Wilma vit une sorte de lueur sauvage animer ses prunelles. Même quand les coups volaient bas, Carol Anne adorait les disputes. Or Wilma faisait toujours tout pour éviter que les choses s'enveniment. Et cette fois, il ne s'agissait pas des remarques acerbes de JJ sur le yoga ou sa carrière ratée de comédienne. Les deux sœurs étaient montées sur le ring, et elles avaient ôté leurs gants.

Consciente de l'enjeu, mais pas vraiment d'humeur à essayer de sauver les meubles, Wilma roula de l'autre côté du lit et se leva. Puis elle se dirigea en trombe vers la porte, sous les yeux ébahis de Carol Anne. Hélas, tous ses effets furent gâchés lorsqu'elle revint quelques secondes plus tard pour récupérer son ordinateur sous les protestations de Carol Anne. Mais Wilma ressortit trop rapidement pour l'entendre.

Chapitre 12

— Quelque chose ne tourne pas rond, cousine ? demanda Grant. (Il s'ouvrit une bouteille de kombucha et en but la moitié d'une seule traite.) C'est, euh… hormonal ? ajouta-t-il comme s'il prononçait un mot sale.

— Eurk, fit Alice.

Grant l'avait trouvée assise seule dans la cuisine, vêtue de l'un des sweats de Gerry, le regard dans le vide.

— Il n'y a rien de répugnant au fait de porter la vie, dit-il.

Il posa sa bouteille sur la table et se mit à se balancer sur sa chaise.

— Ça implique pas mal de trucs répugnants, à vrai dire, mais on ne peut pas en parler car c'est un sujet tabou. Non, c'est juste la manière dont tu as prononcé le mot « hormonal » qui m'a un peu… dégoûtée. Ne le prends pas mal, hein.

— T'inquiète.

Grant ne se formalisait jamais qu'on lui reproche son manque de tact. Alice fit semblant de lire les infos sur son téléphone, alors qu'elle était incapable de retenir quoi que ce soit. En réalité, elle ne cessait de relire son dernier échange avec Peter – surtout le message où elle lui disait avoir besoin de temps pour elle-même et qu'il s'était contenté de liker, sans répondre. Elle leva les yeux vers Grant et sursauta en s'apercevant qu'il l'observait.

— Ben quoi ? lui lança-t-elle.

— OK, alors vas-y mollo avec l'agressivité, d'abord. Si je n'ai pas le droit de te demander si tu as un problème « hormonal », tu n'as pas à m'aboyer dessus quand je te demande si tout va bien.

— Je crois qu'on peut dire que rien ne va.

Grant soupira.

— Si on commençait par parler de ce qui se passe entre toi et Big Pete ? (Alice grogna, mais il poursuivit quand même.) Sérieux, tu peux tout me dire. Je suis le confident idéal.

— Ah, et pourquoi ?

— D'abord parce que je ne repenserai sans doute jamais à cette conversation. Donc si c'est top secret, je ne le répéterai à personne. Ensuite parce que je mens très mal, donc je te livrerai une réaction honnête, si c'est ce dont tu as besoin. Et enfin, parce que tu n'as rien pu faire que je n'aie pas déjà fait moi-même, donc rien ne peut me choquer.

— Je suis épatée par tant de logique, commenta Alice. Même si tu n'es sans doute jamais tombé enceinte hors mariage.

— J'ai peut-être mis une ou deux filles enceintes, répondit Grant d'un air effarouché. Mais si c'est le cas, Dieu merci, je n'en sais rien.

— Ah.

Au fond, Alice mourait d'envie de se confier à quelqu'un. Elle avait besoin d'entendre une opinion sincère, et non des conseils insipides sur son avenir. Elle avait déjà assez de mal à s'y projeter elle-même.

— Bon, poursuivit-elle. Je pense que Peter et moi avons toujours été amoureux l'un de l'autre.

— Tout le monde le sait, répondit Grant en se carrant sur sa chaise, les mains croisées derrière la tête.

— Je ne suis pas sûre d'être d'accord avec toi sur ce point, mais…

— C'est la vérité. Ça saute aux yeux. Où est le problème ?

— L'autre soir, on discutait ensemble dans le champ...

À ces mots, Grant se pencha en avant, les quatre pieds de sa chaise de nouveau réunis avec le sol. Il tendit le poing à Alice pour lui faire un check.

— Sacrée toi ! Ça confirme ce qu'on a souvent entendu à propos des femmes enceintes.

— Quoi, qu'on aimait discuter dans les champs ?

— Non, que vous aviez, genre... une libido dingue !

— Oh, pour l'amour du ciel, Grant ! Bah, laisse tomber. Ça ne sert à rien.

Elle s'apprêtait à se lever quand il posa sa main sur son bras.

— Pas si vite, ma p'tite dame. Je te promets de faire moins de commentaires sur ta vie sexuelle, mais tu ne peux pas me planter comme ça. Je veux connaître la suite.

— Ravie d'apprendre que mes problèmes sont distrayants, maugréa Alice. (Grant ne dit rien. Il attendait la suite.) OK. On a beaucoup discuté sans vraiment prendre de décisions concrètes pour la suite, mais il m'a fait une grande déclaration en me disant qu'il m'avait toujours aimée et qu'il avait envie de ça, dit Alice en désignant son ventre.

— C'est beau. J'adore.

— Puis on est repartis en voiture... Et il a reçu un SMS d'une autre fille.

— Oups.

— Comme tu dis.

— Est-ce que c'était... ? demanda Grant d'un air chargé de sous-entendus.

— Est-ce que c'était... ? répéta Alice d'un air chargé d'incompréhension.

— Un selfie cochon, Alice ! Est-ce que c'était une photo d'elle à poil ?

— Oh mon Dieu, non ! On parle de Peter, je te rappelle !

— C'est vrai. Alors, c'était quoi ?

— Je tiens à préciser que je n'avais *pas* l'intention de lire ses messages...

— C'est tout à ton honneur.

— ... mais il a fini par m'avouer qu'il sortait avec cette fille depuis quelque temps et qu'il ne lui avait encore rien dit pour ma grossesse.

— Oui, parce que faire un enfant à la femme de ta vie est la meilleure excuse que j'aie jamais entendue pour en ghoster une autre, commenta Grant.

Voyant qu'Alice le regardait fixement, il ajouta :

— Désolé. Continue, je t'écoute.

— Ben, voilà. Je t'ai tout dit.

— Je ne suis pas sûr de comprendre... Pourquoi tu lui en veux ?

— Parce qu'il venait de me faire sa grande déclaration en m'expliquant qu'il m'avait toujours aimée, qu'il avait toujours rêvé d'une vie à deux avec moi, mais qu'en fait il sortait avec une autre fille !

— Il t'avait dit qu'il était célibataire quand vous vous étiez revus ?

— Hum... non.

— Vous étiez restés en contact, après ?

— Il m'avait envoyé quelques messages, mais je... je ne lui avais pas répondu.

— Tu as GHOSTÉ le mec dont tu étais tombée ENCEINTE ? C'est toi qui lui dois des excuses !

— Je ne savais pas quoi dire ! se récria Alice. J'avais tellement de trucs dans la tête ! Je savais que je le reverrais au mariage de Rebecca, et que je lui dirais tout à ce moment-là, mais je ne savais pas comment lui mentir en attendant. J'étais paumée... Ce n'est pas évident de se retrouver enceinte d'un type qui vit dans un autre État, figure-toi !

— OK, OK... Objection accordée par le juge, répondit Grant. Et cette autre fille, est-ce qu'il y tient ?

— Il me jure que non.

— Alors excuse-moi, mais je ne vois pas où est le problème.

— Le problème, c'est que Peter est au courant de ma grossesse depuis des jours et qu'il n'a toujours pas rompu avec elle.

Elle se carra sur sa chaise, les bras croisés.

— Écoute, Alice, répondit Grant avec une étincelle de jubilation dans le regard, signe qu'il s'apprêtait à lui en servir une bien bonne. Il avait trop de choses dans la tête ! Il ne savait pas comment te mentir ! Il était paumé ! Ce n'est pas évident de découvrir qu'on a mis une fille enceinte quand on vit dans un autre État !

Alice lui donna une bourrade à l'épaule, si fort qu'il lâcha un petit cri. Il adopta une mine de chien battu et gémit tout bas.

— Aïe.

Puis il changea d'expression, sourire mille mégawatts aux lèvres, reprit sa bouteille de kombucha et la vida d'un trait.

— Nous savons tous les deux ce qui se passe ici. Crois-en ton psychiatre.

— Je croyais que tu étais un juge.

— Je suis un homme de la Renaissance, bébé.

— Je t'interdis de m'appeler...

— Le mec te dit qu'il t'aime, qu'il veut construire sa vie avec toi. On sait tous les deux qu'il n'est pas du genre à mentir. En plus, il suffit d'avoir des yeux pour voir qu'il est raide amoureux de toi depuis la nuit des temps. Et je ne comprends toujours pas pourquoi tu es en colère contre lui. Parce qu'il ne t'a pas attendu bien sagement au cas où tu déciderais tout à coup de faire un enfant avec lui ? Parce qu'il ne sait pas comment rompre avec une fille que tu ne connais même pas ?

Alice se contenta de fulminer en silence. Elle savait qu'il avait raison. Grant, la voix de la sagesse... Qui l'eût cru ? Pour être honnête, il ne lui apprenait rien, mais ce n'était jamais agréable de se faire remonter les bretelles par son petit cousin.

— La bonne nouvelle, c'est que tout peut s'arranger. Tu as flippé, OK, les filles réagissent comme ça tout le temps, même quand elles ne sont pas enceintes. Mais tu dois rattraper le coup. Que tu veuilles être avec lui ou non, tu lui dois des excuses.

Sur ces mots, Grant se leva et remit sa chaise en place contre la table, parce que rien ne justifiait jamais d'oublier les bonnes manières.

En un geste d'une tendresse telle qu'il gomma aussitôt la honte, la peur et les remords qui se bousculaient dans la tête d'Alice, Grant se pencha pour lui déposer un baiser sur le sommet de la tête, comme un père embrasserait sa fille.

— Ça va bien se passer, dit-il. Tu verras.

Il désigna le ventre d'Alice et lui adressa un clin d'œil, chose qu'il était bien le seul à pouvoir faire sans avoir l'air bizarre. Bien que contribuer à dégonfler l'ego de Grant soit sans doute le plus grand service qu'on puisse lui rendre, Alice devait bien admettre qu'elle comprenait pourquoi les producteurs de *The Bachelorette* l'avaient choisi pour leur émission. Il était vraiment irrésistible.

Alice appuya sa tête contre le dossier haut de sa chaise et leva les yeux vers le plafond. Elle savait ce qui lui restait à faire.

***

Jennifer rouvrit les yeux, furieuse d'entendre quelqu'un la déranger dans son bureau. Elle pressa brutalement le bouton de son iPhone, mais son geste était trop fort pour être compris par l'appareil et le bruit des vagues, accompagné d'un cri de mouette occasionnel, continua à résonner dans la pièce.

— Inspirez, dit une femme à la voix sereine et profonde.

— JE MÉDITE, LÀ, MERDE ! mugit Jennifer, tous les bénéfices de l'exercice sur sa pression artérielle envolés en un clin d'œil.

— Pas la peine de t'énerver, grommela JJ. Je voulais juste savoir où était passé mon smoking pour qu'on regarde s'il avait besoin d'un coup de fer avant le mariage.

— Si je dois le repasser, tu veux dire ?

— J'imagine, oui. Ça va, Jennifer, inutile de monter sur tes grands…

— Sur mes grands quoi ? répondit-elle d'une voix très calme, la mâchoire serrée, faisant presque regretter à JJ les moments où elle criait. Je ne sais pas, JJ. Je n'en sais rien, Gerald. Pourquoi ne demandes-tu pas plutôt à ta ravissante petite assistante de repasser ton pantalon, puisque c'est elle qui te l'enlèvera de toute manière ?

Et voilà. C'était sorti. Elle bouillait intérieurement depuis longtemps déjà, mais si elle était sortie de ses gonds, c'était parce qu'il l'avait empêchée d'atteindre son objectif de paix intérieure. Or Jennifer était une femme qui aimait atteindre ses objectifs. La voix de l'appli continuait à lui prodiguer ses conseils, mais c'était sans doute fichu à présent, ce qui eut le don de décupler sa colère. JJ la dévisageait d'un air interdit.

— Qu'est-ce que tu racontes ?

Il lui posa cette question d'une voix lente, avec une circonspection que Jennifer interpréta comme de la condescendance. Dans sa tête, elle franchit le panneau stop qui lui interdisait toujours de dire des choses blessantes.

— Mon Dieu, JJ. Ce que tu peux être bête. Tu t'imagines que je ne suis pas au courant pour… *Stephie ?* dit-elle en mimant les guillemets les plus outranciers jamais vus à Eulalia, voire dans le monde entier.

La voix de l'appli prononça le mot « Caaaaaalme » et Jennifer faillit cette fois briser son écran en appuyant dessus pour la faire taire.

JJ ferma les yeux et les rouvrit très vite, comme s'il espérait se sortir d'un mauvais rêve. Parce qu'il avait l'impression de vivre une scène irréelle.

— Qu'est-ce que tu...

— Tu oses nier ? Ah, quand je pense que j'espérais attendre le départ des garçons !

Jennifer se leva et se mit à arpenter son bureau en gesticulant.

— Je me disais, *Jennifer, ronge ton frein encore quelques jours, ensuite tu diras à ton menteur de mari que tu sais tout ce qu'il a fait parce qu'il se sentait émasculé sous prétexte que tu gagnes plus d'argent que lui.* Parce que c'est une des raisons, pas vrai ? En plus de ses petits seins qui s'agitent et de ses « Oooh, JJ, comme vous êtes intelligent ! », et « Ooooh, JJ, mais quel est le secret de votre succès ? ». Là-dessus, Gerry est mort, et j'ai eu de la peine pour toi. Et j'étais triste aussi, car tu sais qu'il était comme un père pour moi. Il faut croire que l'infidélité court dans la famille ! Mais tu refuses de l'admettre, bien sûr. Sans doute parce que tu es incapable de te regarder dans le miroir ! Mais tu sais quoi ? Quand je vois ta mère, je me dis que je n'ai aucune envie de me faire humilier comme elle. J'ai encore la vie devant moi. Et je ne pas sûre de vouloir la passer aux côtés d'un homme qui me trompe.

Leurs regards se croisèrent, et JJ eut un mouvement de recul comme si elle venait de la gifler.

— Je ne te trompe pas, dit-il.

— Oh, je t'en prie ! éructa-t-elle, furieuse qu'il ose encore essayer de lui mentir.

JJ se laissa tomber dans le fauteuil qui était posé dans le coin de la pièce, si rarement utilisé qu'on en oubliait son existence.

— Jennifer, je ne t'ai jamais trompée. Je ne peux même pas...

Il essayait de trouver les mots justes, mais il n'y arrivait pas, comme souvent lorsqu'il était submergé par l'émotion. Il avait l'impression de perdre pied et de se noyer au milieu des rapides.

— Comment peux-tu penser une chose pareille ? Comment peux-tu croire une seconde que je sois… comme lui ?

— Je ne *crois* pas que tu sois comme lui, je le sais. Tous ces soirs où tu rentres tard du boulot… Ne me prends pas pour une imbécile, JJ. Je t'ai suivi une fois, si tu veux tout savoir. Et tu n'es pas allé à la salle de sport. Alors où allais-tu ?

Elle se tenait penchée vers lui, tel un chat sauvage prêt à bondir sur sa proie, mais se redressa en entendant la porte d'entrée de la maison. Quelques instants plus tard, Grant fit son entrée dans la pièce, suivi de près par son frère, qui semblait encore plus nerveux que d'habitude. Ce seul détail suffit à agacer JJ, pourtant déjà très remonté par l'échange qu'il venait d'avoir avec Jennifer.

— Salut, dit Red.

Il se tenait les mains dans les poches, les épaules voûtées, dans la position que ses parents détestaient. Ils avaient cru résoudre le problème en le soudoyant quand il avait 15 ans avec une expédition de pêche en Caroline du Nord, mais apparemment, il avait repris ses mauvaises habitudes. Il alla s'asseoir avec son frère sur le vieux sofa étroit que Jennifer s'était toujours promis de faire retapisser.

— Vous avez une minute ? demanda Red à ses parents.

JJ était tellement sous le choc de sa dispute avec Jennifer qu'il ne comprit pas tout de suite que leur fils avait une annonce importante à leur faire. Mais Jennifer, elle, sentit aussitôt sa colère céder la place à une vive inquiétude, surtout lorsqu'elle vit que Grant s'était assis à côté de son petit frère pour le soutenir. Que pouvait-il avoir de si terrible à leur annoncer ? Puis elle comprit qu'il s'apprêtait peut-être à leur dire la vérité, et une petite lueur vint illuminer le désespoir qui l'habitait encore il y avait un instant.

— Bien sûr, dit-elle, soucieuse de le mettre à l'aise.

Si seulement elle avait pu poursuivre sa séance de méditation jusqu'au bout, pensa-t-elle amèrement. Grant tapotait le genou de son frère, ce qui ne contribuait pas vraiment à le détendre. Jennifer alla s'asseoir sur sa chaise de bureau. Il y eut un silence.

— Que se passe-t-il, mon chéri ? finit-elle par demander.

Red coula un regard en direction de son père, qui restait parfaitement impassible. Mon Dieu. Il se sentait à deux doigts de vomir. Toutes les terminaisons nerveuses de son corps lui donnaient l'impression de bouillir – mais pas du tout comme la fois où il avait serré Brady dans ses bras.

— J'ai un truc à vous dire. Je sais que le timing n'est pas idéal, avec l'histoire de Grandpa Gere...

Il eut soudain la sensation qu'il était à la fois en train de flotter au-dessus de son corps et coincé sous une trappe à l'intérieur de lui.

— Mais je crois qu'il faut que je vous le dise.

Jennifer l'encouragea d'un hochement de tête, ses yeux si larges que Red se sentit aspiré par son regard. Il comprit alors qu'elle savait déjà. Il n'aurait jamais pensé que cela lui faciliterait les choses, mais ce fut le cas. Ses yeux dans les siens, il déclara simplement :

— Je suis gay.

Jennifer sentit son corps s'affaisser sous le poids du soulagement, mais elle se leva aussitôt pour aller prendre son fils dans ses bras.

— Oh, mon chéri. Merci de me faire confiance. De *nous* faire confiance.

Elle savait que c'était la chose à dire, parce qu'elle avait lu des dizaines d'articles et de blogs sur la meilleure façon de réagir face au coming out de son enfant. La tête posée sur celle de Red, elle se tourna de manière à observer la réaction de son mari. Il les observait sans rien dire, les yeux écarquillés. Sa bouche formait un rond immobile. Il semblait clairement en état de choc.

— Oh, lâcha-t-il.

— JJ ? lui dit Jennifer.

C'était un encouragement, mais aussi une mise en garde.

JJ restait muet. Comme si ses pensées étaient engluées dans un bol de gelée. Grant, toujours le premier à faire une blague d'habitude pour désamorcer les situations tendues, était paralysé par la présence de son père. Il se sentait nerveux, mais aussi très fatigué : il aurait pu s'allonger sur ce canapé et dormir pendant dix ans. Jennifer sentit son pouls s'accélérer : JJ allait-il tout gâcher ? Sa colère à son égard menaçait de franchir un cran supplémentaire.

— Mon fils, dit enfin JJ, j'espère que... Enfin, je... J'espère que rien de ce que j'ai pu dire ou faire ne t'a... Ce que j'ai dit l'autre jour, ça n'avait rien à voir. Tu le sais très bien. Tu n'es pas...

Il éclata soudain en sanglots. Recroquevillé sur lui-même et parcouru de soubresauts. Jennifer, qui avait toujours les bras autour de Red, regarda avec ses deux fils JJ s'effondrer sous leurs yeux.

Ils restèrent pétrifiés tous les trois pendant que JJ continuait à pleurer, ne sachant pas comment réagir. Grant semblait en état de sidération mais, à sa grande surprise, Jennifer entrevit une lueur d'espoir. Elle savait à quel point JJ aimait Red.

Red était incapable de ressentir quoi que ce soit. C'est à peine s'il avait l'impression de voir la scène qui se déroulait devant lui. Mais ce vide fut balayé par une émotion encore plus forte, presque un choc, quand JJ se leva, le visage ruisselant de larmes, et se pencha maladroitement pour l'étreindre, lui et sa mère, ses gros bras enlacés autour d'eux.

Red ressentit une vague de soulagement immense, comme la première fois où il avait lâché la corde pour sauter dans le ruisseau. Il avait surmonté sa peur, et tout s'était bien passé. Jennifer, JJ et Red restèrent blottis tous les trois en un gros tas grumeleux.

Grant posa sa main sur les cheveux de son frère, comme en un geste de prière. Il regardait sa famille, et il était fier. Des larmes brillaient dans ses yeux, mais il sourit.

— Joli, dit-il.

***

L'heure magique. C'était le moment préféré d'Alice durant les journées d'été à Eulalia, quand le soleil s'était couché mais qu'il faisait encore clair dehors. Tout semblait plus doux, le ciel devenait rose pâle et une fraîcheur perceptible s'invitait dans l'air. Elle se gara devant la maison des Bell, toutes vitres ouvertes. La Lexus de la mère de Peter était garée dans l'allée.

Alice prit une grande inspiration, sortit et resta appuyée contre sa portière, devant cette maison où elle était venue dîner tant de fois et à laquelle elle avait si souvent pensé, pendant son adolescence, parce que Peter y habitait. La fenêtre de sa chambre était située sur le côté droit de la façade. Elle vit qu'il était allongé sur le canapé, en train de lire ce qui ressemblait à un comic book, détail pour lequel elle aurait adoré le taquiner si elle n'était pas venue là pour lui présenter ses excuses. Ses jambes étaient étendues devant lui, la cheville gauche croisée par-dessus la droite, et Alice réalisa qu'elle était prête à le voir dans cette position tous les jours de sa vie. Cette pensée lui donna soudain du courage.

Elle tendit le bras vers l'intérieur de sa voiture et mit les haut-parleurs à fond. Elle dut se pencher un peu plus pour atteindre son téléphone, relié par un cordon auxiliaire à la stéréo du véhicule, qui était trop ancien pour avoir le Bluetooth.

— Merde, marmonna-t-elle pour se porter chance.

Elle appuya sur « Play ». La musique explosa si fort que ses oreilles se mirent à bourdonner et la voix veloutée d'Usher résonna à travers les enceintes, comme tout droit sortie de 2004 :

There's always that one person that will always have your heart
You never see it comin' 'cause you're blinded from the start

La porte de la maison s'ouvrit d'un coup et Deborah Bell surgit sur le perron, vêtue d'un tee-shirt et d'un short chino, visiblement prête à en découdre avec quelqu'un. Puis ses traits affichèrent la surprise quand elle aperçut Alice. Cette dernière, honteuse de provoquer tout ce raffut, et aussitôt ramenée dans la peau d'une ado de 14 ans, s'empressa de se plonger dans sa voiture pour éteindre la musique.

— Pardon, pardon, madame Bell ! lança-t-elle en se redressant.

Elle se figea en voyant que Peter se tenait sur le perron avec sa mère, qui semblait totalement interloquée. Lui avait l'air ravi, en revanche.

— Qu'est-ce que tu fais là, trésor ? lui demanda Mme Bell.

— Je voulais faire une sorte de geste, expliqua Alice. Dans le genre romantique.

— Depuis quand est-ce romantique de perturber la tranquillité du voisinage ?

Alice s'apprêtait à répondre, mais Peter lui épargna cette peine en tapotant l'épaule de sa mère. Deborah repartit à l'intérieur de la maison, l'air toujours aussi perplexe. Il referma la porte et se dirigea vers Alice, les mains dans les poches de son short long. Il avait ses lunettes sur le nez, ce qu'adorait Alice, mais il ne pouvait pas encore le savoir.

— C'est un quartier tranquille, ici, jeune fille, lui dit-il.

Il s'arrêta à un bon mètre d'elle, détail qui n'échappa guère à Alice.

— Oups.

Il lui sourit, et elle ressentit exactement la même chose que la fois où ils n'avaient pas réussi à faire l'amour dans la voiture de la mère de Peter, il y a des années : vulnérable, mais sûre d'elle et en bonne compagnie. Elle avait encore son petit discours à faire, cela dit.

— Je suis désolée de m'en être prise à toi l'autre soir. Tu n'avais vraiment pas mérité ça, d'autant que tu as été parfait sur toute la ligne alors que je viens de... chambouler ton existence. (Peter voulut dire quelque chose, mais elle poursuivit.) J'ai très peur, Peter. Je ne sais pas où je mets les pieds. J'avais envie de changement, mais avoir un bébé, surtout par accident, est un truc complètement fou pour moi. Et la douceur de ta réaction, ta générosité, nos sentiments de toujours l'un envers l'autre... c'était presque trop parfait. C'était presque trop beau pour être vrai. Quand j'ai vu le nom de cette fille sur ton téléphone, j'ai aussitôt pensé : « Tiens, espèce d'idiote. Voilà ta preuve. Comment as-tu pu être aussi naïve pour croire à ce conte de fées ? » Bref, j'ai flippé. Je n'aurais pas dû. Tu n'as rien fait de mal, et je te présente mes excuses.

Peter fit un pas vers elle. Alice avait toujours la bouche ouverte, et l'air absolument paniquée. Il comprit qu'elle n'avait pas fini de vider son sac.

— S'agissant de l'autre truc... je pensais tout ce que je t'ai dit. Oui, je t'aime. Et partager ma vie avec toi, avoir un enfant avec toi... j'ai l'impression de vivre un rêve, tu vois ? Je crois que je me sentais stupide de vouloir quelque chose d'aussi banal. Mais la vraie bêtise serait de te tourner le dos et de renoncer à tout ça. Tu as dit que tu voulais fonder une famille avec moi. C'est ce que je veux aussi. Les familles sont toutes cinglées – il n'y a qu'à regarder la mienne ! Mais c'est ce que je veux. Même si j'apprends à tes funérailles que tu couchais avec ton meilleur ami. Enfin, non pas que je le souhaite, évidemment… mais tu m'as comprise. Voilà.

Peter franchit le dernier pas qui les séparait et la prit dans ses bras.

Elle appuya sa tête contre son épaule et prit une longue inspiration, comme pour le respirer lui. Les larmes jaillirent de ses yeux sans qu'elle s'en rende compte. Il la berça tout doucement et lui caressa le dos. Elle recula son visage pour voir le sien. D'une main, il aplatit ses petites mèches rebelles qui flirtaient en permanence avec l'humidité et les coinça derrière ses oreilles.

— Alors, je m'installe au Texas, à ton avis ? lui demanda-t-elle.

Il l'embrassa, et Alice eut un peu honte de son nez barbouillé de morve, leurs visages pressés l'un contre l'autre. Puis elle comprit que c'était un oui, qu'il voulait qu'elle vienne s'installer au Texas, qu'elle venait donc d'unir son destin au sien et qu'elle pouvait bien lui barbouiller le visage de morve, désormais.

***

Ce soir-là, assise dans son lit, Jennifer tapotait sur son iPad en faisant semblant de lire. Le championnat national de cheerleaders avait lieu ce week-end et si elle ne parvenait même pas à s'intéresser à son ancienne équipe, à la photo de ses protégées réunies en cercle autour de leur coach, bras dessus bras dessous, c'était qu'elle ne pourrait s'intéresser à rien. Elle avait le cœur si serré qu'il semblait risquer d'exploser d'un instant à l'autre, avant de le sentir déborder d'allégresse et de soulagement l'instant d'après.

Sa poitrine se serrait lorsqu'elle repensait à sa dispute avec JJ. Elle ne s'étonnait plus qu'il ait nié lui avoir été infidèle : c'était la réaction la plus immature possible, et c'était tout à fait son style. Mais elle ne savait plus quoi faire, désormais.

Quant à la joie qui l'envahissait, c'était une bouffée de soulagement à l'idée que son fils lui avait enfin dit la vérité. Jennifer ne comprenait pas comment les gens pouvaient avoir un problème avec les homosexuels. Elle-même avait été très proche de ses cheerleaders masculins, et les avait farouchement défendus chaque fois que l'ombre d'un soupçon de remarque homophobe avait osé se dresser sur leur chemin. Il ne lui avait pas échappé que les filles s'étaient toujours pâmées devant le plus jeune de ses fils – différemment de la manière dont elles se pâmaient devant Grant, certes, mais quand même. Red était un garçon timide, mais son inflexible indifférence à l'égard de l'autre sexe avait depuis longtemps mis la puce à l'oreille de sa mère.

Elle se surprit à rêvasser. Quand Red finirait par rencontrer quelqu'un, elle espérait sincèrement que son compagnon et lui fonderaient une famille, parce qu'il ferait un excellent père, bien meilleur que celui qu'il avait lui-même connu. JJ entra dans la chambre et elle fit mine de s'intéresser à son iPad. Ses épaules se contractèrent, mais elle ne dit rien. Si leurs deux fils n'avaient pas été à la maison, il aurait probablement dormi sur le canapé. Mais ils étaient là. Il disparut dans la salle de bains attenante à leur chambre et referma la porte derrière lui.

Lorsqu'il en ressortit, il vint se coucher dans leur lit. Il ne dit rien, au début. Jennifer se demanda s'ils allaient reparler de ses accusations. Elle savait que cela reviendrait forcément sur le tapis, mais elle les imagina se couchant dans leur lit chaque soir, leur dispute nichée entre eux comme un petit animal de compagnie ou le mur d'oreillers qu'ils auraient sans doute fini par ériger.

— Je suis fier de lui, dit-il enfin.

— Moi aussi.

Il ne se tourna pas vers elle, mais tendit la main pour éteindre sa lampe de chevet.

— Je ne te trompe pas, Jennifer, murmura-t-il à l'attention du mur.

C'était curieux de l'entendre parler tout bas, alors que leur lit était le seul endroit où il le faisait d'habitude. Elle éteignit son iPad et sa propre lampe de chevet, se glissa sous les couvertures et regarda fixement le plafond. Elle lui avait toujours envié sa capacité à s'endormir presque instantanément, malgré la luminosité ou le bruit ambiant, à n'importe quelle heure du jour ou de la nuit. Sauf que ce n'était plus de la jalousie, cette fois ; un poids lourd lui écrasait la poitrine. Il y avait de la colère, de la tristesse, mais surtout une solitude immense.

Chapitre 13

Wilma inhala profondément, et son geste aurait pu paraître comique s'il n'avait pas été motivé par des raisons aussi tristes. Elle se tenait derrière le volant de la camionnette de Gerry, garée à sa place habituelle devant les bureaux de son entreprise de construction, son appareil photo sur les genoux. Elle avait décidé de sillonner les rues d'Eulalia à la lumière de l'aube pour essayer de prendre des photos. Peut-être y avait-il les germes d'un projet photographique autour de la figure de son père. Cela pourrait l'aider, qui sait.

Son inspiration profonde, hélas, fut décevante. Aucune odeur liée à Gerry n'envahit ses narines comme elle l'avait espéré. L'air sentait juste le renfermé et la chaleur. Elle s'était garée sous un magnolia pour avoir de l'ombre, mais cela n'avait pas servi à grand-chose. La chaleur lui ramollissait le cerveau, comme si elle nageait au milieu de ses pensées et que ses pensées étaient de la boue.

La bonne nouvelle, c'était que cette léthargie avait pour effet d'anesthésier ses sentiments. Elle pouvait se dire à quel point Gerry lui manquait sans éprouver cette douleur à vif, même si elle ne pouvait s'empêcher de penser à quel point elle l'aurait déçu. Elle savait que son père avait toujours tiré une grande fierté de sa fille aînée, surtout de son sens de la famille. Elle voyait bien que cela le contrariait quand JJ narguait Carol Anne, et aussi que ce dernier le faisait moins en présence de leur père. Gerry avait toujours su comment gérer le caractère de Carol Anne, talent que Wilma avait longtemps cru posséder elle aussi.

Après leur dernière dispute, elle n'en était plus si sûre. Quand tout le monde s'était retrouvé dans la cuisine, la veille au soir, Carol Anne avait projeté un halo de glace autour d'elle avant de s'en aller, suivie par son pauvre toutou de Robert qui avait jeté au passage un regard contrit à Wilma. Alors qu'il n'avait pas à s'excuser de quoi que ce soit.

Contrairement à Carol Anne ? Au fond d'elle, Wilma entendait une petite voix lui souffler que Carol Anne lui devait des excuses faisant curieusement écho à celle de ses filles (ses défenseuses les plus acharnées, quand elles n'étaient pas accaparées par leurs propres problèmes). C'était injuste, indélicat et tout simplement odieux de sa part de vouloir faire culpabiliser Wilma à cause de son manque d'enthousiasme envers Derek et du dating en général.

Mais qui sait, peut-être cela partait-il d'un bon sentiment ? Difficile à croire de prime abord, compte tenu de l'égocentrisme légendaire de Carol Anne. Toutefois Wilma était bien obligée de reconnaître que la solitude de son existence n'était pas un sujet anodin. Ce n'était pas qu'elle ne croyait pas aux relations amoureuses. Elle était ravie pour Alice, elle espérait que Delia referait sa vie avec quelqu'un d'autre, et elle admirait le couple que formaient ses parents, en dépit des récents rebondissements.

Mais à bien y réfléchir, elle ne ressentait pas de manque ou de grande absence dans sa vie. Certes, il y avait certains soirs où elle se servait un verre de vin et se retrouvait à fixer l'écran noir de sa télé, qu'elle avait mis un point d'honneur à ne pas allumer, histoire de ne pas finir devant une série par simple désœuvrement. Certains soirs où elle avait envie de raconter sa journée à quelqu'un. Ou d'entendre quelqu'un lui raconter une histoire qu'il n'avait racontée à personne.

Mais ce n'était pas comme ça tous les jours ; la plupart du temps, quand elle rentrait chez elle après un shooting, elle était tellement épuisée que le silence lui faisait l'effet d'un baume apaisant. Elle pouvait toujours appeler quelqu'un de sa famille, et ce n'était pas les amis qui manquaient autour d'elle.

Était-ce pathétique, cela dit ? Était-ce vraiment un choix de vie personnel, ou plutôt une stratégie d'autoprotection mise en place dans le sillage douloureux de Trey ? Était-ce la peur du changement, la peur d'être blessée ? Peut-être s'était-elle tellement habituée à être seule qu'elle ne se rendait même pas compte de sa solitude. Et qu'elle passait du coup à côté de quelque chose. La possibilité d'une vie plus riche. Depuis la mort de son père, elle avait une conscience plus aiguë de sa propre mortalité. Cette existence relativement tranquille était-elle vraiment ce qu'elle voulait faire de son temps limité sur terre ?

Maintenant, elle avait l'impression d'avoir une occasion d'explorer cette possibilité avec Derek. Si elle pouvait discuter avec lui, le soir, au lieu de fixer l'écran de son téléviseur ? Elle s'imagina rentrant d'un shooting, entendre Derek lui poser le même genre de questions qu'il lui posait par SMS. L'idée la fit frémir.

Rien que d'y penser, elle s'aperçut que sa petite maison lui manquait terriblement. Elle décida de le prendre comme une bonne chose : quel bonheur ce serait de reprendre le cours de sa vie dès qu'elle se sentirait prête à quitter Ellen ! Ce n'était peut-être ni de la protection ni du sabotage ; ce n'était peut-être pas non plus la peur du changement. Elle avait simplement construit la vie qu'elle aimait.

Lasse de ruminer ses pensées, Wilma décida de rallumer son appareil pour faire défiler les photos qu'elle avait prises depuis le début de la matinée. Une fleur de magnolia. L'enseigne délavée de la société de construction de son père. Sa casquette oubliée sur le tableau de bord, orpheline pour toujours. Wilma s'arrêta sur une photo qu'elle avait prise de Carol Anne et Robert, quelques jours plus tôt. Il se tenait penché vers elle, efflanqué et maladroit, ses lèvres pressées contre sa joue. On ne voyait que l'arrière de son crâne, mais Wilma devinait la gravité de son expression, son corps tout entier tendu vers ce baiser.

On ne voyait pas non plus le visage de Carol Anne, dissimulé par son propre bras passé au cou de Robert. Son caftan pendait négligemment sur son épaule, et son pied gauche était sorti de sa sandale car elle devait se tenir sur la pointe des pieds pour atteindre la nuque de son compagnon. Elle était un peu hirsute, ses longs cheveux rejetés en arrière dans le mouvement spontané de cette étreinte.

Malgré ces imperfections, quelque chose dans cette image touchait la sensibilité de Wilma. Elle l'observa longuement pour essayer de comprendre, zoomant sur certains détails pour revenir en arrière. Il lui fallut plusieurs minutes pour comprendre. Pour la première fois, sans doute, Carol Anne avait choisi d'ignorer l'objectif de l'appareil photo. L'espace d'un instant, elle ne s'était souciée ni de son apparence ni du résultat de cette prise de vue. Elle avait juste succombé au désir d'un moment de tendresse avec Robert. Wilma ne se rendait même pas compte qu'elle souriait avant d'apercevoir son reflet dans le rétroviseur.

***

Du temps où JJ et Jennifer venaient de s'installer, jeunes mariés, sur Myrtle Lane, ils allaient se promener tous les soirs ou presque après le dîner, l'été, afin de digérer et de savourer la fraîcheur relative de la fin de journée, lui avec une bière à la main, et elle avec un gobelet de vin.

Ils s'étaient bientôt retrouvés à faire ces promenades avec une poussette, puis avec les garçons à trottinette ou en rollers à côté d'eux. Jusqu'au jour où ils avaient cessé de les faire.

Ce n'était pas le soir, et elle avait depuis longtemps perdu l'habitude de boire du vin dans des gobelets en plastique. C'était le lendemain matin après leur dispute, après que Red soit sorti. Jennifer avait été surprise que JJ lui propose d'aller se promener, non parce qu'elle pensait que c'était une mauvaise idée, mais parce qu'elle avait passé la nuit à fixer le plafond, incapable de trouver le sommeil, en se disant la même chose. Cela faisait longtemps qu'ils n'avaient pas été sur la même longue d'ondes.

Il ne faisait pas encore trop chaud, mais il était encore tôt, et Jennifer redoutait la température qu'il ferait plus tard dans la journée, au moment du mariage. JJ marchait plus lentement que d'habitude, et elle ralentit pour se caler sur son pas. Il était sans doute en train de peaufiner le laïus cousu de fil blanc qu'il avait échafaudé à propos de sa liaison.

— Je n'ai pas de liaison, Jennifer, dit-il le plus calmement possible. Et je n'arrive pas à croire que tu m'accuses d'une chose pareille juste après le scandale lié à mon père.

Jennifer serra les poings et essaya très fort de repenser au bruit des vagues de son appli de méditation.

— Tu m'as menti à propos de l'endroit où tu traînais le soir après le travail. Tu fais le coq chaque fois que tu te retrouves en présence de cette… cette *gamine*. Les hommes passent leur temps à tromper leurs femmes avec des filles plus jeunes, et même avec des personnes insoupçonnées, comme nous le savons désormais.

— Ça, c'était un coup bas.

Jennifer soupira et s'arrêta.

— Mon but n'est pas de te blesser, dit-elle. Je ne fais que dire la vérité.

JJ se tourna vers elle.

— Ce n'est pas la vérité de dire que je te suis infidèle.

— Alors où vas-tu après le travail ?

— Partout, n'importe où ! mugit-il avant de presser le pas pour filer devant elle.

Jennifer le foudroya du regard avant d'accélérer à son tour pour le rejoindre. Il secoua la tête, comme pour essayer de se calmer.

— Je vais n'importe où, répéta-t-il sur un ton plus civilisé. Je vais m'asseoir dans les gradins du terrain de football. Je roule sans but précis. Je vais parfois à la salle de sport. Il m'arrive même d'aller au cinéma. J'ai vu deux fois *Crazy Rich Asians.*

— Moi aussi, je voulais voir *Crazy Rich Asians.* Et tu le sais très bien.

— Comment pourrais-je avoir envie de t'emmener au cinéma quand tu passes ton temps à me houspiller ? Tu es devenue tellement... Nom de Dieu, Jennifer, tu n'as jamais eu un caractère facile, et c'est l'une des choses que j'aime chez toi. Mais depuis un moment, je te trouve odieuse.

— Odieuse ? répéta-t-elle.

Elle n'en revenait pas de l'entendre lui faire un pareil reproche.

— C'est toi qui es d'une humeur de chien depuis cinq ans !

— Parce que *tu* respires la bonne humeur, peut-être ?

— Et pourquoi serais-je de bonne humeur ? persifla-t-elle. J'ai un mari qui me ment sur son emploi du temps parce qu'il préfère rouler sans but précis, apparemment, plutôt que de rester une seconde de plus sous son propre toit !

— Ça n'a rien à voir avec le fait que je rentre tard le soir. Tu me fais déjà la gueule depuis des années.

— Je ne te faisais pas la gueule, comme tu dis. J'ai juste du boulot par-dessus la tête. Et je gagne très bien ma vie. Et si tu avais l'honnêteté de reconnaître que c'était ça, le vrai problème ?

Jennifer se surprit à regretter qu'ils n'aient pas pris un chien, juste pour qu'il y ait un témoin à cette conversation. Si seulement elle avait emmené Miss Sparkles.

— Ça oui, concéda JJ. Tu as beaucoup travaillé. Et tu n'avais pas le temps de t'intéresser à ton mari. Tu me l'as clairement fait comprendre. Ne fais pas comme si j'étais le seul à avoir négligé notre couple. Depuis que tu t'es mise à vendre des maisons, tu n'as plus envie de faire la cuisine le soir, ni même d'aller avec moi au restaurant !

— Ah oui ? Et à quand remonte la dernière fois où tu m'as invitée au restaurant ?

— Je l'ai fait plusieurs fois, Jennifer, jusqu'au moment où j'en ai eu marre de t'entendre dire non !

À ces mots, un déclic s'opéra en Jennifer. JJ avait raison : elle lui aurait dit non. Et elle le lui dirait encore. Au début, c'était parce qu'elle croulait sous le travail et que la perspective de dîner en tête à tête avec lui, en l'écoutant débiter des inanités à propos de la station de radio, lui apparaissait comme une perte de temps. Puis, juste au moment où elle avait commencé à trouver charmante l'idée que son mari l'invite à dîner, il avait cessé de le faire, trop occupé à trépigner et à se plaindre en permanence. La réponse aurait donc été non. Et elle ne voyait pas pourquoi il lui faisait soudain ce reproche, étant donné qu'il ne lui manifestait plus le moindre intérêt depuis des années.

Jennifer se sentit soudain très lasse. Et totalement défaite.

— Tu as raison, soupira-t-elle.

Ils continuèrent à marcher, très lentement, et s'apprêtaient à retomber sur Myrtle Lane, bouclant ainsi la boucle de leur promenade.

— Redis-moi ça ? demanda JJ, l'air éberlué.

— Tu as raison, répéta Jennifer d'un ton calme. Je t'aurais dit non. Et je te ferais la même réponse aujourd'hui.

JJ sentit le frisson de la victoire parcourir sa poitrine.

— Bon. Et qu'est-ce qu'on fait, maintenant ? demanda-t-il dans un grand élan magnanime.

Il avait remporté une victoire indiscutable : Jennifer allait maintenant faire amende honorable, et s'engager à faire des efforts pour être une meilleure épouse.

Ils aperçurent la maison qu'ils partageaient depuis plus de trente ans. Elle avait beaucoup changé, depuis le temps, et Jennifer s'autorisa une pointe de nostalgie. Elle se revit à cette époque, jeune et pleine d'espoir. Comme ils l'étaient tous les deux. Sa gorge se noua lorsqu'elle repensa à son arrivée dans cette maison, juste en face de chez Ellen et Gerry, les parents aimants qu'elle n'avait jamais eus, avec un homme qui l'aimait d'un amour si fort, si pur et si sincère qu'elle n'en croyait pas sa chance. Elle savait qu'il y aurait des tempêtes, mais elle était alors convaincue qu'ils seraient assez solides pour les traverser ensemble.

Elle glissa sa main dans la sienne. Il baissa les yeux, l'air étonné, mais son expression parut se radoucir. S'il était conscient que les choses allaient mal entre eux, il n'y avait rien d'irréparable, selon lui. Ce fut pourquoi il ravala son souffle lorsqu'elle se tourna vers lui, les yeux brillants de larmes, et pressa sa main dans la sienne avant de déclarer :

— Je veux qu'on divorce.

***

Alice se tortillait sur sa chaise en essayant de trouver une position dans laquelle la robe qu'elle avait choisi de porter au mariage ne lui comprimerait pas affreusement le ventre. Delia vérifiait sa frange en mode vidéo selfie sur son téléphone, sous le regard clairement réprobateur de sa grand-mère, assise en face d'elle dans la cuisine. Wilma et Jennifer échangèrent un regard avant d'éclater de rire. Ellen ne comprit pas la raison de leur hilarité, mais préférait ne pas savoir. Red et Grant examinaient l'intérieur du frigo pendant que JJ faisait les cent pas. Il n'aimait pas les mariages et après la matinée qu'il venait de vivre, il envisageait cette soirée avec le même enthousiasme que s'il se rendait à une coloscopie. Mais pour autant, ça ne voulait pas dire qu'il fallait arriver en retard. Il remplit un verre d'eau glacée et le posa devant sa femme.

— Merci, dit-elle sans le regarder.

— De rien, il te faudra autre chose ?

Il regarda fixement les mains de Jennifer croisées sur le set de table, et le reflet du soleil qui faisait briller son alliance.

— On risque d'être là pendant un moment, ajouta-t-il.

— Je peux aller la voir, proposa Robert, lui aussi assis autour de la table.

— Inutile, dit Ellen en souriant. Elle fait exprès d'être en retard. Pour soigner son entrée.

— Ah... OK.

— Pas trop tôt, marmonna Jennifer en voyant Carol Anne entrer d'un pas dansant dans la cuisine.

Elle avait les bras tendus de chaque côté, comme si elle s'apprêtait à prendre son envol, et tournoya sur elle-même en gloussant.

— Annie... soupira Wilma.

Carol Anne but une gorgée du verre de chardonnay qu'elle tenait à la main et fit un pas vers la gauche pour se placer dans le rayon de lumière qui filtrait par la fenêtre. Son verre projetait de petits arcs-en-ciel sur le tissu blanc de sa longue robe, et Grant et Red durent détourner le regard, aveuglés par le soleil qui se reflétait sur sa chevelure.

— Ne serait-ce pas...

— Vintage ? Oui, répondit Carol Anne.

— ... une de tes anciennes robes de mariée ? termina Wilma.

Delia et Alice tentèrent de cacher leur fou rire, mais leur hilarité s'estompa très vite quand Robert se leva si brusquement qu'il en renversa sa chaise

— Carol Anne, dit-il en se penchant aussitôt pour remettre sa chaise en place, tu... tu n'es pas sérieuse ?

L'intéressée haussa les épaules, l'air de ne pas comprendre, et but une gorgée de vin blanc. Les autres membres de la famille Williams étaient pétrifiés.

— Tu es ravissante, poursuivit Robert. Absolument radieuse ! Comme une jeune mariée. Sauf que... ce n'est pas toi qui te maries.

— J'étais tellement bouleversée par la mort de papa que j'ai oublié d'emporter ma tenue pour le mariage de Rebecca. Par chance, j'ai retrouvé cette vieillerie dans ma penderie... je n'y peux rien si le blanc me va à ravir !

— Écoutez-moi bien, intervient JJ. Je ne comprends pas où est le problème, et je m'en contrefous. On y va.

— Impossible ! s'exclama Robert d'un ton qui fit sursauter tout le monde, y compris Carol Anne. Tu ne peux pas te rendre à un mariage dans cette tenue. C'est un manque de respect envers la mariée. C'est son jour à elle !

— Je suis sûre que ça ne gênera pas Rebecca, se renfrogna Carol Anne.

— Moi, ça me gêne, insista Robert. Arrête un peu de faire ton show ! (Carol Anne recula d'un pas, la bouche pendante, comme s'il venait de la gifler. Robert inspira profondément, paupières closes, histoire de se calmer avant de poursuivre.) Je sais que c'est une seconde nature chez toi, et aussi que je suis là en partie... pour jouer les faire-valoir. Mais pas aujourd'hui. Tu ne peux pas te rendre à ce mariage dans cette tenue, parce que tu n'es pas la star du jour.

Carol Anne releva le menton d'un air de défi et secoua sa longue chevelure.

— Tu n'as pas à me parler sur ce ton, Robert !

— Je suis désolé, mais tu vas devoir te changer, insista-t-il. Jennifer, tu aurais quelque chose à lui prêter ?

Cette dernière opina, les yeux ronds, impressionnée par la démonstration d'autorité de Robert.

— J'ai peut-être un truc aussi, proposa Delia en se levant et en prenant sa tante par la main pour l'emmener dans le salon.

Carol Anne fusilla Robert du regard, mais pivota sur ses talons et emboîta le pas à sa nièce d'un air furibond.

Personne ne bougeait dans la cuisine, mais tous se retenaient d'éclater de rire. Sauf Robert, qui promena nerveusement son regard autour de la cuisine avant de croiser celui d'Ellen. Une bouffée de terreur l'envahit lorsqu'il réalisa qu'il venait de chapitrer sa fille juste devant elle, sous son propre toit.

Mais la vieille dame le regarda et lui dit calmement :

— Bien joué.

***

Carol Anne emprunta la robe plan B (rose) de Delia, et la famille Williams au grand complet sortit enfin de la maison pour se diriger vers l'église où le scandale avait éclaté une semaine plus tôt. Après un long moment passé à écouter JJ maugréer que ça ne devrait pas être si compliqué de trouver à se garer devant sa propre église, puis à attendre que Delia arrange sa coiffure et se remette du gloss pour la énième fois dans le rétroviseur de la voiture de sa mère au cas où Justin et Rebecca compteraient de séduisants médecins célibataires parmi leurs invités, ils gravirent enfin les marches du perron, d'un pas beaucoup plus lent que d'habitude, en faisant corps autour d'Ellen.

Cela n'arrangea pas vraiment la sensation de claustrophobie qu'elle éprouvait depuis le moment où elle avait mis le pied hors du lit. C'était sûrement lié au fait qu'elle allait revoir Tina, Mildred, Greta et le reste de la ville, tout ce petit monde réuni au même endroit. Et parmi tous ces gens, la seule personne qui risquait d'aimanter autant l'attention qu'elle. En même temps qu'elle. Car Ellen savait que tous les yeux seraient rivés sur elle, et sur lui, guettant chacun de ses regards à lui vers elle, et surtout le moindre coup d'œil qu'*elle* daignerait peut-être poser sur *lui*.

Pourtant, comme l'avait dit Robert, c'était censé être le grand jour de Rebecca !

Elle monta les marches, la main moite dans celle de Grant. Elle n'avait jamais autant détesté le fait de se sentir fragile sur le plan physique. Elle devait faire attention à chacun de ses pas, et aussi veiller à réguler son souffle, ce qui lui demandait une telle concentration qu'elle faillit percuter JJ, immobile sur la dernière marche. Elle aurait aimé lui demander pourquoi il restait planté là, mais elle était trop essoufflée pour dire quoi que ce soit.

En levant les yeux, la première chose qu'elle vit fut les épaules carrées de son fils. Le reste de la famille Williams était aussi à l'arrêt. Elle pencha la tête derrière JJ, et comprit aussitôt pourquoi.

On avait peine à croire qu'il s'exposait au soleil tous les jours tant il avait le teint blême. Et pour une fois, il paraissait presque petit. Fred, qui était monté de l'autre côté des marches, où la foule était assez dense pour le cacher, se tenait à présent devant la famille au grand complet. C'était le moment qu'ils avaient tous anticipé, avec des degrés de nervosité variables, depuis une semaine. Maintenant qu'ils en étaient là, ils ne savaient plus quoi dire.

Fred s'inclina légèrement, la main sur le cœur, et ouvrit la bouche pour dire quelque chose. Ellen sentit tout en elle – son corps, son esprit – se crisper dans l'attente de ce qui allait suivre. Elle ne parvenait plus à former de pensée cohérente ou à articuler le moindre mot. Comme une marionnette attendant qu'on lui donne vie.

— Eh bien... bonjour, dit Fred.

JJ se racla la gorge. Tous dans la famille détournèrent le regard, terrifiés et gênés d'avance à l'idée de ce qui pouvait sortir de sa bouche – à l'exception d'Ellen. Si elle ne s'était pas retrouvée coincée derrière lui, elle lui aurait volontiers fait les gros yeux, comme le faisait Wilma en ce moment même, pour lui ordonner en silence de fermer sa grande bouche et de ne pas se donner en spectacle. Ils étaient dans la maison du Seigneur (ou sur son parvis, en tout cas). Ce n'était ni l'endroit ni le moment pour faire un esclandre.

Ellen fut surprise de constater que cet instinct de faire taire JJ n'était pas purement maternel, mais motivé par son sens du décorum. Elle ressentit aussi un besoin urgent de défendre Fred, qui avait l'air tellement triste et désespéré, et qui avait été son ami pendant si longtemps. Elle n'avait pas envie de le voir humilié en public. Ils en avaient tous les deux assez bavé comme ça depuis une semaine.

Mais Fred ne courait aucun danger face à JJ, qui ne s'était pas raclé la gorge pour l'abreuver d'insultes, mais parce que, pour la seconde fois en l'espace de deux jours, il s'était retrouvé la gorge nouée par un déferlement d'émotions et qu'il refusait de fondre en larmes devant Fred comme il l'avait fait la veille devant son fils. JJ avait toujours eu du mal à maîtriser ses sentiments. Or la semaine qui venait de s'écouler n'avait pas été de tout repos, sur ce plan. Et en cet instant précis, il avait l'impression de perdre pied. De se noyer. Trop, c'était trop. Il avait perdu son père, découvert que celui-ci lui avait menti, écouté son fils lui faire une révélation intime et importante, et appris que sa femme avait l'intention de le quitter.

Son père lui manquait terriblement. D'un côté, il avait devant lui le meilleur lot de consolation qui soit : le meilleur ami de Gerry, son frère de cœur, fidèle parmi les fidèles. Le deuxième père de JJ. Mais en même temps, ce n'était plus ce qu'il incarnait. JJ avait du mal à réconcilier ces deux réalités : Fred était là, devant lui, mais c'était aussi devenu un étranger. JJ voulait aller vers lui, voulait que Fred lui donne une claque dans le dos et lui dise que tout allait bien se passer. Mais JJ n'était-il pas aussi censé avoir envie de lui casser la gueule ?

Pour se donner une contenance, il donna un coup de coude à Red, sur sa gauche, et à Alice, sur sa droite. Tous deux étaient aussi au bord des larmes. Ils détachèrent enfin leur regard de Fred et passèrent devant lui pour se diriger vers l'entrée de l'église. Alice aurait eu très envie de prendre le vieil homme dans ses bras, de lui dire qu'elle ne lui en voulait pas, qu'elle comprenait qu'elle ne pouvait pas tout comprendre, et qu'elle n'était pas son ennemie.

Grant serra fort la main de sa grand-mère tandis qu'ils procédaient à un petit contournement latéral pour éviter Fred, et Ellen sentit son ressentiment initial envers sa fragilité physique s'évaporer. Elle n'était pas mécontente d'avoir quelqu'un de solide pour l'épauler. Elle avait de plus en plus de mal à reprendre son souffle et se dit que l'impression d'étouffement qu'elle avait depuis ce matin était en train de se réaliser. Les émotions se bousculaient en elle, et la main de Grant était comme un point d'ancrage lui permettant de garder les pieds sur terre.

Elle était à la fois soulagée que JJ n'ait pas ouvert la bouche et encore plus stressée par son silence. S'il ne comptait rien dire pour le moment, qui risquait de le faire plus tard ? Et que cette personne dirait-elle ? Revoir Fred à l'endroit précis où il avait fait dérailler leurs vies avait ravivé le souvenir des obsèques de Gerry, et elle sentit bouillir en elle la même colère que la fois où elle n'avait pas réussi à allumer la cafetière. Elle fut terriblement mal à l'aise au moment d'entrer dans l'église, alors que tous les invités présents à l'intérieur lui tournaient le dos. Mais c'était plus fort qu'elle : elle avait l'impression que tout le monde se retournait sur leur passage à mesure qu'ils descendaient l'allée centrale pour aller s'asseoir du côté de la mariée.

Cependant, elle était aussi troublée de se rendre compte qu'elle avait naturellement envie d'aller serrer Fred dans ses bras. Et de pleurer contre lui en disant : « Comment allons-nous faire sans lui ? »

Ils trouvèrent un banc, heureusement éloigné des premiers rangs. JJ s'assit à côté de Jennifer et serra la mâchoire pour se retenir d'éclater en sanglots. Il pencha la tête, et ce geste eut le don de crisper Jennifer. JJ s'en aperçut et s'efforça de détendre ses épaules et sa mâchoire, comme le lui conseillait toujours Carol Anne. Il allait se montrer exemplaire, bon sang. Il n'avait pas le choix. Il ne voulait pas perdre aussi Jennifer.

Il se pencha vers elle, et lui glissa tout bas à l'oreille :

— Tu te souviens de notre mariage ?

— Oui, se contenta-t-elle de lui répondre sans même le regarder.

Parce qu'elle s'en souvenait, en effet. Mais là n'était pas la question.

Red n'arrêtait pas de se retourner à mesure que les bancs se remplissaient. Il finit par apercevoir Brady, accompagné d'une femme qui lui ressemblait comme deux gouttes d'eau, mais en version plus âgée, et d'un grand type aux cheveux blancs. Il le salua en souriant, geste qu'il regretta aussitôt, craignant de se prendre un vent. Mais Brady lui sourit à son tour et lui adressa un clin d'œil.

Des notes de musique s'élevèrent dans l'église, et l'assemblée fit silence. Justin (toujours aussi maigrichon, et qui ne put s'empêcher de remarquer Grant avec satisfaction) apparut sur le côté de l'autel, suivi de ses garçons d'honneur. Peter balaya les rangées de bancs du regard et sourit en apercevant Alice, qui lui fit un petit coucou. Delia surprit leur échange et tapota tendrement le ventre de sa sœur, qui trouva son geste à la fois curieux et touchant.

Les quatre demoiselles d'honneur de Rebecca (toutes les sœurs de Justin) entamèrent leur procession dans l'allée.

— Quelles robes affreuses, chuchota Delia à Jennifer, qui exprima son approbation d'un hochement de tête.

La musique enfla jusqu'aux accords de la fameuse marche nuptiale, et tout le monde se leva. Rebecca, radieuse, commença à descendre l'allée. Les yeux de Delia s'embuèrent, non sous l'effet de la jalousie, mais d'une émotion sincère, en voyant son amie d'enfance si sublime dans sa robe de mariée. JJ fut horrifié de se sentir une fois de plus au bord des larmes, même si la palme revenait indiscutablement à Robert, qui pleurait à chaudes larmes et piochait à intervalles réguliers dans la grosse boîte de mouchoirs qu'il avait cachée sous son banc.

Grant sentit sa gorge se nouer en voyant dans quel état se trouvait son voisin. Rebecca arrivait bientôt à sa hauteur, un large sourire aux lèvres. Il retint son souffle, guettant le moment où leurs regards se croiseraient et où elle lui adresserait un petit clin d'œil, parce qu'elle avait beau en épouser un autre, il y aurait toujours un truc spécial entre eux. Mais non : elle avait les yeux rivés sur Justin, qui était en larmes, lui aussi – pas autant que Robert, certes, mais Grant avait presque envie de le frapper, alors qu'il aimait toujours voir le marié pleurer, d'habitude. Rebecca arriva devant l'autel, l'assemblée se rassit, et Grant tenta de déglutir pour chasser la grosse boule qu'il avait dans la gorge. Il regarda autour de lui pour chercher une jolie fille à draguer plus tard pendant la réception.

Ellen se fit violence pour ne pas se retourner et chercher Fred du regard, alors qu'elle le devinait assis à quelques mètres derrière elle. Elle inspira et tenta de retrouver la quiétude qu'elle ressentait habituellement à l'église. Elle se concentra sur l'autel, là où Gerry et elle s'étaient dit « oui » il y avait plus de soixante ans, échangeant les mêmes promesses, animés par le même espoir.

***

Le cocktail se déroulait dans le patio du Country Club d'Eulalia. Les mariés et leur entourage posaient pour le photographe, et la chaleur atteignit un pic insupportable. Les gouttelettes de condensation se formaient si vite sur les parois de verre qu'on aurait dit un phénomène filmé en accéléré. Ellen écoutait d'un air choqué Grant et Delia se plaindre du fait que leurs glaçons diluaient leur alcool parce qu'ils fondaient à vitesse grand V, et Wilma s'éventait avec son programme, ses petits cheveux collés à ses tempes. JJ avait du mal à jouer les chevaliers servants par cette température ; ce n'était pas aussi simple qu'en hiver, où il pouvait proposer son manteau à Jennifer.

Les membres de la famille Williams se tenaient réunis en cercle dans un coin, à l'écart des autres. Cela ne leur ressemblait pas ; tous avaient des amis, ici, et ils s'étaient déjà assez vus depuis une semaine. Mais personne ne voulait quitter le chevet d'Ellen, même si cette dernière aurait préféré les voir se mélanger aux invités et s'amuser un peu.

Robert brandissait son iPad à bout de bras pour photographier la fête comme s'il se trouvait devant les tableaux du Louvre. Red ne cessait d'essuyer ses paumes de main moites sur son pantalon et cherchait – en vain – Brady du regard dans la foule. Il se pencha vers l'oreille de son frère.

— J'ai un message pour toi, dit-il.

Grant coula une œillade en direction d'une petite blonde arborant un large décolleté, à une dizaine de mètres.

— De la part de cette beauté ?

Red leva les yeux au ciel.

— Non. De ta grand-mère.

— Ah. Et qu'est-ce que c'est ?

— Elle veut qu'on la retrouve dans la remise du jardin, demain matin à 6 h 15.

— Quoi ? 6 h 15 ? Genre, à l'aube ?

— Je ne suis que le messager.

— OK, soupira Grant.

— Passe l'info à Delia. Je me charge de prévenir Alice.

Grant lui jeta un regard interloqué, mais se tourna vers sa gauche pour s'adresser tout bas à sa cousine. Red s'éloigna du cercle et tapota l'épaule d'Alice.

Vint enfin le moment d'entrer dans la salle de bal, que les Bell avaient décorée avec tant de bouquets de fleurs qu'on ne remarquait presque plus la vieille moquette râpée ni que le papier peint défraîchi avait presque une allure charmante. La fraîcheur de l'air conditionné et l'énergie positive de la fête finirent par détendre un peu les Williams et briser la chaîne qu'ils avaient enroulée autour d'eux-mêmes depuis une semaine. Enfin, ils s'éparpillèrent dans la salle pour aller saluer leurs amis et admirer la décoration de plus près. Wilma et Ellen se dirigèrent vers le buffet.

Après avoir rempli leurs assiettes de morceaux de poulet bien tendres, d'écrasé de pommes de terre, de gombo et de petits pains beurrés, elles trouvèrent une grande table et firent de grands gestes aux autres membres de la famille pour leur montrer où venir s'asseoir. Mais ils étaient tous trop occupés à discuter. Wilma repéra Carol Anne, une coupe de champagne à la main, en train de parler d'un ton animé à Robert en lui désignant la salle, sans doute pour lui expliquer qu'elle avait déjà tourné un film ici ou assisté à un mariage – l'un des siens, qui sait. Robert opinait sagement, puis ouvrit des yeux ronds en réaction à ce que Carol Anne venait de dire, avant de partir d'un grand éclat de rire adorateur. Wilma ne put s'empêcher de sourire en les voyant.

Au même moment, Charlie et Deborah Bell arrivèrent pour les saluer, sa mère et elle, à leur table presque vide, en hôtes parfaits soucieux d'accueillir personnellement chacun de leurs invités. Wilma les serra longuement dans ses bras à tour de rôle. Elle avait toujours considéré qu'ils faisaient partie de la famille, mais cela était encore plus vrai maintenant, avec l'arrivée prochaine d'un petit être qui serait un mélange d'eux trois. Ellen voulut se lever pour les saluer, mais Charlie et Deborah insistèrent pour qu'elle reste assise et s'agenouillèrent devant elle pour lui parler. Tous les quatre souriaient comme des imbéciles.

— Je les ai toujours beaucoup aimés, dit Ellen à sa fille après qu'ils furent partis vers la table suivante. Alice a de la chance d'avoir des beaux-parents comme eux.

Wilma prit une gorgée de vin dans le verre que Grant avait déposé devant elle avant de repartir en quête de jolies filles à travers la salle, suivi de près par Delia, qui le traitait tout bas de sale porc.

— Tu sais, maman, répondit Wilma, ce n'est pas sûr qu'ils se marient.

— On parie ? rétorqua Ellen.

— Et toi qui critiquais toujours papa parce qu'il aimait parier à tort et à travers ! s'esclaffa Wilma.

— Ce n'est ni une habitude ni un sujet de conversation pour les gens convenables.

— OK, maman… Au fait, je voulais te demander si je pouvais rester avec toi quelques jours ?

Au même moment, le chanteur du groupe s'avança vers le micro pour déclarer :

— Chers amis, votre attention s'il vous plaît. Pour la toute première fois, j'ai l'honneur de vous présenter monsieur le docteur et madame la docteure BAKER !

Les portes de la salle s'ouvrirent, Rebecca et Justin firent leur entrée sous un tonnerre d'applaudissements.

— Pardon, tu disais ? cria Ellen à l'oreille de sa fille pardessus le bruit, tout en applaudissant avec un sourire poli.

— Je voulais savoir si je pouvais rester quelques jours de plus avec toi ! répondit Wilma en se penchant vers elle.

— Bien sûr que oui, ma chérie. Tu n'avais même pas besoin de me le demander. Et je sais que ça ne me regarde pas, mais... cela n'aurait-il pas un rapport avec un certain directeur de pompes funèbres ?

— Qui t'a parlé de ça ? s'offusqua Wilma.

Ellen haussa les sourcils.

— Tu me crois peut-être trop sénile pour savoir ce qui se passe sous mon propre toit ?

— Eh bien, non, dit Wilma. Ça n'a rien à voir avec ça. D'ailleurs, je ne pense pas que je le reverrai.

— Ah. Ma foi, comme je le disais, ce ne sont pas mes affaires. Mais si c'est une autre raison qui te pousse à rester, sache que je me débrouille comme une grande fille depuis quatre-vingt-deux ans, alors ne t'inquiète pas pour moi.

— Maman. Je sais que tu n'as pas besoin de moi. Mais c'est peut-être moi qui ai besoin de toi. Tu n'y as jamais pensé ?

Elle prononça ces mots d'un ton enjoué, mais elles regardèrent fixement la table. Ellen sentit le soulagement l'envahir comme une immense bouffée d'air après cette journée d'asphyxie. Sa fille disait peut-être cela pour lui faire plaisir, mais elle remercia le ciel de pouvoir se rendre utile envers quelqu'un.

— Je reviens, dit Wilma en se levant pour les sauver toutes les deux d'une discussion qui menaçait de devenir embarrassante.

Elle se dirigea vers Robert et Carol Anne, qui n'avait toujours pas fini de raconter ses anecdotes. Le regard de Robert se mit à osciller entre les deux sœurs, comme s'il hésitait à rester ou partir. Carol Anne se tut, dévisagea

Wilma et finit le reste de son champagne avant de tendre sa coupe à Robert, qui s'éloigna vers le bar sans un mot.

— Cette robe te va très bien, commenta Wilma.

Carol Anne baissa les yeux en soupirant.

— Que veux-tu, j'ai la chance de faire partie de ces personnes à qui tout va !

— C'est vrai. Écoute, Annie. Je voulais juste m'excuser de ce que je t'ai dit l'autre jour.

Elle marqua une pause et regarda sa sœur, qui la dévisageait d'un air interdit.

— Continue, finit-elle par dire en agitant la main.

Wilma prit une grande inspiration.

— J'entends ce que tu me dis à propos de ma tendance à jouer les martyrs. Je suis désolée si c'est l'impression que je te donne. Je m'inquiète facilement pour les autres, j'en ai conscience... Je voulais aussi te remercier de m'avoir organisé ce dîner avec Derek. Il est très gentil. Ta critique était un peu blessante, mais je veux croire que ça partait d'un bon sentiment et d'une sincère envie de m'aider. Mais surtout, je m'excuse de t'avoir accusée de collectionner les conquêtes. C'était injuste de ma part. J'y ai pas mal réfléchi, et je trouve ça fascinant qu'on ait toutes les deux des façons si différentes d'aimer les gens. Je sais que tu aimes vraiment Robert, je vois bien qu'il t'aime sincèrement lui aussi, et je trouve ça merveilleux, indépendamment de... tout le reste. Vous avez trouvé ce bonheur à deux, comme tant de gens qui ont eu la chance de vivre une histoire d'amour formidable. Mais moi, je n'ai pas envie de ça pour l'instant. Et je vais très bien comme ça. J'ai même envie... de le voir comme un aspect positif, conclut timidement Wilma.

Carol Anne sourit avec bienveillance et prit les épaules de sa sœur en fermant les yeux.

— Je te pardonne, dit-elle.

Les autres membres du clan Williams vinrent enfin se mettre à table autour d'Ellen et s'attaquèrent à leurs assiettes pleines comme s'ils ne venaient pas de passer une semaine à s'empiffrer. Assis tous les trois, Red, Delia et Grant passaient leur temps à se montrer de parfaits inconnus à travers la salle pour se taquiner entre eux. Delia ne frappa le bras de Grant qu'à deux reprises pour le punir des suggestions qu'il venait de lui faire. Jennifer s'efforçait de garder son calme ; elle se disait qu'elle n'avait pas le droit de s'énerver et de gâcher l'ambiance sous prétexte que JJ multipliait les attentions envers elle. Quant à Carol Anne, elle mangeait tout le poulet de Robert.

Peter vint s'asseoir à leur table, alors qu'Alice lui avait assuré qu'il n'était pas obligé de le faire. Mais Rebecca et Justin n'avaient pas de place attitrée, Charlie et Deborah non plus, et comme Peter l'avait dit à Alice : « Les Williams sont aussi ma famille, maintenant. Pour de vrai. » Alice avait rougi. Bien qu'aucune union ne soit prévue à l'horizon pour fusionner leurs deux familles, quel lien plus fort pouvait-il exister que l'arrivée d'un enfant – un être né de lui et d'elle, et qui verrait cette grande famille réunie autour de lui ?

Peter passa la salière et la poivrière – deux petites figurines en forme de mariés – à Carol Anne qui les lui avait demandées. Tout cela semblait si normal, au fond. Alice n'en revenait pas. Si on lui avait montré une photo de ce moment quand elle avait 12 ans (elle, jeune trentenaire, enceinte de Peter Bell, assistant avec toute sa famille au mariage de Rebecca), elle aurait souri en disant : « Oui, bien sûr. » Mais si on lui avait montré la même image il y avait un an, elle n'y aurait pas cru.

Pourtant, c'était son moi de 12 ans qui avait raison. Et tout cela lui semblait aussi naturel que le sable sous ses orteils dans le petit ruisseau de la clairière. Son moi de l'année passée était présent, lui aussi. Elle lui disait : « Profite de ce que tu as. Rien n'est jamais garanti. »

— À qui est-ce que tu écris ? demanda Delia en se penchant vers sa mère.

Wilma était occupée à envoyer un SMS à sa voisine à Atlanta, celle qui lui avait promis de venir arroser ses plantes mais qui venait de lui dire qu'elle avait oublié de le faire et qu'elles étaient toutes mortes.

— À quelqu'un de pas marrant, répondit-elle.

Delia lui fit un clin d'œil.

— Je ne plaisante pas, insista Wilma en tapant gentiment l'épaule de sa fille.

— C'est vrai, j'ai appris que tu avais éconduit Derek Obsèques.

— Personne n'a donc le droit d'avoir des secrets, dans cette famille ?

— Tu as raison ! s'esclaffa Delia. L'absence de secrets, c'est ça notre problème !

Wilma rit aussi.

— Écoute, je sais tu étais contente pour Derek et moi, mais...

— Oh non, pas pour moi ! Je n'ai pas besoin d'un nouveau papa. Je voulais juste que tu t'amuses un peu, voilà tout.

— Je m'amuse, répondit Wilma. J'essaie, en tout cas.

Delia leva sa coupe de champagne pour porter un toast.

— Au célibat, déclara-t-elle. Qu'il nous rende plus puissantes et solidaires avec nos sœurs d'armes, sans nous empêcher de nous envoyer en l'air !

Wilma gloussa de la salacité de sa fille, mais trinqua volontiers avec elle. Elle l'enlaça d'un bras, et Delia ne la repoussa pas, à la grande surprise de Wilma, qui s'attendait toujours plus ou moins à voir sa fille réagir comme une ado. Elles se serrèrent l'une contre l'autre.

— Bien, déclara Grant en jetant sa serviette sur la table, le moment est venu de faire la fête !

— Oui ! renchérit Delia en se levant.

Red, Peter, Alice, Carol Anne et Robert l'imitèrent. JJ tendit la main à Jennifer, qui réprima un frisson de dégoût en la prenant.

— Vas-y, toi aussi, glissa Ellen à Wilma en lui désignant la piste de danse.

— Pas question. Mais il faut absolument que je passe aux toilettes. Je peux te laisser seule un moment ?

— Tu sais que tu es impossible !

Wilma eut un geste d'impuissance.

— OK, OK... dit-elle en quittant la table.

Enfin seule, Ellen promena son regard à travers la salle... et croisa celui de Fred, assis à l'écart de l'autre côté, en train de siroter son thé glacé. La vieille dame ne se souvenait pas d'avoir passé autant de temps sans le voir ou lui adresser la parole. Il était à la fois l'ami le plus proche qu'elle avait parmi tous ces gens, et un parfait inconnu à ses yeux.

Ils avaient assisté à d'innombrables mariages ensemble au fil des ans, et ces soirées s'étaient toujours terminées de la même manière : Fred et Ellen allaient s'asseoir. Gerry et Linda adoraient danser, et les entraînaient toujours avec eux sur la piste, mais ils finissaient toujours par retourner s'asseoir pour manger du gâteau et regarder leurs infatigables conjoints danser ensemble. Ellen sentit sa gorge se nouer, parce qu'elle ne portait pas seulement le deuil de son mari. Linda lui manquait terriblement. Et cet homme, assis seul à l'autre bout de la salle, aussi.

Les mariages – et surtout les enterrements – de ces dernières années avaient douloureusement fait prendre conscience à Ellen que la vie finirait par les séparer tous les quatre. La mort de Linda lui avait porté un coup terrible. À présent, ses pires craintes s'étaient réalisées car Gerry était parti à son tour. Et elle avait le cœur lourd de penser que Fred n'était pas présent à ses côtés, alors qu'il était encore là. Elle avait beau réclamer la solitude, elle se sentait comme prisonnière d'une bulle en plastique. Rien ne l'obligeait pourtant à endurer cette épreuve seule, et elle le savait. Elle but une gorgée d'eau et se fendit d'un sourire quand Wilma vient se rasseoir en la couvant d'un regard inquiet. Elles ne prononcèrent pas un mot.

— La musique est drôlement forte, fit observer JJ à Jennifer tandis qu'ils se balançaient sur la piste de danse.

Ni l'un ni l'autre n'aimait particulièrement danser aux mariages, même s'ils se disaient qu'ils avaient échappé au pire puisque l'épouvantable flashmob avait été annulée grâce à une histoire de mauvaise vidéo YouTube. Mais JJ l'avait invitée, et Jennifer n'avait pas osé lui dire non. Résultat, ils se dandinaient.

Elle trouvait son commentaire sur la musique particulièrement stupide, mais elle savait aussi qu'il avait juste dit ça histoire de meubler.

— Oui, se contenta-t-elle de lui répondre sans le regarder.

Elle tourna la tête vers la piste de danse, et ses yeux tombèrent sur Peter et Alice.

— Ces deux-là… dit-elle d'un ton ému.

Ils dansaient l'un contre l'autre, la tête d'Alice posée contre la poitrine de Peter, si bien qu'aucun ne voyait le sourire de l'autre. Un déclic s'opéra en Jennifer, et elle se sentit submergée d'espoir pour sa nièce et de chagrin pour elle-même. Mais elle rit quand JJ lui donna un petit coup de coude pour lui désigner le coin où se trouvait Carol Anne, occupée à prendre des poses ridicules devant les compositions florales, tandis que Robert, debout sur une chaise, la mitraillait sous tous les angles avec son iPad.

Red, Grant et Delia sautaient comme des fous sur la piste de danse, comme dans toutes les vidéos d'eux filmées quand ils étaient enfants. Ils profitèrent de l'enchaînement avec un slow pour aller boire de grands verres d'eau, grisés par l'endorphine et le champagne. Delia songea qu'elle ne serait sans doute pas capable de se comporter avec une telle liberté à son propre mariage et ressentit une gratitude immense à cette pensée. Grant se demandait quand arriverait enfin le moment de couper le gâteau.

Red était aussi en nage que s'il venait de courir. Il savait que le champagne était prétendument la boisson des stars, ou qu'il mettait les stars en bouteille – quelque chose dans ce goût-là. Peu importe le slogan, il le comprenait parfaitement. Après trois coupes de bulles, il avait l'impression de flotter dans le ciel tel un corps céleste.

Il regardait Justin faire tournoyer Rebecca sur la piste au milieu de leurs copains de la fac de médecine quand ses yeux croisèrent enfin ceux de Brady, qui oscillait tranquillement au rythme de la musique, un peu à l'écart de la foule. Ils échangèrent un sourire. Red désigna la porte du menton, pivota sur ses talons et prit le chemin de la sortie.

Les tables et les décorations florales du cocktail étaient toujours dehors dans le patio, et les guirlandes lumineuses s'étaient allumées. Red entendit Brady arriver derrière lui et se retourna, un large sourire aux lèvres.

— Salut.

— Hey, salut, toi. Ton frère m'a annoncé la grande nouvelle.

— Tu as parlé à Grant ? Quand ça ?

— Je l'ai croisé en allant courir et j'avais plein de questions à lui poser sur *The Bachelorette.*

Red opina et eut une sensation bizarre niveau de sa nuque. Sans doute parce que pour une fois, il ne se passait strictement rien.

— Je suis hyper fier de toi, poursuivit Brady. C'est génial. Sérieusement.

Il s'avança de quelques pas, bien qu'ils soient encore trop éloignés l'un de l'autre pour se toucher.

— Bah, je n'avais pas le choix, minimisa Red. J'ai repéré un mec canon, mais il m'a dit qu'il n'embrassait que ceux qui avaient fait leur coming out.

Comme s'il n'était pas terrifié, à croire qu'il avait vraiment des étoiles plein la tête, Red parcourut les derniers pas qui le séparaient de Brady et plongea son regard dans ses yeux bleus. Il se mordilla la lèvre en souriant, conscient qu'il vivait le dernier moment de sa vie sans avoir embrassé de garçon – le dernier moment de sa vie *d'avant*.

Il se pencha, pressa ses lèvres contre les siennes, et Brady lui rendit son baiser en posant ses mains sur sa nuque, qui cette fois s'enflamma aussitôt. Red garda les mains dans ses poches, mais il eut le sentiment qu'elles allaient se soulever à tout instant, et que son corps tout entier suivrait le même chemin, prendre son envol, et l'emmener flotter au-dessus de cette fête de mariage, de cette ville, du monde entier.

***

Ellen et ses petits-enfants se levèrent à l'aube le lendemain matin, les cousins encore sous le coup de la gueule de bois. Alice, Grant et Delia auraient sans doute râlé en temps normal, mais leur curiosité était trop forte. Pourquoi leur grand-mère leur avait-elle demandé de venir ici à une heure pareille ? Red avait téléchargé des tutos de jardinage sur son téléphone, et Grant et Delia suivirent ses instructions en allant prendre les plus grosses pelles dans la remise. Ellen demanda à Alice de prendre la carte sur l'étagère, certaine que l'aînée de ses petits-enfants serait la plus à même d'en comprendre le sens.

La jeune femme ressortit de la pénombre du cabanon dans la lumière matinale, la carte entre ses mains. Puis se tourna d'un air perplexe vers Ellen.

— Votre grand-père cachait un secret ici, expliqua cette dernière, restée debout à côté de l'entrée.

Sur ces mots, elle désigna le fond de la remise et Alice suivit son regard jusqu'au jeune magnolia posé contre le mur. Elle effleura les mots laissés par son grand-père sur la carte, reconnaissant son écriture, et comprit aussitôt ce que venait de dire sa grand-mère.

— Le parcours à vélo de Fred.

— Quoi ? demanda Delia en rejoignant sa sœur pour examiner la carte, tandis que Grant regardait par-dessus l'épaule de sa cousine.

— Je ne pige pas, dit-il.

— Grandpa Gere... c'est lui qui a planté tous les magnolias, déclara Alice.

— Les magnolias qui rendent tout le quartier hystérique, tu veux dire ?

Alice acquiesça.

— Il les a plantés tout au long du trajet à vélo de Fred.

— Ce sont ses arbres préférés, expliqua Ellen.

Debout à côté d'elle, Red resta sans bouger, les mains dans les poches.

Delia éclata en sanglots. Tous la regardèrent, alarmés.

— C'est tellement... C'est juste magnifique, parvint-elle à articuler entre deux sanglots. Désolée, ajouta-t-elle à l'attention de sa grand-mère.

— Non, ne t'excuse pas, dit cette dernière. Je suis assez d'accord avec toi.

Ils se mirent en marche le long de Myrtle Lane, dans la direction opposée du panneau où Miss Sparkles faisait toujours demi-tour et où un magnolia était apparu des années auparavant. Red portait l'arbrisseau contre lui, la tête penchée pour éviter de se prendre les branches dans la figure. Ils atteignirent le carrefour indiqué sur la carte, le seul où il n'y avait pas encore de magnolia. Alice revérifia qu'ils ne s'étaient pas trompés, et Grant et Delia se mirent au travail avec leurs pelles, transpirant dans la chaleur matinale.

— Ça suffira, vous croyez ? finit par demander Grant.

Red consulta son téléphone et opina. Ils se rassemblèrent tous les cinq autour du trou, et Red déposa l'arbre à l'intérieur. Grant et Delia reprirent leurs pelles pour le reboucher, et Red et Alice s'accroupirent pour tasser à mains nues la terre autour du jeune tronc.

Ellen les regardait tout en faisant le guet, à l'affût d'un éventuel voisin indiscret susceptible de pointer le bout de son nez. Même si elle n'aurait absolument pas su quoi leur dire si l'un d'eux était venu leur demander ce qu'ils fabriquaient. De toute manière, pour la première fois depuis la mort de Gerry, elle avait vraiment l'impression, dans son cœur et dans ses tripes, que quelqu'un veillait sur eux.

— Hey, Gram, dit Grant en lui tendant sa pelle, tu veux jeter la dernière pelletée ?

Ellen observa d'abord la pelle, puis son petit-fils. Elle hocha la tête et s'avança vers lui.

Il lui tendit la pelle, et elle repoussa délicatement la dernière motte dans le trou. Grant s'agenouilla aux côtés de Red et Alice pour finir de tasser la terre. Delia essuya la sueur à son front, et recula de quelques pas pour admirer le résultat final.

Ils restèrent tous immobiles, et sans le vouloir, se retrouvèrent rangés par ordre d'âge. Ils contemplèrent ce petit arbre vulnérable. Ellen savait qu'elle n'aurait sans doute pas le temps de le voir grandir, et songea que Gerry et Fred s'étaient sûrement dit la même chose. Alice pensa à Fred, qui passait tous les jours à vélo devant ces magnolias, à la fois offerts à la vue de tous et porteurs d'un secret. Grant admira l'ampleur de ce geste romantique, et Delia songea à la force de l'amour que cela devait exiger. Et Red réalisa qu'il ne s'était jamais senti moins seul.

Ils repartirent chez Ellen et s'assirent un moment dans la cuisine. Ellen prépara du café et tout le monde en but une tasse, bien qu'ils soient encore en nage. Delia, les yeux déjà gonflés à force de pleurer, ne put s'empêcher de taquiner

Red en lui demandant où il était passé pendant la fête la veille au soir. Et tous rirent de bon cœur quand Grant supplia Alice de donner son prénom à son bébé si c'était un garçon, ce qu'elle refusa tout net, mais en lui promettant quand même d'y réfléchir.

Finalement, les cousins retournèrent se coucher, sauf Ellen et Miss Sparkles qui sortirent sur la véranda. Elles s'installèrent dans le fauteuil à bascule et attendirent que leur ami passe à vélo devant la maison.

Remerciements

Mes premiers remerciements vont à celle sans qui rien de tout cela n'aurait été possible : mon agent, mon amie, la première personne à qui j'adressais la parole tous les matins par-dessus la cloison de nos bureaux respectifs, l'incomparable Andrianna deLone. Je sais à quel point j'ai la chance de l'avoir eue comme partenaire tout au long de cette aventure. Merci également à Michael et Marilyn Yeatts, et à Sean deLone.

Je suis infiniment reconnaissante d'avoir pu travailler avec Randi Kramer, l'éditrice la plus géniale dont on puisse rêver. J'ai bénéficié de ses commentaires malins, de son parfait mélange de calme et d'enthousiasme, et de sa chaleur. À croire que la famille Williams n'attendait qu'elle.

L'équipe du département éditorial de ICM Partners est la plus chouette, la plus drôle et la plus brillante de toute la terre. Je n'arrive toujours pas à croire que j'ai réussi à les convaincre de m'engager, et encore moins de me représenter. Remerciements particuliers à Kristyn Keene Benton et Kari Stuart, pour avoir été mes deux étoiles du berger pendant que je naviguais dans les eaux troubles de mon existence entre 23 et 28 ans.

Merci à Esther Newberg de me montrer comment on est une vraie badass, pour la journée du porte-monnaie, et pour son aide tout au long de ce processus. Merci à Zoe Sandler de m'avoir aidée à garder les pieds sur terre tout en faisant preuve d'une absolue gentillesse. Merci à John De Laney, qui déchire tous les jours. Et merci à Josie Freedman et Alyssa Weinberger !

Je ne saurais exprimer pleinement ma gratitude envers Sloan Harris, alors que je suis censée être écrivaine ou quelque chose dans ce goût-là. Il m'a donné ma chance quand personne d'autre n'était prêt à le faire, et m'a portée chaque jour un peu plus haut depuis. Jenny Harris et lui m'ont donné l'impression d'avoir une famille à New York, et je leur voue une reconnaissance infinie.

Merci à Molly Bloom, Vincent Stanley et Michelle McMillian chez Celadon pour avoir donné vie à ce livre ! Et l'avoir rendu si beau, aussi.

Ma gratitude envers la fine équipe Celadon s'étend à Rachel Chou, Jennifer Jackson, Anna Belle Hindenlang, Jaime Noven et Sandra Moore.

Merci à Eboni Rafus-Brenning pour ses commentaires affutés. Merci à Mary Beth Constant d'avoir tout passé au peigne fin. Merci à Matt Murphy pour mon portrait d'autrice ! Et à Morgan Mabry et Evan Zimmerman.

Immense merci à Heather Karpas : ma complice de lecture, ma conseillère professionnelle, mon idole, la grande sœur que je n'ai jamais eue.

Merci à Alexa Brahme pour sa compréhension.

Merci à Katie Baumberger d'avoir été là tout du long. Quelqu'un veille sur toi.

Je n'aurais jamais eu la confiance ou l'inspiration d'essayer d'écrire sans mes copines de Morton. Merci en particulier à Sarah Raymer, Katherine Green, Mary Luttrell, Lauren Buss, Abby Kovan et Mathilde Tribou pour vos premières lectures et vos encouragements.

Merci à Laney Mallet d'avoir monté la garde avec moi. Gracy Juba, il faudrait que tu me rappelles.

Je me réjouis de mon amitié et de ma sororité littéraire avec Sydney Jeffay.

Je ne m'attendais pas à rencontrer mon âme sœur en pliant des sweats à capuche chez SoHo Women's, mais c'est là que j'ai rencontré Ethan Carlson. J'ai écrit le premier jet de ce roman pendant la pandémie, et rien de tout cela ne serait arrivé si nous n'avions pas consommé d'alarmantes quantités de vin, si nous ne nous étions pas obligés chacun à écrire tous les soirs et n'avions pas enrichi nos rêves respectifs. Je suis si heureuse d'avoir pu fêter chacune des étapes avec lui, et je n'aurais voulu personne d'autre à mes côtés au croisement de 87th et York quand j'ai reçu le coup de fil qui allait changer ma vie.

J'ai de la chance d'avoir couru un peu partout dans New York avec Scott Nugent et Patrick Kelley, et je les remercie pour leur amitié et leur soutien.

Merci à Tim Dalton, pour beaucoup de choses, mais surtout pour sa patience.

Ce livre et son autrice ignorante ne seraient rien sans Adrienne Crow, Alex Oliver, Ali Pattillo, Kaitlyn Nugent et Caroline Ellis. Leurs encouragements, leur soutien, leur loyauté et leur amour sont les plus belles choses qui me soient arrivées dans la vie, et les mots ne sauraient suffire à l'exprimer.

Ce livre est une histoire de famille, et je remercie donc la mienne. Merci à Howard Shook d'être un écrivain avant tout et de m'avoir ouvert la voie. Merci à Alise Shook de m'avoir toujours conseillé de faire carrière dans un domaine que j'aimais et de m'avoir donné le goût des histoires. J'aime Mary Martin Shook plus que quiconque sur cette planète. Et merci aussi, évidemment, à Géorgie, Roo, and Max.

Pour finir, je tiens à remercier tous mes grands-parents, et surtout ma grand-mère maternelle, Maryann Martin, que j'ai tant de chance d'avoir encore à mes côtés.

Dernières parutions

Sarah Alderson
Week-end entre filles

M. J. Arlidge
Quand le chat n'est pas là...

Catherine Bardon
Une femme debout

Harold Cobert
Le Rouge et le Blanc

Frédéric Couderc
Hors d'atteinte

Jonathan Dee
Sugar Street

Laura El Makki
Combien de lunes

Lou Eve
Sous les strates

Dominique Fouchard
La Foire aux fiancés

David Gibbins
L'Héritage d'Atlantis

Emilia Hart
La Maison aux sortilèges

Elin Hilderbrand
L'Hôtel Nantucket

Victoria Hislop
La Statuette

Honorée Fanonne Jeffers
Les Chants d'amour de Wood Place

Rebecca Makkai
J'ai quelques questions à vous poser

Charlotte Mendelson
Accrochages

Lydia Millet
De l'espoir et autres créatures ailées

Grégory Nicolas
Mes sœurs, n'aimez pas les marins

Heather O'Neill
Perdre la tête

Daphne Palasi Andreades
Les Filles comme nous

Valérie Paturaud
La Cuisinière des Kennedy

Roland Perez
Ma mère, Dieu et Litzie

Alexis Schaitkin
Autre part

Catherine Steadman
Jeux en famille

Emma Straub
Demain, même heure

Akli Tadjer
De ruines et de gloire

Rosa Ventrella
Les Enfants de Haretz

Alice Winn
Les Ardents

Achevé d'imprimer par
Normandie Roto Impression s.a.s.
N° d'impression : 2401538
Imprimé en France